Reina Roja

LA TRAMA

Reina Roja

Juan Gómez-Jurado

Penguin
Random House
Grupo Editorial

Primera edición: agosto de 2020

© 2018, Juan Gómez-Jurado
Autor representado por Antonia Kerrigan, Agencia Literaria
© 2018, Penguin Random House Grupo Editorial, S. A. U.
Travessera de Gràcia, 47-49. 08021 Barcelona
© 2022, Penguin Random House Grupo Editorial USA, LLC.
8950 SW 74th Court, Suite 2010
Miami, FL 33156
© 2018, Fran Ferriz, por las ilustraciones

Impreso en México - *Printed in Mexico*

ISBN: 978-1-644732-75-5

22 23 24 25   10 9 8 7 6 5 4 3 2

Para Babs

Una interrupción

Antonia Scott sólo se permite pensar en el suicidio tres minutos al día.

Para otras personas, tres minutos pueden ser un período minúsculo de tiempo.

No para Antonia. Diríamos que su mente lleva muchos caballos debajo del capó, pero la cabeza de Antonia no es como el motor de un deportivo. Diríamos que es capaz de muchos ciclos de procesamiento, pero la mente de Antonia no es como un ordenador.

La mente de Antonia Scott es más bien como una jungla, una jungla llena de monos que saltan a toda velocidad de liana en liana llevando cosas. Muchos monos y muchas cosas, cruzándose en el aire y enseñándose los colmillos.

Por eso en tres minutos —con los ojos cerrados, sentada en el suelo con los pies descalzos y las piernas cruzadas— Antonia es capaz de:

- calcular la velocidad a la que impactaría su cuerpo contra el suelo si saltara desde la ventana que tiene enfrente;
- la cantidad de miligramos de Propofol necesarios para un sueño eterno;
- el tiempo y la temperatura a la que tendría que estar sumergida en un lago helado para que la hipotermia imposibilitara los latidos de su corazón.

Planea cómo conseguir una sustancia controlada como el Propofol (sobornando a un enfermero) y saber dónde está el lago helado más cercano en esa época del año (Laguna Negra, Soria). Sobre saltar desde su ático prefiere no pensar, porque el ventanuco es bastante estrecho y ella sospecha que la comida repugnante que le sirven en la cafetería del hospital está yendo directa a sus caderas.

Los tres minutos en los que piensa cómo matarse son sus tres minutos.

Son sagrados.

Son lo que la mantiene cuerda.

Por eso no le gusta nada, nada, cuando unos pasos desconocidos, tres pisos más abajo, interrumpen el ritual.

No es ninguno de los vecinos, reconocería la manera de subir las escaleras. Tampoco un mensajero, es domingo.

Sea quien sea, Antonia está segura de que viene a buscarla.

Y eso le gusta aún menos.

PRIMERA PARTE

JON

—En mi país —jadeó Alicia—,
cuando se corre tan rápido
como lo hemos estado haciendo
y durante algún tiempo,
se suele llegar a alguna otra parte...

—¡Un país bastante lento!
—replicó la Reina—.
Aquí hace falta correr
todo cuanto una pueda
para permanecer en el mismo sitio.
Si se quiere llegar a otra parte
hay que correr por lo menos
dos veces más rápido.

LEWIS CARROL,
Alicia en el país de las maravillas

1

Un encargo

A Jon Gutiérrez no le gustan las escaleras.

No es una cuestión de estética. Son antiguas (el edificio es de 1901, se ha fijado al entrar), crujen y están hundidas por el centro después de ciento diecinueve años de uso, pero son firmes, están bien cuidadas y barnizadas.

Hay poca luz, y las bombillas de 30W que cuelgan del techo sólo sirven para hacer las sombras más densas. Por debajo de las puertas, a medida que va subiendo, se escapan voces extranjeras, olores exóticos, músicas extrañas de extraños instrumentos. Al fin y al cabo, estamos en Lavapiés, es domingo por la tarde y se acerca la hora de cenar.

Nada de todo esto le molesta a Jon de las escaleras, porque Jon está acostumbrado a lidiar con cosas del siglo pasado (vive con su madre), con lugares oscuros (es gay) y ciudadanos extranjeros de ingresos dudosos y en dudosa situación (es inspector de policía).

Lo que a Jon Gutiérrez le jode de las escaleras es tener que subirlas.

Malditos edificios antiguos, piensa Jon. *Sin sitio para instalar ascensores. Esto en Bilbao no pasa.*

No es que Jon esté gordo. Al menos, no tan gordo como para que el comisario le llame la atención. El inspector Gutiérrez tiene un torso en forma de barril, y dos brazos a juego. En el interior, aunque no se aprecie, hay músculos de *harrijasotzaile*. Levantar 293 kilos es su propio récord, nada menos, y eso sin entrenar mucho, por puro hobby. Por echar la mañana del sábado. Por que no le toquen los huevos los compañeros, a cuenta de ser marica. Que Bilbao es Bilbao y los polis son polis, y muchos tienen la mentalidad más antigua que estas puñeteras escaleras centenarias que Jon asciende con tanta dificultad.

No, Jon no está tan gordo como para que su jefe le regañe, y el comisario tiene mejores motivos por los que echarle la bronca, además. Para echarle la bronca y para echarle del cuerpo. De hecho, Jon está suspendido de empleo y sueldo, *oficialmente*.

No está tan gordo, pero el barril de su torso está montado sobre dos piernas que, por comparación, parecen palillos de dientes. Así que nadie en su sano juicio llamaría a Jon un tipo ágil.

A la altura del tercero, Jon descubre una maravilla inventada por los ancestros: un descansillo. Es una humilde tabla con forma de cuarto de círculo clavada contra una esquina en el rellano. A Jon le parece el paraíso, y se deja caer sobre ella. Para recuperar el aliento, para prepararse para un encuentro que no le apetece nada en absoluto y para reflexionar sobre cómo demonios se ha podido ir su vida a la mierda tan rápido.

En menudo lío estoy metido, piensa.

2

Un flashback

—... un lío de cojones, inspector Gutiérrez —concluye la frase el comisario. Tiene la cara de color bogavante, y respira como una olla a presión.

Estamos en Bilbao, en la comisaría de la Policía Nacional de la calle Gordóniz, el día antes de que Jon se enfrente a seis pisos de escaleras en el barrio de Lavapiés, en Madrid. Por ahora a lo que se está enfrentando es a sendos delitos de falsedad documental, alteración de pruebas, obstrucción a la justicia y deslealtad profesional. Y a una pena de cuatro a seis años de cárcel.

—Si el fiscal se encabrona puede pedir hasta diez años. Y el juez tan contento, te los carga. Porque a nadie le gustan los policías corruptos —dice el comisario, pegando una palmada encima de la mesa de acero. Están en la sala de los interrogatorios, que es un sitio en el que a nadie le apetece entrar como invitado de honor. El inspector Gutiérrez está recibiendo el paquete *premium*: la calefacción alta en ese puntito confortable entre el calor asfixiante y la muerte por sofocación, las luces fuertes, la garrafa de agua vacía, pero a la vista.

—No soy corrupto —dice Jon, resistiendo la tentación de aflojarse la corbata—. Nunca me he metido un céntimo en el bolsillo.

—Como si eso importara. ¿En qué carajo estabas pensando?

Jon estaba pensando en Desiree Gómez, alias la Desi, alias la Brillos. Desi tiene diecinueve años mal cumplidos, y ya lleva tres en la calle. Pateándola, durmiéndola, metiéndosela en la vena. Muñequita de salón, tanguita de serpiente. Nada que Jon no haya visto antes. Pero algunas de estas chicas se te cuelan en el corazón sin saber tú cómo, y de pronto todo es una canción de Sabina. Nada serio. Una sonrisa, un invitarla a un café a las seis y nunca de la mañana. Y de pronto te importa que el chulo la infle a hostias. Y hablas con el chulo, a ver si para. Y el chulo no para, porque en el cerebro le faltan tantas piezas como en la dentadura. Y ella te llora, y tú te vas calentando. Y antes de que te quieras dar cuenta le has plantado en el coche cuarto y mitad de caballo. Lo justo para que le caigan de seis a nueve años.

—No estaba pensando en nada —contesta Jon.

El comisario se pasa la mano por la cara, se la frota como si quisiera borrar su expresión de incredulidad. No funciona.

—A ver, si al menos te la estuvieras tirando, Gutiérrez. Pero a ti no te van las mujeres, ¿no? ¿O ahora pescas en las dos aceras?

Jon niega con la cabeza.

—Si el plan no era malo —ironiza el comisario—. Quitar a esa basura de la calle era una idea cojonuda. Trescientos setenta y cinco gramos de heroína, directo al penal. Sin atenuantes, ni historias. Sin molestos trámites.

El plan era estupendo. El problema fue que le pareció tan bueno que se le ocurrió contárselo a la Desi. Para que supiera que ese ojo morado y esos cardenales y esa costilla fisurada iban a ser los últimos. Y a la Desi, cocidita de jaco, le dio pena su chulo, pobre. Y se lo contó. Y el chulo instaló a la Desi en una esquina, pero escondida y grabando con el móvil. Y el vídeo se lo vendieron a la Sexta por trescientos euros —que me lo quitan de las manos—, al día siguiente de la detención del chulo por narcotráfico. Y se lio bien gorda. Portada en todos los periódicos, el vídeo en todos los informativos.

—Yo no sabía que me estaban grabando, comisario —dice Jon, avergonzado. Se rasca el pelo, ondulado y tirando a pelirrojo. Se mesa la barba, espesa y tirando a cana.

Y recuerda.

La Desi tenía un pulso de mierda y un encuadre nefasto, pero grabó lo suficiente. Y la carita de muñeca daba muy bien en los platós. Interpretaba de Oscar el papel de novia de un inocente inculpado injustamente por la policía. Al chulo no lo sacaban en los programas de por la tarde ni en las tertulias de la noche con su aspecto actual —camiseta sobaquera, dientes marrones—. No, ponían una foto de hace diez años, con la primera comunión aún sin digerir. Un angelito desviado, la sociedad es la culpable, todo ese rollo.

—Has dejado la reputación de esta comisaría por los suelos, Gutiérrez. Hay que ser imbécil. Imbécil e inocente. ¿De verdad no te olías lo que pasaba?

Jon niega por segunda vez con la cabeza.

Se enteró del asunto porque el vídeo le llegó al Whats-App, entre meme y meme. Había tardado menos de dos horas en hacerse viral en todo el país. Jon se presentó de inmediato en la comisaría, donde el fiscal ya estaba pidiendo a gritos su cabeza, con los testículos de guarnición.

—Lo siento, comisario.

—Y más que lo vas a sentir.

El comisario se levanta, resoplando, y sale de la habitación propulsado por su justa indignación. Como si él no hubiera retocado pruebas nunca, estirado el Código Penal o hecho una trampita aquí y otra allá. Presuntamente. Lo que no había sido era tan tonto como para que le pillaran.

A Jon le dejan tiempo para que se cueza en su propio jugo. Le han quitado el reloj y el móvil, procedimiento estándar para que pierda la noción del tiempo. El resto de objetos personales están en un sobre. Sin nada con lo que entretenerse, las horas pasan muy despacio, dejándole bastante hueco para torturarse por su estupidez. Con el juicio mediático perdido, ya sólo le queda preguntarse cuántos años tendrá que chuparse en Basauri. Un sitio donde le esperarán unos cuantos amigos con los puños apretados y muchas ganas de pillar —tres contra uno— al poli que les alojó allí. O quizás le manden más lejos para protegerle, a algún sitio donde su *amatxo* no podrá ir a visitarle. Ni llevarle una tartera con sus famosas cocochas de los domingos. Nueve años, a cincuenta domingos por año, le salen cuatrocientos cincuenta domingos sin cocochas. A bulto. Mucho castigo le parece. Y su *amatxo* ya es mayor. Que le tuvo a los veintisiete, casi virgen del todo, como Dios manda. Y ahora él con cuarenta y tres y ella con setenta. Cuando Jon salga ya no estará *amatxo* para hacer cocochas. Si es que la noticia no la mata del susto. Ya se lo habrá contado la del 2.º B, menuda lagarta, lengua bífida, pues anda la que montó con lo de los geranios.

Pasan cinco horas, aunque a Jon le parecen cincuenta. Nunca ha sido de quedarse muy quieto en un sitio, así que el futuro entre rejas se le antoja imposible. No piensa en matarse, porque Jon valora la vida por encima de todo y es un optimista irredento. De esos de los que Dios se ríe con más ganas cuando les deja caer encima una tonelada de ladrillos. Pero tampoco encuentra modo alguno de escurrirse fuera de la soga que él mismo se ha colocado al cuello.

Jon está inmerso en estos negros pensamientos cuando se abre la puerta. Espera ver de nuevo al comisario, pero en su lugar hay un hombre alto y delgado. Cuarentón, moreno, de entradas pronunciadas, bigote recortado fino y ojos de muñeca, que parecen más pintados que reales. Traje arrugado. Maletín. Caros.

Sonríe. Mala señal.

—¿Es usted el fiscal? —pregunta Jon, extrañado.

No le ha visto nunca, y sin embargo el desconocido parece encontrarse como en casa. Aparta una de las sillas de acero, que arranca un chillido del cemento, y se sienta al otro lado de la mesa, sin dejar de sonreír. Saca unos papeles del maletín y los estudia como si Jon no estuviera a menos de un metro de él.

—Que si es usted el fiscal —insiste Jon.

—Mmmm... No. No soy el fiscal.

—¿Abogado, entonces?

El desconocido suelta un resoplido, entre ofendido y divertido.

—Abogado. No, no soy abogado. Puede llamarme Mentor.

—¿Mentor? ¿Eso es nombre o apellido?

El desconocido sigue ojeando los papeles, sin levantar la vista.

—Su situación es bastante comprometida, inspector Gutiérrez. Le han suspendido de empleo y sueldo, para empezar. Y tiene unos cuantos cargos encima de la mesa. Ahora vienen las buenas noticias.

—¿Tiene usted una varita mágica para hacerlos desaparecer?

—Algo por el estilo. Lleva más de veinte años en el cuerpo, un buen número de detenciones. Algunas quejas por insubordinación. Poca tolerancia a la autoridad. Le encanta tomar atajos.

—No siempre se pueden seguir las normas al pie de la letra.

Mentor guarda de nuevo los papeles en el maletín con parsimonia.

—¿Le gusta el fútbol, inspector?

Jon se encoge de hombros.

—Algún partido del Athletic de vez en cuando.

Por inercia. Que el Athletic es el Athletic.

—¿Ha visto jugar a un equipo italiano? Tienen una máxima, los italianos: *Nessuno ricorda il secondo*. A ellos les importa poco cómo ganen, mientras ganen. Simular un penalti no es ninguna deshonra. Dar una patada forma parte del juego. Un sabio llamó a esta filosofía *mierdismo*.

—¿Qué sabio?

Ahora es Mentor quien se encoge de hombros.

—Usted es un *mierdista*, como prueba su última hazaña con el maletero del vehículo del proxeneta. Claro que la idea es que el árbitro no le vea, inspector Gutiérrez. Y menos aún que la repetición de la jugada acabe en las redes sociales con el hashtag #DictaduraPolicial

—Oiga usted, Mentor, o como se llame —dice Jon, poniendo sus enormes brazos sobre la mesa—. Estoy cansado. Mi carrera se ha ido a la mierda y mi madre tiene que estar loca de preocupación porque no he ido a casa a cenar y no he podido avisarla todavía de que me voy a tirar un puñado de años sin verla. Así que vaya al grano o váyase a tomar por culo.

—Voy a proponerle un trato. Usted hace algo que yo quiero, y yo le saco de este... ¿cómo lo llamó su jefe? De este lío de cojones.

—¿Va a hablar con la fiscalía? ¿Y con los medios? Venga ya, hombre. Que no nací ayer.

—Entiendo que le resultará difícil escuchar a un desconocido. Seguro que tiene alguien mejor a quien recurrir.

Jon no tiene a nadie mejor a quien recurrir. Ni mejor, ni peor. Lleva cinco horas dándose cuenta de ello.

Se rinde.

—¿Qué es lo que quiere?

—Lo que quiero, inspector Gutiérrez, es que conozca a una vieja amiga. Y que la saque a bailar.

Jon suelta una carcajada en la que no hay ni pizca de alegría.

—Me temo que le han informado mal sobre mis aficiones, oiga. No creo que a su amiga le guste bailar conmigo.

Mentor sonríe de nuevo. Una sonrisa de oreja a oreja, aún más preocupante que la primera.

—Por supuesto que no, inspector. De hecho, cuento con ello.

3

Un baile

Así que Jon Gutiérrez afronta el último tramo de escalera del número 7 de la calle Melancolía (barrio de Lavapiés, Madrid) de un humor bastante agrio. El comisario tampoco quiso explicarle nada cuando Jon le preguntó por Mentor:

—¿De dónde coño ha salido? ¿Del CNI? ¿De Interior? ¿De los Vengadores?

—Haz lo que te diga y no preguntes.

Jon sigue suspendido de empleo y sueldo, aunque los cargos contra él se han paralizado. Y el vídeo en el que se le ve plantando el caballo en el coche del chulo ha desaparecido —¡magia!— de las televisiones y de los periódicos.

Tal y como le había prometido Mentor que ocurriría si aceptaba su extraña propuesta.

La gente sigue hablando del tema en las redes sociales, pero a Jon le importa poco. Es cuestión de tiempo que las hienas de Twitter encuentren otro cadáver que roer hasta dejar los huesos mondos y blancos.

Sin embargo, la respiración del inspector Gutiérrez está agitada y su corazón encogido. Y no es sólo por la escalera. Porque a Mentor no le basta conque Jon conozca a su *amiga* Antonia Scott. También le ha exigido otra cosa a cambio de su ayuda. Y por lo poco que Mentor le ha explicado, esa segunda parte será la más difícil.

Al llegar al último piso, se encuentra la puerta del ático.

Verde. Antigua de narices. Descascarillada.

Abierta. De par en par.

—¿Hola?

Extrañado, entra en el piso. El recibidor está desnudo. Ni un solo mueble, ni perchero, ni un triste cenicero con la tarjeta de descuento del Carrefour. Nada salvo una pila de túpers vacíos, resecos. Huelen a curry, a cuscús y a otros seis o siete países. Los mismos olores que emanaban de los pisos que Jon se ha ido encontrando en su ascensión.

Al otro lado del recibidor hay un pasillo, también despejado. Sin cuadros, sin estanterías. Dos puertas a un lado, una al otro, una más al fondo. Todas abiertas.

La primera da a un baño. Jon se asoma, y ve sólo un cepillo de dientes, Colgate sabor fresa, una pastilla de jabón. Una botella de gel en la ducha. Media docena de botes de crema anticelulitis.

Vaya, así que cree en la magia, piensa Jon.

A la derecha sólo hay un dormitorio. Vacío. En el armario empotrado, abierto, atisba unas cuantas perchas. Pocas están ocupadas.

Jon se pregunta qué clase de persona vive así, con tan sólo un puñado de objetos. Piensa si se habrá marchado. Teme haber llegado tarde.

Más adelante, a la izquierda, una cocina minúscula. Hay platos en la pila. La encimera es un océano de silestone blanco. Una cuchara de postre, sucia, naufraga a mitad de camino del fregadero.

Al fondo del pasillo, el salón. Abuhardillado. Las paredes de ladrillo visto, las vigas de madera oscura. La luz, tenue, se cuela por dos claraboyas practicadas entre ellas. Y por una ventana.

Fuera, el sol se pone.

Dentro, Antonia Scott está sentada en el suelo, en mitad de la habitación, en la posición del loto. Treinta y tantos. Vestida con unos pantalones negros y una camiseta blanca. Tiene los pies descalzos. Frente a ella hay un iPad, conectado a la corriente por un cable muy largo.

—Me has interrumpido —dice Antonia. Le da la vuelta al iPad, y coloca la pantalla hacia el ajado suelo de parquet—. Es de muy mala educación.

Jon es de esos que cuando se mosquean pasan al contraataque. Preventivo. Por deporte. Por sus huevos morenos.

—¿Siempre dejas la puerta abierta? ¿No sabes en qué barrio vives? ¿Y si fuera un psicópata violador?

Antonia parpadea, desconcertada. No maneja el sarcasmo muy bien.

—No eres un psicópata violador. Eres policía. Vasco.

En lo de vasco, Jon no se engaña, el acento no deja lugar a dudas. Pero que le haya calado como madero, le sorprende.

Normalmente los polis apestan a polis. Jon, que no tiene que pagar alquiler, y se deja todo el sueldo en ropa, parece más bien un director de marketing, con su traje de tres piezas de lana fría cortado a medida y sus zapatos italianos.

—¿Cómo sabes que soy policía? —dice Jon, apoyándose en el quicio de la puerta.

Antonia señala el lado izquierdo de la chaqueta de Jon. Pese al cuidado que ha puesto el sastre para compensar el bulto del arma, no lo ha conseguido del todo. Tampoco él ha ayudado con su dieta.

—Soy el inspector Gutiérrez —admite Jon. Duda si ofrecerle la mano, pero se contiene a tiempo. Le han advertido que a esta mujer no le gusta el contacto físico.

—Te envía Mentor —dice Antonia.

No es una pregunta.

—¿Te ha avisado de mi llegada?

—No hace falta. Aquí nunca viene nadie.

—Vienen tus vecinos, a traerte comida. Deben de apreciarte mucho.

Antonia se encoge de hombros.

—Soy la dueña del edificio. Bueno, mi marido lo es. Esa comida es el alquiler que les cobro.

Jon hace un cálculo rápido. Cinco plantas, a tres pisos por planta, a mil euros por piso.

—Vaya. El cuscús te sale por un pico. Ya puede estar bueno.

—No me gusta cocinar —dice Antonia, con una sonrisa.

Es entonces cuando Jon se da cuenta de que es hermosa. *No una belleza, tampoco nos volvamos locos.* A primera vista, el rostro de Antonia pasa desapercibido, como una hoja en blanco. El pelo, negro y lacio, cortado en media melena, no ayuda mucho. Pero cuando sonríe, su cara se ilumina como un árbol de Navidad. Y descubres que los ojos que parecían marrones son en realidad de un verde aceituna, que un hoyuelo se forma a cada lado de la boca, dibujando un triángulo perfecto con el que le parte la barbilla.

Después se pone seria, y el efecto desaparece.

—Ahora vete —dice Antonia, abanicando el aire con la mano en dirección a Jon.

—No hasta que escuches lo que he venido a decirte —responde el inspector.

—¿Crees que eres el primero que envía Mentor? Ha habido otros tres antes que tú. El último hace sólo seis meses. Y a todos os digo lo mismo: No me interesa.

Jon se rasca el pelo —ondulado tirando a pelirrojo, habíamos dicho— y respira hondo. Llenar ese torso enorme lleva unos cuantos segundos y bastantes litros de oxígeno. Sólo está ganando tiempo, porque en realidad no sabe qué demonios decirle a esa mujer extraña y solitaria a la que ha conocido hace tres minutos. Y todo lo que le había pedido Mentor era: *consigue que se suba al coche. Promete lo que quieras, miente, amenaza, engatúsala. Pero consigue que se suba al coche.*

Que se suba al coche. No le ha dicho lo que pasará *después*. Y eso es lo que le obsesiona.

¿Quién es esta tía, y por qué es tan importante?

—Si lo llego a saber, hubiera traído cuscús. ¿Qué pasa, eras policía?

Antonia chasquea la lengua con disgusto.

—No te lo ha dicho, ¿verdad? No te ha contado nada. Te habrá pedido que me subas a un coche, sin saber a dónde vamos. Para uno de sus ridículos encargos. No, gracias. Me va mucho mejor sin él.

Jon hace un gesto hacia la habitación vacía y las paredes desnudas.

—Ya se ve. El sueño de cualquiera: dormir en el suelo.

Antonia se retrae un poco, entorna los ojos.

—No duermo en el suelo. Duermo en el hospital —escupe.

Eso le ha dolido, piensa Jon. *Y cuando le duele, habla.*

—¿Qué te pasa? No, a ti no. Es a tu marido, ¿verdad?

—No es de tu incumbencia.

De pronto las piezas encajan, y Jon no puede dejar de hablar.

—Le ocurre algo, está enfermo, y tú quieres estar con él. Es comprensible. Pero ponte en mi lugar. Me han pedido que te convenza de que subas al coche, Antonia. Si no lo consigo, habrá consecuencias para mí.

—Eso no es mi problema. —La voz de Antonia se vuelve glacial—. No es mi problema lo que le ocurra a un poli gordo e incompetente, que la ha cagado tanto como para que le manden a buscarme. Y ahora márchate. Y dile a Mentor que deje de intentarlo.

El inspector Gutiérrez, con el rostro de cemento, da un paso atrás. No sabe qué más decirle a aquella chalada. Se maldice por haberse dejado embarcar en este asunto, que ha sido una enorme pérdida de tiempo. No le queda otra que volverse a Bilbao, enfrentarse al comisario y apencar con las consecuencias de su estupidez.

—Está bien —dice Jon, antes de darse la vuelta y enfilar el pasillo, con el rabo entre las piernas—. Pero me pidió que te dijera que esta vez es distinto. Que esta vez te necesita.

4

Una videollamada

Antonia Scott ve desaparecer la enorme espalda del inspector Gutiérrez por el pasillo. Cuenta los pasos, lentos y pesados, que se alejan. Cuando llega a trece, le da la vuelta al iPad.

—Ya podemos seguir, abuela.

La pantalla muestra a una anciana de ojos amables y pelo cardado. En su rostro arrugado hay más surcos que en un viñedo riojano. Lo cual viene al caso porque la anciana está apurando una copa de vino.

—¿Por qué me has llamado? Aún falta para las diez.

—He llamado cuando le he oído subir. Quería que estuvieras ahí por si la cosa se ponía fea.

Ambas hablan en inglés. Georgina Scott vive en Chedworth, a las afueras de Gloucester, en un pueblo pequeñísimo de la campiña inglesa donde el calendario se detuvo hace siglos. Un pueblecito de postal. Con su villa romana. Sus muros cubiertos de musgo. Su conexión a internet de alta velocidad a través de la cual la abuela Scott y Antonia hablan dos veces al día.

—Ese hombre parecía guapo. Tenía voz de guapo —dice la anciana, que está deseando que su nieta se saque las telarañas.

—Es gay, abuela.

—Tonterías, niña. Ninguno es gay cuando le acercas la mano al grifo. En su día yo curé a unos cuantos.

Antonia pone los ojos en blanco. La abuela Scott está convencida de que «políticamente correcto» significa Winston Churchill.

—Eso está muy feo, abuela.

—Tengo noventa y tres años, niña —dice la anciana, por toda justificación, y comienza a servirse más vino.

—Mentor quiere que vuelva al trabajo.

El chorro de burdeos tiembla un poco, y algo de líquido se derrama sobre la mesa. Inaudito. La abuela Scott apenas es capaz de firmar su nombre sin salirse del papel, pero en cuestiones de escanciar el vino sigue teniendo el pulso de un cirujano plástico.

—Pero no es eso lo que quieres, ¿verdad? —dice la abuela. La voz va disfrazada de inocente ovejita, casi no se ve el lobo.

—Ya sabes que no —admite Antonia, que no quiere volver a discutir con ella.

—Claro, querida.

—Por mi culpa, Marcos está en una cama desde hace tres años. Por mi culpa y por ese trabajo.

—No, Antonia —replica la abuela, bajando la voz—. Por tu culpa no. Por culpa del malnacido que apretó el gatillo.

—Al que yo no supe parar.

—Yo sólo soy una vieja chocha, cariño —dice la abuela, con el lobo enseñando ya los dientes—, pero me parece que si te acusas del pecado de inacción, eso valdría también para quedarte sentadita en ese ático.

Antonia se queda en silencio durante un instante. Suficiente para que los monos de su cabeza trabajen a toda velocidad, intentando en vano salir de la trampa.

—¿Por qué me haces esto, abuela? —protesta.

—Porque estoy harta de verte pudrirte ahí, sola. Porque tienes un don que estás desperdiciando. Pero sobre todo, por puro egoísmo.

—¿Egoísmo tú, abuela? —se sorprende Antonia. A los diecinueve años, Georgina Scott se había alistado voluntaria como enfermera, y había desembarcado en Normandía setenta horas después del Día D, con el casco enorme medio caído sobre las cejas y abrazada a una maleta de cartón llena de ampollas de morfina. Los nazis estaban a tiro de piedra, y ella ahí, dale que te pego, corta piernas, cose heridas y pincha analgésicos.

Para Antonia, pensar en su abuela como un ser capaz de albergar el más mínimo egoísmo resulta impensable.

—Egoísmo, sí. Te has convertido en un terrible aburrimiento. Te pasas todo el día encerrada, y las noches... aún peor. Echo de menos cuando trabajabas. Y me contabas. Ya me queda poco por lo que vivir. Esto —dice la anciana, levantando la copa—. Y tú. Y el vino ya no me sabe como antes.

Antonia suelta una carcajada de incredulidad. La abuela cree que los dos únicos propósitos del agua son el baño y cocer marisco. Pero Antonia comprende lo que pretende hacer con ella. Desde lo que pasó,

desde lo que hiciste

el mundo ha virado sobre su eje. No ella, claro. Ha sido el mundo, un mundo en el que ella ya no encaja. Un mundo en el que, reconoce a regañadientes, los días son una letanía interminable de culpa y aburrimiento.

—Quizás tengas razón —dice Antonia, al cabo de un instante—. Quizás ocupar un poco la cabeza me venga bien. Sólo por esta noche.

La abuela da otro trago al vino y esboza una sonrisa beatífica, una sonrisa de anuncio de caramelos.

—Sólo una noche, niña. ¿Qué podría salir mal?

5

Dos preguntas

Jon desciende la escalera casi tan despacio como la ha subido. No es lo habitual. Se suele vengar de la muy cabrona en el descenso, aprovechando el tirón gravitacional, que en su caso es considerable (no es que esté gordo). Pero ahora, derrotado en ese encargo tan absurdo como engañosamente fácil, no sabe qué hacer, y la indecisión ralentiza sus pasos.

A la altura del tercer piso, junto al descansillo, suena el teléfono. Jon se sienta para atender la llamada. No le gusta hablar mientras camina, para que no se le note el resuello entrecortado.

El número es desconocido, pero Jon ya sabe quién llama.

—Ha dicho que no —dice, al descolgar.

Al otro lado de la línea, Mentor gruñe con desaprobación.

—Eso es muy decepcionante, inspector Gutiérrez.

—No sé qué es lo que esperaba. Esa mujer no anda bien de la olla. Vive en un piso vacío, sin un solo mueble. Los vecinos la alimentan, por el amor de Dios. Y dice no sé qué de un marido enfermo.

—Su marido está en el hospital. En coma, desde hace tres años. Scott se culpa de ello. Podría ser una palanca para moverla a la acción, pero se lo desaconsejo. Cuando vuelva a hablar con ella...

—¿Cómo dice? Oiga, yo ya he cumplido con mi parte y he transmitido su mensaje. Así que quiero que usted cumpla con la suya.

Mentor suspira. Es un suspiro largo, histriónico.

—Si los deseos fueran pasteles de chocolate, inspector, todo el mundo estaría gordo. Apáñeselas como pueda, pero la necesitamos a bordo de ese coche ahora mismo.

Jon echa una moneda a la tragaperras.

—Quizás si se dejara de tantos secretitos y me contara qué se trae entre manos...

Al otro lado de la línea hay un silencio, un silencio largo. Jon casi puede escuchar las ruedas de la tragaperras dando vueltas.

—Debe entender que todo esto es confidencial. Habría graves consecuencias para usted.

—Por supuesto.

Y de pronto, contra todo pronóstico, salen las tres fresas.

—Quiero que Antonia me ayude en un caso muy complicado. Permítame que le ilustre al respecto.

Entonces Mentor comienza a contarle al inspector Gutiérrez. Habla durante menos de un minuto, pero es suficiente.

Jon escucha, al principio escéptico, después sin creer lo que está escuchando. Sin darse cuenta, se ha puesto en pie. Y, contra su arraigada costumbre, comienza a dar vueltas sin darse cuenta.

—Entiendo. ¿Me dirá al menos para quién trabaja?

—Eso es lo de menos. Cuando llegue el momento, le contaré lo que deba usted saber. Por ahora, lo único que debe preocuparle es llevar a Antonia Scott a la dirección que acabo de mandarle a su móvil.

Jon siente cómo el aparato le vibra en la oreja.

—¿Por qué es Scott tan importante? Seguro que hay seis o siete expertos en Criminalística, en la Sección de Análisis de Conducta que puedan...

—Los hay —le interrumpe Mentor—. Pero ninguno es Antonia Scott.

—¿Qué coño es lo que hace tan especial a esa señora? ¿Es Clarice Starling, y yo no me he enterado? —le apremia Jon, que empieza a estar hasta las narices.

Mentor se aclara la voz. Cuando responde, lo hace con cierto esfuerzo. Renuente. Como si no quisiera compartir lo que va a decir. Y no quiere.

—Inspector Gutiérrez... Esa señora, como usted la llama, no es policía, ni es criminalista. Nunca ha empuñado un arma, ni ha llevado una placa, y sin embargo ha salvado decenas de vidas.

—¿Cómo?

—Podría decirlo, pero no quiero arruinarle la sorpresa. Y por eso necesito que la suba a un coche y la ponga a trabajar. Ahora.

Mentor cuelga. Jon va a darse la vuelta y volver a subir la escalera, cuando una voz le llama.

—Inspector.

Jon se asoma por la barandilla. Tres pisos más abajo, en la penumbra, Antonia le saluda con la mano.

Esta mujer es sorgin, es bruja, o qué hostias, piensa Jon, que es bastante malhablado para sus adentros, y a veces para sus afueras.

Cuando la alcanza, ella está sonriendo.

—Tengo que hacerte dos preguntas. Si la respuesta es correcta, te acompañaré esta noche.

—¿Cómo...?

Antonia levanta un dedo. Apenas le llega al pecho a Jon, no medirá más de metro sesenta, zapatos incluidos. Y, sin embargo, impone. Ahora que está más cerca, Jon ve unas marcas en su cuello. Como gruesos raspones en la piel. Antiguos. Se pierden por debajo de la camiseta.

—Primera pregunta. ¿Qué has hecho? Sé que la has cagado mucho. Mentor escoge a gente a la que no le quedan opciones. Tiene la absurda teoría de que nadie *elegiría* trabajar conmigo.

—Una teoría absurda, en verdad —responde Jon.

El sarcasmo resbala sobre Antonia como la lluvia sobre un abrigo de GoreTex recién comprado. Se limita a mirarle, expectante, tironeándose de la correa del bolso bandolera que lleva cruzado sobre el pecho. A Jon no le queda otra que contestar.

—Yo... planté trescientos setenta y cinco gramos de heroína en el maletero de un proxeneta.

—Eso está mal.

—Escoria que zurra a una de sus chicas. Acabará matándola.

—Sigue estando mal.

—Lo sé. Pero no lo siento. Lo que siento es que me pillaran. Fui tan idiota que se lo conté a la prostituta, y ella me grabó en vídeo. Se ha montado una buena. Puedo acabar en la cárcel.

Antonia asiente.

—Sin duda, tienes problemas.

—Sin duda eres muy aguda. ¿Y tu segunda pregunta?

—¿Este tipo de irregularidades son habituales en tu comportamiento? ¿Obstruyen tu labor y afectan tu juicio?

—Claro, intento poner pruebas falsas siempre que puedo, mentir, apalear a los testigos, sobornar a los jueces para conseguir condenas. ¿Cómo te crees que he llegado a inspector?

Antonia ni siquiera parpadea. Pero algo en el tono de voz de Jon le hace pensar que el significado de sus palabras quizás no sea exactamente literal.

—Te replanteo la pregunta de forma más simple. ¿Eres un buen policía?

Jon ignora el insulto. Porque la pregunta es demasiado importante. Es, en realidad, todo.

—¿Que si soy un buen poli?

Él mismo lleva haciéndosela una y otra vez desde que empezó todo aquel lío. Y el error infantil que ha cometido no le ha permitido ver la verdad hasta ese instante.

—Sí, sí lo soy. Soy un poli de la hostia.

Antonia le estudia sin parpadear. Hay pesos y balanzas,

cintas métricas, básculas en esos ojos. Jon se siente juzgado, y lo está siendo.

—Está bien —concluye ella—. Te acompañaré esta noche. Y luego me dejaréis en paz.

—Espera un momento. Ahora soy yo quien quiere hacerte una pregunta. ¿Cómo demonios has bajado sin que yo te vea?

Ella señala a su espalda.

—Detrás de esa puerta hay un ascensor.

Jon mira boquiabierto a la puerta, que no se le ocurrió abrir. *Si casi no se ve*. Y menos a la luz de esas bombillas tan cutres. Cuando se recompone tiene que trotar detrás de Antonia, que ya camina hacia la puerta de la calle.

—Espero que no sea una pérdida de tiempo. Ya que sólo voy a hacer esto una vez más, espero que valga la pena.

—¿Que valga la pena?

—Que sea interesante.

Jon se ríe para sus adentros, pensando en todo lo que Mentor le ha contado por teléfono. *Interesante*, dice.

—Ay, bonita. Vas a flipar.

6

Un trayecto

Antonia sonríe cuando ve el vehículo que les espera —tres ruedas sobre la acera, privilegios de poli—. Un Audi A8 enorme. Negro metalizado, lunas tintadas, llantas de aleación, cien mil y pico euros. Jon nunca ha sido de coches caros —tiene un Prius eléctrico para ligar con *millennials*—, pero reconoce la sonrisa.

—¿Te gusta el carro que me ha prestado tu amigo Mentor?

Antonia asiente.

Jon aprovecha y le enseña las llaves como el que le agita un sonajero a un bebé. Lo último que le apetece después de darse la paliza de conducir desde Bilbao es volver a ponerse detrás del volante de un coche, incluso de uno como éste, que es más grande que el salón de *amatxo*.

—¿Quieres llevarlo tú?

Antonia niega con la cabeza.

Y esa es toda la conversación que tienen durante el trayecto. Y no porque el inspector Gutiérrez no se esfuerce, ojo. Que le lanza varios intentos de búsqueda de información camuflados de preguntas bienintencionadas. Pero Antonia no pica, cosa rara, y se limita a apoyar la cabeza en la ventanilla con los ojos cerrados.

Es lo que tienen los críos, en cuanto los subes al coche, se duermen, piensa Jon, que todo lo que sabe de niños lo ha aprendido viendo *Modern Family.*

Veinte minutos más tarde el Audi se detiene con una suave sacudida en la ubicación que le ha dado Mentor por WhatsApp. Antonia se incorpora en el asiento.

—¿Hemos llegado ya?

—Casi.

Están parados frente a una barrera de seguridad. Dos guardias salen de la garita y rodean el coche, uno por cada lado. El potente haz de una linterna LED impacta en las ojeras de Jon y en los ojos soñolientos de Antonia.

—¿Hacéis el favor de bajar la linternita, corazones? —dice Jon, sacando la placa por la ventana.

El guardia se acerca. Su rostro es apenas visible en la oscuridad, acentuada por la gorra calada hasta las cejas, pero Jon percibe que está muy nervioso. Estudia la placa con detenimiento, sin llegar a tocarla. Al cabo de unos segundos hace girar el dedo índice en dirección a su compañero para que levante la barrera.

—Puede continuar.

—¿Estaba usted aquí hace dos noches?

Una pausa.

—No, me tocaba librar.

Miente o me oculta algo, recela Jon.

—¿Y su compañero?

—Aquí nadie ha visto nada. Siga todo recto hasta la segunda rotonda, y allí continúe por el camino de la derecha hasta el final.

Jon prefiere no insistir y arranca de nuevo el coche, ahora que la barrera está levantada. Los faros de xenon iluminan un letrero de acero pulido en el que se lee el nombre del lugar:

La Finca

Están a seis canciones y otros tantos mundos de distancia de Lavapiés, como Jon puede observar en cuanto recorre unos centenares de metros por aquellas calles privadas, nítidas, impolutas.

El último lugar del mundo en el que se puede llevar un polo rosa sin ser comercial de Evax.

Al principio del recorrido encuentran varios grupos de adosados cerca del camino principal, pero éstos empiezan a espaciarse a medida que van dejando paso a chalets de diseño cada vez mayores y más caros, cuyas luces cálidas sobresalen como islas en la oscuridad.

—He leído acerca de este sitio. Una urbanización de superlujo para millonarios celosos de su intimidad —dice Antonia, que ha sacado el iPad del bolso bandolera y navega por la web en busca de información—. Empresarios, jugadores de fútbol. El precio de las casas alcanza los veinte millones de euros. Dicen que es el lugar más seguro de Europa.

Jon tiene el vago recuerdo de un reportaje en la tele sobre La Finca. La mitad de la plantilla del Real Madrid vive en esa maqueta a escala 1:1. Aunque el reportaje no mostraba gran cosa, más allá de las mismas calzadas sintéticas y bien iluminadas que ahora recorrían. Salvo que, de noche, el paraíso de privacidad cobraba un cariz algo más siniestro.

—No sé si será tan seguro como presumen —dice Jon, pensando en lo que Mentor le ha contado por teléfono.

Conduce despacio, con las ventanillas bajadas, intentando comprender el universo en el que se están adentrando. No hay un alma a la vista. El único ruido que se escucha es el de los grillos en el césped impecable y el de la brisa soplando sobre el lago artificial, que Jon deja a la derecha en la segunda rotonda, tal y como el guardia le había indicado. Allí pasan una segunda barrera de seguridad, que el guardia se apresura a descender en cuanto han cruzado.

Es como una zona VIP dentro de la urbanización VIP, piensa Jon.

En esa zona los caminos de entrada se espacian aún más. Las farolas que iluminan las aceras son más escasas, y los muros y portalones que limitan el acceso a las casas son más altos. Medio kilómetro después de la barrera, Jon vislumbra el final de la calle. Justo delante, atravesado en mitad de la calzada, antes del portalón de entrada a la última de las casas, hay atravesado un Audi A8 negro, igual que el que Jon conduce.

—Habrá aprovechado una oferta —dice Jon, aparcando junto al bordillo.

Apoyado en el costado del otro coche se encuentra Mentor, mirando el reloj con estudiada impaciencia. Lleva el mismo traje de la víspera, aunque se ha cambiado de camisa por una limpia y planchada. Sin embargo, nada ha podido hacer para disimular el gris ceniciento de su rostro cansado, acentuado por la luz de los faros, ni un brillo vidrioso en sus ojos de muñeca.

Jon apaga el motor y baja del vehículo. Antonia no le imita.

—Bien hecho, inspector Gutiérrez —dice Mentor, sin moverse del sitio.

Jon se acerca a él y señala a su espalda. Misión cumplida.

—Aquí tiene a su mascota. Estamos en paz.

—Ateniéndonos a la letra de nuestro acuerdo —reconoce Mentor, tras un carraspeo—, en efecto, estaríamos en paz. Pero supongo que su curiosidad profesional le estará pidiendo a gritos saber de qué va todo esto, ¿verdad? Y ni su jefe, el comisario, ni yo querríamos que esa curiosidad quedara insatisfecha.

Jon suelta un bufido de exasperación. Aquel cabrón no pensaba dejarle en paz tan fácilmente. Se maldice por haber sido tan estúpido.

—Me dijo que todo lo que tenía que hacer era subirla a un coche. Soy el primero de todos sus chantajeados que no se ha estrellado contra el muro que ha levantado esa mujer.

—Y por eso mismo no puedo dejar que se marche a casa, inspector —explica Mentor, remarcando cada sílaba, como si el razonamiento por el que había cambiado las condiciones de su acuerdo fuera de una obviedad insultante, como un grano en la punta de la nariz.

—Me ha prometido que estará esta noche con usted. Y que luego se irá a casa. Dentro de unas horas no le serviré de mucho.

Mentor se encoge de hombros.

—Tengo la intuición de que, cuando Scott vea lo que hay ahí dentro, querrá seguir. Y necesito que usted cuide de ella mientras tanto. A ella no se le da demasiado bien.

—Ni que lo diga.

—Tenemos un acuerdo, entonces.

Jon se toma unos instantes para responder. La bilis le arde en la garganta, pero que Mentor le haya engañado era lo menos que cabía esperar. De las pocas cosas que le enseñó su padre antes de largarse, ésta era la que mejor recordaba y la que siempre obviaba: «Cuando un trato parece demasiado bueno para ser verdad, adivina el resto».

Tampoco es que tenga muchas opciones. No sabe qué ha hecho ese hombrecillo elegante y misterioso para que el vídeo de la Desi desaparezca del primer plano de la opinión pública, pero sospecha que, sea lo que sea, podría deshacer esa magia con sólo chasquear los dedos. A la verga su carrera, a la verga las cocochas de *amatxo*.

Y Mentor tiene razón en una cosa. Llegados a este punto, el inspector Gutiérrez necesita saber a qué viene tanto misterio.

—Qué remedio. Me tiene cogido por los huevos —se rinde Jon.

—Me alegro de que se dé cuenta.

Jon se vuelve hacia el coche en el que sigue aguardando Antonia.

—¿Por qué no baja?

Mentor coge a Jon por el codo y lo aparta aún más del Audi.

—No la mire ahora. Se está preparando. Esto no tiene que ser fácil para ella.

7

Un ejercicio

A solas en el interior del coche, Antonia respira con dificultad. El tiempo que ha pasado con los ojos cerrados durante el trayecto apenas ha conseguido calmarla.

Ha probado algunos de sus mejores trucos, incluyendo:

- calcular el número de vueltas que han dado las ruedas del coche en el trayecto (en torno a 7.300);
- recitar, en orden inverso, la lista de los reyes godos (se ha atascado dos veces en Gesaleico, porque Jon no paraba de hablar);
- trazar el recorrido más corto entre su casa y el parque del Retiro sin pasar por calles que empiecen por una vocal (11 minutos más si hay tráfico).

Nada ha servido de mucho. Su corazón está acelerado, el aliento entrecortado. Ahora que Jon no está a su lado, el pánico la invade. O quizás —más bien— es que ella permite al pánico entrar tan sólo cuando no hay nadie para juzgarla.

Después de todo este tiempo huyendo de lo que es, de lo que puede hacer, la realidad ha acabado alcanzándola. Antonia es cinturón negro en mentirse a sí misma, pero incluso ella es capaz de reconocer que desea tanto como teme bajar del coche y volver al viejo juego.

Aunque no sea una buena idea.

Aunque se haya jurado no volver, por todo el daño que causó al hombre que ama.

Aunque el peso plomizo en la boca del estómago le pida cambiarse al asiento del conductor, poner el coche en marcha, pisar el acelerador a fondo y salir de aquella jaula de oro. Golpe de melena, chirrido de neumáticos.

Aunque decepcione a la abuela Scott.

Entonces mira por la ventana y contempla con cierta sorpresa la superficie del lago artificial.

Mångata.

En sueco, el reflejo de la luna como un camino en el agua.

Antonia tenía —*tengo, tengo, tengo*, se repite a sí misma, tan alto que casi se alcanza a escucharla— un juego con Marcos. Encontrar palabras imposibles, palabras que reflejen sentimientos bellos e intraducibles, de esas que necesitan un párrafo en castellano. Cuando uno de los dos hallaba una palabra, se la ofrecía al otro como un tesoro. Y justo ahora —golpe de viento y claro de nubes mediante— una de sus favoritas se acababa de materializar frente a sus ojos, una línea plateada, trémula e imperfecta.

Mångata.

Una señal del universo como cualquier otra, que significa lo que Antonia quiera que signifique. Que para eso nos manda el universo las señales, para que hagamos con ellas lo que nos convenga.

El peso en el pecho se aligera, la respiración se ralentiza. Los monos de su cabeza gritan un poco más bajo. Eso es lo hermoso de las certezas, aunque sean temporales. Nos nutren con un cierto alivio.

Antonia exhala el aire que había estado reteniendo y abre la puerta del coche.

8

Un escenario

El camino que asciende hasta la casa está iluminado por focos incrustados en enormes baldosas de piedra caliza. A medida que se acercan, Jon es consciente del enorme tamaño de la mansión, y no le cabe duda de que cuando Antonia había dicho que algunas propiedades de La Finca superaban los veinte millones de euros se estaba refiriendo a una de éstas. Todas las luces aparecen encendidas, tanto las que tiñen la fachada blanca de un destello dorado como las de las habitaciones. La piscina, visible en parte desde la entrada principal, mide al menos diez metros. Su parte exterior, la que se cierne sobre el lago artificial, está formada por un grueso cristal. Jon intuye que, vistas de día desde la casa, ambas masas de agua deben dar la ilusión de ser la misma.

—Vayamos por detrás —indica Mentor.

Antonia y su antiguo jefe no se han saludado. Se ha limitado a echar a andar tras él.

Un sendero de la misma piedra que se ha usado en el camino y en la fachada rodea la casa hasta la piscina. Cuando doblan la esquina aparece ante ellos un comedor al aire libre, sillas de diseño bajo pérgola de acero negro. El suelo de madera comunica la zona de la piscina con el comedor, y llega a alcanzar la gigantesca puerta acristalada del salón, que está abierta. El interior queda oculto a la vista por gruesas cortinas drapeadas.

Una mujer alta, vestida con el clásico mono de plástico de la Policía Científica, espera en una de las sillas del comedor, con un cigarro en la mano y el móvil en la otra.

—Eso acabará matándola, doctora —saluda Mentor.

La mujer murmura algo ininteligible sin levantar la vista del teléfono y le da otra calada al cigarro.

Mentor chasquea la lengua con desaprobación, y se vuelve hacia Antonia, que le mira expectante, balanceando el peso del cuerpo de un pie a otro, como un corredor en la línea de salida. Mentor se inclina un poco hacia ella, hasta que sus labios le rozan la oreja derecha, y le pregunta:

—¿Cómo era tu rostro antes de nacer?

Antonia no contesta, se limita a dar un paso dentro del salón iluminado.

¿A qué demonios ha venido eso?, piensa Jon

Va a seguirla, pero Mentor le pone una mano en el pecho.

—Una cosa más. Antes de que entre, quiero advertirle de que lo que está a punto de ver, esta investigación, mi mera existencia o la de la señora Scott son estrictamente confidenciales. Verá y oirá cosas que le parecerán extrañas, con las que no estará de acuerdo. ¿Será usted un buen soldado?

—Nunca me ha gustado que me lleven de la correa —contesta Jon, intentando avanzar.

Mentor es fuerte —mucho más fuerte de lo que aparenta debajo de su traje carísimo—, pero no es rival para la inmensidad física de Jon, y baja el brazo con reticencia. La arruga que deja en la pechera del inspector Gutiérrez aumenta otro poquito las ya considerables ganas de darle una hostia que Jon lleva acumulando desde hace dos días.

—No me obligue a forzarlo —insiste Mentor—. Tampoco le estoy pidiendo tanto. Sólo que esté callado y juegue.

Los dos hombres miden de nuevo sus fuerzas, ahora con la mirada. La balanza se inclina del lado contrario. Jon tiene que tragar saliva y reprimir su furia. Ya llegará el momento en que explote, pero no es éste.

Jugaremos un rato —dice su boca, aunque sus ojos extienden una promesa muy distinta.

Mentor se contenta con un alto el fuego y se echa a un lado.

Afuera la noche está templada. En el interior hace muchísimo frío. *Alguien ha puesto el termostato en modo congelador*, percibe Jon al apartar las cortinas.

Cuando entra en el salón, dos cosas que creía saber se tambalean un poco.

Para empezar, creía que conocía, aunque fuera de lejos, el lujo. Su madre es maestra de primaria, de las de mucha vocación y el sueldo justo para apañárselas al principio con las cuatro perras que les pasaba el padre cuando se fue con otra. Pero *amatxo* tenía amigos que recibían de vez en cuando, unos cuantos en Bilbao, otros pocos en Vitoria. Apellidos dobles, terrenos, coches. Joselito cortado a mano para merendar, Vega Sicilia las más de las noches, alguna montería los domingos consumían las tres partes de su hacienda. Y tras visitarles, te ibas a tu piso en la otra orilla del Nervión y te dormías creyendo que habías tocado el cielo.

Y años más tarde entras en aquel salón y comprendes que no sabías ni de qué color era el cielo.

El espacio es inabarcable, aunque el arquitecto había dedicado mucho esfuerzo a intentar adaptarlo a una escala humana. Doble altura, abierto al piso superior, tragaluz en el techo, ventanal de cuatro metros de alto. En un lado el comedor con su chimenea, al fondo el muro que lo separaba del hall de entrada, con su estanque y todo. Cuadros colgados con gusto. Jon reconoce un Rothko y dos Miró. Quiere reconocer a otro, tiene el nombre en la punta de la lengua, es holandés seguro. Al fin desiste, limitándose a un cálculo por lo bajo: las pinturas del salón valen diez veces la casa.

Nadie que viva aquí puede tener el más mínimo contacto con la realidad, ni la más remota idea de lo que es ser humano. El pensamiento invade su cabeza y se marcha, tan fugaz como llegó, dejando atrás un ligero desconcierto.

Al otro extremo del salón está la sala de estar. Hay una tele de ochenta pulgadas, tan fina que parece pintada sobre la pared. Sofás de cuero duro y terso, y en la esquina, lo que hace tambalearse las creencias de Jon por segunda vez.

Los polis se parecen en algo a los perros: un año se lleva siete en el alma.

Después de más de veinte años, Jon ha visto muerte de sobra. Un yonqui rajado en un callejón, un chaval que salta desde el puente de Miraflores, dos ancianos cosidos a cuchilladas por sus vecinos adolescentes. Cuando has visto tanto, te das cuenta de que todos los finales son el mismo repetido. Un apagarse los latidos, ruido de cristales, y al final, la soledad. Echas callo, crees que nada puede ya sorprenderte ni afectarte.

Y entonces miras al adolescente muerto sobre el sofá y comprendes tu inmenso error.

—Rediós —exclama Jon.

No tendrá más de dieciséis o diecisiete años. Está vestido con camisa y pantalones blancos, casi indistinguibles de la piel del sofá y de la suya propia, que en su día fue morena y ahora es mortecina, casi transparente. Todo asomo de vida ha abandonado el cuerpo, imposiblemente delgado, y sin embargo sigue sentado, muy derecho, con una pierna cruzada sobre la otra, la mano derecha sobre la rodilla, la izquierda sosteniendo una copa de vino llena a rebosar de un líquido espeso y negruzco. No lleva zapatos ni calcetines, y los pies desnudos tienen una tonalidad cerúlea, la misma que los labios. Los ojos están abiertos, y la esclerótica presenta un color amarillento.

La boca abierta, en una parodia de sonrisa, es lo más obsceno de todo. Un coágulo de sangre le resbala del labio inferior y se acumula en el hoyuelo de la barbilla.

Jon contiene una arcada primaria, inmisericorde, que le exige expulsar una cena que no ha tomado. Aprieta los puños con una mezcla de rabia y compasión, para mantener el contenido del estómago dentro y la profesionalidad por fuera.

Cuando logra calmarse, vuelve su mirada hacia Antonia

que, en cuclillas junto al cadáver, estudia el rostro de la víctima, los rostros tan pegados que parecen a punto de besarse.

—Scott —llama Mentor con suavidad—. Cuéntanos lo que estás viendo.

Jon no le ha escuchado entrar, pero el misterioso personaje está a tan sólo unos pasos detrás de él. Su voz tiene un doble efecto: sirve para calmar a Jon y para que Antonia vuelva al mundo real. O al menos se comunique con ellos desde dondequiera que se encuentre.

—No hay signos de violencia —dice, en voz baja, tanto que Jon tiene que acercarse para escucharla—. Sin heridas superficiales, ni marcas defensivas en las manos ni en los brazos.

Vuelve a detenerse, como si le costara un esfuerzo físico seguir hablando.

—Causa de la muerte —le guía Mentor.

Antonia saca de su bolsa bandolera un par de guantes de nitrilo, se los pone, presiona el dedo pulgar del cadáver.

—Choque hipovolémico o hipoxemia, o ambas. Sus riñones debieron de fallar al mismo tiempo que su corazón se quedó sin nada que bombear al resto del cuerpo. Una muerte lenta y dolorosa. La cianosis es muy escasa, tan sólo la presentan los labios y los dedos de los pies. Debía de estar sedado y tumbado, de lo contrario estaría también presente en las manos. El dolor en la cabeza y las náuseas habrían hecho que se doblase sobre sí mismo y se retorciese. Tendría marcas de sus propios dedos sobre la piel.

—¿En cristiano? —pregunta Jon.

—Murió desangrado —dice alguien a la espalda de Jon.

9

Un hijo

—Les presento a la doctora Aguado, nuestra forense. Lleva desde ayer por la tarde trabajando en la escena del crimen —dice Mentor.

La mujer que esperaba fuera se ha unido a ellos, aunque ahora se ha quitado el gorro de plástico del mono y deja ver su pelo, largo y rubio, recogido en una coleta. Rondará los cuarenta. Pestañas largas, maquillaje desvaído, piercing en la nariz, sonrisa cansada en los labios, una pícara languidez en la mirada. No le ofrece la mano, y Jon lo agradece en silencio. Las manos de los forenses le dan repelús.

—¿Desangrado? ¿Cómo, de un navajazo, de un tiro?

—El asesino le introdujo una cánula en la carótida, y le vació —contesta la doctora.

—Lo hizo muy despacio —añade Antonia, más para sí misma que para ellos—. Se tomó su tiempo.

La extrema delgadez del cadáver cobra sentido. El cuerpo humano contiene entre cuatro y cinco litros de sangre. Sin todo aquel líquido, el resultado era el cascarón vacío que tenían frente a ellos. Una oleada de compasión inunda a Jon Gutiérrez al imaginar los últimos instantes del muchacho.

—Ha dicho que no hay heridas defensivas. ¿Cómo logró reducir a la víctima? —pregunta.

—He tomado muestras de mucosas y hay restos de benzodiazepinas. Es todo lo que puedo decirles sin poder realizar la autopsia.

—Ya hemos hablado de eso, Aguado. No tenemos permiso de la familia, así que no insista —le avisa Mentor.

Jon no comprende nada. Cuando hablaron por teléfono en las escaleras de la casa de Antonia, Mentor le había dicho que había habido un asesinato imposible, que el asesino había entrado en un lugar que disponía de una seguridad extrema y que se había marchado sin dejar rastro. Lo que no esperaba encontrar Jon era aquel sinsentido.

La decisión sobre la autopsia cuando hay un crimen violento no corresponde a los familiares, sino al juez de instrucción. El cual, por cierto, brilla por su ausencia. Todo en aquella escena del crimen, en aquella investigación, está mal, no sigue ningún protocolo ni se atiene a Ley de Enjuiciamiento Criminal ni a las normas establecidas. ¿Una sola investigadora forense? ¿Sin unidades de apoyo, sin inspectores —excluyéndole a él, claro—? ¿Qué puede causar que...?

Jon se interrumpe. No está haciéndose, claro, una pregunta importante.

—¿Quién es la víctima?

La doctora Aguado sale unos instantes y regresa con una carpeta. En ella hay una foto de un muchacho alto y delgado, de pelo rizado y ojos tristes. Está en la playa, posando desganado, como corresponde a su edad y condición. Inmortal, invulnerable, sin una sola preocupación en el mundo. La foto debe de ser de ese mismo verano, deduce Jon. Dios, como odia las fotos del *antes*. Odia reconciliar el ser humano intacto que muestran, ignorante ante el destino que se dirige hacia él con las fauces abiertas, con el despojo que queda atrás.

El muchacho le da la mano a una niña de unos ocho o nueve años, que sostiene una pelota de plástico y dedica a la cámara una sonrisa desdentada.

Ahí hay una niña que ya no volverá a jugar con su hermano, piensa Jon. *Me pregunto cómo se lo dirán. Ésa siempre es la parte más difícil. Mirar a alguien a la cara y decirle que su mundo se ha roto en pedazos. Que no hay manera de recomponerlo, porque alguien se ha llevado unos cuantos.*

Al pie de la foto, Aguado ha escrito el nombre de la víctima. Jon lo lee en voz alta, deteniéndose en el apellido. Sonoro. Inconfundible.

Espere un momento. Álvaro Trueba. El chico es...

—Sí. Es el hijo. Uno de ellos —le interrumpe Mentor—. ¿Tiene cuenta en el banco de su madre, inspector?

Jon respira hondo. La cabeza le da vueltas al intuir dónde se está metiendo.

—En Bilbao somos más del BBVA o de la BBK, por eso de barrer para casa.

—Me deja usted de piedra —responde Mentor, la voz alicatada en sarcasmo.

De pronto, Jon cae en la cuenta de por qué el aire acondicionado de la casa está puesto al máximo. Ahí dentro debe hacer 13 o 14 grados como mucho.

—Nada de esto está pasando, ¿verdad? Por eso esto es una puta nevera. Para que el cuerpo de ese crío aguante intacto lo máximo posible. Cuando ustedes hayan acabado con él, alguien se lo dará a la familia de tapadillo. Dirán que el chaval se ahogó en la piscina, o algo así, y tendrán un funeral sin escándalo ni prensa.

—Y con féretro abierto. Le sorprendería lo que es capaz de lograr un embalsamador motivado.

Jon hace un gesto en derredor, al salón inmenso y los cuadros millonarios.

—Todo este dinero, este poder, compra mucha motivación, ¿verdad? ¿Es eso a lo que se dedica usted, con sus coches caros, sus secretitos y sus frases cínicas? ¿A tapar la mierda de los ricos?

Mentor se vuelve hacia él, con los labios apretados y un nubarrón flotando en la mirada turbia.

—¿Eso es lo que cree que está pasando?

—No tengo ni idea de lo que ocurre, ya se ha encargado usted de ello. Lo que veo, lo que creo, es que a usted le importa una mierda el niño muerto del sofá. Están demasiado ocupados sirviendo a... —Jon vacila un instante, pero no puede evitar el tópico— otros intereses.

—¿Y va a decirme usted lo que está bien? ¿El poli gordo de segunda fila?

—Al menos no soy el lacayo de nadie.

Mentor observa a Jon con aire divertido, como el que

mira a un animal del zoo que acaba de hacer algo inesperado.

—Le pido que me perdone, inspector. Mi trabajo no es sencillo y no siempre acierto en lo que pretendo.

Jon no se acaba de creer la disculpa. De hecho, no se la cree nada. Pero como la otra opción es cruzarle la cara, opta por fingir.

—Todos estamos cansados —dice Jon—. Y la situación no ayuda.

—Y es peor para usted, que está trabajando a oscuras —Mentor señala en dirección a Antonia, que apenas se ha movido desde que entró, y cambia una mirada extraña con la doctora Aguado—. Dejémosle espacio, inspector. Si me acompaña fuera, le contaré la verdad.

10

Una copa

Ajena al intercambio que se ha producido a su espalda, ajena a que Jon y Mentor han salido de la casa, Antonia Scott se deja llevar por su entrenamiento, absorbe cada detalle de la escena del crimen. Su mirada pasa de uno a otro elemento en un bucle incesante en el que las paradas son:

- La camisa blanca, abotonada hasta arriba.
- La posición antinatural del cuerpo.
- La ausencia total de sangre en el suelo de roble, en el sofá, en la alfombra de hilo tejida a mano en la India.

Los ojos, la manosobrelarodillalaotrasostienelacopanoesdemasiado.
—Me estoy ahogando —dice, con voz ronca.
Sigue en cuclillas, los ojos cerrados tratando de que no le

desborde la información, que no la devore. Intenta volver a visualizar *Mångata*, pero está muy lejos, al otro lado de un muro de ladrillos compuesto

[camisa, cuerpo, la copa sobre el brazo del sofá]

de imágenes.

Creía que podía sola.

Pero.

No puede, ella sola no. Los detalles la inundan, imponen sus propias, abrumadoras condiciones.

Al final, se rinde.

Sólo esta vez. Será la última.

Extiende la mano. Casi suplicando.

La doctora Aguado se acerca por detrás. Lleva un pequeño recipiente de metal del que extrae una cápsula roja que deposita en la palma de la mano de Antonia.

—¿Quiere un poco de agua?

Antonia ni siquiera contesta, se limita a cerrar el puño y meterse la cápsula en la boca. Rompe la gelatina con los incisivos, liberando el ansiado polvo amargo, y lo recibe debajo de la lengua, dejando que la mucosa absorba el cóctel químico y lo lleve a su torrente sanguíneo a toda velocidad.

Cuenta hasta diez, dejando una respiración entre cada número, descendiendo un peldaño cada vez, hacia el lugar donde necesita estar.

De pronto el mundo se vuelve más lento, más pequeño. La electricidad que le hormiguea en las manos, el pecho y la cara, se disuelve.

—Gracias —consigue decir. A la doctora, a la cápsula, al universo en general—. Gracias.

—Así que es usted —dice Aguado—. Estaba deseando conocerla. He leído mucho sobre su trabajo. Lo que hizo en Valencia...

—Soy yo —interrumpe Antonia. Y es verdad. Es ella, otra vez—. Y usted es la nueva forense.

—Robredo se marchó el año pasado, harto de esperar a que volviera. Un trabajo en Murcia. Me pregunto quién querría ir a Murcia —dice Aguado, tendiéndole la carpeta a Antonia— teniendo la oportunidad de trabajar con usted.

Alguien listo, piensa Antonia. Rechaza la carpeta con un gesto. Aún no está preparada. Antes necesita verlo todo por sí misma.

—Ni una gota de sangre en la escena del crimen —dice—. Si exceptuamos la copa, claro.

El líquido espeso ya ha empezado a solidificarse contra las paredes del cristal de Bohemia que el muchacho sostiene en la mano. Cuando el asesino colocó ahí la sangre, debía de remedar vino, servido hasta el borde.

—¿Es la de la víctima?

—He hecho la prueba del bromecresol. Por ahora sólo puedo decirle que la sangre de la copa y la de la víctima son del mismo grupo, B positivo. Sabremos más cuando tengamos la confirmación de ADN.

O sea, cinco días. Yo no estaré aquí para entonces.

—¿Qué es esta sustancia en el pelo? —pregunta Antonia, que se ha incorporado para examinarlo más de cerca.

La cabeza del chico brilla bajo los focos. Lleva el pelo rizado peinado hacia atrás, y a simple vista parece gomina, pero la apariencia es demasiado untuosa, apelmazada. Una gota minúscula desciende por la sien.

—Aceite de oliva al noventa y nueve por ciento. —Lee la doctora—. Canela y otro compuesto que aún no hemos identificado. He venido en el MobLab, está aparcado en la parte de atrás, pero no tengo suficientes herramientas aquí.

El MobLab es una furgoneta cargada hasta los topes de herramientas de análisis forense. Por fuera parece una Mercedes Sprinter negra, sin ventanas, normal y corriente. Por dentro es como visitar una nave espacial, llena de probetas, productos químicos y ordenadores. Pero tiene sus límites.

—¿Ha mandado muestras a la División?

—Sabremos algo en unas horas —dice Aguado.

Tener que esperar por una pieza del rompecabezas frustra a Antonia. Toda la escena que están viendo ha sido compuesta hasta el mínimo detalle con un propósito, y saber cuál es lo más importante. Señala la copa.

—¿Ha mirado en la cocina?

—Hay un hueco en el aparador. La marca y el modelo encajan.

El asesino ha usado los elementos que había en la casa para mandar un mensaje. Lo único que ha traído consigo es el aceite.

Vino y aceite. Antonia ha leído antes algo así. O escuchado. El recuerdo viene de pronto. Ella, de niña. Siete años, dos meses y ocho días. En la basílica de la Mercé. Todos vestidos de negro. El aroma de las anastasias, la flor favorita de su madre.

—Es un salmo —dice Antonia, señalando al cadáver—. El salmo veintitrés. No recuerdo qué versículo.

La doctora Aguado la mira, desconcertada.

—Creía que usted recordaba todo lo que leía.

Es que no lo he leído. Lo escuché en un funeral. Hace tres décadas. Desde ese día no tuvo mucho sentido leer la Biblia.

—No siempre —dice Antonia.

Aguado consulta en su móvil.

—Creo que lo tengo. «Preparas la mesa ante mí, en presencia de mis enemigos. Unges mi cabeza con aceite, y mi copa rebosa» —recita Aguado—. ¿Es a esto a lo que se refería?

Antonia suelta un gruñido ambiguo. La copa rebosante con la sangre, la cabeza aceitada. Mucha casualidad. Y ella no cree en casualidades.

—Ya estoy lista para su carpeta, doctora Aguado.

Antonia tarda quince minutos en leer las cien páginas de datos, esquemas e información que le ha preparado la forense. Es un trabajo magnífico, mucho más pulcro e incisivo que el de su predecesor. Antonia duda si felicitarla, porque se supone que debe mostrarse lo más distante posible con el equipo (Directriz número 11 del Reglamento) y no empatizar con ellos (Directriz número 3) para que la relación sea lo más unidireccional posible (Directriz número 17). En el pasado, hacía caso al reglamento.

Ya no.

—Enhorabuena por su informe, doctora. Me alegra que Robredo se haya ido a Murcia, hemos ganado con el cambio.

Aguado se vuelve —tarde— para que Antonia no vea el rubor en sus mejillas.

Antonia por su parte se centra en las páginas de nuevo. La peor parte llega cuando encuentra la foto del muchacho en la playa. Antonia sabe que no debe ver a las víctimas como personas. Todo su entrenamiento le ha llevado a construir una barrera emocional que les convierta en hechos, en partes de un jeroglífico que empieza con una imagen y concluye con un resultado. Antes era capaz de hacerlo, si bien con gran esfuerzo.

Ya no.

Todo cambió después de lo de Marcos. De lo que le hice. De lo que nos hice.

Se descubre haciéndole una promesa al chico de la foto. Una promesa que no puede cumplir, porque colisiona con la promesa que le ha hecho a Marcos. Que se ha hecho a sí misma. Que a su vez es lo contrario que espera la abuela Scott de ella.

Cogeré al que te ha hecho esto, le dice al chico de la foto.

Según se forman las palabras en su mente, se arrepiente. No tiene, tampoco, manera de desdecirse. Es lo malo de prometer cosas a los muertos.

Es más difícil pedirles disculpas cuando les fallas.

11

Una explicación

Mentor camina hasta el comedor exterior y se sienta en una de las sillas. Le Corbusier o similar. Cara e incómoda, concluye Jon, cuando hace lo propio y nota que el respaldo no se fabricó para alguien de su tamaño. A no ser que tuvieran la tortura en mente.

Sobre la mesa ha quedado olvidado el Marlboro Light de la doctora Aguado. En la foto disuasoria de rigor impresa en el paquete se ve el ataúd de un niño.

La macabra coincidencia encoge el corazón de Jon, que aparta la mirada.

Menos escrupuloso, Mentor alarga la mano al paquete de tabaco, le ofrece uno al inspector, que niega con la cabeza. Mentor se enciende uno, da tres caladas, tose como un endemoniado, lo apaga en la superficie de cristal, empapada de agua de los aspersores.

—¿No le preocupa contaminar la escena?

—Ojalá hubiera algo que contaminar. Aguado lleva veintiséis horas seguidas trabajando, ha revisado la casa entera y recogido las huellas.

Jon silba de admiración. Había que acotar y delimitar cada uno de los metros cuadrados con una cuadrícula, tomar fotografías, buscar anomalías. En una casa tan grande, era tarea para cuatro o cinco personas.

—Menuda fiera.

—La doctora Aguado es la mejor de España. Por suerte para mí, y por desgracia para ella, le toca trabajar conmigo.

—¿Algún resultado?

—Lo sabremos cuando tengamos las de la familia y el servicio, para descartar. No espero nada. Hay pelos y fibras, pero vete a saber. Ya sabe que nunca sirven para una mierda. Ojalá fuera como en la tele.

Jon lo sabe muy bien. Las series de televisión han ofrecido una imagen tan distorsionada del trabajo de la científica que a veces los propios policías caen en la misma trampa que el público, creer en los milagros.

Mentor vuelve a estrujar el cigarrillo ya apagado contra la mesa y aleja de sí el paquete de tabaco.

—Lo dejé hace meses. De vez en cuando me recuerdo a mí mismo por qué.

—Es más fácil no hacerse mucho daño haciéndose un poquito de daño.

—Exacto. ¿Por qué se hizo policía, inspector Gutiérrez?

Jon hace una mueca de desagrado.

—Hemos salido aquí para que hable usted.

—Deme el gusto, inspector.

Pausa. Jon no sabe qué respuesta darle. La oficial, la que cuenta a los amigos, la que se cuenta a sí mismo, o la auténtica. Sea por la hora, sea por las emociones, al final es esta última la que sale.

—Para que no me hicieran daño —admite.

Ahora es el turno de Mentor de mostrarse sorprendido ante la honestidad.

—Vaya...

—Lo sé, lo sé. Un hombre grande y fuerte como usted, y toda esa mierda. No me joda con el psicoanálisis. Mi padre nos abandonó, me gustan las pollas, vivo con mi madre. Me sé todos los chistes y las explicaciones baratas. Lo cierto es... que tengo miedo. He tenido miedo siempre.

—¿Miedo a qué?

—A todo. A los atentados, cuando era un adolescente. A que me rajaran a la vuelta del cole. A los accidentes, a que me peguen el sida, yo qué sé. Trabajar de policía ayuda. Estar cerca de todo esto, ver las desgracias de otros. Te da una especie de escudo mágico. Como si no fuera contigo.

—Un poquito de daño para no hacerse mucho daño —dice Mentor.

—Exacto.

—Pero hoy no ha sido así, ¿no?

Jon no contesta. No tiene por costumbre responder a obviedades.

Los dos hombres se camuflan en el silencio durante un rato, recuperando posiciones. Mentor se incorpora un poco en la silla y se esfuerza en recobrar con las puntas de los dedos el paquete de tabaco que tan diligente había apartado antes de sí. La llama del mechero roba durante unos instantes su rostro a la oscuridad de la noche. A este cigarro no le da tres caladas apresuradas, sino que se deleita en el humo, tragándolo a conciencia.

—La idea surgió hace cinco años, en Bruselas. En el Fischer Institute. ¿Lo conoce?

—No tengo el gusto.

—Es un *think tank* de la Unión Europea.

—Lo del *think tank* sí sé lo que es: un montón de capullos universitarios ricos que creen que saben mejor que nadie lo que más le conviene al mundo.

Mentor se ríe entre dientes, alza los brazos.

—Culpable. El caso es que los capullos a veces acertamos. Hubo un estudio, hace años. ¿Recuerda el atentado de 2012 en el aeropuerto de Tenerife?

Jon asiente. Cómo olvidarlo. Las cámaras de seguridad más cercanas habían captado la bomba estallando antes de volverse a negro. Las demás cámaras contaron una historia igual de terrible: a gente corriendo despavorida por la terminal arrojando al suelo y pisoteando a los más lentos por el camino.

—El estudio examinaba los datos disponibles por los distintos cuerpos policiales antes del atentado. Las policías locales, la autonómica canaria, la Guardia Civil, la Policía Nacional. Todos ellos tenían piezas del puzzle. Ninguno las compartió con los demás.

—Una vieja historia —confirma Jon. Bien la conoce él, que es policía nacional en Bilbao, y tiene que lidiar casi a diario con la Ertzaintza. La relación de los cuerpos policiales entre sí es amarga como domingo de jubilado. Envidias, diferencias de sueldo. Resquemor de años. Y al final, la gente salía herida.

—Lo de Tenerife es lo mismo que pasaría en Turín en 2015 y en Las Ramblas de Barcelona en 2017, aunque eso fue mucho después. El estudio lo hicieron unos alemanes. Ellos tienen lo suyo también. Dieciocho cuerpos de policía.

—Puto caos.

—El estudio no se limitaba a terrorismo, consideraba otros casos de perfil alto. Asesinos en serie atípicos, como Remedios Sánchez. Diez ataques en veinticuatro días, tres ancianas muertas. O como Kovacs, el payaso de Düsseldorf.

—Cisnes negros. Impredecibles.

Una mueca de extrañeza se dibuja en el rostro de Mentor cuando Jon dice eso. Un cisne negro es, según una teoría reciente, un suceso terrible de alto impacto que ni la ciencia ni la historia podría haber anticipado, y que sólo puede ser racionalizado a posteriori. Como el 11-S, la crisis inmobiliaria de 2008 o el regreso de las riñoneras.

—No me esperaba que leyese usted a Taleb, inspector —dice Mentor, que lo mira a Jon como si lo viese por primera vez.

—Nunca me subestime —responde Jon, que ni muerto reconocería que se había quedado con el concepto hojeando una revista ajada en la consulta del dentista.

—Prometo no hacerlo. La conclusión del estudio fue que en Europa hemos generado un mundo nuevo. Sin fronteras, sin aduanas. Cinco millones de kilómetros cuadrados donde los malos pueden moverse a su antojo. Y cientos de organismos de policía que compiten entre sí. Entonces fue cuando surgió el proyecto Reina Roja.

—¿Como la de Alicia? ¿Que le corten la cabeza?

—De ahí viene el nombre. Es una vieja teoría evolutiva. ¿Recuerda el pasaje del libro en el que Alicia y la Reina corren y corren, y no se mueven del sitio?

Jon hace un gesto vago con la mano. Es lo malo de querer parecer más listo de lo que se es, la farsa no aguanta mucho.

—La Reina Roja le dice a Alicia que en su país hace falta correr sólo para permanecer quietos —continúa Mentor—. Aplicado a la evolución, es necesaria una adaptación continua para mantenerse al nivel de los depredadores.

—Pero nosotros ya lo hacemos —se defiende Jon.

—¿Cómo? ¿Más policías? ¿Más ordenadores? ¿Más armas? ¿O se refiere usted al curso que le dieron el año pasado en la comisaría sobre ciberdelincuencia?

—No sabría decirle. Me lo pasé entero jugando al Angry Birds.

—Al final la ventaja la tienen los criminales, porque se mueven más rápido, invisibles, sin dar cuentas a nadie.

Jon vuelve la mirada hacia la casa.

—Creo que comienzo a entender.

—El proyecto comenzó como un experimento. Una división central y una unidad especial en cada país de la Unión Europea. Con objetivos muy *especiales*. Objetivos que había que mantener ocultos a la opinión pública.

—Póngame un ejemplo.

—Asesinos en serie. Criminales violentos especialmente escurridizos. Pedófilos. Terroristas.

—Escoria solitaria —asiente Jon.

—Al igual que ellos, nuestra unidad no tiene ataduras. Ni jerarquías. Ni rivalidades internas. Ni burocracia. Sólo un agente de enlace, con el nombre en clave Mentor.

—Vaya, y yo que creía que era su apellido de verdad.

El otro sonríe sin humor.

—A su cargo, cada Mentor tiene un equipo de técnicos que están siempre fuera de los cauces normales. Ni medallas, ni premios, ni ascensos. Y en la punta de lanza, en el terreno de juego, dos personas. Un Escudero —dice señalando a Jon— y una Reina Roja.

—Mi papel ha quedado claro: chófer prescindible con placa y pistola.

—No se venda tan barato. Es necesario un policía con experiencia para proteger y aconsejar al activo principal.

—Si usted lo dice. ¿Y ella?

Mentor hace una pausa y se enciende otro cigarro.

—La Reina aparece en la escena del crimen, mira y se marcha. Nuestra unidad nunca se encarga en exclusiva del asunto, sea cual sea. Se limita a trabajar en los márgenes, mirando por encima del hombro de los policías *de verdad*.

—Salvo esta vez.

—Salvo esta vez, que han surgido circunstancias... especiales.

Jon se ríe entre dientes y sacude la cabeza ante el cinismo de Mentor. Siempre ha sido el inspector partidario de llamar a las cosas por su nombre. Miembro, acción armada, económicamente débil. Con lo clarito que se entienden *polla*, *atentado* y *pobre*.

—¿Cómo llegaron hasta ella?

—En cada país comenzó un proceso de selección muy largo y muy costoso. Los candidatos tenían que tener una serie de características muy difíciles de encontrar: escasas relaciones personales, libertad de movimientos, enormes capacidades para el pensamiento lateral. Poco importaba si eran altos o bajos, hombres o mujeres, gordos o delgados. No buscábamos al próximo James Bond. Buscábamos cerebros especiales. Que pudieran mirar como nadie más mira.

Hay un matiz de orgullo en la voz de Mentor que no pasa desapercibido al inspector.

—Fue usted quien la encontró, ¿verdad?

—España era el único país sin su Reina tres meses antes de iniciar el proyecto —dice Mentor—. Y ya llevábamos un año de búsqueda incesante. Consulté miles de expedientes y entrevisté a cientos de personas. Por fin, apareció ella. Y lo supe.

Madrid, 14 de junio de 2013

El hombre alto y delgado se restriega los ojos de puro cansancio. Y la jornada ni siquiera ha empezado.

El escenario de esta semana es una aproximación nueva al problema. Hasta entonces habían estado usando una combinación de test de personalidad con pruebas de inteligencia. El hombre alto está especializado en psicología cognitiva y en análisis del comportamiento. Pero no le ha servido de mucho hasta el momento a la hora de identificar pruebas válidas. Ha probado las más glamurosas, diseñadas por la CIA, FBI, MI6. Todas ellas se quedaban cortas en lo esencial. Reflejaban la inteligencia del candidato, pero no su capacidad para la improvisación.

A quién quiero engañar. El problema es la materia prima.

Esta semana están probando algo distinto. El test ha sido diseñado por una entidad mucho menos sexy que las agencias de inteligencia: una multinacional petrolera. Lo usan para evaluar las reacciones a una situación de crisis con final imposible. Al hombre alto le pareció más divertido que útil cuando la asistente se lo propuso, pero sería un cambio interesante después de tantas pruebas repetitivas e infructuosas. O eso pensaban. Después de varias decenas de intentos, está resultando tan ineficaz como los anteriores.

—Al menos nos ahorramos recitar la lista de cosas que lleva el sujeto en la nave espacial.

—El test de la NASA es muy útil —dice la asistente, dándole un sorbo al café.

El hombre alto la mira de reojo con envidia. Se muere de ganas de meterle cafeína al cuerpo, pero sabe que si toma un tercer cortado antes de comer, pasará la tarde de un humor insoportable. Aún más insoportable.

—Por el amor de Dios, hasta mi abuela sabría que si se queda abandonada tendría que elegir el oxígeno antes que el agua. Y que la brújula o la pistola no deben cogerse. ¡Están en la luna! En fin, empecemos. ¿Quién es el primer candidato de hoy?

—Número 793. Veintiséis años. Ingeniero industrial.

—Que entre.

La asistente aprieta un botón en el teclado frente a ella, y la puerta se abre.

Se encuentran en la facultad de Psicología de la Universidad Complutense. Nada mejor para camuflar aquellas pruebas y que nadie sospeche en absoluto que hacerlas pasar por ensayos estudiantiles. Y el lugar es apropiado. Una sala blanca, sin ventanas, en la que se puede controlar la temperatura, provista de visor unidireccional. Cristal por un lado, espejo por el otro. Una cabina de control y unos altavoces.

Al hombre alto y delgado le hizo gracia el sitio cuando comenzó el proceso de selección, hace casi un año. De familia bien, había cambiado la protección del hogar paterno por la protección, de los estudios primero, del Fischer Institute después. Su vida había sido más bien aburrida. Por eso al entrar en el laboratorio había sentido una extraña sensación. Se sentía como en una película de espías. O en *Gran Hermano*.

—Me siento como en una película de espías.

—O en *Gran Hermano*, ¿verdad? —había dicho la asistente.

Al hombre alto le caía bien. Es una buena persona. Flor mañanera. De esas que llegan al trabajo como una rosa después de haber corrido cinco kilómetros y que ve siempre el lado positivo de todo. Con el tiempo ha ido mejorando su opinión de ella. Hay días en los que ya casi no quiere estrangularla, ni a ella ni a la colección de tarados, cerebritos y bichos raros que han pasado por allí. Más de setecientos.

En todo este tiempo han hecho una preselección de seis que podrían dar el perfil. Pero tras una tercera prueba, han sido descartados. Ya no queda ninguno de los preseleccionados. Lo que quiere decir que están empezando de nuevo.

Nada. No tenemos nada. Y todos los demás países ya han iniciado el proyecto.

Sabía bien que los responsables de Bruselas estaban a punto de darle una patada en el culo. Y no le gustaba. Todo lo que había hecho en su vida antes era sentarse delante de un libro. A absorber ideas de otros, sobre todo. Se le daba mejor repetir que crear. Por eso cuando le habían propuesto formar parte del proyecto Reina Roja había saltado dentro de la oportunidad con los ojos cerrados. Ahora se estaba dando un chapuzón increíble dentro de su propio fracaso.

El 793 duró en la prueba casi media hora. Por supuesto, se rindió al final, la plataforma petrolífera se hundió y murieron todos. Ése era el intríngulis. Hiciese lo que hiciese, respondiese lo que respondiese, el candidato no podía ganar. El software que generaba las preguntas seguiría lanzando desafíos y problemas al escenario, hasta que la persona se diese por vencida o cometiese un error.

—No ha dado mala puntuación —dijo la asistente.

Un destello de esperanza...

—¿Habría sido seleccionado?

—Uuuuy... casi en la zona verde, pero no.

... que se apaga rápido. El hombre alto se frota los ojos de nuevo, suplicando paciencia.

—Que pase el 794.

La mujer es pequeña. Fibrosa. No aparenta ser gran cosa hasta que sonríe al espejo, y entonces parece guapa. *No una belleza, tampoco nos volvamos locos*. Pero tiene algo.

—Buenos días —dice el hombre alto, apretando el botón del interfono, que comunica la cabina con la sala de observación—. Voy a plantearle una historia. Todas las respuestas que dé serán válidas para la puntuación que usted obtenga en nuestro estudio. Le rogamos que se esfuerce al máximo, ¿de acuerdo?

La mujer no responde.

—¿Me ha escuchado? Creo que hay problema con el interfono —dice el hombre alto, sin darse cuenta de que no ha soltado el botón.

—Le escucho muy bien. Estaba esforzándome al máximo —dice la mujer.

El hombre alto sonríe, aunque aún no lo sepa, es la primera de las muchas veces que querrá matar a esa mujer.

—Está bien, comencemos —dice, empezando a leer el texto que va apareciendo en la pantalla, y cuyo principio, después de una semana casi conoce de memoria—. Es usted la capitana de la plataforma petrolífera Kobayashi Maru, situada en alta mar. Es de noche y está usted disfrutando de un plácido sueño. De pronto su asistente le despierta en mitad de la noche. Las luces de emergencia están encendidas, la alarma sonando. Hay una alerta de colisión. Un petrolero se dirige hacia ustedes.

—¿Dónde está situada la plataforma? —pregunta la mujer.

—En mitad del mar, lejos de toda ayuda.

—Necesito la localización exacta.

—La localización exacta es irrelevante.

—Yo la necesito —insiste la mujer.

—Hay un petrolero que se dirige hacia usted. A bordo lleva trescientas mil toneladas de crudo. ¿Cuál es su primera reacción?

—Sacar una carta náutica y ubicar la localización exacta de mi plataforma.

El hombre alto está desconcertado. Nadie había dado esa respuesta antes.

—Señorita —dice el hombre alto, intentando que la exasperación no se le note en la voz—. ¿Puedo preguntar por qué ese empeño sobre un dato irrelevante?

Antonia parpadea varias veces, y abre las manos, como si la pregunta se respondiese sola.

—Para encontrar cualquier solución hay que saber dónde estás respecto al problema.

El hombre alto se vuelve hacia la asistente.

—Pregúntale al software la localización de la plataforma.

—83 grados 44 minutos Norte, 64 grados 35 minutos Oeste —responde, tras un breve tecleo.

El hombre alto repite la localización, a través del interfono.

—Bien, ahora que conoce su localización exacta, ¿cuál es su segunda reacción? Le recuerdo que el tiempo de reacción es esencial para salvar las vidas de las personas a su cargo.

La mujer se queda pensativa durante unos segundos.

—Miro un calendario.

El hombre alto suelta un resoplido de incredulidad por la nariz. Tan fuerte, que los papeles que hay frente a él se agitan.

—Porque además del dónde hay que buscar el cuándo, ¿no? —dice, sin llegar a apretar el botón del interfono.

La asistente ha vuelto a teclear y le muestra la fecha en la pantalla al hombre alto.

—Según su calendario es 23 de enero de 2013. ¿Cuál es su curso de acción, señorita?

—Me vuelvo a la cama.

—Disculpe, creo que no la he entendido bien.

—Me vuelvo a la cama —insiste la mujer—. La localización de la plataforma que me ha dado está, a ojo, en pleno océano Ártico. Teniendo en cuenta la latitud y la fecha, el mar está completamente congelado, así que el petrolero no podrá acercarse a mucha velocidad. ¿Hemos concluido el experimento?

Aturdido, el hombre alto apaga el interfono y se vuelve a la asistente, que ha terminado de introducir los datos en el programa.

—Ha sacado la máxima puntuación —dice, boquiabierta—. Según los desarrolladores, sólo una persona de cada siete millones daría una respuesta así.

—¿Quién coño es esta mujer?

La asistente busca entre sus papeles.

—Candidata 794: Antonia Scott.

—Un apellido curioso.

—Nació en Barcelona, hija única. En profesión del padre ha puesto «Cuerpo diplomático». Es todo lo que ha marcado en el formulario.

La voz de la mujer suena a través de los altavoces.

—¿Hola? ¿Puedo irme ya?

—Espere un momento, si es tan amable. Estamos evaluando los resultados —dice, apresurado el hombre alto, antes de soltar de nuevo el botón—. ¿No tienes nada más?

—Del formulario que ella ha rellenado, no. Déjame consultar nuestra propia prospección. Veamos... Ha venido por insistencia de un amigo, que no quería hacer el «ensayo» solo. Está en paro. Novio guapo. Estudió Filología Hispánica. Un expediente académico bastante mediocre, la verdad. Nota media, seis.

Es una decepción para el hombre alto, después de tantos

candidatos con un expediente académico brillante como han pasado por allí.

—De hecho, ha sacado un seis en todas las asignaturas de la carrera —dice la asistente, tras una búsqueda en el ordenador.

Al oír aquello, el hombre alto se queda parado un instante y luego se echa a reír.

—Claro. Claro —dice, dándose una palmada en la rodilla.

—¿Qué es lo que te parece tan divertido?

—¿Sabes qué es lo único más difícil que acertar todos los números del Euromillones?

—La verdad es que nunca juego. La mejor lotería es el trabajo y la economía.

El hombre alto está tan excitado que incluso olvida enfurecerse ante aquella frase, indigna incluso de una taza de Mister Wonderful.

—Lo único más difícil que acertar todos los números del Euromillones es fallarlos todos.

—No veo la relación —dice la asistente, con cara de extrañeza.

—¿Sabes lo difícil que es sacar la misma nota, exacta, en todos los exámenes de una carrera? ¿Teniendo exámenes tipo test, orales, de preguntas y respuestas, de desarrollo? ¿Con tantos profesores distintos, evaluando subjetivamente? Sacar todas las veces un seis es mucho más complejo que sacar matrícula de honor.

La asistente abre mucho los ojos y pone boca de chupar limones.

—Oh. Oh. —Y, de nuevo—. Oh.

—Exacto. Ahí delante tienes a alguien que lleva toda la vida esforzándose mucho para esconderse a plena vista.

El hombre alto acaricia el rostro de la mujer a través del espejo, como el que llama a los abstraídos peces tocando el cristal del acuario.

Pero yo te he encontrado, señorita Scott.

12

Un poco de envidia

—¿Cómo lo supo? —pregunta Jon—. ¿Cómo supo que era ella?

Mentor apaga el cigarro con un golpe seco.

—Me temo que no puedo revelarle eso. Pero España tenía a su Reina Roja, y no una cualquiera.

—¿A qué se refiere?

—Supongo que se habrá dado cuenta de que Antonia es peculiar.

—Peculiar es un eufemismo. Sería sencillo confundir su comportamiento con locura o estupidez.

—Sería equivocado. La verdad es bien distinta. Antonia Scott es el ser humano más inteligente del planeta.

Jon resopla, incrédulo. Una cosa es dar por hecho que has ido a pasear en el coche a una chalada disfuncional, y otra descubrir que estabas en presencia de un genio, sin saberlo. ¿Qué dice eso de uno mismo?

—Repita eso, hágame el favor —dice, cruzándose de brazos.

—El ser humano más inteligente del planeta. Que sepamos —se cuida en salud Mentor—. Igual hay un pastor de cabras en Bangladesh con un CI de doscientos cuarenta y tres. Uno nunca puede estar seguro del todo. Por lo pronto, el ser humano con el cociente intelectual más alto registrado es Antonia Scott. Podría estar trabajando para la NASA, dirigiendo el país o cualquier cosa que ella quisiera. Y en lugar de eso la convencí de trabajar para mí.

—Hasta que se largó, ¿no? —dispara, a mala uva, el inspector.

Una sombra espesa y fugaz atraviesa los ojos de Mentor.

—Al principio todo fue bien. Antonia superó un entrenamiento duro para ella y costoso para nosotros. Participó en once casos, y resolvió diez de ellos.

—¿Alguno que yo conozca?

—La razón de ser del proyecto es encargarse de casos importantes de forma quirúrgica. Sin titulares. Cuando acabamos, nos hacemos a un lado.

—¿Y algún policía anónimo registra una detención?

—Algo parecido. El caso es que Antonia consiguió los mejores resultados de todo el proyecto. Y hace tres años todo se fue a la mierda.

—¿Qué fue lo que lo jodió?

—Lo que lo jode todo siempre. El amor verdadero.

Jon, que tiene el culo pelado en cuestiones románticas, que busca con regularidad pasmosa alguien a quien poner a su nombre todas las olas del mar —van seis en nueve años—, se incorpora en la silla como un resorte.

—Lo del marido, ¿no? Cuente, cuente.

Mentor se da un par de golpecitos en la barbilla, pensativo. Niega con la cabeza.

—Traicionaría su confianza si lo hiciese.

Jon se derrumba de nuevo en la silla, con los hombros hundidos por la decepción.

—Menudo narrador, se guarda lo mejor de la historia.

—Ya se lo contará ella más adelante. Si lo cree oportuno.

Hay que reconocer que el cabrón tiene confianza en sí mismo, piensa Jon.

—Supone usted que querrá volver. Ya le he dicho que ha sido muy clara. Sólo esta noche.

La sonrisa de suficiencia de Mentor ondea, trémula.

—Eso no sería bueno.

—¿Para el caso o para usted?

—He recibido muchas presiones en estos tres años —admite Mentor—. Ha habido amenazas a la seguridad muy graves en España para las que hemos hecho falta, y no hemos podido ayudar. Desde que ella se fue, hemos estado atascados.

—¿No intentaron buscar un sustituto a Antonia?

—Lo intentamos... —una carretada de frustración en esos puntos suspensivos— y fallamos. Sin la Reina, esta unidad no tiene sentido. Es la última oportunidad de que este proyecto sobreviva.

—Por eso ha estado mandando mensajeros a Antonia. Por eso vino a buscarme a mí.

—Necesitaba alguien a quien poder chantajear.

Jon recuerda un día, hace años, en el que regresó a casa y

se encontró al amor de su vida en el sofá con un tercero. Jon dio un paso atrás volvió a cerrar la puerta, discreto —nunca ha sido él de molestar a nadie—. Antes de que se cerrara por completo, el novio infiel volvió la cabeza en dirección a Jon. Sus miradas se cruzaron, y siguió con la faena.

La crudeza cristalina y cruel que quedó flotando entre ambos —*esto es lo que hay, no me arrepiento, son lentejas*— fue muy similar a la que experimenta el inspector cuando Mentor admite sin ambages que, para él, sólo es una herramienta. Y lo que deja en su ánimo es una mezcla curiosa de compasión, asombro y repulsión. Y quizás, también, un poquito de envidia.

—¿Cómo puede dormir por las noches?

Pausa. Mentor compone un rostro humilde, contrito. O una imitación casi perfecta de uno, bien trabajada frente a un espejo.

—Mi trabajo exige compromisos, me consuelo pensando en que sale algo bueno de todo esto.

Casi, casi me lo creo.

—Duerme como un bebé, ¿verdad?

—Toda la noche. De un tirón.

Definitivamente, envidia. Jon siempre ha admirado a los hijos de puta químicamente puros, de esos que ponen un circo y les encogen los enanos. Quizás por lo imposible que le resulta a él convertirse en uno de ellos. Coitao, *que eres un* coitao. *De bueno, bueno, eres tonto*, le dice su madre cada dos por tres. Y Jon, en realidad, lo que quiere ser es una pizquita malo, como Mentor.

Mal que le pese, aquel cabrón empieza a caerle bien.

—¿Esto es toda la verdad? ¿Sin mentiras, esta vez?

—Casi toda, y muy pocas —dice Mentor, sonriendo con suficiencia—. De lo contrario, no sería yo.

Es entonces cuando Antonia les llama desde la casa.

Mentor se pone en pie y se abrocha el botón de la chaqueta con elegancia.

—¿Qué me dice, inspector? ¿Se apunta a trabajar?

Jon se levanta a su vez, se retuerce, estira los enormes brazos, hace crujir los nudillos.

—Cualquier cosa con tal de levantar el culo de esta mierda de silla.

Cuatro horas antes

*(Más o menos a la hora en la que Jon y Antonia
llegan a La Finca.)*

Carla Ortiz va más atenta a la pantalla de su portátil que a la ruta por la que le lleva Carmelo. La lluvia les ha acompañado todo el camino desde La Coruña, una lluvia insistente, que reventaba contra el parabrisas del enorme Porsche Cayenne. Carla apenas le prestaba atención, enfrascada en el crucial informe en el que está trabajando en el asiento de atrás.

Sólo al pasar el túnel de Guadarrama, cuando la lluvia deja paso a una noche despejada, Carla alza la cabeza del ordenador.

—¿Estará bien Maggie?

Carmelo le dirige una mirada tranquilizadora a través del retrovisor. Los ojos azules, cargados de arrugas. Carla ha visto esa mirada en el retrovisor —divertida, jodona, cariñosa— desde que puede recordar. Lleva con la familia toda la vida. *Es de la familia.*

—Mejor que en brazos, señora. La *van* esa nueva es un lujo de caray.

Carla no las tiene todas consigo. Es verdad que la *van* —el remolque de caballos enganchado al todoterreno— es la mejor que el dinero puede comprar, y que el viaje hasta Madrid no es largo. Pero Carla siempre se ha preocupado mucho por sus compañeros. Cuando era niña, en el club hípico en el que aprendió a montar, presenció cómo tres hombres intentaban subir a un remolque a un potro que estaba nervioso y no quería moverse. Le empujaban, tiraban de la brida. El animal se resistía. Cuando sus cascos tocaron el interior de la *van*, el cambio en el sonido hizo que su miedo se transformara en pánico. Se puso de manos, intentando zafarse. El impulso le hizo golpearse la nuca con el borde del remolque y cayó al suelo, muerto. Carla nunca olvidará el sonido que produjo su cuerpo al desplomarse, volcando el remolque y arrastrando a dos de los hombres en su caída.

Maggie no es ningún potro asustadizo. Es una yegua holsteiner de once años, educada y criada por algunos de los mejores entrenadores del mundo. También es muy cara. Su padre la había comprado en una subasta por 4,3 millones de euros. Pero para Carla el precio —cualquier precio, de cualquier cosa— es irrelevante. Maggie lleva con la familia seis años. *Es* de la familia.

—Paremos un momento.

Carmelo frena en la primera área de servicio el tiempo suficiente para que Carla baje, estire las piernas, dé un par de caladas a un cigarro y compruebe cómo está Maggie. La yegua asoma el hocico por la ventanilla y Carla lo acaricia despacio, dos veces, recorriendo con el dedo la preciosa mancha blanca sobre la piel alazana.

Decían que estropeaba el conjunto. Qué sabrán esos idiotas.

—¿Cuánto queda para llegar, Carmelo? —pregunta, cuando regresa al coche.

—Algo menos de una hora —dice el chófer, tras consultar el GPS—. Pero si quiere la acerco primero a casa y después llevo yo a Maggie al Centro Hípico.

Carla lo piensa durante un instante. Por tentador que resulte meterse cuarenta minutos antes en la cama, quiere ser ella la que guarde a la yegua en su box. Dormirá mejor esta noche, y pasado mañana tienen que competir. Al fin y al cabo, para eso ha desechado venir a Madrid en el avión privado, para poder acompañarla. No tendría sentido dejar a Maggie en manos de Carmelo sólo por unos minutos más de sueño.

—No, sigamos. Luego me dejas en casa.

Intenta concentrarse en la presentación que está preparando para la junta de accionistas del próximo lunes. Está satisfecha con sus resultados, aunque sabe que no será suficiente. Es la responsable de desarrollo de negocio del imperio textil de su padre, y cada año éste le exige un crecimiento sostenido. Aunque ha logrado alcanzarlo por tercer ejercicio consecutivo, su padre se quejará del escaso empuje entre las mujeres de dieciocho a veinticinco años, o de que las tiendas crecen menos de lo esperado. Siempre encuentra algo por lo que no estar satisfecho. Pero claro, no se llega a ser el hombre más rico del mundo siendo un conformista.

Cierra el portátil, frustrada y agotada, y saca el móvil.

Son más de las doce de la noche. Es muy tarde para hablar con Mario, pero sabe que Therese, la institutriz, seguirá despierta. Probablemente viendo *The Crown* en la tele grande del salón, a pesar de que lo tiene prohibido y de que ella dispone de una de cuarenta pulgadas en su propio dormitorio. Pero Carla procura no reñir al servicio por las pequeñas transgresiones. Hay que darles un poco de cuartelillo. Y Therese lleva con la familia desde que Mario nació. Casi *es* de la familia.

Le queda poca batería, menos de un diez por ciento.

Suficiente para mandar un WhatsApp, ahora lo cargaré, piensa.

Carla: Everything alright?

Therese Nanny: All smooth and quiet. U ok madam?

Carla: Heading home. Can I see him?

Unos segundos después Therese le manda una foto de Mario, tumbado en su cama, boca abajo, roncando a pierna suelta con su pijama de Spiderman, sin una sola preocupación en el mundo. Carla siente una punzada de culpabilidad por no haber estado en casa a tiempo para bañarlo y acostarlo, pero se calma enseguida. Al fin y al cabo ella se crio también con institutrices y viendo poco a su madre, y no ha salido tan mal.

El trabajo por encima de todo, piensa Carla, mientras se

arrebuja en el fular y cierra los ojos un instante, sólo un instante, una cabezada...

Le despierta un frenazo seco, que hace que el portátil se le caiga del regazo.

—¿Qué ocurre, Carmelo?

—Han cortado el camino de acceso al Centro Hípico. Según el GPS estamos a sólo doscientos metros, pero hay una señal de obras.

Carla se asoma a través del parabrisas. El lugar es un centro puntero que se inaugura pasado mañana en una urbanización nueva cerca de Las Rozas aún sin alumbrado definitivo. Afuera sólo se ve oscuridad y árboles. Los faros del Porsche iluminan un cartel de DESVÍO POR OBRAS, con sus luces destellantes.

—Ahí hay alguien —dice Carla, señalando al frente.

Una figura se acerca, con un bastón luminoso en la mano.

—Es un guardia de seguridad, parece.

Les señala hacia un camino de tierra que hay a la izquierda, casi oculto entre los árboles.

—Habrá que dar la vuelta y rodear el Centro Hípico —supone Carla.

Deja la tarea de orientarse en manos de Carmelo, y emprende por el suelo la búsqueda del portátil. Lo recoge con una mueca de disgusto, lo que le faltaba ahora, perder la presentación. Eso sería el fin del mundo.

Lo peor que podría pasarme ahora mismo, piensa.

Con el frenazo también ha ido al suelo su móvil. Ahora no puede ver dónde está. Palpa con los dedos en su busca con la mano derecha, mientras que con la izquierda se apoya contra el asiento.

¿Dónde coño te has metido?

El cuello le duele, por lo incómodo de la posición, casi paralelo al respaldo.

—¿Llegamos ya? —le pregunta a Carmelo. Sus dedos rozan la familiar forma del iPhone. Se ha colado debajo del asiento delantero. El aparato vibra, ha llegado un WhatsApp.

Casi lo tengo, piensa, estirando el brazo. *Sólo un poco más.*

—No me lo puedo creer —dice Carmelo, dando una palmada en el volante—. ¿Otro desvío?

Carla ceja en su intento contorsionista y se incorpora, ya cogerá el teléfono cuando lleguen y pueda encender la luz del techo, ahora no quiere deslumbrar a Carmelo.

—Pero ¿por dónde quieren que vayamos ahora? Si el Centro Hípico está ahí —dice Carla, señalando los altos muros, a menos de cien metros a su derecha.

Una figura ataviada con casco y chaleco reflectante se acerca, lleva otro bastón luminoso en la mano enguatada. Hace un gesto a Carmelo para que baje la ventanilla. El chófer obedece.

—Buenas noches —dice el hombre del bastón luminoso.

—Hágame el favor, ¿podría indicarme por dónde puedo acceder al Centro Hípico? Es que es tarde y la yegua tiene que dormir —dice Carmelo.

Cuando está cansado o tenso el acento de Arteixo se le acentúa, piensa Carla, divertida. *Acento se acentúa*, encantada con su juego de palabras. *Dios, qué tarde es y qué cansada estoy*. Se imagina en su cama, arropada por las mantas. Mañana le espera un día muy duro.

—Es muy sencillo, si baja del coche se lo indico enseguida.

Carmelo abre la puerta del coche, y pone un pie en el camino de tierra. El hombre del bastón luminoso lo alza y apunta con él a la oscuridad, al tiempo que se inclina hacia el chófer, como si quisiera indicarle mejor por dónde debe acceder al edificio.

—Mire, es por ahí.

—¿Dónde?

Maggie, en el remolque, se agita inquieta, relincha, piafa nerviosa.

Los caballos saben.

Carla ve brillar algo en la mano derecha del hombre del bastón un instante antes de que Carmelo lo capte también con el rabillo del ojo y se vuelva, extrañado. Tarde. El cuchillo se hunde en el cuello del chófer con un movimiento descendente y un chasquido húmedo, atravesando la prominente capa de grasa, seccionando la yugular. El desconocido sujeta con el brazo izquierdo a Carmelo contra él, usando el bastón como una palanca con la que aprisiona el pecho de Carmelo, que intenta alcanzar eso que hay en su cuello, ese elemento extraño incrustado en su interior. Catorce centímetros de acero afilado que ahora abandonan su carne, seguidos de un surtidor de sangre desoxigenada que, en lugar de acudir al corazón de Carmelo, salpica la puerta abierta del Porsche, se cuela en la guantera y empapa la tierra.

Carmelo cae de rodillas, intentando desesperadamente parar la hemorragia, volver a meter dentro de su cuerpo la vida que se le escapa entre los dedos. Emite un sonido borboteante que poco a poco se va transformando en un chillido vidrioso.

Carla no ha abierto la boca, aunque quiere gritar, pero su garganta está atenazada por el miedo y la sorpresa, la terrible disonancia que encuentra entre el cuerpo agonizante que cae al suelo y el hombre afable, educado y cariñoso

es de la familia

que ella conoce y aprecia, y recuerda al potro de su infancia al tiempo que piensa que Carmelo ya no podrá ver más a sus nietos, a uno ella lo conoce, tiene la misma edad de Mario y una vez jugaron juntos en la finca y

Mario. Oh, Dios. Mi hijo.

Carla se da cuenta entonces de que ella es la siguiente, que el hombre del cuchillo —ya no es el hombre del bastón, ahora sólo es el hombre del cuchillo— ya se da la vuelta y comienza a rodear el Porsche, cruzando por delante de los faros, y que si quiere volver a ver a Mario tiene que hacer algo *ya, inmediatamente*, pero sus dedos no aciertan con la manija, resbalan, empapados en sudor y atenazados por el miedo, y de pronto lo logra, suena un chasquido metálico y la puerta está abierta, y el hombre del cuchillo está *ahí mismo*.

Entonces Carla empuja la puerta del coche y se arroja al exterior.

13

Una foto

—No murió aquí. —Es lo primero que dice Antonia, cuando los dos hombres vuelven al salón.

El muchacho ya no está en el sofá. Concluido el análisis de Antonia, la doctora lo había colocado en una bolsa negra con cremallera, que reposa en el suelo.

—Continúa —pide Mentor.

—Ésta es una escena secundaria. El chico no murió aquí, habría sido imposible hacerlo sin dejar rastro. El asesino se limitó a dejar aquí el cadáver y organizar un espectáculo. Para quién, no lo sé.

Jon la mira, extrañado. Algo ha cambiado en ella. Cuando llegó, era como un conejillo asustado, hipnotizado por los faros de un coche. Inspiraba ternura, pese a irradiar la sensación permanente de que no estaba del todo allí. Ahora está tranquila, serena. Está. Incluso su postura ha cambiado, los hombros algo más levantados, la barbilla erguida.

Distinta.

—Nosotros tampoco. ¿Quieres que te resuma lo que sabemos?

Antonia asiente y se apoya en la pared, con las manos en los bolsillos, expectante.

—Hace seis días recibí una llamada de arriba —cuenta Mentor, el dedo índice apuntando al cielo—. Me preguntaban si estabas lista para volver al trabajo. Dije que no lo sabía, pero que podría intentarlo. Entonces me explicaron que quizás no sería necesaria tu participación, pero que había sucedido algo grave.

—El chico había desaparecido —aventura Jon.

—Correcto. Estaba en clase, se excusó para ir al baño y no regresó. Es todo lo que sabemos. El colegio no tiene cámaras de seguridad, y los profesores pensaron que había decidido fumarse la clase de matemáticas. Al parecer pasa con cierta frecuencia, así que el profesor decidió mandarle un email a los padres. El padre contestó casi inmediatamente diciendo que el chico no se encontraba bien, y que no iría a clase al día siguiente.

—Los padres ya lo sabían —afirma Antonia—. El que se lo llevó les había avisado de que había cogido al chico.

Jon se pasa la mano por el pelo.

—Y también les diría que no denunciaran el secuestro a la policía.

—Los padres son gente con contactos. Sabían a quién acudir. En cuanto el asesino colgó el teléfono, empezaron a moverse las piezas en los despachos de más arriba. Yo recibí la llamada tan sólo hora y media después de que el chico desapareciera.

La justicia es igual para todos, piensa Jon, que necesita urgentemente tomarse una cerveza, o diez.

—¿Y después?

—Después nos ordenaron no hacer nada. Prepararnos para intervenir si era necesario. Nada más.

Cinco días perdidos, piensa Jon. *Cinco días en los que el asesino tuvo campo libre para moverse a su antojo, y hacer lo que quiso con el pobre Álvaro.*

—Ayer a las siete de la mañana el personal de servicio descubrió el cadáver de Álvaro Trueba —interviene la doctora Aguado—. Y entonces nos pidieron que interviniéramos.

—Confiando en que tú te unieras a la fiesta —añade Mentor.

Antonia se incorpora y se acerca a ellos.

—¿Qué pasará con el chico?

—Dirán que fue meningitis. Una fiebre fulminante. Uno de nuestros médicos lo certificará.

Antonia le mira sin pestañear.

—No es así como hemos trabajado nunca, Mentor. Antes hemos torcido las reglas un poco. Nos hemos escurrido por los márgenes. Pero esto... esto no está bien.

—Quizás no estuviera bien antes, Antonia —dice Mentor, encogiéndose de hombros—. Pero luego tú te fuiste. Nos dejaste tirados.

—No te atrevas a echarme eso en cara —dice ella, apuntándole con el dedo.

Mentor saca la fotografía de la carpeta, en la que se ve al muchacho y a su hermana en la playa y se la muestra a Antonia.

—Y tú no te atrevas a decirme que a este niño se le hará mejor justicia si su nombre aparece arrastrado en los programas de la mañana. Si los lobos despedazan cada parcela de su vida cuando sea *trending topic* en Twitter. Si su hermana crece con el recuerdo constante de lo que le pasó de verdad. A otra niña puede que le dejaran olvidarlo. Esta chiquilla —dice Mentor, golpeando con el índice en la foto— es la hija de la presidenta del banco más grande de Europa. No le dejarán que lo olvide nunca. En cada reportaje en el que salga, en cada foto que le hagan, añadirán «marcada por la tragedia». ¿Querrías eso para tu hijo?

Mentor concluye, y se queda mirando a Antonia con una bien ajustada máscara de integridad.

Jon, por su parte, está tentado de aplaudir.

El cabrón está manipulándola con material de primera clase. Una mentira tan parecida a la verdad que es casi indistinguible. Ahora comprendo a qué se refería con mierdismo. Este tío pisaría el cuello de su abuela moribunda con tal de ganar.

—Espera un momento, ¿tienes un hijo? —pregunta Jon, cuando el significado de la última frase que ha escuchado alcanza su cerebro.

Antonia no contesta, su mirada se ha trabado con la de Mentor.

—Dime que quien ha hecho esto no va a volver a matar —dice éste, con voz suave.

Antonia respira hondo. Tarda en contestar, y cuando lo hace, habla muy despacio.

—Una planificación exhaustiva en el secuestro. Un crimen sin escrúpulos especialmente cruento. Quien ha hecho esto es extremadamente inteligente y sí, volverá a matar. Esto es sólo el principio.

—¿Estamos ante un asesino en serie? —pregunta la doctora Aguado.

—No —responde Antonia—. Es algo distinto. Una clase de animal diferente. Algo que nunca había visto.

Tres horas antes

Carla abre la puerta del Porsche. El hombre lanza su cuerpo contra ella, tarde. La puerta se cierra a su espalda como unas fauces hambrientas, pero Carla ya está fuera, cae sobre las manos. Sus pies no hacen suficiente contacto con el suelo, sus zapatos planos patinan sobre el terreno irregular.

No caigas, no caigas ahora.
Si caes, te cogerá.

Carla trastabilla, los músculos sin fuerzas tras tantas horas en el coche, pero logra incorporarse lo suficiente como para correr. Un paso, dos pasos, es todo lo que necesita, correr, alejarse de allí. Una mano se cierne hacia ella.

Crac, suena.

El cuerpo de Carla se detiene en seco, la respiración se corta en su garganta.

Los dedos del hombre han logrado aferrarse al fular —el

sonido de la tela chasqueando es lo que ha escuchado, y no, como temía ella, su cuello rompiéndose—, y tiran hacia él.

Carla gira sobre sí misma, llevada por el impulso. La casualidad quiere que lo haga de derecha a izquierda, como las educadas y obedientes manecillas del reloj, y que su cuerpo quede libre, y el fular en manos del hombre del cuchillo, que lo deja caer y emprende la persecución.

—Ven aquí —gruñe, la voz a su espalda.

Carla rodea el *van* de Maggie, que relincha a su paso, y hace un quiebro en dirección contraria, interponiendo el remolque entre ella y su perseguidor. Al otro lado sólo hay carretera, ningún sitio adónde ir, y ella no llegará muy lejos con esos zapatos planos, casi unas sandalias. Quitárselas no es una opción, tampoco. El camino está lleno de arena y piedras, huele a polvo y a sequedad. Descalzos, sus pies acabarían destrozados en cuestión de segundos, y su perseguidor —con sus suelas resistentes, sus piernas largas y fuertes de hombre— la alcanzaría enseguida.

Hay luces en el Centro Hípico.
Ve hacia allí, idiota,

oye en su cabeza, y la voz que le habla es la de su madre, aunque no es posible, porque su madre murió hace once meses.

Carla corre, su cuerpo rebasa el coche y entonces ve el bastón luminoso, delante de él en el camino de tierra que asciende al Centro Hípico, y no comprende cómo ha podido moverse tan rápido. Quiebra de nuevo y salta el arcén, se mete entre los árboles, nota las ramas de un arbusto partiéndose, lacerándole las pantorrillas y lamenta, no por última vez, haber elegido un vestido en lugar de unos vaqueros.

Tarde. La tela se le enreda en una rama, y Carla cae hacia delante, manoteando. Lo que detiene la caída es el tronco de un árbol, sobre el que aterriza de cara. Se oye un chasquido. No puede contenerse, suelta un quejido.

Está sangrando por la nariz. Mucho.

Me la he roto. Dios cómo duele.

Aprieta los dientes.

Sigue.

A su espalda se oyen los pasos del hombre, pesados, implacables, internándose en el bosquecillo. Pero ahora Carla tiene ventaja: unos pocos metros y la oscuridad, la bendita oscuridad. Se parapeta detrás de un árbol —es una encina, nota la corteza rugosa y gruesa en la espalda, sus manos están pringosas por la resina, el olor se mete en su nariz, leñoso y fragante—, intentando pensar qué hacer.

Llamaré a la policía.

*El teléfono está en el coche,
bajo el asiento.*

Cogeré una rama y le atacaré, le pillaré por sorpresa.

Es mucho más grande que tú.

Entonces correré hacia el remolque y me subiré en Maggie, picaré espuelas y galoparé como el viento.

Te cortará el paso antes.
Y necesitarás unos segundos
para abrir el pestillo y ayudar
a Maggie a bajar. Incluso aunque
montes a pelo, de una vez
y sin resbalarte, aunque logres
mantener el equilibrio, puede
subir al Porsche y perseguirte
mucho antes de que logres
encontrar la carretera principal
en la oscuridad.

La voz, que sigue pareciéndose a la de su madre, no le ha dejado más opciones.

Tienes que ir al Centro Hípico
y pedir ayuda.

—Ven aquí —repite el hombre—. Ven aquí. —Cada vez está más cerca.

El haz de una linterna escudriña entre los árboles como un tentáculo ansioso, en su búsqueda.

Carla se agacha, palpa, a ciegas. Mantillo. Ramas secas que le desgarran las uñas. Algo pastoso que prefiere no identificar. Una piña, no, esto no sirve. Por fin su mano se cierra alrededor de una piedra, pequeña, rugosa.

Los pasos del hombre del cuchillo están casi encima de ella. Puede escuchar su respiración, rota y ronca.

Carla arroja la piedra en dirección contraria, lo más lejos que puede. No es mucho. El sonido suena lastimosamente próximo.

Ésa es toda la ventaja que tienes, aprovéchala.

El hombre del cuchillo se ha girado, el haz de luz explora, hambriento, más cerca del remolque. Carla decide quitarse los zapatos, sabe que dolerá, que dolerá mucho, pero también que hará menos ruido y ahora mismo evitar el ruido es su única forma de escapar. Echa a andar, encorvada, en dirección al Centro Hípico. Cada paso es una tortura para el alma, cada pisada parece resonar por todo el bosque, gritando *¡estoy aquí, cógeme!*

A la tortura mental se une el dolor físico cuando las agujas de pino que alfombran el suelo comienzan a clavarse en la planta de los pies, en el espacio, suave y vulnerable, entre los dedos. El dolor acumulado y reiterado es, paradójicamente, más soportable que el individual que produce un solo pinchazo, y Carla deja que la adrenalina tome el control. La lucidez absurda que nos invade, a veces, en los momentos de mayor pánico, le hace remedar una frase que aprendió en la universidad.

Un pinchazo es una tragedia, mil pinchazos son estadística.

Veinte metros más adelante se acaban los árboles y allí están los muros del Centro Hípico, a tiro de piedra, al final de una cuesta llena de arbustos secos y restos de materiales de obra.

No hay camino. No hay puertas.
Tendrás que rodear el muro.

Pero estaré expuesta. Podrá verme.
Cerca de la esquina visible hay unas cuantas vigas de acero y sacos de arena. Si corre hasta allí, podría usarlos como escondrijo antes de doblar la esquina.

Serán ochenta metros. Quizás menos. En la universidad
hubieras logrado hacerlo en doce segundos. Un esprint
glorioso, con los brazos doblados en ángulo recto, los dedos
extendidos y cara de velocidad.

Carla palpa sus pies descalzos y maltrechos, llenos de heridas. Arranca como puede algunas de las agujas, aunque otras se han metido entre la piel y el músculo y se han partido, harán falta unas pinzas, un baño de agua caliente con desinfectante y un millón de tiritas.

Cuando llegue a casa. Cuando llegue a casa. Voy a llegar a casa esta noche. Voy a besar a mi hijo esta noche.

Se incorpora un poco y mira hacia atrás, pero no ve ni oye rastro del hombre del cuchillo. Quizás lo haya perdido. Quizás se haya cansado y marchado a su casa. Quizás los percebes aprendan a cantar esta primavera.

Sale al camino, despacio, intentando pisar con cuidado, y comprende ahora, en carne propia, que la traicionera cama de agujas de pino era un paraíso en comparación con el terreno pedregoso, que le dobla los tobillos y envía espasmos de dolor a su cerebro cuando las piedras, rugosas y afiladas, entran en contacto con su piel. Cada paso es un sufrimiento en tres tiempos. Primero, la anticipación del dolor que va a sentir, con el pie aún en el aire. Segundo, el dolor que causan las heridas que ya tiene al entrar en tímido contacto con el suelo. Tercero. El dolor auténtico, real, cuando todo el peso del cuerpo cae sobre el pie, y tiene que apretar los dientes fuerte para no romper a gritar.

Cincuenta pasos.

Veinte.

Voy a conseguirlo.

Entonces los faros del Porsche, que apuntan al muro en ángulo recto a la posición donde ella se encuentra, se mueven. Carla se apresura, saca fuerzas del único lugar que le queda: el deseo inquebrantable, casi físico, de estar de nuevo en casa con su hijo.

El coche se desplaza e ilumina a Carla justo cuando logra alcanzar los sacos de arena. Se acuclilla detrás, se encoge.

No me ha visto. No ha podido verme.

El coche se acerca, se detiene.

Carla escucha cómo se abre la puerta.

—Ven aquí —dice el hombre del cuchillo. No debe de estar ni a seis metros—. Ven aquí, o bajaré y degollaré a tu caballo.

Es una yegua. Es una yegua, y se llama Maggie.

Carla intenta hacerse diminuta, aprieta la cabeza contra los sacos de arena, como si quisiera fundirse con ellos y desaparecer. Pero eso no va a ocurrir.

—Ven aquí —repite el hombre del cuchillo—. Ven aquí, ahora. O degollaré a tu caballo.

Y Carla aprieta los puños, y grita de miedo y de frustración.

No lo hagas. Sólo es una yegua,

dice la voz de su madre.

No puedo permitir que le hagan daño. Es de la familia.

Y entonces se pone en pie, y el hombre del cuchillo está ya a su lado, echándose sobre ella, con su respiración ronca y sus brazos fuertes, y Carla nota el metal en el cuello, y el mundo desaparece.

14

Una furgoneta

—Está bien —interviene Jon—. Empecemos por lo que sí sabemos.

Jon y Antonia están sentados en el MobLab, comparando sus notas, mientras la doctora Aguado —despojada ya de su mono, vestida con vaqueros y jersey— teclea en su MacBook, con los cascos puestos. La música está muy alta, alguna clase de rock extranjero que Jon no consigue identificar.

El interior de la furgoneta tiene espacio para que cuatro personas trabajen con comodidad. A través de la puerta abierta, Jon puede ver a Mentor, organizando a un equipo de tres hombres vestidos con monos azul oscuro que ha venido en otra furgoneta negra sin ventanas. Sacan cajas de metal y bolsas de plástico que apilan sobre el terrazo blanco que cubre el acceso al garaje de la mansión. Aunque Jon no escucha lo que Mentor les dice, tiene claro cuál será el cometido de los recién llegados: borrar toda huella de lo sucedido en la casa.

—El chico desapareció en el colegio, antes de que acabaran las clases. Los padres pidieron ayuda casi inmediatamente, de forma discreta.

—El asesino habló con ellos —afirma Antonia—. Después, nada hasta ayer por la mañana, en el que el cadáver del muchacho aparece, como por arte de magia, en el salón de casa de sus padres. ¿Por dónde empezarías tú si esto fuera un caso de los tuyos?

Jon sonríe con amargura. Los casos en los que él trabaja son apuñalamientos por cuestiones de drogas, putas que se esfuman (con suerte, a otros pastos; sin suerte, debajo de ellos), coches que desaparecen de aquí y aparecen, quemados, allá. Vidas de mierda que culminan en actos de mierda.

—Éste no es un caso de los míos.

—Inténtalo, al menos.

El inspector Gutiérrez enuncia una lista rápida. Informes financieros de los padres; registros bancarios y de tarjetas de crédito, los familiares, amigos y gente del entorno; teléfono, ordenador del muchacho; entrevistas con testigos potenciales. Eso sería lo primero que pediría.

—Nada de todo eso sirve —admite Antonia—. Los padres no son gente normal. Sus informes financieros nos tendrían atrapados durante meses. No hay testigos, más allá del profesor que dice que el chico se levantó para ir al baño.

—Quizás haya alguien que viera algo y no lo haya contado. O no lo sepa. Podríamos ir al colegio.

Antonia señala fuera, adonde Mentor da órdenes y gesticula.

—No te dejaría. No es así como hacemos las cosas. Además, a los seis minutos de que estuviésemos en el colegio uno de los chavales subiría nuestra foto a Instagram. Al cuarto de hora aparecerían los periodistas.

Jon se pega una palmada en el muslo, exasperado.

—El secretismo no va a ayudar a encontrar al asesino de ese chico. Las cosas no se hacen de esta forma.

—La policía no hace las cosas de esta forma. Nosotros no somos la policía. La policía es lenta, segura, predecible. Es un elefante que agacha la cabeza, se fija una meta y arrasa todo a su paso. Nosotros somos otra cosa.

Yo sí soy la policía, piensa Jon. *Lento, confiable. Pero no un elefante, no estoy gordo.*

Luego sigue la dirección de la vista de Antonia, que vuelve a indicarle la puerta del MobLab, y a Mentor, que aguarda fuera, ahora ocupado en hablar por teléfono.

Jon, frustrado, se niega a darle la razón. Se siente como si le hubieran arrojado al Nervión con la ropa puesta y dos pesas atadas a los pies.

—No sé si quiero jugar a vuestro juego.

—Yo no te lo he pedido —dice Antonia—. Por mí, puedes irte cuando quieras.

—Ojalá eso fuese verdad.

—Si estás aquí es porque cometiste un error.

Quizás un ratón, atrapado por una trampa que acaba de cerrarse con un sonoro chasquido, con la espalda partida y el queso fuera de su alcance podría explicar mejor que Jon la broma macabra que el destino parecía querer jugarle.

—Está bien. Nosotros no somos un elefante. ¿Qué somos?

—Nosotros cogemos lo que hay, y nos apañamos.

—¿Y qué hay que podamos usar?

Antonia vuelve a repasar mentalmente todos los elementos del caso, uno por uno. El cadáver, manipulado pero sin pistas. Una escena preparada. Elementos de la casa empleados como parte del perturbado propósito del asesino.

Puede verlo colocando el cuerpo, una sombra negra que se mueve, con total precisión. Que entra y que sale de una urbanización impenetrable.

—Cuando un ser humano mata a otro siempre es un caos enorme —dice Antonia—. Hay sangre por todas partes. Sillas volcadas, muebles rotos.

Y dientes, y cristales y botellas desparramadas, piensa Jon, que ha visto lo que pasa cuando el hombre es lobo para el hombre.

—Pero eso es algo que tenemos en contra. Dijiste que el asesino mató al chico en otro sitio, y por eso no hay pistas.

—No hay huellas, ni pelos, ni fibras. Tampoco se dejó el DNI encima de la mesa de la cocina.

—Hubiera sido un detalle por su parte.

—Pero te equivocas, sí es algo que podemos usar. Sabemos que dejó un mensaje, o hay razones suficientes para pensarlo. El aceite en el pelo del chico.

—El salmo veintitrés. ¿Un motivo religioso?

—No lo sé. Pero sabemos que se esforzó mucho por dejar

ese mensaje y que lo hizo sin cometer errores. Y eso nos habla más acerca de él que lo contrario. Mira esto.

Antonia busca en su iPad y le muestra una foto. No es bonita.

—¿Un caso antiguo? —pregunta Jon, intentando no apartar la mirada.

—De los primeros.

En la imagen se ve a una mujer muerta en un dormitorio. La ropa de cama está deshecha y llena de manchas oscuras. La cara de la víctima está cubierta por una funda de almohada.

—Un asesino en serie. Sevilla, hace años. Tres víctimas antes de que lo cogiéramos. Ésta es la tercera, aunque fueron todas similares. El asesino era el dueño de un bar de carretera en Écija.

El asesino de las Tijeras. Lo recuerdo. ¿Fuiste tú la que le cogió? —dice Jon, con repentino respeto.

Antonia le dedica una sonrisa indescifrable que parece pintada por Da Vinci.

—Historial de abusos sexuales y malos tratos desde el instituto. Asuntos feos, pero se iba librando.

—Hasta que un día el angelito decidió subir el listón.

—Era un tipo astuto. Intentó cubrir sus huellas lo mejor que pudo, por eso logró pasar del primer crimen. Si no hay más asesinos en serie en España es casi siempre porque cometen errores y les cogen antes de que lleguen a la víctima número dos. Éste era listo. Aun así, observa la escena.

—Es un desastre.

—Caos. Un estallido de violencia mientras él obtiene lo que quiere, el objeto de su placer y de su deseo. Los cortes en el cuerpo de ella no son limpios, vacila antes de clavar las tijeras. Y cuando acaba... la culpa, el remordimiento.

—Por eso le tapa la cara —dice Jon, señalando la foto.

Antonia toca en el brazo a la doctora Aguado, que se quita los cascos y la mira con cara de interrogación.

—Puede poner en las pantallas las fotos de la escena, ¿por favor?

La forense asiente y echa mano del ratón. Un instante después los siete monitores de treinta pulgadas que cubren una de las paredes del MobLab comienzan a mostrar en bucle las fotos que ha tomado Aguado. Muestran el salón, las habitaciones, y, por supuesto, el sofá y la víctima.

—¿Qué es lo que no ves? —pregunta Antonia.

—No hay culpa, ni remordimiento.

Antonia no continúa. Tiene la mirada clavada en el carrusel de fotografías, sus pupilas van de una a otra. Jon espera, paciente, pero intuye que algo no va bien. A los ojos de Antonia ha asomado de nuevo el mismo brillo tembloroso que tenía antes cuando estudiaba el cadáver, acuclillada en el salón.

—¿Estás bien?

Una eternidad después, Antonia parece registrar la pregunta. Pero elige contestar otra, una que se está haciendo a sí misma.

—Todo es artificial —dice—. Esto no es por...

Se para en mitad de la frase, muy despacio.

Como si le hubiesen quitado las pilas, piensa Jon.

La doctora Aguado se interpone entre Antonia y él, le ofrece algo. Antonia le aparta la mano.

—No. Debo pensar.

—Será más fácil así.

—He dicho que no. Márchese.

—Señora Scott...

—He dicho que se marche —dice Antonia, la voz dura y chillona. Un diamante rayando vidrio.

Aguado se incorpora, incómoda, se alisa los vaqueros, se tira de las mangas del jersey.

—Voy a salir a ver si Mentor necesita ayuda —dice, como si se le acabara de ocurrir.

Jon espera hasta que la forense haya saltado de la furgoneta, y sólo entonces se incorpora en la silla y se inclina hacia Antonia.

—Has dicho que es artificial.

Antonia le mira, el esfuerzo para comunicar sus pensamientos es visible en sus ojos.

—No es por el chico. Esto es por algo más. Es por poder.

—¿Poder? ¿Qué clase de poder?

—El asesino cree que lo ha pensado todo. Pero se equivoca. Nos ha dejado dos... dos...

—¿Dos qué?

Antonia agacha la cabeza. Cuando la vuelve a incorporar, gruesas lágrimas le corren por las mejillas.

—Lo siento. Creía que podría. Pero no puedo.

Y, poniéndose en pie, sale de la furgoneta.

15

Un avión

Es sólo un punto en el cielo de la mañana.

El Bombardier Global Express 7000 había despegado del aeropuerto de La Coruña cuando aún era de noche, y tenía previsto iniciar la aproximación de descenso en Madrid justo después del amanecer. Aunque el dueño y único pasajero a bordo del avión verá aparecer el sol junto a su ventana antes que los habitantes de la capital de España.

—Señor, quedan dos minutos —avisa el piloto por el intercomunicador de la aeronave.

Ramón Ortiz no levanta aún los ojos de los papeles que uno de sus ayudantes le entregó en mano en la escalerilla del avión. Incluyen el informe de ventas del día anterior, problemas en la apertura de una nueva tienda en Singapur y otros asuntos menores. No puede estar pendiente de todo como le gustaría, pero ha hecho correr el rumor —que él mismo ha llegado a creerse— de que no hay detalle, grande o pequeño, que escape a su control. Le gusta presentarse de improviso o llamar a alguna de las tiendas, preguntar por la encargada (cuyo nombre le pasan convenientemente antes) y charlar de trivialidades. Sabe que luego se lo contará a todo aquel con el que se cruce. Así se crean las leyendas, con muy poco.

A sus ochenta y tres años, Ortiz ha recorrido un largo camino desde que era un mocoso que regresaba a casa caminando durante cinco kilómetros por una carretera nevada con los zapatos en la mano para no destrozarlos. Porque no había otros.

Entre el cuero duro de aquellos zapatos y la suave piel de anca de potro que recubre los asientos de su avión privado ha habido muchos amaneceres. Pasa la mano por el reposabrazos, con apreciación no exenta de cierta desazón. La piel es excelente, sin duda. Aunque el lujo desorbitado sigue resultándole, aun después de tantos años, ajeno. Como si fuera de prestado. Fue su hija Carla quien insistió en que personalizaran los asientos con esa piel en concreto, a juego con el sofá Chesterfield que aún conserva en su casa y que le acompaña desde la apertura de su primera tienda, hace cuatro décadas.

Ramón había enarcado la ceja ante el gasto, que subiría la factura del avión —35 millones de euros— en otros cien mil. Pero con Carla no hay forma de discutir. Todo lo salda con un:

—Calla, calla, que vas a ser el hombre más rico del cementerio.

Y, por supuesto, será verdad. Le entierren donde le entierren.

—Un minuto, señor —dice el piloto.

Ramón le ha instruido para que le avise siempre del instante en que el sol va a hacer su aparición. No quiere perdérselo, enfrascado en su trabajo. Sabe que el piloto hace un poco de trampa, pues el avión asciende ligeramente para que la predicción se cumpla en el momento preciso. Uno de los privilegios de ser el hombre más rico —aún sobre la tierra, y no bajo ella— es que puede elegir la hora a la que amanece.

Se quita las gafas de leer, que caen sobre su pechera, sujetas por la cadena que lleva al cuello, y se recuesta para ver el espectáculo. Pero una vibración sobre la mesa de caoba maciza le distrae. Está sonando su móvil particular, que dispone de cobertura wifi gracias a la conexión vía satélite del Bombardier. Otros cincuenta mil euros de sobrecoste, además de cincuenta euros el minuto de conexión. Otro gasto que no protestó.

—No querrás perderte una llamada importante mientras estás volando —había dicho Carla.

Teniendo en cuenta que sólo un puñado de personas tienen ese número, Ramón sabe siempre que, si suena, es importante. Por eso aparta, a su pesar, la vista de la ventanilla.

Es una llamada de FaceTime de audio. La foto de Carla le saluda desde la pantalla. Raro en ella, que no suele despertarse temprano, y menos aún llamar a esas horas.

Descuelga.

—¿Qué haces con el ojo abierto?

La voz que le contesta no es la de Carla.

—Buenos días, señor Ortiz.

—¿Quién es? ¿Cómo tiene este número?

Una voz, grave, seca, le explica con todo lujo de detalles

por qué tiene ese número de teléfono y por qué llama desde el FaceTime de su hija.

—Oiga, como le haga usted daño...

—Ya le he hecho daño, señor Ortiz. Y le haré más. Y usted no podrá impedirlo. Y ahora cállese —le interrumpe.

Y Ramón Ortiz escucha. Y cuando el sol sale y le da de lleno en la cara, no presta atención, porque en su interior está creciendo la oscuridad. Y cuando el hombre que tiene a su hija interrumpe la comunicación, Ramón Ortiz se queda, por primera vez en su vida, sin saber qué hacer.

—Cinco días —es lo último que le ha dicho.

Cinco días.

Durante unos largos minutos, Ramón Ortiz se devana los sesos. Ni siquiera es consciente, tal es su estado de nervios, de que han aterrizado y de que el piloto le indica que ya puede bajar del avión.

Ramón toma una decisión. Busca en su agenda de contactos un número de teléfono. Uno que, como el suyo, está al alcance de muy poca gente.

Un número de teléfono que nunca creyó que tendría que usar.

16

Una cama de hospital

La abuela Scott está decepcionada.

A Antonia le da igual.

—Estoy decepcionada, niña —dice la abuela Scott.

—Me da igual —responde Antonia, sin dejar de rascar con la lima.

Está en la habitación 134 del Hospital de la Moncloa. El iPad está sobre la mesa, y Antonia intenta arreglarse las uñas como buenamente puede. Las elecciones de iluminación en la 134 son dos: penumbra decimonónica o pupilas abrasadas. Por suerte, Antonia cuenta con sus propios medios. Se ha traído un flexo de casa. De hecho, se ha traído muchas más cosas. Casi toda su ropa, para empezar. Una cómoda, una plancha, una cafetera Nespresso y una cantidad indeterminada de productos de belleza e higiene que ocupan casi todo el suelo del cuarto de baño. Entrar en él es una versión del juego del Buscaminas, salvo que con cremas para la celulitis y mascarillas para el pelo.

Tampoco es que Marcos vaya a usar el baño en un futuro próximo.

—Necesitas salir de ahí.

—Dijimos una noche.

—No llevo la cuenta de lo que dijimos —miente la abuela Scott—. Pero sabes que seguir encerrándote en ti misma no te hace ningún bien.

La parte buena de comunicarte con alguien a través de una videollamada mientras te haces las uñas es que puedes esconder los ojos sin que la otra persona pueda hacer nada al respecto.

—Estoy bien.

Su mantra desde que era una niña. Para alguien como ella, que percibía todo a su alrededor (la frialdad de su padre, la enfermedad que su madre le ocultó hasta que sólo pudo llorarla, la incomodidad de todos los que se encontraban ante aquella niña rara y menuda), es irónico lo poco que se ha esforzado siempre en transmitir nada.

Claro que estaba hablando con la abuela Scott. Y a la abuela pocas cosas se le escapan. Es tan perceptiva que es capaz de deducir que el hecho de que su nieta viva prácticamente en la habitación de hospital de su marido comatoso; que no tenga medios de ganarse la vida; que apenas hable con nadie que no sea ella es lo contrario de estar bien. Se ha dado cuenta ella sola, sin ayuda de nadie.

La sabiduría de los ancianos.

—Mírame a la cara cuando te hablo, niña.

—Tengo las uñas hechas un desastre —dice Antonia, que está a dos pasadas de empezar a limar el hueso.

Durante un momento dulce y efímero Antonia cree que la abuela va a dejar el tema. Error. La pausa se debe a que está dándole un sorbo a su té Darjeeling (con tres terrones) y engullendo una pasta de mantequilla. Es diabética, pero vive según sus propias normas.

—Ya ha pasado suficiente tiempo. He estado aguantando tus excusas, tu autocompasión, tus lágrimas. Ya no más. Tienes un trabajo en el que eres muy buena, un trabajo en el que puedes cambiar las cosas. Un trabajo en el que no te aburres.

Si las cosas fueran tan fáciles.

La abuela tiene razón en algo. Lo que Antonia hace —lo que hacía— es algo que nunca creyó posible. Para ella los desafíos se quedaban siempre cortos, como descubrió de adolescente. Cualquier disciplina del conocimiento que abordaba se le volvía de un gris plomizo a las pocas semanas. A diferencia de otros superdotados, que casi siempre optaban por el campo de la física o de las matemáticas, donde el raciocinio puro les ofrecía recompensas intelectuales, a Antonia no le gustaban los números. No era que no se le dieran bien. Podía calcular una raíz cuadrada de nueve dígitos sin usar lápiz ni papel, en pocos segundos. Pero a disgusto.

Hay muchas personas que, a esa edad complicada en la que el cuerpo cambia y el mundo se hace inmensamente grande, piensan que jamás podrán ser amadas. Antonia también entraba en esa categoría, por supuesto. Además de eso, ella creía que jamás podría encontrar nada que le interesara realmente, que le obligara a poner todo su cerebro y sus sentidos al servicio de una tarea.

Lo primero quedó invalidado cuando conoció a Marcos.

Lo segundo, cuando conoció a Mentor.

Con ambos había conocido el amor, un amor distinto. El primero le había dado amor, el segundo le había dado algo que amar. Por supuesto, donde hay amor hay ingentes, interminables, cantidades de sufrimiento.

El que causas, el que te causan.

—Abuela —dice Antonia, dejando a un lado por fin la lima y el quitaesmalte—. Lo he intentado, te lo prometo. Pero es muy duro. Te quema por dentro.

—Antes podías.

—Antes era antes y ahora es ahora.

—Cuando ocurrió lo de Marcos...

—No ocurrió sin más, abuela.

—Ocurrió —dice la abuela Scott, incorporándose y meneando el dedo frente a la pantalla. El dedo acusador, inflexible de la abuela. Claro que no sabe bien dónde mirar y el dedo acaba apuntando en otra dirección, así que el efecto se pierde un poco—. No fuiste tú quien disparó.

—Sigo siendo la responsable.

—No, no lo eres. Entiendo que cuando pasó lo de Marcos, te quedaste tocada. Pero tienes que seguir adelante. ¿No quieres volver? Me parece bien. Búscate otro trabajo.

Antonia no se ve poniendo cafés en un bar ni ejerciendo su brillante título de Filología —que obtuvo únicamente para quitarse de encima a su padre— como profesora de Lengua en un instituto.

Lo cual nos deja con un bonito dilema.

Disyuntiva, conflicto, alternativa, duda, argumento cornuto, callejón sin salida. Para algo sí que sirve la licenciatura en Filología. Acabas conociendo un montón de sinónimos para definir una situación de mierda.

—Abuela... —empieza a decir Antonia.

Y luego se calla, porque, en realidad, no tiene gran cosa que decir. Porque por inane que se le antoje la vida, tiene que vivirla. Ojalá supiera cómo.

—Ya ha pasado suficiente tiempo. Deja de esconderte —termina la abuela.

Corta la comunicación, y de la pantalla del iPad desaparece su rostro, dejando sólo el de Antonia, confuso y desorientado. Justo lo último que Antonia desea ver ahora.

Apaga la tablet. En los últimos tres años no ha tenido muy buena relación con su rostro. Nunca se mira en un espejo después de anochecer, si puede evitarlo.

Ya ha pasado suficiente tiempo.

Antonia contempla al hombre tendido en la cama. La cara, antes de rasgos tan afilados que te podías cortar sólo mirándolos, es ahora una máscara de cera, pálida y sin vida. El pelo, negro, grueso y largo en otro tiempo, está ahora lacio, tan fino que podría partirse con un soplo de aire. Los labios, los labios que con sólo rozarla le hacían *kilig* (una palabra en tagalo que significa «cuando sientes mariposas en el estómago por la felicidad») están secos y agrietados. Sus músculos, duros y fibrosos, ya no son sino un mero testimonio, un recordatorio doloroso de lo que ya no es.

Antonia le coge la mano, y encuentra consuelo.

Las manos no han cambiado. Ya no manejan el cincel, ya no le apartan de la cara el flequillo rebelde, ya no se ahuecan sobre sus pechos, ya no le arropan por la noche cuando se destapa, pero siguen siendo sus manos. Dedos nudosos, palmas cuadradas. Manos de hombre, manos de escultor.

De él, del Marcos que ella ama y añora tanto, sólo quedan esas manos y un corazón fuerte. Un corazón que sigue latiendo 76 veces por minuto. A veces ella se queda mirando el electrocardiograma, con su molesto y constante *bip, bip, bip*, hasta que el agotamiento vence y se queda dormida en el sofá de cortesía que ha sido su única cama en las últimas mil ciento dieciséis noches. Luego, durante el día, vuelve a su piso, que ha vaciado completamente de todo lo que le recuerde a su marido, para estar sola y ejecutar su ritual. El ritual que la mantiene cuerda. Los tres minutos al día, los únicos tres minutos, en los que se permite pensar en abandonarlo todo, el sufrimiento y la culpa y la cárcel de su privilegiada mente.

Antonia Scott sólo se permite pensar en el suicidio tres minutos al día. Tras haber pasado en vela la noche anterior, no tiene fuerzas, ni ganas de volver al piso y regresar para dormir con Marcos, así que se dispone a conseguir su miserable cuota de paz allí mismo.

Se quita los zapatos.

Adopta la posición del loto en el suelo.

Cierra los ojos.

Vacía los pulmones.

Llaman a la puerta.

17

Un sándwich mixto

—No tienes buen aspecto.

El inspector Gutiérrez está en la puerta de la habitación, con una sonrisa y un café de máquina en la mano. Su elegante traje italiano de lana fría está tan arrugado que parece que no haya acabado de salir de la oveja. Lleva los pelos de la coronilla levantados. Tiene aspecto de haber dormido en el coche, porque ha dormido en el coche.

—¿Cómo me has encontrado? —dice Antonia.

—Puede que no sea el hombre más inteligente del mundo, pero sigo siendo policía.

—Sólo quiero estar sola.

—Y yo sólo quiero hablar contigo.

—No puedes entrar.

—No lo pretendía. Odio los hospitales.

—A nadie le gustan los hospitales.

Antonia le cierra la puerta en las narices.

Jon está tentado de volver a llamar, pero tiene el suficiente buen juicio para sentarse a esperar en un banco junto a la fuente de agua. Mata el rato leyendo un cartel escrito en elegante Comic Sans que avisa de que las infecciones contraídas en el hospital son la tercera causa de muerte en España y anima a usar el bote de gel antiséptico clavado en la pared. Jon aprieta el émbolo del dispensador que está, faltaría más, vacío.

Antonia sale al cabo de unos minutos. Se ha puesto los zapatos y se ha colgado al hombro su bolsa bandolera.

—Vamos a la cafetería.

Jon la sigue al piso de abajo, en silencio. Un policía tiene sus trucos. Uno de los más útiles es dejar que hablen otros cuando tu media de sueño en las últimas noches es de tres horas y cuarto.

Antonia se sienta a la barra. El camarero la saluda con una sonrisa deslavazada que reserva para los habituales y le sirve, sin preguntarle, una Coca-Cola Light de lata y un vaso con un hielo anémico y solitario.

—Y, ¿para usted? —le pregunta a Jon.

—Yo lo mismo, pero en un vaso limpio, por favor.

El camarero le dedica una mirada asesina y elige con sumo cuidado el vaso que ha salido más turbio del lavavajillas.

—Ponnos dos mixtos con huevo, Fidel.

—¿Comes siempre aquí? —le pregunta Jon.

—La cena, siempre. Suelo comer en casa.

El inspector recuerda los túpers resecos de la entrada con una mueca de disgusto. Cuando el sándwich mixto llega, Jon comprueba que en el hospital se apegan a la tradición. La plancha debe llevar sin limpiar desde que la compraron.

—Unas verduras te vendrían bien.

Por toda respuesta, Antonia se da un sarcástico paseo con la mirada por los ciento y pico kilos de policía que están haciendo crujir el taburete. Le lleva un rato.

—Yo no estoy gordo, lo que estoy es fuerte. Aunque te voy a confesar una cosa —dice, bajando la voz, como si fuera a hacerle partícipe de un gran secreto—. Me gusta comer.

—A mí tanto me da. Tengo anosmia.

Jon eleva una ceja, pidiendo desarrollo.

—Significa que no puedo oler nada.

—¿Nada de nada? ¿Como cuando estás acatarrado?

—Es de nacimiento. Sólo puedo percibir los sabores muy fuertes, como el dulce y el salado. El resto me sabe casi todo a cartón.

—¿Y si cortas cebollas? ¿No lloras?

—Lloro como todo el mundo. No tiene nada que ver con el olor, es que se te meten las moléculas de azufre de la cebolla que reaccionan con la humedad de tus ojos produciendo ácido sulfúrico.

—Qué putada —dice el inspector. Y lo dice en serio. Sin darse cuenta, porque es un trozo de pan, y porque cuando se le enternece el corazón no piensa mucho, pone su enorme manaza en el antebrazo de Antonia y le da un apretón.

Jon no es muy fan de los vídeos de gatos, pero hay una variedad que le hace mucha gracia: ésos en los que sus malnacidos dueños ponen un pepino detrás del animal, de forma que, cuando el felino se gira, pega un salto de medio metro, con todo el cuerpo en tensión. Su instinto lo ha confundido con una serpiente.

La reacción es bastante parecida a la que tiene Antonia cuando Jon le pone la mano en el brazo. El taburete cae al suelo, con un gran estrépito. La media docena de personas que hay en la cafetería se giran en dirección al espectáculo.

—Lo siento —intenta disculparse Jon. Se agacha a recoger el taburete al mismo tiempo que Antonia, y los dos se dan un cabezazo.

Idiota, idiota, idiota. Mira que te han dicho que no la toques nunca.

—No me toques nunca —dice Antonia, sujetándose la frente, allí donde se ha golpeado—. Madre mía, eres macizo, siento que me he dado con una pared.

—Cada uno usamos la cabeza para una cosa. La mía vale para allanar puertas.

—Y que lo digas.

Fidel aparece con unos cuantos cubitos de hielo envueltos en una servilleta. Sólo para ella, claro. A Jon también le duele, pero le da vergüenza pedir más y lo deja pasar.

El incidente no parece haberle quitado el hambre. Sujetando el hielo con una mano contra la frente se termina el sándwich con la otra. Y las patatas fritas de bolsa que les han puesto de acompañamiento. Y se pide otra Coca-Cola.

Tácticas de dilación. Está esperando a que hable yo, piensa Jon. *Pero al juego de quién es más cabezón es muy difícil ganar a uno de Bilbao.*

Así que se queda callado, acabando su propio y grasiento sándwich con bocaditos pequeños y educados.

—Vale, ¿qué es lo que quieres? —dice Antonia, cuando se cansa de esperar a que el otro empiece.

—Pues, chica, sinceramente, volverme a mi casa con mi madre, que está insoportable mandándome WhatsApps para ver cuándo regreso, que me necesita para mover la cómoda. Cada vez que veo en su estado *Escribiendo…* sé que en media hora más o menos voy a tener lío.

—¿Está enferma, o algo?

—Sólo de apego. Quiere que la lleve al bingo Arizona. A ella sola le da vergüenza cantar las líneas.

—Teniendo en cuenta que yo no voy a continuar, enseguida dejará de echarte de menos.

Jon asiente, con una sonrisa agotada.

—Tu amigo el conspirador ya me ha liberado —dice, y es verdad. Mentor le ha dicho que ya no está obligado a quedarse. Claro, que también le ha contado otra cosa. Una que lo cambia todo.

Antonia le mira, suspicaz.

—Entonces ¿a qué has venido? ¿A despedirte?

—No. He venido a saber qué es lo que quieres tú.

—Ya te lo he dicho. Quedarme aquí con mi marido. Y antes de que digas nada —advierte, viendo venir la pregunta en los ojos de Jon—, te aviso de que no es un tema del que me guste hablar.

—Lo entiendo. ¿Y qué pasa con Álvaro Trueba?

Ella se lo piensa durante lo que parece una semana y media, más o menos. Luego se lleva el vaso a la boca para acallar su conciencia. Claro que es de Coca-Cola Light, así que no queda como en las películas.

—No es mi problema. El chico está muerto, y nada va a cambiar eso.

—Y el que lo hizo está suelto por ahí.

—Puede que nunca volvamos a saber de él.

Jon sorbe fuerte por la nariz y mira para otro lado.

—Ya, bueno, ahora que lo dices...

Mete la mano en el bolsillo de la chaqueta y saca la foto. La pone sobre la barra. Rubia teñida, ojos marrones y grandes, pómulos marcados. Más cerca de los treinta que de los cuarenta. Un aspecto corriente, como cualquier universitaria que esté empezando su vida laboral y haya comenzado a prosperar. No mira a la cámara, y en su sonrisa hay una timidez escueta. También un cierto calor humano, aún más escueto.

Antonia cree haberla visto en alguna parte. De pronto recuerda. Una revista de papel cuché que encontró tirada en uno de sus vagabundeos por el hospital. Una mujer, montada a caballo, con pantalones claros y cara de concentración.

—¿Es quien yo creo?

—Carla Ortiz —confirma Jon en voz baja, tras asegurarse de que el camarero está al otro extremo de la barra, enfrascado en el fútbol que están emitiendo por televisión—. La heredera del hombre más rico del mundo.

Antonia parpadea varias veces, mientras asimila la información. Luego deja escapar un suspiro cansado, con el que quiere alejar de sí lo inevitable, sin conseguirlo.

—¿La han...? ¿La han encontrado?

—No. Sabemos que ha desaparecido, junto a su chófer y a su yegua favorita. Ayer por la tarde salió de La Coruña en coche, destino a Madrid, pero nunca llegó.

—Podría haber tenido un accidente.

—El padre recibió una llamada del secuestrador esta mañana temprano.

Detrás de los ojos de Antonia se mueve maquinaria de gran tonelaje. Jon ya lo ha visto antes. La deja hacer.

—Podría ser nuestro hombre.

No «el mismo hombre», piensa Jon. Ha dicho «nuestro hombre». El que nos ha tocado en perra suerte. Con lo bien que estaría yo camino de vuelta a Bilbao, me cago en todo lo que se menea.

No necesita ya hacer la pregunta, pero la hace de todos modos.

Y Antonia Scott responde lo único que puede responder.

SEGUNDA PARTE

CARLA

Mentiras que ganan juicios
tan sumarios que envilecen
el cristal de los acuarios
de los peces de ciudad.

JOAQUÍN SABINA / PANCHO VARONA

1

Un inconveniente

—Tenemos que estudiar cómo abordamos la situación —dice Mentor.

Les ha citado en la plaza de París, en los jardines que hay junto al Tribunal Supremo. De jardines sólo tienen el nombre, porque aparte de cuatro setos mal puestos, lo único que crece allí son piedras. Mentor se ha sentado a esperarles en un banco junto a una farola. Ya es noche cerrada, y los otros únicos visitantes del parque son un hombre y su perro, que va olisqueando el suelo.

—¿Qué hay que estudiar? —se queja Jon—. Subimos, hablamos con él, y nos ponemos a trabajar.

—Me temo que va a haber inconvenientes.

—Ha venido alguien más —dice Antonia. No es una pregunta.

Mentor hace un gesto de exasperación.

—El señor Ortiz hizo una llamada a una persona adecuada, y esa persona adecuada nos llamó a nosotros. Pero su abogado se ha puesto nervioso y le ha puesto a él más nervioso. Así que los de la USE están ahí arriba, y ahora quien está nervioso soy yo.

La Unidad de Secuestros y Extorsiones de la Policía Nacional, piensa Jon, con una punzada de envidia. *Un cuerpo de élite. Tipos duros, profesionales.*

—Entonces ¿qué? ¿Lo dejamos en sus manos y nos vamos a casa?

—Trabajaremos como hemos hecho siempre antes de que llegara a nuestras vidas, inspector Gutiérrez. Ustedes se quedan en un lado, sin molestar. Y sin abrir la boca de más.

—¿A qué se refiere? —pregunta Jon, molesto.

—Se refiere a que nosotros no sabemos nada del otro caso —le aclara Antonia.

El caso del chico asesinado en La Finca, simplemente, no existe. Para ser una unidad creada para evitar la competencia y el secretismo entre distintos departamentos de Policía, no se nos da nada mal replicar los viejos vicios.

—No hay otro caso. Éste es el único caso —reitera Mentor, con énfasis en una larguísima *u*—. ¿Han comprendido?

Antonia asiente y Jon la imita de mala gana. Si se confirma lo que sospechan y la misma persona está tras la desaparición de Carla Ortiz y el asesinato del muchacho, tendrán que jugar según las normas.

—¿Usted no viene? —le pregunta a Mentor.

—Tengo llamadas que hacer. Pásenlo bien y no hagan ruido. Ah, por cierto, Scott...

Antonia le mira.

—... me alegro de que estés de vuelta.

Antonia se vuelve sin contestar. Cuando ella se aleja, Mentor le da a Jon una minúscula cajita metálica.

—¿Qué es esto? —dice Jon, agitándola—. Suena como una maraca.

—Usted guárdelo. Son para ella.

—¿Cápsulas? ¿Cuándo se supone que se las tengo que dar?

Mentor le guiña un ojo.

—Cuando ella se las pida.

El piso está a un par de minutos andando, en la calle General Castaños. Un ático de mil metros cuadrados, reformado con las más altas calidades por el estudio de arquitectura de Enrique Barrera. Con un salón precioso y acogedor. Y todo eso lo averigua Jon sin necesidad de subir, con un par de *clics* en el navegador de su móvil, mientras esperan abajo junto al telefonillo para que les permitan el acceso. Todas las fotos están en una famosa revista del corazón. El resto, en el Instagram de Carla Ortiz.

La vida de esta gente es un escaparate permanente, piensa Jon. *Y una vía de entrada. Con cada foto que suben, abren una puerta a los tarados. ¿Es que no se dan cuenta?*

La última foto que había subido Carla Ortiz la muestra a ella junto a su hijo en la terraza de aquel piso, tras el que se veía perfectamente el edificio del Supremo. Cualquiera de sus 228.000 seguidores con dos dedos de frente y acceso a Google Maps tardaría menos de diez minutos en ubicar la dirección exacta.

Al menos el niño está de espaldas. Al menos eso lo ha hecho bien.

La puerta del portal se abre. Jon y Antonia suben al ático en ascensor, tras pasar junto a un guardaespaldas que les saluda con una seca inclinación de cabeza. Otro aguarda en la entrada del piso —el único de la planta— con la puerta abierta.

Un poco tarde para tanta seguridad.

En esta casa no hay un Rothko colgado de las paredes, pero la impresión que se lleva Jon al entrar es que podría haberlo. El suelo es de microcemento gris y los muebles de madera decapada, estilo industrial. En las paredes cuelgan fotografías de paisajes en blanco y negro, y algunas de Carla y su hijo. Sin hombres. El recibidor se abre a un salón inmenso y a una televisión de 82 pulgadas. Al otro lado, una chimenea.

De ésta a aquella da zancadas inquietas un hombre bajo, fuerte —*rechoncho* es la primera palabra que le ha venido a Jon a la mente— y calvo. Vestido con su sempiterna camisa blanca remangada, ahora tan empapada de sudor en las axilas que las manchas húmedas casi se juntan en el pecho. No les saluda al entrar, apenas les mira, indiferente ya al desfile de desconocidos.

En el sofá, con los portátiles y las grabadoras en marcha, están los dos agentes de la USE que se identifican como capitán José Luis Parra y cabo Miguel Sanjuán. El tal Parra —cabeza afeitada, perilla, apretón de ciclado macho alfa— parece el jefe.

—Ustedes son los observadores de los que me han hablado mis superiores —dice. Su voz es profesional, pero su mirada trasluce lo poco que le gusta tener compañía.

—No les molestaremos —dice Jon, apoyándose en la pared—. Continúen, por favor.

—El señor Ortiz ya ha hecho su declaración y está exhausto —interviene un hombre canoso, trajeado y de voz meliflua, que está de pie y cruzado de brazos en mitad del salón. Se parece a Michael Caine, sólo que sin una pizca de humanidad. Jon no tiene que esforzarse mucho para deducir que es el abogado.

—Señor Torres, sé que es tarde y que están agotados después de un día lleno de ansiedad, pero créame, no tenemos gran cosa por dónde empezar. Si no nos ayuda a crear una lista de sospechosos, poco podremos hacer.

—No importa —dice Ortiz.

—Ramón —le advierte el abogado, bajando la voz—. Ya sabes lo que ha dicho el médico.

Baja la voz, pero lo suficiente para que nos enteremos todos. Mi cliente es un octogenario, no le aprieten muy fuerte o se romperá.

—Y yo he dicho que no importa. Ya has oído a estos señores. Las primeras horas son cruciales.

—Necesitamos una lista completa de personas con acceso a su hija, señor Ortiz —dice Parra—. Y, sobre todo, una lista de gente que quisiera hacerle daño.

—¿Qué hay de su ex marido? —pregunta Sanjuán. Es un tipo de barba espesa y gafas, que muerde con insistencia el extremo del boli Bic y que mira a su jefe antes de abrir la boca.

—¿Borja? No ha sido él —responde Ortiz.

El divorcio del tenista de medio pelo y la hija del multimillonario después de sólo tres años de matrimonio había sido sonado en las revistas del corazón, aunque Jon recordaba haber leído que había sido de buen rollo y mutuo acuerdo.

—¿Cómo está tan seguro?

—Porque es un monicaco sin pelotas. Si no tuvo agallas para pelear por mi hija durante el matrimonio, aún menos para hacer algo así.

—Tengo entendido que firmó un contrato prematrimonial.

—Le ha salido redondo. Cinco mil euros al mes, de por vida, por largarse y cerrar la boca.

¡Toma mutuo acuerdo!

—Quizás esa cantidad le parezca poca. Al fin y al cabo su hija es...

—Lo único que tiene que hacer es estar cada dos fines de semana disponible para ver a mi nieto —interrumpe Ortiz, al que incomoda que le recuerden que su hija va a heredar ochenta mil millones de euros—. Con el que se porta muy bien, por cierto. Además ayer tenía un torneo en Ibiza. No ha sido él.

Parra y Sanjuán se miran de reojo. Jon se da cuenta de que están pescando. Sabían perfectamente que no había sido el ex marido, pero ahora están agitando a Ramón Ortiz a ver qué pasa.

—Quizás haya podido contar con la colaboración de alguien —sondea Parra.

—Oh, por el amor de Dios —dice Ortiz, apoyándose en la silla. Parece faltarle el aliento durante un instante.

—Señores... —dice el abogado Torres, acudiendo para coger del hombro a su cliente.

Ortiz se lo quita de encima, con suavidad pero con firmeza. Su rostro está congestionado, pero no piensa detenerse.

—¡No es él! El hombre que me llamó era otra persona, y desde luego no sonaba como alguien que pudiera ser amigo de Borja.

—Quizás sería bueno que nos relatara la conversación completa —dice Antonia, hablando por primera vez.

Todos se vuelven hacia ella.

—Ya hemos pasado por ahí. Mañana les daremos un resumen de la declaración del señor Ortiz —dice Parra, señalando su ordenador—. Volviendo a la lista de sospechosos...

—Será bueno que lo escuchen un par de oídos nuevos —interviene Antonia de nuevo.

—Señora... como se llame —protesta Parra—, tenemos mucho terreno que cubrir, y ya ha visto que el señor Ortiz está agotado.

—Entendemos que es un esfuerzo excesivo para el señor Ortiz repetir la conversación —dice Jon, con su tono de voz más inocente y considerado.

Parra le fulmina con la mirada, pero ya es tarde.

—No es ningún esfuerzo. Sólo estoy cansado —dice, por supuesto, Ortiz—. Recibí la llamada en el móvil a las 6.47 de la mañana de hoy.

—¿Por teléfono?

—Por FaceTime de audio. Carla suele usarlo mucho, dice que es más seguro. Yo no entiendo de estas cosas.

—¿Que le dijo el secuestrador?

—Era un hombre con voz grave, que me dijo que tenía a mi hija Carla en su poder. Le dije que no le hiciera daño, y me dijo que ya se lo había hecho. Y que le haría más y que no podría impedirlo.

—¿Dijo algo más?

—Me dijo su nombre. Me dijo que se llamaba Ezequiel.

Carla

Lo primero que llega es el dolor.

Una punzada aguda, insufrible, que lo llena todo. Que le hace gritar.

Chilla durante lo que se le antoja una eternidad, con toda la fuerza de sus pulmones. Es un sonido desgarrador, primario. Aún no hay miedo —eso vendrá después—. Sólo la necesidad imperiosa de que el dolor cese cuanto antes.

No cesa.

Amaina cuando logra incorporarse un poco. Estaba tendida sobre la nariz rota, con los brazos extendidos, desmadejada. Cuando se mueve, los huesos nasal y frontal se rozan y ella lo siente en el interior de su cara, casi oye, el chasquido rasposo, antinatural.

No puede ver nada. La oscuridad es sólida.

El miedo no llega aún. El dolor punzante se ha retirado, pero ha dejado a su hermano pequeño, el martilleo. Ahora su rostro es como el parche de un tambor que recibe una percusión constante, inclemente, y que irradia ese dolor hacia los ojos, el nacimiento del pelo, las orejas, la mandíbula, en oleadas regulares.

Carla solloza ahora, bajito, mientras su cerebro intenta asimilar de dónde procede ese dolor y cómo gestionarlo. Intenta sentarse, pero la afluencia repentina de sangre a la cabeza incrementa la agonía.

Cálmate. Cálmate.

Vuelve a tenderse, esta vez boca arriba, y con eso parece que el tamborileo se suaviza. No mucho, pero deja hueco al resto de sensaciones.

Carla nota la boca árida y amarga. La sangre, ahora seca, le ha pegado los labios entre sí y a la cara externa de los dientes.

Duele cuando los despega.

Un dolor pequeño, manejable, que le hace olvidarse durante un dulce momento del otro dolor. Como cuando uno deja de mirar al tigre en la habitación porque un ratoncillo se ha cruzado correteando entre ambos, y, tan pronto el roedor desaparece por un agujero en el rodapié, el tigre demanda su alimento, con una sonrisa afilada y un por dónde íbamos.

No es la sangre, sin embargo, lo que amarga la boca de Carla. El sabor a hierro y a pila de petaca está ahí, en la punta de una lengua hinchada, algodonosa y seca. El resto de ella, el paladar, los carrillos, están colonizados por un sabor químico y desagradable, ajeno.

Tengo algo dentro.

Sus brazos y sus piernas no parecen pertenecerle, se han convertido en provincias independientes y adormiladas a las que envía órdenes que son respondidas a regañadientes. Su estómago es una minúscula y apretada bola de ácido, en la que algo pugna por salir. Carla deja escapar un eructo, sonoro y seco como un disparo, repleto de los mismos efluvios extraños que pueblan su boca. Tras el aire, abiertas las compuertas, sigue el contenido del estómago, que no es gran cosa. Carla vomita saliva y bilis, sin poder contenerse, dos, tres veces, hasta que los retortijones se detienen.

Entonces el recuerdo la alcanza. El desvío. El hombre del cuchillo. La persecución en el bosque. El pinchazo en el cuello, cuando ella se rindió.

No.

No.

La realidad de su situación se abre ante ella con una espantosa claridad. La peor situación.

Es entonces cuando llega el miedo.

2

Una evidencia

—¿Eso fue todo?

Ortiz no contesta enseguida. Busca la ayuda de su abogado con la mirada durante una fracción de segundo, aunque se
contiene. El gesto no pasa inadvertido a Jon, que sabe reconocer a un mentiroso cuando lo ve.

—Sí. Luego colgó.

—¿No planteó exigencias, no dijo que volvería a llamar?

—No —dice Ortiz, tajante.

Demasiado tajante.

—Volverá a llamar. Siempre llaman —dice Sanjuán.

—Ha dicho que no sonaba como alguien que pudiera conocer al ex marido de su hija —interviene Parra, decidido a volver a llevar la conversación a su terreno—. ¿A qué se refería?

—Era un hombre con una voz dura. Parecía... implacable.
Lo contrario de Borja, vamos.

He aquí a un hombre encariñado con el ex de su hija. Pero por otro lado, ¿quién lo está?

—Su hija no conoce a nadie llamado Ezequiel, ¿verdad?

—No, que yo sepa. Ni yo tampoco.

—Trabajaremos con la presunción de que es un seudónimo, no un nombre real.

Se nota que son un cuerpo de élite, piensa Jon.

—¿Alguna pregunta más que quiera hacer sobre la llamada de teléfono, o podemos seguir por dónde íbamos? —pregunta Parra, volviéndose hacia Antonia.

Ésta murmura una disculpa y algo sobre tener que ir al cuarto de baño. Nadie le presta atención.

—Sigamos, entonces. Su hija desapareció ayer entre las diez de la noche y esta madrugada. La última constancia que tenemos de ella es el momento en el que su chófer...

—Carmelo —dice Ortiz, reanudando su paseo nervioso por el salón—. Es como de la familia.

—En que su chófer, Carmelo Novoa Iglesias, para a repostar en una gasolinera en Villanueva de los Caballeros, en Valladolid. Hay un registro en la tarjeta de crédito de Carmelo de setenta y ocho euros. Gasolina, dos botellas de agua y un paquete de regaliz. Hemos pedido a la gasolinera las imágenes de seguridad, para comprobar si en ese momento Carla iba con él a bordo del coche.

—¿A qué se refiere?

—¿Desde cuándo conoce a Carmelo Novoa, señor Ortiz? —dice Parra, inclinándose hacia delante en el asiento.

—Ahora entiendo —responde el empresario—. Como no pueden echarle mano a mi ex yerno, ahora van a por Carmelo. ¿Cuántas veces tengo que decirle que el secuestrador es un desconocido?

—Señor Ortiz... entenderá que tenemos que buscar dentro del entorno. Cuando hay un caso de desaparición, el setenta y ocho por ciento de las veces el responsable pertenece al ámbito familiar. Por eso siempre empezamos por los más allegados y vamos ampliando el círculo.

—No es un caso de desaparición. Es un caso de secuestro.

—Un secuestro sin exigencias. Que sepamos —añade Parra.

Éste se huele algo, piensa Jon. *Igual el cachitas tiene algo de cerebro dentro de esa cabeza pelada, después de todo.*

—Suponemos que las harán más adelante —interviene el abogado, ante el silencio de Ramón Ortiz—. Ustedes mismos lo han dicho.

—Sí. Sí que es verdad que lo hemos dicho, sí. Entonces ¿usted diría que el chófer, el señor Carmelo Novoa, es una persona de confianza?

Se huele algo, y va mareando la perdiz alrededor del viejo, a ver si comete un error. Porque sabe que no se lo está contando todo. El viejo truco.

—De toda confianza.

—Hemos enviado a un compañero de La Coruña a hacer alguna indagación sobre el señor Novoa —dice Parra, mostrando una ventana de WhatsApp abierta en su móvil—. Me cuenta que es un asiduo del Casino Atlántico.

Ortiz no responde.

—¿Sabía usted algo?

—Señores, mi cliente no tiene por qué tener conocimiento de...

—Sí, lo sabía —interrumpe el empresario—. Está controlado.

—Al parecer va varias noches por semana. Blackjack, sobre todo.

—También lo sé.

—Y tiene deudas de más de cien mil euros.

El abogado Torres alza la cabeza con sorpresa al escuchar
aquello, y mira a Ortiz con preocupación.

Ortiz se para, se apoya en la chimenea, se muerde la cutí-
cula del pulgar.

—No me siento cómodo hablando de esto.

—Lo entiendo, señor Ortiz. Pero es importante —insiste
Parra.

Tras una eternidad haciéndose la manicura a bocados, Ortiz acaba por responder.

—Carmelo tuvo una crisis cuando murió su mujer. Treinta y un años casados. Le dio por las cartas.

—¿Y acudió a usted?

—Acudió a mí hace unos meses. Ya le he dicho, es de la
familia. Soy el padrino de su nieto mayor, por el amor de
Dios.

—¿Le dio usted dinero?

—No, claro que no —dice el empresario—. No habría
sido buena idea.

—Para usted esa cantidad no es gran cosa, ¿verdad?

—El patrimonio de mi cliente es irrelevante en este caso,
capitán Parra —interviene el abogado.

—Salvo que no lo es, ¿no?

Ortiz agarra uno de los adornos que hay sobre la chimenea —una bola de cerámica en delicados tonos chocolate y naranja, salida de una de sus tiendas de la división Hogar— y lo estrella contra el suelo. El crujido de la loza desintegrándose parte en dos el silencio incómodo que se había producido tras la aseveración de Parra, y lo convierte en un silencio glacial y físico.

—Soy rico —dice Ortiz, con el rostro desencajado—. Tengo dinero, muchísimo. Podría haber hecho que se esfumaran los problemas de Carmelo con un simple gesto, sí. En lugar de eso, le ofrecí mi apoyo. Le busqué ayuda. Le dije que seguiría trabajando con nosotros durante el resto de su vida. Que es lo que se hace con alguien de tu familia. Carmelo es de la familia.

—Su negativa a darle dinero, una cantidad que para usted es insignificante, sería humillante para él. Y eso podría haber desencadenado el resentimiento. En un viaje de seis horas por carretera hay muchas oportunidades. Sólo tenía que apartarse en un área de servicio con cualquier excusa, reducir a su hija y después pedirle a un cómplice que llamase por teléfono.

El rechazo a lo que dice el policía comienza a ceder. Ortiz no es un hombre dado a reconocer errores. No lo era cuando era un veinteañero pobre, y ahora mucho menos.

—Es decir, que yo tengo la culpa —dice el empresario, con un último arrebato de indignación—. Está acusándome de ser el causante de la desgracia de mi niña.

—Yo no he dicho eso, señor Ortiz. Sólo queremos que abra los ojos a la evidencia.

Y Ortiz abre los ojos, y con la evidencia se le desploman los hombros, y el aire se le escapa de los pulmones. Parece a punto de echarse a llorar, y no para de masajearse el brazo izquierdo con el derecho.

—No me encuentro muy bien —musita.

El abogado se acerca a él y le pone las manos en los hombros.

—Aguanta —le dice al oído—. El médico está esperando. Y a los demás:

—Señores, esta reunión ha concluido.

Parra y Sanjuán se ponen en pie de mala gana. No parecen muy contentos con el desarrollo de los acontecimientos.

—Necesitaremos acceso al ordenador de Carla, las contraseñas...

—No dispongo de esa información, pero ayudaremos en lo que podamos —dice Torres, interponiéndose entre ellos y Ortiz—. Yo me encargaré personalmente.

Antonia maniobra para salvar la barrera que representa el abogado y se acerca al empresario.

—Una cosa más, señor. ¿Dónde está su nieto?

Ortiz la mira, como si intentara entender quién es esa mujer y qué está haciendo en casa de su hija. Cuando habla, su voz parece venir desde un millón de kilómetros de distancia.

—Mi nieto ha sido trasladado a un lugar seguro. Fuera de España. No quiero que esté aquí si todo esto acaba saliendo en los periódicos.

—Por nosotros no será, señor Ortiz —dice Parra.

Por nosotros, ni te cuento, añade Jon, para sus adentros.

Carla

Un golpe —metálico, atronador— interrumpe los gritos.

Ha perdido la cabeza durante un rato, no sabe cuánto. Es vagamente consciente de haber buscado a ciegas una salida, pero no hay ninguna. Dominada por la ansiedad, pidió auxilio hasta quedarse ronca, hasta que apenas pudo extraer un jadeo desfallecido de los pulmones. Entonces había sonado el golpe, retumbando alrededor de Carla con un eco sordo e impreciso.

—No me gusta que grites —dice alguien, cuando el eco enmudece.

Es una voz grave. Una voz de hombre.

—Señor. Oiga, señor. Necesito ayuda —contesta Carla, con un hilo de voz.

Silencio.

—Señor... ¿me oye? —insiste Carla, forzando al máximo su garganta. Suena como un fuelle al final de su recorrido.

—Te he oído. No me gusta que grites.

—Señor, necesito salir de aquí. Tiene que dejarme salir, por favor. Tengo miedo a la oscuridad.

—Dime la contraseña de tu correo electrónico.

Carla está mareada. Hace mucho, mucho calor. No puede respirar bien, apenas hay oxígeno. Necesita salir de ahí como sea.

—¡Déjeme salir! ¡Quiero salir!

Se echa hacia delante, gateando, en busca de una salida en la negrura, con las manos extendidas. Sus dedos encuentran algo sólido, metálico. Al apoyarse en ello, cede un poco y luego vuelve a su posición.

Una puerta. Es una puerta.

De rodillas, apoyada en la plancha metálica, Carla comienza a golpear con insistencia. Las palmas de sus manos apenas arrancan tímidos susurros al metal.

—¡Abra! ¡Abra, por favooooor...!

La última sílaba de la súplica se resquebraja en un sollozo cada vez más débil. Carla se deja caer, de espaldas, contra la puerta de metal, sin dejar de llorar.

Entonces viene el segundo golpe. Al estar Carla apoyada en la plancha —con los hombros, con las manos, con la cabeza—, retumba por todo su cuerpo. Los oídos le zumban, el diafragma se le comprime, el dolor de la nariz se multiplica, se muerde la lengua por el sobresalto.

—No me gusta que grites y tampoco me gusta que llores.

Carla quiere gritar de nuevo, todo su cuerpo le pide gritar de nuevo, pedirle, *exigirle* a ese hombre que la deje libre, *inmediatamente*. Pero el agotamiento, el dolor, y algo más le dicen que espere.

Y eso hace, en silencio, apretando los puños para no gritar.

—¿Ya estás más tranquila?

—Sí —susurra Carla.

—Dime la contraseña.

Carla abre la boca para contestar, y de nuevo hay algo que la retiene. Es una voz que ya ha oído antes. En el bosque.

No digas nada.

Me matará.

*No digas nada. Si le das la
contraseña, tendrá acceso a TODO.*

Si me hace daño, la tendrá de todos modos.

*Entonces negocia. Él quiere algo,
tú le pides algo.*

—La contraseña —repite el hombre.

—No.

—Dame la contraseña o entraré ahí y te mataré.

La amenaza hace encogerse de nuevo a Carla. La respiración se le acelera.

Es un farol.

—No va usted a matarme. Si me mata, no tendrá la contraseña.

Silencio.

—Puedo entrar y hacerte daño hasta que me la digas.

No puedo. No puedo. Tengo que decírselo.

*No te rindas tan fácil. Siempre te has
rendido demasiado fácil.*

Carla aprieta los puños, menea la cabeza adelante y atrás, intentando pensar por encima del dolor.

Está bien. Está bien.

—¿Cómo se llama? Yo me llamo Carla. Mi nombre es Carla —repite, porque ha escuchado en algún sitio, o leído, quizás, o visto en alguna película, que hay que conseguir que el

*Dilo. Secuestrador. Violador. Asesino.
Elige una.*

hombre que puede hacerte daño, que te vea como una persona. Que te humanice. Que sepa que no eres sólo un cuerpo, que no eres un objeto.

—Ya sé cómo te llamas.

—Y usted, ¿cómo se llama?

Silencio.

—Puedes llamarme Ezequiel.

—Ezequiel... Yo me llamo Carla. Déjeme salir y le daré dinero. Puedo hacerle una transferencia ahora mismo. Luego me deja salir. Le juro que no diré nada de lo que ha pasado.

—No quiero dinero. Quiero la contraseña.

—Está bien. Deme agua, entonces.

Silencio.

—Me darás la contraseña si te doy agua. —No es una pregunta.

Un silencio más largo, al final del cual Carla oye un chirrido metálico en la puerta.

—Ahí la tienes.

—¿Dónde está? ¡No puedo ver nada!

Se oye un *clic*. Un rectángulo de luz se recorta en la oscuridad, en el suelo, al final de la puerta.

En su centro hay una botella de agua de medio litro.

El brillo que desprende es irreal, un recordatorio de que a su alrededor no hay más que negrura. Carla se arroja sobre ella. El plástico cruje bajo sus manos ansiosas cuando quita el tapón y se lo lleva a la boca. Se bebe la mitad de dos largos tragos. Caen en su estómago, vacío y débil, como dos puñetazos. Vuelven los retortijones, y Carla vomita casi todo el líquido en el suelo sin poder contenerse.

—Ya tienes tu agua. Ahora, la contraseña.

Carla se aproxima al rectángulo de luz. No debe medir más de un palmo de alto y dos de ancho. Intenta asomar la cara por él, arrodillada. Logra ver, al otro lado, unas botas, iluminadas por una linterna. El haz le hiere los ojos. Alza una mano e intenta ver algo a través de los dedos.

—Espere un momento. Hablemos, podemos... puedo...

El rectángulo de luz desaparece, con un repiqueteo metálico. Carla oye un chasquido al otro lado. Un pestillo, quizás.

No. No.

—¡Déjeme salir! —dice, golpeando de nuevo en la puerta.

—Has pedido agua a cambio de la contraseña. Dímela.

Carla, confusa, llora, desesperada.

No se la digas. Si se la dices, no te
quedará nada con lo que negociar.

—Por favor...

Esta vez son tres golpes, en rápida sucesión, furiosos, los que atronan el mundo de Carla. Sus tímpanos tañen, reverberan, la puerta se agita. Carla se hace una bola en el suelo, encogiendo las rodillas, tapándose los oídos con las manos.

Entre lágrimas, empieza a recitar la contraseña.

3

Un masaje

Antonia y Jon intentan marcharse discretamente en el ascensor, pero cuando llegan al portal del edificio se encuentran a uno de los hombres de la Unidad de Secuestros bloqueando la puerta.

—No nos vas a dejar pasar, ¿no?

El policía niega con la cabeza, señala detrás de ellos, se cruza de brazos. Cuando se vuelven, ven a Parra con el rostro encendido. Ha bajado las escaleras de dos en dos.

—¿Se puede saber de dónde salís vosotros? —dice, encarándose con Jon.

—Vamos a calmarnos, capitán, que aquí somos todos amigos —dice Jon, sacando la placa del bolsillo de la chaqueta y poniéndosela a la altura de los ojos.

Parra ni se molesta en mirarla.

—Ya sé quién eres, inspector Gutiérrez. Lo que no sé es qué

está haciendo un poli de tercera categoría metiendo la nariz en un caso de primer nivel. Mi caso, por cierto. ¿Y ésta quién es?

Antonia se encoge un poco ante la agresividad del capitán. No puede moverse, el otro policía ha dado un paso adelante y la intimida por la espalda.

—A ésta ni le hables. Y tú, échate atrás —avisa Jon—, que igual te llevas una hostia.

El otro retrocede un milímetro o dos.

—Te he preguntado que quién es.

—Qué más te da. Te han avisado que veníamos, ¿no? —dice Jon, guardándose la identificación.

—Me lo han dicho de arriba, sí. Que venían dos observadores.

—Pues eso hacemos, observar. ¿Es que no te gusta que te miren?

Jon le imprime a las últimas palabras el toque justo de pluma y de mala baba como para que el muy heterosexual capitán José Luis Parra, padre de familia y orgulloso portador de un polo con el escudo de España bordado en la manga, se altere.

—Escúchame, mariconazo...

Jon tensa todo el cuerpo, listo para recibir el puñetazo que ve venir en los ojos de Parra, pero éste no llega. Lo que llega es la voz de Antonia.

—Capitán Parra, soy Antonia Scott. Trabajo en análisis de crímenes de perfil alto con la Interpol.

Jon se queda de piedra. Antonia ha untado su voz con sirope y su sonrisa con purpurina. La viva imagen de la concordia. Incluso le tiende la mano a Parra. Ella, que huye del contacto físico como un autónomo de una inspección de Hacienda, con la mano extendida.

Por suerte para Antonia, Parra no parece dispuesto a estrechar manos. Mira hacia abajo —le saca casi treinta centímetros de altura— con incredulidad.

—¡Tú qué vas a ser de la Interpol!

Antonia echa mano de su bandolera y saca de uno de los bolsillos una identificación. Ésta sí que la acepta el capitán Parra, estudiándola con extrañeza.

—Ya —dice, dándose golpecitos en la palma de la mano con la identificación de Antonia—. ¿Y qué pinta aquí la Interpol, preciosa?

—Formo parte de un gran proyecto que estamos preparando a nivel mundial. Criminales que escapan a las características normales, y nuevas maneras de enfrentarse a ellos. Hace tiempo que pedí trabajar con usted y con los especialistas de la USE. Cuando supimos que estaban trabajando en una desaparición tan importante, me subí al primer avión con destino a Madrid.

Si hay algo que un macho alfa como éste adora es que le masajeen el ego, piensa Jon.

—Estudiar sus métodos nos dará una información valiosísima para los cuerpos de policía de todo el mundo —continúa Antonia—. No todos los días se puede trabajar con una unidad que tiene un ochenta y siete de efectividad en los últimos seis años.

Menudo magreo, chica.

Parra se mordisquea el labio inferior con cautela. Está tentado de creérselo.

—Ochenta y ocho coma tres de efectividad, en realidad. ¿Y éste? —dice señalando a Jon.

—El inspector Gutiérrez me ha sido asignado como enlace. En estos momentos se encuentra en una etapa de transición profesional.

—Suspendido de empleo y sueldo, más bien. ¿Qué tal la putita, Gutiérrez? Creo que te sacó el ángulo bueno.

Jon tiene en la punta de la lengua varias réplicas que incluyen a la madre, a la mujer y a la hermana —si la hubiere— del capitán Parra. Pero es el momento de tragársela.

—La cagué. Y aquí me tienes, haciendo de niñera.

—Sé que nuestra presencia es algo desacostumbrado, capitán, pero créame, sólo queremos ver cómo lo hacen. Y quizás aportar un granito de arena.

Parra asiente, muy serio, intentando recoger cable sin que se note lo complacido que está.

—Que sea un granito pequeño. Como estorbéis lo más mínimo, os vais a tomar por culo, Interpol o no. Y nada de hablar con testigos sin que yo me entere y haya uno de mis hombres delante, ¿estamos?

—No se nos ocurriría —dice Antonia.

Parra se vuelve hacia Jon, que le pone ojos de corderito.

—Lo que ha dicho ella.

—Pues hala, a dormir —dice el capitán, como quien manda a acostar a dos niños de preescolar—. Mañana por la mañana pasaos por Jefatura y ya os pondrá alguien al día.

Ezequiel

Soy, esencialmente, una buena persona, escribe el hombre, en su cuaderno. Siempre lo lleva consigo. Nada especial. Es una libreta como la que tiene cualquier escolar, 3,95 euros en el supermercado.

He cometido errores, como todo el mundo. No soy perfecto. Me dejo llevar por mis impulsos, a veces. Cometo actos impuros, de pensamiento, casi siempre, a veces de obra. Cuando no puedo evitarlo, cuando no queda otro remedio, porque la carne es débil, por muy fuerte que intentemos sujetarla. Cuando eso pasa me siento sucio y avergonzado enseguida, y a veces pierdo los estribos. Siento una pesadez opresiva en las manos y en la cara, y no puedo dormir bien. Estoy irritable.

El hombre arranca la hoja, la coloca sobre el cenicero y le prende fuego a una esquina. El papel empieza a arder, despacio al principio, más deprisa en cuanto la llama alcanza el borde superior. La lengua voraz busca sus dedos, cada vez. Nunca lo logra.

El infierno ansía mi carne, escribe el hombre en una nueva hoja. *Pero hay medios para evitarlo. La confesión, que limpia nuestra alma y nos prepara para el cielo, donde Jesús nos espera con los brazos abiertos. Pero la confesión, los sacramentos, no son todo. Es imprescindible tener la voluntad firme de arrepentirse y hacer la voluntad de Dios sobre la Tierra. Y ser buenas personas. Yo soy una buena persona.*

Para de escribir, pues no logra concentrarse. Su letra, pulcra siempre, redonda y clara, le sale hoy abigarrada, delgada como patas de araña. No logra obtener el placer, simple y honesto, que deviene naturalmente de la posibilidad de transcribir los propios pensamientos con buena y sincera caligrafía. Ni, por descontado, la paz de espíritu. Cuando era un niño, Padre le enseñó a hacerlo. Era un hombre rudo, era un hombre recio, pero también era un hombre sabio. Conocía el modo de limpiar del alma los actos que la ensuciaban cuando no había un sacerdote cerca. Sólo había que escribirlos en la hoja y mandársela a Dios, como Abel ofrecía su sacrificio. Y su humo asciende recto hacia el cielo.

Padre escribía y quemaba una hoja cada noche. A veces incluso desnudo, con los nudillos aún inflamados, recuerda. Y la serenidad que quedaba en su cara, cuando el pecado se esfumaba.

Quiere escribir acerca de ese recuerdo, pero le es imposible.

Carla Ortiz está gritando de nuevo.

He ahí un claro ejemplo de egoísmo e ingratitud. Le ha dado el agua que le pidió, a pesar de que no tenía por qué hacerlo. Podría haberle sacado la contraseña del ordenador a golpes. De golpes él sabe.

El hombre aborrece la violencia, porque no es de buenas personas. Le horroriza emplearla, y cuando lo hace —cuando no queda otro remedio— tiene que correr a escribir una hoja de confesión cuanto antes. Quiso evitarlo buscando una solución pacífica, y aquí está el resultado. No hay buena acción que quede sin castigo.

Se levanta y golpea la puerta empleando una llave de tubo. Dos veces. Su prisionera se calla enseguida.

Vuelve a su mesa. Está satisfecho consigo mismo.

No ha cometido errores esta vez. El hombre no es un criminal, no lo ha sido nunca. Siempre ha tenido un trabajo honrado. No estaría haciendo esto si no le hubieran obligado. Si le hubieran dejado otra opción.

Por eso está satisfecho de no haber cometido errores.

El punto más difícil en un secuestro es siempre la comunicación con los familiares. Los móviles, los emails, todo es susceptible de ser rastreado. Pero él siguió los pasos que le habían explicado antes de llamar al padre. Emplear un servidor VPN anónimo que enmascaraba su dirección antes de conectarse a internet, desconectar el ordenador inmediatamente. El resto de la operación ha sido pan comido. Matar a la yegua, para que sus relinchos no llamaran la atención, fue lo único que le costó. No le gusta hacer daño a un animal inocente. Por eso apartó la mirada cuando le seccionó la médula espinal. Después ocultar el coche entre los árboles, desenganchar el remolque.

Es entonces cuando se da cuenta del error que ha cometido. Uno muy grave.

Uno que va a tener que solucionar cuanto antes, ahora mismo.

4

Un argumento

Antonia va seis fuertes zancadas por delante de Jon, en dirección al coche, que había dejado aparcado en doble fila en la calle Génova, casi a la altura de la plaza de Colón. Jon le concede a su compañera unos metros de ventaja. Total, la llave la tiene él. Y sabe reconocer a una mujer enfadada por detalles sutiles como ir pisando el suelo como si fueran cráneos enemigos.

Se suben al coche, se ponen el cinturón. Jon sujeta el volante, las manos a las diez y diez, y se queda mirando al tráfico que baja de Castellana al paseo de Recoletos. Son casi las tres de la mañana, así que no es mucho.

Otro dato importante que conoce Jon sobre las mujeres es que cuando están muy calladas y muy cabreadas necesitan que les preguntes por qué están tan calladas y tan cabreadas.

—¿Qué te pasa?

Jon espera un «nada», el top ventas de las respuestas de las mujeres a esa pregunta, pero en lugar de eso obtiene una respuesta sincera.

—Esa pelea de machos sobraba.

Bonita forma de darme las gracias.

—El machote es él, guapa. Que yo como pollas.

—Los dos íbais de machotes. Todos los hombres sois iguales, comáis lo que comáis.

Jon guarda silencio, maldice internamente, hace examen de conciencia, se rasca el pelo. Sigue sin ver en qué se ha equivocado.

—Tenía que defenderte, ¿o no te das cuenta? Pretendían intimidarnos. Y a mi compañera no la intimida ni Dios.

—Si quiere, Parra nos puede poner las cosas muy difíciles.

—Ya lo sé. Y si dejamos que nos achiquen, nos convertirán en recaderos o nos dejarán fuera. Ya puede venir el ministro de Interior a decírselo, que tú a uno de estos superpolis no le mangoneas.

—La solución era la mano izquierda, ya lo has visto.

—La solución... ¿Te crees que se lo ha tragado? Sí, es verdad que se ha puesto hinchado como un pavo con tu numerito, pero en cuanto se desinfle, volverá a comportarse como un gilipollas. No le gusta que estemos aquí.

—Estoy acostumbrada a trabajar de esa forma.

—Pues yo no. Es mi primera vez. Y mucho menos teniendo que ocultar información que es crucial para el caso.

—Es la misma razón por la que no podemos permitir que nos dejen a un lado.

—¿Y por qué no le contamos todo a Capitán Musculitos? ¿Que sospechamos que la misma persona que tiene a Carla Ortiz ya ha secuestrado y matado antes, y que están más perdidos que un pulpo en un garaje?

Dios, eso sería fantástico, piensa Jon, relamiéndose por dentro al imaginar la cara del capitán Parra en semejante situación.

—No se lo vamos a contar.

—¿Por qué?

—Porque Mentor nos ha pedido que no lo hagamos.

—Mentor, ¿el señor que te ha arrastrado contra tu voluntad a este cenagal de mentiras, para que hagas algo que no quieres hacer?

Antonia parpadea asombrada.

—Sí, él —dice, tan impermeable al sarcasmo como siempre.

Jon bufa con exasperación.

—Quiero decir que no tienes por qué seguirle el juego en esto.

—Tiene sus motivos.

—Esa mierda del pistolero solitario y de que nosotros busquemos justicia para el chico desangrado podría valer antes, y tampoco mucho, cuando todo lo que estaba en juego era la intimidad de los padres y el escándalo. Pero ahora no. Ahora hay vidas en juego. Carla Ortiz, y también su chófer. Que parece que sólo ha desaparecido ella, hostias —dice Jon, dando una palmada en el volante.

Es un buen argumento, y Jon nota cómo Antonia lo absorbe y lo procesa lentamente. El inspector se pone a contar los coches que pasan en ambas direcciones. Gente con prisa, gente con vidas que va a sitios, sitios donde otras personas les esperan despiertos.

Dios, qué cansado estoy.

Once coches hacia el norte y seis hacia el sur después, Antonia responde.

—No podemos decir nada aún. Lo que ha descubierto Parra sobre el chófer es una causa probable. El chófer tiene móvil, medios y oportunidad. Sería mejor que averiguásemos algo por nuestra cuenta antes de contarles nada sobre lo del asesinato de La Finca. Incluso aunque quisiéramos hacerlo.

—Tú no quieres.

Antonia se encoge de hombros.

—Por lo general suele ocurrir que cuando me llaman a mí es porque la cosa es tan difícil que los demás tienen muchas posibilidades de cagarla.

En algo tiene razón, piensa Jon. Si algo puede poner cachondo a Capitán Musculitos es una foto suya en primera plana de los periódicos, ayudando a la rica heredera de la fortuna más grande del mundo a salir de dondequiera que la tengan escondida. Una oportuna llamada en el momento adecuado. No es cuestión de si el secuestro de Carla Ortiz va a ser del dominio público o no, es cuestión de cuándo lo será. Y si encima le sumas el otro caso...

—Vale, yo tampoco confío en Parra, pero eres tú la que ha dicho que su teoría sobre el chófer tenía visos de realidad. ¿De verdad crees que puede ser él quien ha secuestrado a Carla Ortiz?

—Tenemos que comprobarlo antes de decidir qué hacer.

Pero si el chófer sigue vivo a estas horas, te invito a otro mixto con huevo —dice Antonia con una sonrisa lúgubre.

—Entonces ¿qué vamos a hacer? —dice Jon, poniendo el coche en marcha.

—Por ahora, comer algo. Estoy muerta de hambre.

—Son las cuatro de la mañana.

—Tú conduce, anda.

Carla

Cuando Ezequiel se marcha, cuando el silencio vuelve, el tiempo desaparece.

Estamos tan acostumbrados a él, tan inmersos en nuestra realidad cotidiana de trabajo, comida, conversación, sueño, que hemos dado el tiempo por sentado. El natural transcurrir de los días, los pequeños desafíos, las alegrías, las frustraciones, se convierten en todo nuestro horizonte. El tiempo mismo se vuelve un sedante que nos anestesia acerca de la única realidad indiscutible. Todo lo que somos, lo que tocamos, lo que masticamos, lo que poseemos y nos follamos, a lo que hacemos daño y lo que nos lo hace, existe en un aquí y ahora que comienza en nuestra piel y acaba en nuestros pensamientos. Cuando a Carla le retiran el tiempo, esa crudelísima realidad es todo lo que queda.

Esto es lo que eres, esto es lo que hay.

Es tan difícil de asimilar esa realidad que dedicamos toda la vida a evitarla. Nuestra sociedad, nuestra cultura, nuestro cerebro. Los tres pilares de una perfecta obra de ingeniería dedicada a un único fin: esquivar la insoslayable verdad de la carne. Que es una prisión que se desmorona.

Cuando te quitan el tiempo, te quitan el velo de delante de los ojos.

Es inaceptable.

Lo sería para cualquiera en su situación. Para Carla Ortiz, la niña que creció como princesa sabiendo —por más que sus padres quisieron protegerla, hay empeños imposibles— que sería reina, lo es aún más.

Así que Carla, aún en posición fetal, con las manos tapándose los oídos, se instala en el no.

Es una propiedad bastante confortable.

Ella es Carla Ortiz, la heredera del hombre más rico del mundo. Dentro de unos años —muchos, espera, no tiene prisa, ama *tanto* a su padre, pero es ley de vida— será, a su vez, la mujer más rica del mundo. La mujer más rica del mundo no puede haberse quedado sin tiempo, a sus treinta y cuatro años.

Ella, simplemente, no está allí. Esto no está sucediendo.

Está en una competición, a punto de salir a la pista. Comprueba las cinchas de Maggie, dos veces, como siempre. La brida, las botas. Golpea dos veces con el tacón en el suelo, antes de montar. Por la buena suerte.

No, no estás ahí. ¿Dónde están
tus botas, tu casco, tu fusta?

No, está en la oficina, preparando su informe. El informe importante. El informe que demuestra que lo ha hecho bien. Que un año más ha peleado por ganarse la aprobación de su padre, que nunca acaba de llegar.

No, no estás ahí. ¿Dónde está
el puntero láser, tu ordenador, la pantalla?

No, está en casa, con su hijo. Es de noche, y él quiere ver otro episodio de *El Asombroso Mundo de Gumball,* o de *Bob Esponja,* o de *Rexcatadores.* «Sólo uno más, y a la cama.» «Y luego un cuento, mami.» «Sí, y luego un cuento.»

No, no estás ahí tampoco.

Es entonces cuando llega la ira. Porque no lleva sus botas puestas, ni está frente a una presentación de Power Point en la larga mesa de caoba de la sala de juntas de la oficina, ni puede oler el pelo de su hijo recién bañado —el mejor aroma del mundo. *¡Soy Carla Ortiz! ¡Esto no puede estar pasándome!*

Abre los ojos. Te está pasando.

No es justo. Soy una buena madre, cuido de mi hijo. Soy una buena hija, soy una buena profesional. Soy una buena amazona. Soy una buena persona. Desde que he nacido, toda mi vida he dado el máximo, me he portado bien con las personas que me rodeaban.
No es justo.

La vida no es justa.

Tengo muchas cosas que hacer. Tengo que dirigir una empresa, tengo que criar a un hijo. Tengo toda la vida por delante. Estas cosas le suceden a... otras personas.

¿A qué personas?

Carla quiere ignorar la voz que escucha —tan nítida, a su lado, tendida en la oscuridad—. La voz que rebate cada uno de sus pensamientos. Pero esa pregunta sí que la contesta.

—A otras personas que no son yo —susurra.

Y, sin embargo, aquí estás.

Esto debería estar pasándole a otro.

¿A alguien viejo?
¿A alguien pobre?
Alguien... ¿prescindible?

Carla está llorando, de rabia y de asco de sí misma. Porque la respuesta es sí. Ahora mismo cambiaría a cualquier persona por ella misma. A cualquier desconocido. El pensamiento es tan vívido, tan fuerte, que por un instante se ve de vuelta en La Coruña, caminando por el paseo Marítimo. Un río de gente camina hacia ella, y Carla se abre paso entre la multitud, eligiendo *quién*. A quién encerraría en la oscuridad, para poder seguir ella viva, libre, feliz. Intacta. Todas las personas con las que se cruza, vuelven la cabeza en su dirección. Una monja, una madre, un ciclista, un jubilado con su nieto de la mano. Todos la miran, con sus expresiones vacías y sus vidas vacías e insignificantes, y a todos y cada uno de ellos los cambiaría por ella, sin dudar ni un solo segundo. Intenta agarrar del brazo a uno de ellos, y luego a otro, para arrastrarlo, para *empujarlo* a la negrura que avanza, que viene hacia ella. Todos la esquivan, y ella sigue caminando, y todos desaparecen, y sólo queda Carla en la oscuridad.

Ella, y la voz.

No eres especial.
Sólo te crees especial.
Pero nadie lo es.

Sí, ella sí que es especial. Es Carla Ortiz. Es la jefa de miles de personas, y dentro de unos años —muchos, espera, no tiene prisa, ama *tanto* a su padre, pero es ley de vida— será la jefa de cientos de miles. Cuando sale a la calle, hay *paparazzi* esperando en la puerta. Cada gesto suyo, cada palabra, cada conjunto que viste genera noticias, fotografías, comentarios. Su padre es un hombre poderoso, con contactos importantes. Ahora mismo su desaparición es portada en todos los medios de comunicación del planeta, es *trending topic* mundial. #DóndeEstaCarla, o quizás #BringBackCarla. Toda España estará pendiente de encontrarla, atenta a la más mínima pista. Un país entero apoyando al ejército que su padre habrá reclutado para rescatarla.

En un instante, su fantasía es ya una verdad tangible. Es

cuestión de horas, quizás de minutos, que un montón de hombres uniformados irrumpan en este lugar, arranquen esta puerta de metal, la lleven con su hijo. Su padre estará esperando afuera, y también los periodistas. Carla tendrá el gesto cansado, pero la mirada serena y la cabeza alta. Saludará con una sonrisa tímida, pero fuerte. Que quede muy claro que no la han quebrado. La foto dará la vuelta al mundo. Y dentro de unos meses, cuando sea prudente, ella dará su primera entrevista, una entrevista muy bien escogida con una periodista *de confianza*, a la que le contará su ordalía. Y eso será una excelente publicidad para sus marcas, que llevan las mujeres fuertes de todo el mundo, y las ventas subirán mucho, y su padre por fin la querrá más que a su hermanastra.

Es cuestión de horas. Quizás de minutos.

5

Una contraseña

Antonia guía a Jon hasta un bar cerca de la glorieta de Embajadores. Afuera, una convención de taxis. Dentro, un rebaño de taxistas hambrientos. El sitio es un chigre infecto, a una sola cucaracha de que lo cierre una inspección de Sanidad. *Pesadilla en la Cocina se negaría a grabar aquí*, piensa. Pero luego llega la comanda y oh, los prejuicios. Al inspector Gutiérrez le sirven un tercio y un entrecot con pimientos —tan grande que tiene su propio código postal— que le hacen reconciliarse con la humanidad. Antonia se conforma con un bocadillo de lomo con queso y un vetusto pincho de tortilla recalentado al microondas.

Por Dios, qué mal come esta chica. No sé cómo está tan delgada. La cabeza debe consumirle mucha gasolina.

—Por cierto —dice Jon, cuando acaban de comer—. ¿Y esa placa que has sacado antes?

—Es de verdad. O todo lo de verdad que puede ser un trozo de plástico que no significa nada. Mentor me consiguió varias.

—Es una caja de sorpresas, tu amigo.

—Es un hijo de la gran puta.

Intuyo un pero, piensa Jon.

—... pero lo que hace, lo que hemos hecho... ha servido de algo. Siempre. Con sus costes —dice Antonia, y el rostro se le ensombrece.

El sonido de la tele —Canal 24 horas en bucle— ocupa el espacio entre ambos durante un rato.

—Nada que me quieras contar.

—Son mis cosas —esquiva Antonia. De pronto, se ríe.

—¿Qué te hace tanta gracia?

—Nada. Antes me has llamado tu compañera. ¿Ya no soy una carga de la que librarte cuanto antes?

Jon se cruza de brazos. Pregunta importante, que merece respuesta detenida. Sí, Antonia Scott es insoportable, reservada, mandona, tiene un mal gusto terrible a la hora de comer, es impredecible y lo más probable es que esté loca de atar, o a un empujoncito de estarlo.

Pero.

—Sí, eso creo. Nos hemos visto envueltos en esto, y lo suyo es que te ayude hasta el final. Tampoco es que haya nada esperándome en Bilbao. Sólo *amatxo* con el bingo y las cocochas.

—¿No tenías un compañero en la comisaría?

—Se jubiló hace tres meses. Buen tío. Muy gracioso. El Cristiano Ronaldo del Scrabble. Le echo de menos.

—¿Novio?

—Ahora mismo no. ¿Y tú?

—Marido. Ya sabes dónde está.

—¿Desde hace cuánto?

— Tres años.

—Ya. Y tú tienes treinta y ¿cuántos?

—Treinta y no te importa —dice Antonia, tirándole una servilleta arrugada y grasienta.

—Pues eso. Que el cuerpo te pedirá ritmo de la noche de vez en cuando.

Antonia se ruboriza de forma inmediata. El efecto es asombroso, sus mejillas se ponen de color grana en cuestión de un segundo. Jon no había visto algo así desde *Heidi*, y aquella niña era un dibujo animado.

—No me fastidies... vaya con la señorita Scott... Así que le has dado a los polvos de una noche. Bien por ti —dice Jon, levantando su cerveza y apuntando el cuello hacia ella.

Antonia abre la boca, va a tratar de negarlo, pero se da cuenta de la futilidad del gesto.

—No es para celebrarlo. No estoy orgullosa —dice, muy seca.

—Chica, el cuerpo quiere lo que quiere.

—El cuerpo lo que tiene que querer ahora es trabajar.

Jon la mira, mosqueado. Mira el reloj. La vuelve a mirar, aún más mosqueado.

—Pensaba que íbamos a descansar unas horas. Tu amigo Mentor me ha reservado una habitación en un hotel de cuatro estrellas. Será un cabrón, pero es un cabrón con estilo. Y yo estoy roto.

—Pensabas mal. Coge tu cerveza y vamos a la mesa del fondo.

Jon la sigue, lo más lejos posible de los demás clientes. Antonia se frota las manos en los fondillos de los pantalones para desechar cualquier rastro que le haya podido quedar de la grasa del bocadillo y saca el iPad de la bolsa bandolera.

—Hay algo más por lo que tenemos que tener cuidado, Jon. La charla con Ramón Ortiz no me ha gustado nada. He visto miedo en sus ojos.

—Tiene miedo por su hija. Es lógico —dice Jon, que quiere saber por dónde va.

—Es lógico —repite Antonia, y se queda callada.

—¿Qué es lo que has visto?

—No soy la mejor interpretando las emociones humanas.

—Eso por descontado. Pero...

—Pero el miedo en un caso así se manifiesta de tres formas: ansiedad, duda y trauma. La tercera es la que debería estar más presente. Y con ella, la necesidad de protección.

—No estamos hablando de alguien normal. Estamos hablando de un millonario que emplea a cientos de miles de personas.

—Lo sé. Sigue siendo el padre de esa mujer.

Jon le da un trago largo a la cerveza.

—Todo eso lo has sacado de un libro, ¿no?

Antonia asiente, despacio.

—Pues yo no he leído mucho y mi instinto me dice exactamente lo mismo. Que ese hombre nos ha mentido.

—Oculta algo. Y eso que se está callando es lo más importante.

—¿Y qué pretendes que hagamos?

—Tenemos que adelantarnos un poco a Parra y los demás, antes de sacar más conclusiones. Mi plan es usar el servicio de localización del móvil de Carla, y empezar por ahí.

—Ahí va esta —dice Jon, pronunciando *áiba*—. Para eso no hace falta un intelecto superdotado. Lo primero que habrá hecho Parra será llamar a Apple para que le den esa información.

—Y Apple tardará días en dársela. Ahora mismo Parra estará usando el ordenador del despacho de Carla para intentar entrar en su aplicación, pero necesitará su contraseña de la nube. Que no tiene.

—Claro, y tú vas a averiguarla, ¿no? —dice Jon, rematando la cerveza.

—Puedo intentarlo —dice Antonia.

Levanta la tapa de su iPad y se pone a teclear.

—Es absurdo, Antonia. Tiene que haber millones de combinaciones.

—Seiscientos cuarenta y cinco billones de posibilidades. Y pico.

—Bueno, como parece que te va a llevar un rato, me voy a por otra cerveza.

—Que sea sin alcohol, que vas a tener que conducir en un rato.

Claro, piensa Jon, levantándose y yendo a la barra. *Lo único que voy a conducir es este cuerpo serrano a la cama. Que estoy molido.*

Recoge su cerveza —y unas aceitunas resecas por arriba y empapadas en líquido por abajo, en este bar son muy dadivosos—, y regresa a la mesa. Antonia ha dejado de teclear, y le espera cruzada de brazos.

—¿Ya te has rendido?

—No. Ya lo he conseguido.

El asombro de Jon es tal que casi tira la cerveza. Casi, que para que uno de Bilbao tire la cerveza, mucho tiene que asombrarse.

—No es verdad.

Antonia le da la vuelta al iPad, mostrándole cómo ha conseguido entrar en la cuenta de Carla Ortiz.

—¿Cómo lo has hecho?

—Un poco de psicología básica —dice Antonia, muy seria—. Estudias a la persona cuya contraseña quieres averiguar, piensas en las palabras claves más fáciles que puede utilizar, las añades antes o después de su año de nacimiento, el cumpleaños de su hijo, de su padre, de su mascota, del año en que acabó la carrera... a partir de ahí era combinatoria básica. Unos cuantos intentos, y listo.

Jon, que ya estaba boquiabierto, tiene ahora la sensación de que tendrá que recoger su mandíbula del suelo con una grúa. Y así se habría quedado, de no ser porque Antonia le dice:

—La tenía pegada con un postit en el reverso del cajón de su escritorio. La encontré antes, cuando me excusé para ir al baño. Ven, vamos a ver si localizamos su móvil.

Carla

El caso es que no viene nadie.

Para Carla pasan horas, minutos, meses. Es imposible saberlo, porque el tiempo ha desaparecido.

Todo es ahora, y ahora es la oscuridad.

Y nadie viene.

No va a venir nadie.

—Sólo es cuestión de tiempo. Me quedaré aquí quieta, sin moverme, cinco minutos más —susurra.

Carla deja pasar un siglo entero. O un minuto. Es imposible saberlo. Después se echa a llorar. La tristeza llega de pronto, tan poderosa, tan intensa, como la rabia y la negación. Carla siente una enorme pena por Carla, una pena inconsolable. Sea cual sea el error que ha cometido, la culpa que haya merecido este castigo, todo ha terminado. El cielo arde sin llamas, la luz se ha desplomado y roto. La música, las caricias, la justicia, la risa, todo ha sido devorado, y en su lugar quedan cenizas. No hay nada al otro lado de esa plancha de metal. El mundo ha desaparecido. No hay personas en otras ciudades, en otros países, trabajando, jugando, comiendo, riendo y haciendo el amor. Si los hubiera, Carla tendría que odiar a esas personas. Es preferible creer que todo se lo ha llevado la marea y dejarte ir con ella.

Ya basta, inútil, estúpida.

Déjame.

Levántate.

No puedo.

*¿No puedes como no pudiste conseguir
que Borja mantuviera la polla en los pantalones?
¿No puedes como no puedes estar a tiempo
en casa para acostar a tu hijo?
¿No puedes como no puedes
conseguir que tu padre te quiera
más que a tu hermanastra?*

¡Ya basta, mamá!
Carla llora. Pero ya no son lágrimas de pena, ni de rabia, ni de negación. No sabe de qué son esas lágrimas, que ni siquiera llegan a formarse en sus ojos secos y en su cuerpo deshidratado y sudoroso.

Levántate.

Carla obedece. Por primera vez desde que Ezequiel se marchó, intenta incorporarse. Los músculos de las piernas y de los brazos no responden, están agarrotados. Siente unos calambres muy fuertes, y el dolor de la nariz regresa como si no se hubiese marchado unas horas —o meses, o minutos—. Con el dolor llega de nuevo a Carla un rastro de conciencia y de voluntad. El suficiente para tratar de ponerse en pie. No llega a conseguirlo, sus hombros chocan contra el techo.

Es de piedra. Frío al tacto. Rugoso. Amenazador.

Carla vuelve a dejarse caer al suelo. Encontrar el techo tan sumamente cerca le ha generado otro ataque de pánico que le cuesta varios minutos superar. Cuando recobra el dominio de sí misma nota una humedad y un frío en las bragas y entre los muslos. Se ha orinado encima. Es el menor de sus problemas. El mayor:

No puede ver nada.

Si un amigo adulto de Carla le hubiese preguntado la semana pasada a qué tenía miedo, Carla hubiera hecho una lista adulta: a la vejez, al desamor, a la incompetencia de los gobiernos. Pero Carla nunca hubiera admitido delante de ellos lo que admitió —por puro terror— a Ezequiel hace días, horas o meses.

Carla tiene un miedo cerval a la oscuridad.

Desde que era una niña de tres años, si apagaba la lámpara de su habitación, chillaba y chillaba hasta que su madre volvía a encenderla. Tuvo que dormir con una luz de bebé hasta los trece años. Si se la quitaban, era completamente incapaz de dormir.

A los trece años, su hermanastra entró una noche en su habitación y arrancó la luz azul de la pared.

—Ya no eres un bebé —le dijo.

Rosa no es mala, nunca lo ha sido. Pero tampoco ha sentido un gran amor por Carla. La madre de Rosa murió cuando ella tenía ocho años. Su padre se volvió a casar, y enseguida tuvieron a Carla. Rosa vivió ambos eventos como una traición a la memoria de su madre. Quizás por eso haya habido siempre una sombra de crueldad en su trato con Carla. Quizás sea sólo la mutua antipatía, física, que han sentido siempre la una por la otra. Rosa, con su ojo bizco y su cuerpo grueso, con su pelo basto y pueblerino, con su amor por los libros y su andar extraño, pesado, que a Carla siempre le ha parecido el de un animal herido. Rosa, que miraba siempre como a una mosca en la sopa a esa niña de piernas ligeras y rizos rubios que a todos gustaba, a la que todos se esforzaban por complacer.

Desde luego, había frialdad en sus ojos cuando le quitó la luz.

Odio, quizás.

De nada sirvieron las protestas de Carla, sus súplicas. Su madre se mostró comprensiva. Su padre no. Estaba criando a Carla para ser su heredera, la que Rosa no quería ser. Ella estudiaba para médico. Del textil, nada. Así que todo lo que endureciera a Carla le parecía bien a Ramón.

Carla no se endureció, al menos por ese lado. Tiraba cosas por el suelo de su cuarto para justificarse si su padre entraba y encontraba las luces encendidas. *Así, si me levanto, no me tropiezo*, decía. Aunque pronto aprendió a poner una toalla bajo la puerta para que el resplandor no se colara por debajo.

En la oscuridad acechaban monstruos. Formas escurridizas, hambrientas de tu carne, de la sustancia gelatinosa del interior de tus huesos, que se morían por triturar entre sus dientes afilados. Puede que no puedas ver a los monstruos, pero ellos desde luego sí pueden verte.

Carla siempre lo había sabido.

Y resulta que tenía razón.

Ahora tiene que afrontar la oscuridad que tanto teme. Tiene que encontrar un modo de navegarla, de hacerse con su entorno. Pero su mente no parece querer colaborar. Las formas escurridizas han vuelto, salvo que esta vez tienen un nuevo aspecto. El hombre del chaleco reflectante, el hombre del cuchillo. Lo imagina de este lado de la puerta metálica, acechando en las tinieblas, con el filo dispuesto, esperando a que ella extienda el brazo para clavárselo en la palma de la mano.

Empieza por algo sencillo.
Ponte de rodillas.

Carla intenta hacer caso a la voz, porque ¿qué otra cosa puede hacer?

Está temblando, pero consigue girar el cuerpo desde la posición fetal en la que se encuentra, hasta colocar las dos rodillas en el suelo. Luego las palmas. Finalmente se incorpora.

Primero, arriba.

Levanta el brazo, tan despacio que apenas lo siente moverse. Cuando las puntas de sus dedos alcanzan el techo —apenas un leve roce con las uñas— retira la mano a toda prisa, como si se hubiera quemado con una sartén. Vuelve a intentarlo, y esta vez llega a tocar el techo con las yemas de los dedos. Una tercera vez. Lo palpa. Más o menos a un palmo por encima de su cabeza estando de rodillas. ¿Un metro veinte, quizás?

Ahora viene lo más difícil.

Ahora tiene que moverse.

No espera a que la voz se lo diga. Ya lo sabe. Necesita saber dónde está, saber si hay alguna herramienta a su disposición. Tarda un buen rato en decidir cómo hacerlo. Finalmente opta por gatear. Primero localiza la plancha de metal que sirve de puerta de su prisión. Pega a ella las caderas y la pierna, posa una mano en el suelo —intentando no pensar qué puede corretear, arrastrarse por el suelo, con sus patas queratinosas— y la otra la mueve delante de ella. Los dedos extendidos. Buscando. Palpando.

Así logra encontrar los bordes de la puerta. En la parte superior hay una especie de respiradero, un millar de pequeños agujeros. Intenta pegar el ojo a alguno, pero no logra ver nada. Sin embargo, una corriente de aire fresco, pequeña pero perceptible, se filtra a través de ellos.

Carla calcula que la puerta debe medir unos dos metros de longitud.

Hay que explorar el resto. Carla es consciente, pero apartarse de la puerta de metal no es fácil. Apartarse de la dirección que, de alguna manera, ha identificado como la de escape. Tarda mucho en decidirse.

Tienes que seguir. Tienes que
saber dónde estás.

Cuando lo hace, sigue el mismo método. Se pega a la pared contraria con el hombro, y comienza a gatear con el brazo extendido. No le lleva mucho. La pared contraria a la plancha de metal está a sólo metro y medio de distancia. Todo su mundo se reduce ahora a un área de tres metros cuadrados.

En una esquina, Carla localiza en el suelo una especie de sumidero.

Creo que acabo de encontrar el cuarto de baño.

Hace un millón de años, en su luna de miel con Borja, gritó la misma frase desde un extremo de un bungalow de mil quinientos metros cuadrados en las islas Fiji, mientras en el extremo contrario su flamante marido le daba una propina excesiva al botones para que se largara cuanto antes.

La discordancia entre el recuerdo y su realidad es tan grande que Carla suelta una carcajada. Histérica, irreprimible. Estruendosa. Ríe hasta las lágrimas.

Y es entonces cuando escucha a alguien llamándola desde el otro lado de la pared.

6

Una localización

El inspector Gutiérrez nunca ha sido de trasnochar.

Es más bien de quedarse dormido en pijama en el sofá delante de una serie a eso de medianoche. Tres ronquidos y luego al dormitorio arrastrando los pies cuando salta el siguiente episodio y el logo de Netflix da sus dos sonoros aldabonazos. Por desgracia, la gente mala elige la noche para hacer cosas malas. Así que trasnochar es una obligación en la profesión que ha escogido.

Que tampoco la elegí yo. Que me eligió ella a mí.

Cuando se acabó el instituto, cuando tenía que comenzar la vida, Jon tenía miedo. Esa parte que le contó a Mentor es verdad. Pero también había algo dentro de él, un fuego del que quedan más que brasas. Ponerle nombres a ese fuego sería empequeñecerlo. Y así se dejó 874 pesetas en una solicitud para la oposición. Se presentó, pasó las pruebas físicas —no es que esté gordo, pero esa parte le costó— y se encontró en la academia de Ávila, y luego con un arma en la mano, y con un uniforme, y después ayudando a gente en la calle. En Pamplona, un año, y también en La Rioja, otro par. Incluso se libró de hacer DNI, aunque le decía a *amatxo* que eso era lo que hacía, y ella fingía que se lo creía. Y acabó volviendo a Bilbao, y allí se hizo inspector, y ya tenía metida la profesión, tan dentro que no se la podría sacar nunca. Y el fuego, pese a toda la mierda que había visto, sigue ardiendo de manera razonable, a sus cuarenta y pocos tacos, y ya ves tú.

De ese fuego tira el inspector Gutiérrez, agotado tras tres días larguísimos, cuando vuelve al coche con Antonia y ponen el coche en marcha. La aplicación Buscar Mi iPhone de la cuenta de Carla Ortiz ha arrojado un punto en el mapa, y hacia ella se dirigen.

—El móvil está apagado —dice Antonia—. Y hay algo que me extraña. Alguien como Carla Ortiz debería tener un portátil.

—¿Qué ordenador tenía en su casa?

—Un iMac Pro. El más caro de Apple.

—Es una ejecutiva que se mueve mucho. Lo lógico sería que tuviese un portátil de la misma marca.

—Y que éste estuviese con el mismo servicio de localización en la nube que el resto de sus dispositivos.

Jon, que nunca ha sido de Apple, no acaba de entender muy bien cómo funciona el asunto.

—No acabo de entender muy bien cómo funciona el asunto —dice.

—Tú te compras el dispositivo, y lo asocias a tu cuenta. Si

te lo roban o lo pierdes, te conectas a tu cuenta desde cualquier otro usando tu contraseña y puedes ver dónde está. O, como en este caso, cuál es la última localización. Si el dispositivo se vuelve a encender y se conecta a internet, actualiza esa información en la nube.

—¿Y el portátil no está?

—No. Así que, o no tiene, que no creo, o alguien lo ha borrado de la nube. Y para eso es necesaria la contraseña.

—Así que, o lo ha hecho Carla, o alguien le ha obligado a decírsela.

—Eso es. Así que es probable que siga viva.

Una buena noticia. Un poco de combustible para el fuego.

—Ya estamos llegando —dice Jon.

Les ha llevado menos de veinte minutos llegar. Aún no son las seis de la mañana y la M-30 está casi desierta, así que Jon le ha pisado un poco. No mucho, no le gusta correr. Pero el tiempo corre para Carla Ortiz y ésta es la primera pista sólida que tienen.

—No te asustes si lo pongo a ciento cuarenta —le ha dicho a Antonia. Y Antonia no se ha inmutado, y han llegado enseguida.

Lo que no saben muy bien es a dónde han llegado. Jon detiene el coche cuando el GPS le indica que «ha llegado a su destino». Están en una carretera solitaria.

—¿Y ahora qué?

—Estos sistemas no siempre son precisos, sobre todo en zonas despobladas —dice Antonia—. Si en una ciudad tiene una precisión de cincuenta metros, aquí en el campo el radio puede ser de doscientos, o más.

—¿Y si el tal Ezequiel tiró el teléfono por la ventana del coche? Eso quiere decir que tenemos que buscar un cacharro de diez centímetros en un área de ¿cuánto? Soy malísimo en matemáticas.

—Alrededor de 125.664 metros cuadrados —dice Antonia, tras un parpadeo—. Redondeando.

—Redondeando... Tendremos que venir de día. Y con mucha gente.

—No desesperes tan rápido. Mira, allí hay algo.

No es un edificio, más bien parece un conjunto de ellos, rodeados por un muro. A la entrada hay una luz encendida. Es un portón de entrada de color verde botella, con una garita de seguridad.

Jon para junto a ella, se baja del coche y da dos golpes en la ventanilla.

—No parece haber nadie —dice Antonia.

—Menos mal que la puerta está abierta —se alegra Jon, agachándose junto a la entrada de la garita y sacando algo del bolsillo.

Hace siete u ocho años, una tarde

Jon perseguía a la carrera a un ladrón que ya le tenía hasta las narices. Era la cuarta vez que Luis Miguel Heredia escapaba por piernas. Las suyas, ligeras, de adolescente. Las de Jon, más débiles y más lentas —no es que esté gordo—. El chaval cada vez se crecía más, y ya se tomaba a choteo lo de escapar del, entonces, subinspector Gutiérrez. Tan felices se las veía que se dio la vuelta, en plena carrera, para hacer una doble peineta en dirección a Jon. Con tan mala suerte —o buena, según a quién preguntes— que al volverse se comió una señal de ceda el paso con los morros. El *clon* sonó hasta la otra orilla.

Jon le alcanzó unos, bastantes, segundos después. Luismi el Rata, que así se llamaba en la calle, estaba empezando a volver en sí. Tenía los labios empapados en sangre.

—Ya no corres tanto, ¿eh, Luismi? —dijo Jon, apoyando las manos en las rodillas. Aún no había recuperado del todo el aliento. Se sintió tentado de darle un par de patadas en los huevos para asegurarse de que no se levantaba y seguía corriendo. Muy tentado, notaba el hormigueo de anticipación en la punta del pie derecho.

En lugar de eso, se agachó y le ayudó a apoyarse en la señal que había interrumpido su carrera.

Al incorporarle Jon, la sangre tiñó de rojo la pechera de la camiseta blanca de publicidad, casi tapando el teléfono de Andamios Atxukarro, S.L.

—Joder, es la única que tengo limpia —dijo, espurreando más hemoglobina sobre sus propios pantalones y los del policía.

—Ya no —dijo Jon, sacándose un pañuelo del bolsillo y comprimiéndole la nariz para restañar la hemorragia—. No se te ocurra correr otra vez, que te rompo el alma.

—Para correr estoy yo —quiso decir, aunque debajo del pañuelo y con la nariz apretada, sonó más bien *bacorreftoio*.

—Si es que eres gilipollas. ¿Y cómo te pones a reventar puertas en Otxarkoaga? ¿No sabes que aquí sólo hay pobres?

Claro, que el chaval vive en San Francisco, que es todavía peor.

—¿Y dónde quieres que robe?

—Vete a Abandoibarra, y así me libro de ti. Además allí igual no te revientan la cabeza si te pillan. Como mucho te detienen.

Luismi negó con la cabeza todo lo que le permitió la manaza de Jon.

—Sale muy cara la Barik. —La tarjeta de transporte público—. Y las puertas son más duras.

—Pues aquí poco hay que rascar. —Jon retira el pañuelo, la hemorragia ha remitido—. Anda, tira para la comisaría.

El Luismi se pone tenso y está a punto de echar a correr, pero cada brazo de Jon pesa aproximadamente lo mismo que él, y tiene ambos encima.

—No puedo ir a la comisaría. Mañana tengo examen y no he *estudiao*.

—¿Examen? ¿De qué vas a tener tú examen?

—Me estoy sacando la FP.

—Anda ya.

—Te lo juro.

Se sacó de la mochila una libreta de apuntes. Estaba debajo de media docena de móviles que no tenía pinta de haber comprado.

—Déjame ir, anda. Si total el juez me iba a soltar mañana, que soy menor.

Jon se rascó la cabeza durante un rato, y acabó soltando al Luismi. Éste le prometió que a cambio le enseñaría a reventar puertas.

—Es muy fácil, hasta un *txakurra* viejo como tú puede aprender.

Jon no esperaba nada, ni siquiera que lo del examen del chaval fuera en serio —igual hasta había robado la libreta, vete a saber—. Pero Luismi se presentó dos meses después en la comisaría de Gordóniz, preguntando por él. Traía un título de FP de Grado Medio bajo el brazo, y un neceser pequeño para él.

—Ya no robo —le dijo—. Anda, vamos para tu casa.

—A mi casa no vienes tú, que está mi madre.

Se lo llevó a un edificio abandonado en Artxanda, y allí

Luismi le enseñó a usar las herramientas del minúsculo neceser en todas las cerraduras que encontraron.

—Todo está en el tacto, en la punta de los dedos. Tienes que sentir las pequeñas vibraciones, y luego, *zas*.

—Ay, ladrón, algún día harás muy feliz a una mujer —dijo Jon, sin dejar de hurgar con la ganzúa.

—Toma, claro. ¿Tú sabes lo que gana un cerrajero?

7

Un centro hípico

Ya está —dice Jon, cuando logra alincar las piezas del bombillo y éste gira con un chasquido. No puede evitar una punzada de amargura al recordar la edad que tenía Luismi cuando se estampó contra la señal. No debía de ser mucho mayor que el chaval al que habían hallado desangrado en La Finca. Vidas muy distintas.

Se pone en pie y le abre paso a Antonia para que entre.

Desde la garita al interior de la propiedad hay una puerta que no tiene más que un pestillo interior. Al otro lado, un enorme patio, y mucho silencio. Frente a ellos, un edificio de una sola planta. A la derecha, pegado al muro, otro. Por delante, oscuridad.

—Aquí guardan caballos —dice Jon.

—¿Cómo lo sabes?

—¿Es que no lo hueles?

—No.

—Ah. Cierto. Perdona —se disculpa Jon, recordando el problema de Antonia.

De pronto, una linterna les alumbra a la cara. Jon se pone delante de su compañera de forma instintiva.

—¡Quietos! ¡Manos arriba!

—Venga, no te flipes —dice Jon, levantando las manos de todas formas—. Somos la policía.

El guardia de seguridad baja la linterna y la apunta al suelo. No debe tener ni veinte años. Ni tampoco una pistola. Les ha mandado levantar las manos armado sólo con una potente luz y mucha fuerza de voluntad.

—¿Cómo han entrado?

—La puerta de la garita estaba abierta. ¿A quién se le ocurre?

—Es mi primera semana. No deberían haber entrado.

—Hemos llamado y no había nadie.

—Había ido al baño.

—Tienes paja en el hombro —interviene Antonia, señalando la camisa del guardia.

—Bueno, está bien, me he echado un sueño en la parte de atrás de la cuadra, en las balas de heno. Esta hora es muy mala, al final del turno. Cuesta aguantar.

—Pues así no vas a conservar el trabajo otra semana. ¿Y como sabes que somos de la policía, si no nos has pedido ni la identificación?

El joven lo piensa un momento.

—¿Por qué iban a decirme que son la policía si no lo son?

Un argumento inatacable.

—Supuse que se habrían olvidado algo —continúa el guardia—. Sus compañeros han estado aquí toda la tarde. Se fueron cuando yo llegué. Venían buscando a una yegua robada, o algo así. Mi jefe les enseñó todo el recinto, pero no encontraron nada.

Antonia y Jon se miran.

—¿Y de quién era la yegua? —dice ella.

—Yo qué sé, a nosotros nunca nos cuentan nada. Yo sólo soy el vigilante de noche. Sólo sé que una yegua tenía que haber llegado anoche y no llegó.

—Perdónanos un momento —dice Jon, llevándose a Antonia a un aparte.

—Este debe de ser el lugar donde Carla traía a su yegua para la competición de mañana —dice ella—. Es un sitio nuevo, ni siquiera sale en Google Maps.

Jon enciende la linterna de su móvil y alumbra a un cartel que hay en la pared. Anuncia la *GRAN INAUGURACIÓN DEL CENTRO HÍPICO LAS ROZAS SPORT CLUB AND SPA*. Justo al día siguiente. En la lista de participantes, está Carla Ortiz, junto con su yegua Maggie.

—Ahí la tienes. A la vista de todo el mundo.

—Vamos a dar una vuelta —pide Antonia.

—Los de la USE lo habrán registrado a fondo.

—Lo sé. Pero el móvil de ella está en un radio de doscientos metros. Y dónde iba a estar si no es en el sitio al que se supone que...

Antonia se detiene en mitad de la frase. Se da la vuelta y corre hacia el vigilante de seguridad.

—Necesito una escalera.

—¿Una escalera? Quizás en el cuarto de mantenimiento...

—Da igual.

Cerca de la entrada hay dos contenedores de basura de color verde botella, casi negros en la oscuridad. Antonia se acerca a uno de ellos, y se sube a la tapa. Después intenta auparse al muro, pero está demasiado alto para ella.

—¿Es que no vas a ayudarme?

Jon, que ha estado contemplando la operación con perplejidad, se acerca al contenedor. No sabe qué es lo que contiene, pero desde luego nada que quiera averiguar. Claro que Antonia no tiene que preocuparse de ese problema.

—Si crees que voy a subirme a ese cubo de basura, es que estás loca. Este traje es de Tom Ford.

—Ese traje no es de Tom Ford. Con tu sueldo no puedes pagarlo.

—Bueno, pero es una imitación casi perfecta. ¿Y tú sabes cuánto gano?

—Calla y súbete aquí. Yo te compraré un Tom Ford, uno de verdad.

—Pero si no tienes un chavo. Si te alimentan los vecinos.

—Sube y te diré el sueldo que te va pagar Mentor mientras estés ayudándome.

Jon intenta seguir el mismo camino que ella, pero no logra subirse a la tapa. No es que esté gordo.

—Ven aquí y échame una mano —dice, llamando al guardia de seguridad.

Éste se aproxima y cruza las manos a la altura de las rodillas para darle impulso a Jon.

—Ojalá supiera qué demonios pretenden ustedes.

—Ojalá lo supiera yo, niño.

Puede que no sea la bombilla más brillante de la caja, pero el joven es fuerte y logra sostener el peso del inspector Gutiérrez para que éste se aúpe al contenedor grasiento. Con escaso garbo y menos dignidad, torpe como un suicida sin vocación. Pero sube.

—¿Cuánto has dicho que va a ser mi sueldo?

—Luego te lo digo. Ayúdame.

Jon repite la operación que ha hecho el vigilante con él, y Antonia consigue auparse al muro. Primero se sienta sobre él a horcajadas, luego se pone de pie sobre la parte superior, que por suerte no tiene cristales pegados. Jon supone que hasta allí no llegan los gatos. No concede más hueco a ese pensamiento. Bastante tiene con procurar que su compañera no se caiga sin llegar a tocarla y sin perder pie en la tapa sobre el contenedor, que se comba peligrosamente bajo sus ciento y pico kilos de peso.

Por Dior, muchacha, no tardes.

8

Un muro

De pie sobre el muro, Antonia observa la oscuridad, que ha empezado a desleírse en la luz índigo que precede al día. Hace frío, aún queda media hora larga para el amanecer, pero las copas de los pinos ya se recortan, borrosas, contra el cielo que muda de negro a gris. El viento arranca murmullos del pinar, y el rasgueo de las cigarras parte el tiempo en intervalos desagradables. Al fondo del paisaje se intuye, más que se ve, la carretera principal. A sus pies termina la secundaria, poco más que un camino, aún sin asfaltar.

Antonia no saca el iPad para ubicarse. Su pantalla la deslumbraría, y necesita que sus ojos se acostumbren a la penumbra.

Tiene un método mejor.

Evoca en su memoria el mapa de la zona, que ha estado estudiando mientras llegaban. Lo superpone mentalmente sobre el paisaje que se extiende ante ella. El Centro Hípico está en lo alto de una colina, un desnivel de veinte metros, rodeado por dos pinares que se convierten en uno a la espalda del complejo.

Alguien le ha robado a la naturaleza muchas hectáreas para que los ricos puedan montar a caballo, piensa, y enseguida intenta arrojar fuera las distracciones, todo lo que no sea la tarea.

Aquí. Ahora.

En su mapa mental comienza a configurarse la posición del lugar, a la que le añade el punto en el que el servicio de localización había arrojado la última conexión con el teléfono de Carla. Traza un círculo a su alrededor, y calcula la posición relativa al lugar donde está.

Se encuentra casi en la intersección contraria.

Busquemos lo que busquemos, no está en el Centro Hípico, piensa.

Ahora visualiza sobre ese mapa mental el coche de Carla Ortiz, y le hace recorrer el trayecto desde la carretera principal hasta el Hípico. La línea se interrumpe en el punto en el que ha trazado la intersección mental.

Hacia su izquierda, el desnivel del terreno se pronuncia, el pinar, escalonado, se convierte en monte. No es lugar al que pudiera acceder un coche. En la otra dirección, a su derecha, la inclinación es más suave.

Aunque no lo vea, Antonia sabe que entre aquellos árboles hay un camino.

—Tiene que estar por allí.

Carla

Al principio, Carla cree que lo que ha escuchado es la voz que ha estado resonando dentro de su cabeza. La voz que no existe. La voz que suena como la de su madre, pero que no puede ser su madre, porque su madre murió hace once meses. Entonces escucha:

—¿Hola? ¿Hay alguien ahí?

Suena muy apagado, al otro lado del muro.

Ya vienen. ¡Ya vienen a buscarme!

El corazón de Carla empieza a bombear sangre, su adrenalina se dispara. Por fin. Sabía que tenía que aguantar. Sabía que era cuestión de tiempo. Gatea hasta la pared, y empieza a golpear en ella.

—¡Sí! ¡Estoy aquí! ¡Ayúdame, ayúdame, por favor!

Al otro lado hay un silencio. Pesado.

—¿Hola? ¿Me oyes? —insiste Carla.

—A ti también te ha cogido —responde la otra persona. Es una voz de mujer, dulce y con un deje madrileño por debajo del desencanto.

La emoción de Carla se transforma en decepción. No está hablando con uno de sus rescatadores, está hablando con otra víctima. El llanto regresa, se le atasca en la garganta, lo manda de vuelta hacia el estómago con gran esfuerzo.

—¿Cómo te llamas? —pregunta.

—No... no sé si debería decírtelo.

—¿Por qué?

—Porque no sé quién eres.

La otra mujer suena, muy, muy asustada. De alguna forma este hecho, en lugar de contagiarle el miedo, le infunde valor a Carla.

—Yo me llamo Carla. —Va a decir su apellido, pero se interrumpe a tiempo.

—Yo soy Sandra —contesta ella, al cabo de un rato larguísimo.

—¿Sabes dónde estamos, Sandra?

—No. —Parece a punto de echarse a llorar.

—¿Sabes quién nos ha secuestrado?

—Un hombre alto. Se subió a mi coche. Tenía un cuchillo.

—¿Te ha dicho su nombre?

—Ezequiel. Me ha dicho que se llama Ezequiel.

—¿Te ha hecho daño, Sandra?

Es entonces cuando ella se derrumba. Durante largos minutos sólo se oye el sollozo, quedo y desesperado. El sonido queda amortiguado por la pared que hay entre ambas.

La angustia, no.

La angustia se filtra a través del muro de ladrillo como una niebla, tenue y ponzoñosa que se introduce en los pulmones de Carla. Porque sabe, presiente, que el destino de Sandra es también el suyo.

—Te ha hecho daño —dice Carla, cuando ella se calma un poco.

—No quiero hablar de ello.

Carla *sí quiere* hablar de ello, de hecho no cree que haya habido nunca jamás un tema que le haya interesado más en toda su vida que saber lo que le ha hecho a Sandra.

Traga saliva. Se fuerza a no obligarla. No quiere que se cierre. Viene a su mente —la mente, qué cosa tan extraña— su profesora de negociación en Brompton. *Nunca muestres ansiedad por una información, nunca te dejes llevar por las emociones.* Miss Rathe. Qué hija de puta, cómo la apretaba. *Algún día estos conocimientos pueden salvarte la vida*, decía. Claro, si pudiera recordarlos.

Desvía la atención. Cambia de tema. Da un rodeo para llegar al mismo punto.

—¿A qué te dedicas?

—Soy taxista. Así me cogió —dice Sandra—. ¿Y tú?

—Trabajo en una marca de ropa. En temas de gestión.

—¿En cuál?

Carla le dice el nombre.

—Yo tengo cosas vuestras —dice la taxista—. Sobre todo compro en rebajas. Aunque no siempre hay de mi talla.

Claro que no, porque la clave de su negocio es que todo lo que sacan se acabe muy rápido para obligar a que visites las tiendas cada diez días. Así lo diseñó su padre, la idea genial que hizo entrar el dinero a espuertas.

—Estuve la semana pasada —sigue Sandra—. Había un

top azul que me gustaba. Con flores blancas. Pero era muy caro, incluso con rebajas.

Carla lo conoce. Es uno de los éxitos de la temporada. Y eso que a ella no le acaba de convencer.

—Sandra, cuando salgamos de aquí, yo personalmente iré contigo a una tienda y nos llevaremos todo lo que quieras.

—¿Harías eso por mí?

—Claro.

—Si salimos.

Guardan silencio las dos.

—¿Cómo...? ¿Cómo has acabado aquí?

—Salía del trabajo, de noche. Paró con una furgoneta a mi lado, y se me echó encima. Noté un pinchazo en el cuello. Creo que me drogó. Me desperté aquí. No me he encontrado bien desde entonces.

—¿Qué te pasa?

—Tengo mucho sueño todo el rato. Creo que pone algo en mi agua. Sabe rara, amarga. Me cuesta mucho mantenerme despierta —dice, y es verdad que su voz suena cada vez más apagada.

Repentinamente alarmada, Carla palpa su propia botella de agua, a la que apenas le queda un tercio. Desenrosca el tapón, da un corto sorbo. No tiene sabor ni olor.

Sea lo que sea lo que quiere Ezequiel, no las está tratando de la misma forma.

—No bebas nada.

—Hace mucho calor y tengo mucha sed. Y me dijo antes de irse que me acabase el agua, o que si no...

—¿Irse? ¿Cómo que irse?

¿Dónde se ha ido? ¿Les ha dejado allí solas? El pensamiento es pavoroso, ambivalente. Por un lado produce alivio, por el otro un terror informe. ¿Y si le pasara algo? ¿Y si tiene un accidente, y nadie es capaz de encontrarlas, nunca? A Carla se le ocurren muy pocos destinos más atroces que morir de hambre y sed en aquella oscuridad. Necesitan a Ezequiel para mantenerlas con vida. Y Carla tiene que saber cómo sabe Sandra que Ezequiel se ha ido.

Sandra no contesta.

—Sandra. Escúchame. Tienes que mantenerte despierta. Sandra.

—No puedo. —Su voz es casi inaudible.

—¿Cómo sabes que se ha ido? ¿Cómo lo sabes, Sandra?

El silencio dura una eternidad.

Se interrumpe un momento...

—Hay... un agujero.

Y después, la nada.

9

Un camino

Tiene que estar por allí —dice Antonia, once segundos después de haber subido al muro.

—¿El qué?

—Un camino entre los árboles.

—¿Puedes verlo, con lo oscuro que está?

—Puedo verlo en mi cabeza. Ayúdame a bajar, me da miedo darme la vuelta.

—¿Cómo? ¿Quieres que te coja?

—Yo creo que podrás conmigo.

—Chica, puedo con cuatro como tú.

Quizás cinco, decide Jon cuando agarra a Antonia por la cintura y la baja del muro. Con su récord como *harrijasotzaile* en casi trescientos kilos de peso, aquella mujer tan delgada que tiene que echarse piedras en los bolsillos para que no se la lleve el viento le parece una pluma.

—Creía que no te gustaba que te tocaran.

—Y no me gusta. Pero si estoy prevenida, es más fácil.

Vuelven al coche tras despedirse del vigilante, que lo único que les pide al salir es que no le digan a nadie que se había dejado la puerta de la garita abierta.

—Descuida —le asegura Jon—, que nosotros estaremos callados como tumbas.

—Baja por el camino. Y ve despacio, todo lo despacio que puedas —le indica Antonia, cuando Jon se pone tras el volante—. Y enciende las largas.

Los faros de xeón del Audi A8 —tan potentes que apuntados al cielo podrían llamar a justicieros enmascarados— convierten el amanecer en pleno día a medida que Antonia va caminando por delante del coche, camino abajo. La vista fija en el lado derecho, la bandolera ceñida y el paso muy corto, tan corto que Jon tiene que ir todo el rato jugando con el freno. Por no atropellar, que queda feo. El Audi, que no está hecho para este caminar de anciana ociosa, protesta, se quiere ir hacia delante, hay que ir reteniéndolo.

—¿Se puede saber qué estamos buscando? —dice Jon, asomando la cabeza por la ventanilla.

Antonia le manda callar agitando la mano sin volverse.

Un par de minutos después, el GPS vuelve a avisarle de que:

—Hemos llegado al punto que habías marcado antes en el navegador —dice, asomando de nuevo la cabeza.

Diez metros más delante, Antonia hace un alto y se agacha junto a los arbustos y la breña que enmarca el camino, desapareciendo de la vista por un segundo. Cuando vuelve a incorporarse, está arrastrando algo.

Jon se incorpora y puede ver que está tirando de los arbustos, que no están sujetos a la tierra por las raíces, como están los arbustos de bien, sino colocados con malas artes y peores intenciones.

Antonia le hace gestos para que maniobre con el coche. Jon comprueba enseguida que los arbustos estaban tapando un camino de tierra entre los árboles, poco más que una trocha polvorienta. Un reflejo a su derecha le llama la atención y baja del coche para investigar.

—Creo que he visto algo —le dice a su compañera.

Oculto entre la maleza encuentran un objeto reflectante. Jon tira de él, está enganchado. Cuando finalmente cede y queda bajo el resplandor de los faros, Jon suelta un silbido.

—Creo que empiezo a entender qué es lo que ha pasado aquí.

Antonia pone de pie la señal y aparta un par de hojas secas que han quedado pegadas encima del letrero DESVÍO POR OBRAS.

—Está casi nueva.

—Seguramente la haya robado.

—No necesariamente. Se pueden comprar por internet. No valen ni veinte euros.

—¿Cómo sabes estas cosas? —se asombra Jon, mirándola de reojo.

—Igual que casi todo: por curiosidad.

—¿Me estás diciendo que cualquiera puede comprar señalización oficial y cortar una carretera por menos de lo que cuesta un chuletón con patatas?

—Incluso puedes personalizarla con el nombre de un ayuntamiento, si quieres —dice Antonia, señalando la esquina del letrero, donde se puede ver claramente AYUNTAMIENTO DE LAS ROZAS.

—¿Y nadie te pide ninguna documentación?

—No. Hacen como nuestro amigo el vigilante del Centro Hípico. ¿Para qué vas a decir que eres de un ayuntamiento, si no lo eres?

Pues si eres un psicópata que quiere desviar a alguien de su ruta para poder secuestrarlo, por ejemplo, piensa Jon. Pero esto es lo que ha generado internet. No sólo pone nuestra dirección, nuestro teléfono, nuestros hábitos a disposición de cualquier puto loco. También facilita las herramientas para que nos haga daño.

—Sigamos, a ver adónde lleva esto.

Jon regresa al Audi y lo lleva por la trocha, mientras Antonia vuelve a caminar delante de él, atenta al recorrido. No faltan baches ni virajes, y esta vez Jon agradece ir al paso que le va marcando ella. Cuarenta o cincuenta metros más adelante, el camino se ensancha. Los árboles dejan paso a un claro de unos veinte metros de diámetro.

Antonia se detiene. Algo en el suelo ha llamado su atención.

Jon baja del coche y se acerca a ella. En el suelo pedregoso hay una mancha, grande y oscura, casi negra a la luz del alba que no acaba de romper. El inspector Gutiérrez no necesita que Antonia se agache, coja un puñado de tierra manchada y reseca y se lo acerque a la nariz. El olor metálico es distinguible incluso de pie.

Pero ella lo hace, de todas formas.

—Huele.

Jon aparta la cara.

—No hace falta. Es sangre, Antonia.

—Mucha sangre —dice ella—. Sea quien sea, no saldrá de esta.

—Probablemente una puñalada en el cuello —supone Jon, que ha visto antes manchas parecidas. Una vez dos yonquis se pelearon en el barrio de las Cortes por quién le debía cinco euros a quién. El que ganó se llevó un billete de ida a Basauri con todos los gastos pagados. El que perdió dejó un charco oscuro que no difería mucho de éste.

—Alumbra por aquí —pide Antonia, señalando un poco más adelante.

Jon enciende la linterna del móvil y ve que hay un rastro en el suelo. Es débil, apenas unas marcas allá donde las piedras del terreno abandonan su configuración irregular y forman una línea apenas visible.

Unos pasos más adelante, el rastro se pierde entre los arbustos, alejándose del claro y del camino.

El inspector Gutiérrez se desabrocha la chaqueta, y deja a la vista la pistolera.

—Ponte detrás de mí. Y será mejor que alumbres tú —dice, pasándole el móvil a Antonia.

—Eres un exagerado. Quien haya hecho esto hará muchas horas que se habrá marchado.

Jon siempre ha tenido el instinto de proteger a otros, desde que era un niño. Influyen el tamaño de su cuerpo y el de su corazón. Y porque sí, hostias. Porque hay cosas que son como son. Así que con una mano agita el móvil para que lo coja y con la otra la echa sutilmente hacia atrás.

—Tú hazme caso.

Antonia coge el móvil.

—Tendríamos que haberle pedido su linterna al vigilante.

O haber traído una Mag-lite en condiciones, piensa Jon, que siempre tiene una. En su propio coche, el que se ha quedado en Bilbao, aparcado a dos manzanas de la comisaría. Ahí puede estar.

Cuando se meten entre los árboles, siguiendo el rastro, las hojas de pino crujen bajo sus pies, denunciando su intromisión.

El resto es silencio.

Jon siente un extraño hormigueo en el cuero cabelludo. Un hormigueo que ha sentido antes, muy pocas veces. Ocasiones en las que las cosas nunca han salido bien. Nunca en su vida ha tenido que disparar su arma —muy pocos policías llegan a hacerlo en su vida—. Pero ha tenido que sacarla alguna vez. Y esa electricidad —un centenar de insectos correteando entre su cráneo y su pelo— ha estado presente, siempre.

Se lleva la mano a la pistolera, y quita la trabilla.

—Ve con cuidado.

—Ya te he dicho que no tenemos nada que temer. Y menos de éste —dice Antonia, apuntando la luz hacia su izquierda.

En el círculo de luz brillante hay una mano.

La piel, pálida y grisácea, irradia un fulgor fantasmal.

Cuando se acercan, comprueban que la mano está unida al resto del cuerpo de Carmelo Novoa Iglesias. Yace boca arriba sobre una mata de jaras que aún conserva algunas de sus flores. Los vacíos ojos del chófer parecen buscar una respuesta al sentido de su muerte en las copas de los árboles. No lo encuentran. Gotas de rocío centelleantes en sus pestañas lo lamentan.

Carmelo ofrece una doble sonrisa de desconcierto. El rictus de la muerte, y lo que se la causó: Una boca cruel, abierta en el lateral de su cuello.

—Creo que me debes un sándwich mixto —dice Antonia.

Jon, que por muchos años que lleva de policía sigue sintiendo arcadas ante el hedor característico de la muerte, aprieta los dientes para mantener dentro la única comida decente que ha ingerido en dos días.

—Me temo que las sospechas de Parra sobre la culpabilidad del chófer eran infundadas —dice, cuando logra recobrarse.

—A no ser que fuera un cómplice y el tal Ezequiel decidiera borrar sus huellas. Pero no parece probable. Me equivoqué, Jon. Tenías razón. Teníamos que haberle hablado cuanto antes a Parra del crimen de La Finca.

—Vaya, vaya. Antonia Scott se ha equivocado. Paren máquinas.

—No seas crío. Además, comprobarlo era lo más...

Jon la interrumpe, levantando una mano.

—¿Has oído eso?

Un sonido áspero y un ronroneo. El inconfundible sonido de un coche arrancando. Y después, el rugido amenazador de un motor revolucionándose al máximo, una vez, dos veces. En el silencio incorpóreo del bosque al amanecer, el sonido parece venir de todos sitios y de ninguno.

Ambos miran confusos a su alrededor.

—¿Qué...?

Entonces se encienden los faros del Porsche, y pasan tres cosas a la vez.

El conductor suelta el freno y el coche, impulsado por la fuerza de su motor de quinientos caballos, sale disparado hacia Antonia Scott como un gigantesco depredador negro.

Antonia, deslumbrada, se queda clavada en el sitio. Sus pies están anclados al suelo, no puede moverse. En el intervalo —segundo y medio, quizás dos— que tardan las dos toneladas de coche en recorrer la distancia hasta su cuerpo paralizado, comprende un concepto que siempre le había fascinado. ¿Por qué los ciervos y los conejos no huyen del coche que les va a atropellar? La respuesta se la ofrece su propio sistema nervioso: el mecanismo natural del cuerpo de un mamífero a la hora del crepúsculo cuando recibe una amenaza y se queda ciego, es permanecer en el sitio. Como último pensamiento antes de morir, no está mal.

Y tres: Sin valorar en lo más mínimo su integridad física, y con una valentía más allá del deber, el inspector Gutiérrez se lanza sobre Antonia Scott, arrojándola al suelo justo antes de que el parachoques del enorme todoterreno de lujo choque contra su pecho a cincuenta kilómetros por hora, el equivalente a caer desde un quinto piso.

Menudo gilipollas estoy hecho, piensa Jon, aún encima de Antonia.

—¡Quita, quita! —le dice ella, escurriéndose como una lagartija bajo su cuerpo.

Jon se pone en pie y echa mano a la pistola a tiempo de ver

las luces de posición del Porsche zigzagueando entre los árboles que llevan al camino. Adopta la posición isósceles —pies separados, rodillas flexibles, mano izquierda sosteniendo la derecha— y dispara.

El tiro destinado al parabrisas trasero se hunde en el maletero. Le falta práctica. También influye el hecho de que el condenado Porsche va botando por el terreno irregular como una canica en un tambor.

No llega a realizar el segundo disparo, porque Antonia se ha interpuesto en su línea de visión.

—¿Dónde cojones vas, *zoroputoa*? ¡Quita de en medio!

No contesta. Y donde va, es derecha al coche.

Esta tía me va a matar, piensa Jon, corriendo detrás de ella. *Y si no, la mato yo.*

10

Una autovía

A Jon Gutiérrez no le gustan las persecuciones a alta velocidad.

No es una cuestión estética. Cuando las ves en el cine, todo es magia. El montaje acelerado, los cambios de plano, la música, el sonido que se traslada de los altavoces delanteros a los traseros para que tú sientas la sensación de movimiento.

Lo que a Jon no le gusta de las persecuciones a alta velocidad es tener que ir de copiloto.

Llegó al coche por los pelos, cuando Antonia ya había arrancado y estaba dando la vuelta en el descampado. La inercia dejó el coche parado un instante, y Jon aprovechó para abrir la puerta y colarse dentro, cuando Antonia ya estaba metiendo la marcha para enfilar el camino.

—¿Se puede saber qué mosca te ha picado? —dice Jon, poniéndose el cinturón—. ¡Podría haberte disparado!

Antonia no contesta. Conduce el coche a casi noventa kilómetros por hora por un espacio tan estrecho que la velocidad recomendable sería andando y con una cesta de picnic. Los extremos de los parachoques arrancan los arbustos al pasar. Pero Antonia ni se inmuta.

Tiene esa expresión que Jon ha visto antes y ha aprendido a reconocer. Los ojos vidriosos, la mandíbula tensa. Esa expresión que indica que su cerebro está trabajando a más revoluciones de lo normal, más de las que puede procesar. Su mente tiene que manejar dos problemas complejos al mismo tiempo, y está empeñada en hacerlo a la vez.

Velocidad máxima del Audi A8 (225 km/h).

La posición del cadáver.

Distancia entre los árboles.

Velocidad máxima del Porsche Cayenne Turbo (la desconoce, se maldice por no haberlo consultado).

La puñalada del cuellosinheridasdefensivasenlasmanos nopuedotodoalmismotiempo...

De nuevo el ahogo. No es buena idea, conduciendo a esa velocidad. Cuando Antonia se dirige por fin a su compañero, es una rendición. Otra más.

Sólo esta vez. Será la última.

—¿Te dio Mentor algo para mí? —dice, tendiéndole la mano.

Jon no comprende al principio a qué se refiere, está demasiado pendiente de la trayectoria. Señala frente a ellos.

—¡Cuidado!

El camino se revira de nuevo, están a punto de salir a la carretera sin asfaltar que une el Centro Hípico con la autovía.

Antonia pelea por controlar la parte trasera del coche en el terreno pedregoso, girando el volante en dirección contraria. El Audi logra salir a la carretera sin más que una puerta trasera abollada por un árbol que les ayuda a terminar de frenar.

Del Porsche no hay ni rastro. Es un cuatro por cuatro, aunque sea de los de pintar la mona. Y en ese terreno lleva ventaja.

—¿Te dio Mentor algo para mí? —insiste, golpeando a Jon en el hombro.

Jon comprende por fin qué es lo que le está pidiendo. Se registra los bolsillos, rogando para no haber perdido la cajita metálica. Por fin la encuentra en el bolsillo del chaleco, en lugar del reloj que debería ir en esa zona y que su padre nunca le regaló.

Abre la cajita. Está dividida en dos zonas.

—¿Cuál?

—La roja —dice, extendiendo la palma—. Ya.

Jon le da la cápsula.

Ella se la pone en la boca. Oye cómo la muerde, y ve la lengua moverse, con la precisa maestría de la experiencia. Jon ha visto también esa maestría gestual antes, en gentes delgadas de dientes marrones y venas finas.

—Sujeta el volante —le ordena.

Y cierra los ojos. Cierra los ojos, sin soltar el pie del acelerador.

—¡Nos vas a matar! —dice Jon, desenganchando el cinturón de seguridad y agarrando el volante. Al menos la carretera es recta, pero a esa velocidad y en ese terreno podría pasar cualquier cosa.

Su asistencia en la conducción dura diez segundos exactos. Jon lo sabe porque Antonia los ha contado en voz baja, casi susurrándoselos al oído, inclinado como está sobre ella. No llega al cero (eso serían once). Sólo dice:

—Ya. —Y agarra el volante de nuevo.

Jon vuelve a su asiento y busca como un desesperado el cinturón. Sólo cuando se lo abrocha se atreve a abroncarla. Pero no llega a hacerlo, porque ve que algo ha cambiado en ella. Parece sentarse más recta, con los hombros más altos. Y sus ojos ya no están vidriosos, sino que se han convertido en dos rayos láser.

—*Zoroputoa*. Estás como una puta cabra —dice Jon.

—Espero que no te moleste si lo pongo a doscientos —le remeda ella, golpeando la palanca para poner el coche en modo secuencial y tocando ligeramente las levas para meter una marcha más. Por ahora sólo va a cien, el doble de lo permitido. Las ruedas del Audi no se hicieron para la tierra.

Joder, cuando le pregunté si le gustaban los coches no me imaginaba esto.

El trecho sin asfaltar se acaba doscientos metros más adelante. E incorporándose a la autovía, qué te parece, está el sospechoso. Eso, o alguien más huye a gran velocidad en un Porsche Cayenne Turbo de color negro por esta carretera solitaria.

Antonia pisa el acelerador a fondo, ahora que su objetivo está a la vista.

—Necesito —le dice a Jon, con la voz muy tranquila— que mires en internet a qué velocidad máxima puede ir ese coche.

—¿Ahora quieres que me ponga a escribir en el móvil?

—dice Jon, que se ha agarrado con ambas manos a la manija del techo.

—¿Y tú qué quieres, vivir cien años?

—Pues sí, tenía pensado.

—Pregúntaselo a Siri —dice Antonia, reduciendo una marcha para poder tomar la curva de la autovía sin volcar.

No del todo convencido, Jon suelta una mano y aprieta el botón lateral de su teléfono.

—Siri, cuánto corre un Porsche Cayenne.

Tras pensarlo un instante, Siri responde solícita.

—*Esto es lo que he encontrado en internet sobre «Cuando corres, me pones a cien».*

Jon decide que Siri no entiende el acento de Bilbao y se limita a buscarlo a mano.

—Sobre 286 kilómetros por hora —dice Jon.

Antonia aprieta los labios. A medias jodida por la noticia de que el otro coche es capaz de sacarles sesenta kilómetros de velocidad punta, a medias concentrada en la conducción. Ahora todos sus sentidos y sus capacidades están puestos al servicio de mover esa enorme máquina. Cuando los neumáticos pisan asfalto, abandona las precauciones. Si es que hasta ahora ha tenido alguna.

—Agárrate fuerte —le dice a Jon.

—¿Más? —dice Jon, que ya tiene los nudillos blancos por el esfuerzo.

Suerte que las manijas están soldadas al chasis.

—Llama a Mentor —dice Antonia—. Dile que el sospechoso está en la A-6 en dirección Madrid.

El tráfico en la carretera es aún intermitente. No son ni las siete de la mañana, y ya ha amanecido. Por eso Antonia puede poner el coche a ciento sesenta, y comienza a adelantar coches, a izquierda y derecha, como si las leyes de la Física y del sentido común no fueran con ella. Dos minutos después, Antonia puede ver el Porsche, a lo lejos. Ni un segundo demasiado tarde.

—¡Se está desviando! —grita Jon.

—La salida de la M-50.

Un segundo más y lo hubieran perdido de vista. Antonia aprieta aún más el acelerador. Conoce esa carretera. Tiene mucho menos tráfico y está repleta de desvíos. Si no es capaz de acortar la distancia, el sospechoso desaparecerá.

Durante unos interminables cinco segundos tiene que dejar paso a los coches que han tomado el desvío antes que ella. No hay sitio para que pase el enorme Audi. Sólo cuando el último se incorpora al carril —a paso de tortuga—, Antonia le adelanta por la derecha. El sonido del claxon se queda atrás, las maldiciones se las imagina y las ignora.

—Vamos. Vamos.

Frente a ellos hay una recta enorme. Toma el carril de la izquierda, y pone el coche a doscientos kilómetros por hora. El acelerador lo lleva pegado al suelo, y el motor va al máximo de su capacidad. Poco a poco consigue sacarle un poco más de velocidad, y el Porsche va quedando cada vez más cerca. Cien metros, ochenta. Sesenta metros.

—¡Ten cuidado!

Otro coche, un Volkswagen Passat está adelantando a un Fiat. Antonia le deja completar la maniobra y después introduce el coche en el espacio que ha quedado entre el Passat y el

Fiat. El parachoques trasero del Audi queda a menos de treinta centímetros del Fiat, que se bandea llevado por el aire que desplaza el coche de Antonia y pega un frenazo. Sin dudar un segundo, Antonia cruza el coche delante del Passat, que también frena.

Jon mascula algo entre dientes.

—¿Qué dices?

—A ti nada. Le rezo a san Cristóbal, patrón de los conductores, que me deje volver al Bingo Arizona.

—Bueno, toda ayuda es poca.

Un nuevo adelantamiento. El último.

El Porsche está delante, a menos de cuarenta metros, y la carretera despejada.

—Tiene que habernos visto.

—Joder, claro que nos ha visto. Vamos a doscientos y pico, y no reduce.

El motor del Audi apenas puede dar de sí, pero el rebufo del gigantesco todoterreno ayuda a que Antonia casi pueda alcanzarle. Ambos coches casi están pegados.

Si frena ahora nos matamos, piensa Jon. El corazón le zapatea en el pecho como un bailaor en el cumpleaños de un narco.

—Dime que no hay nadie por tu lado —pide Antonia.

—¡Despejado!

Con un volantazo seco y preciso, Antonia sale del rebufo del Porsche y comienza a ponerse a su altura. El bofetón del viento es ahora brutal, vuelve más lento al Audi, y Antonia lucha por alinear ambos vehículos ante la superior potencia del todoterreno.

Unos centímetros más. Pisa hasta dejarse el calcáneo contra el acelerador. La pierna está tan tensa que se le está agarrotando el gemelo de mantenerla apretada.

—¡El móvil, Jon! ¡Hazle una foto cuando lleguemos a su altura!

Jon pelea con el desbloqueo del teléfono y con la aplicación de la cámara.

Un esfuerzo más.

Las ventanillas se alinean. Y allí está Ezequiel. Alto, o quizás sea el vehículo. Brazos fuertes. Ojos intensos, que refulgen con odio desde detrás de un pasamontañas negro. Un tercer ojo, el de una pistola, mirando de frente a Antonia, a punto de disparar.

El grito de Jon es lo primero que les salva la vida.

—¡Frena! ¡Frena!

El disparo hace trizas la ventanilla del Porsche, pero la bala se pierde en la distancia. Porque en el mismo carril que el Audi hay un camión de cuatro ejes, a menos de doscientos metros. Antonia levanta el pie del acelerador justo a tiempo, y cambia el peso al del freno, muy despacio, lo justo para volver a colocarse detrás del Porsche. Pero Ezequiel no va a dejar esta vez que use su rebufo para avanzar, y pega un volantazo. Bloquea el paso de Antonia, y ésta se ve a su vez obligada a reducir mucho la marcha para no chocar con el Porsche. Cuando quiere darse cuenta, el camión está casi encima.

Antonia tiene que decidir si chocar con el quitamiedos o estamparse contra treinta toneladas.

Elige bien.

A esa velocidad, el Audi atraviesa la aleación de acero y

zinc como si fuera de papel. Lo segundo que les salva la vida es que el terreno en ese punto hace un desnivel suave que —caprichos de un diosecillo benévolo— coincide casi con la trayectoria que hace el vehículo en el aire. Las ruedas no estallan al tocar el suelo, y la inercia les respeta unos buenos cincuenta metros antes de acordarse de su existencia y apercibirse de que tendrían que haber dado varias vueltas de campana. Para cuando el neumático delantero izquierdo revienta, la fricción y la gravedad ya se han encargado de ralentizar el impulso para que el coche se limite a volcar sobre la puerta del conductor y recorrer los últimos metros de lado hasta detenerse por completo en mitad de un campo yermo.

Jon —en ángulo de 90° con respecto al suelo— se palparía todo el cuerpo para comprobar que está bien si no estuviera aprisionado por un montón de airbags. El delantero, el central, los de cortina y los de las piernas. Medio minuto después, cuando se desinflan lo suficiente, consigue liberarse de ellos y luego del cinturón de seguridad. Llama a Antonia, pero no le contesta. Manotea con el airbag central que los separa —el coche vale cada uno de los cien mil euros que cuesta— hasta conseguir ver su cara. Su compañera tiene los ojos cerrados y un hilo de sangre le escapa de la nariz y le desciende por la mejilla.

No. No.

Jon se apresura a comprobar el pulso en su cuello. Con los nervios, tarda en encontrarlo. Pero cuando lo localiza, respira tranquilo. Es fuerte y regular. Quizás sólo está atontada por el bofetón del airbag en la cara.

—Te he dicho que no me toques —murmura.

Pulso normal, modo bitch on. *Vale, sí que está bien.*

—Y yo que no nos mates al volante.

—No, nunca me lo has dicho —se extraña ella, siempre tan literal.

—Es una norma básica de convivencia.

Jon trepa para salir del coche —el mundo parece tan lento ahora, tan inmóvil, el terreno del secarral tan estable y seguro— y ayuda a Antonia a bajar también.

—Pues lo hemos perdido.

—Pues eso parece —dice Antonia, lanzando una patada a la piedra más cercana.

Aún algo mareada, falla.

Ezequiel

Cuando regresa al refugio, lleva fuego en los pulmones y ácido de batería en el estómago.

Estúpido, estúpido, estúpido.

Es el segundo error que comete en muy corto espacio de tiempo. Todo podría haberse arruinado en un segundo. Todo. Y por culpa de un descuido.

Todo por no haber recordado algo de lo más básico.

No podía manejar el cuchillo con los guantes, así que se los quitó. Y cuando la mujer salió huyendo, él perdió el equilibrio y se apoyó un momento en la ventanilla. Se había dicho a sí mismo que tenía que pasar un trapo, borrar aquellas huellas, pero la nota mental se desvaneció en mitad de los nervios y la excitación de la persecución. Cazarla por el bosque había sido más difícil de lo que esperaba, y le había proporcionado una satisfacción animal, primitiva y pecaminosa, a pesar de que no le había hecho daño alguno. Ella era muy valiosa viva, lo más valioso de todo.

Por eso se había arriesgado tanto para capturarla.

Estúpido, estúpido. Demasiado cerca.

Hubiera preferido hacerlo más adelante, sobre todo estando tan reciente el primer trabajo. El primer capítulo de su obra. Coger al primero no había sido difícil.

Le había reducido sin hacerle daño, le había tratado con humanidad. Había gritado más que la mujer y había tenido que amordazarlo, es cierto, pero sólo porque estaba mucho más asustado. Cuando se cumplió el plazo que le había dado a la madre y llegó el inevitable final, Ezequiel le había hablado con voz suave y había usado medicamentos. No había sufrido más que lo estrictamente necesario.

Soy, esencialmente, una buena persona.

Habían sido meses y meses de arduo trabajo. Y el remate, cuando puso su obra a disposición de los padres, había sido lo más duro de todo. Hubiera preferido descansar un poco antes de abordar el siguiente capítulo. Pero la oportunidad de coger a la mujer se había presentado, y no podía dejarla escapar. Ella estaba muy arriba en la lista.

Y el error, el estúpido error había estado a punto de dar al traste con todo.

Intenta sentarse a escribir para tranquilizarse. Abre su libreta y comienza:

Padre decía siempre que por un clavo se pierde una herradura se pierde un caballo se pierde el jinete se pierde la batalla se pierde la g...

No puede. No puede concentrarse. Arranca la hoja y, contra su costumbre, la arroja contra la pared húmeda y grasienta, sin quemarla. Deja en la mesa la libreta y el lapicero, con cuidado. Después la ira estalla, como una oleada, y arrasa con el brazo todo el contenido de la mesa. El cenicero se hace pedazos contra el suelo.

Necesita el desahogo. Necesita el desahogo, y lo necesita ahora. La libreta por sí sola no puede ayudarle. Ya lo hará después, cuando tenga lo que quiere.

Sólo una cosa puede ayudarle ahora.

Se pone en pie y camina pasillo abajo, pasando por encima de los residuos que se oxidan en el suelo, y se detiene frente al lugar donde guarda a la mujer.

Puede escuchar su respiración agitada al otro lado de la puerta. Acerca la mano a la cuerda que levantaría la pesada plancha de metal. Acaricia el chicote, que ha cortado con cuidado y anudado con tanto celo. Un leve tirón, y la cuerda se alzaría. Sería tan fácil.

No. No, con ella no.

Sigue andando, hasta el final del pasillo, para tomar lo que necesita.

Carla

Del otro lado del muro llegan sonidos difusos. Sonidos espantosos.

Sonidos que su imaginación convierte en actos concretos e identificables.

Carla sabe que debería gritar, protestar, defender a Sandra. Intentar algo, aunque sea hacer ruido. Lo sabe de una forma tan cristalina como que existen veinticuatro apelativos para los pelajes de un caballo. Pero ambos conocimientos son absolutamente inútiles en su situación.

El ruido no cesa. Sigue atravesando la pared e infectando su alma, de miedo y de vergüenza.

Carla decide hacer algo al respecto.

Se tapa los oídos con las manos, y comienza a recitar en voz baja.

—Alazán. Pinto. Zaino. Ruano. Bayo...

En las pausas, aún se cuela el sonido. El horrible sonido.

Carla recita más rápido.

11

Un hueso

Mentor llega media hora después, y no está de muy buen humor. Los encuentra a ambos sentados en el interior de la furgoneta de la Guardia Civil.

—Vaya, Scott. Desde lo de Valencia no me rompías uno de éstos —dice, señalando al Audi volcado.

Está a un arañazo de siniestro total.

—Tenías que ver cómo quedó el otro —dice ella.

—Pues eso me gustaría, haber visto al otro —contesta Mentor, exasperado—. Si ibas a montar un escándalo semejante, al menos podrías haber tenido la delicadeza de detener al sospechoso.

—El coche que llevaba era mejor —dice Antonia, encogiéndose de hombros—. ¿Podríamos tener un Cayenne?

—Yo me conformaría con que nos desengrilleten —dice Jon, señalando los brazos a su espalda.

De nada habían servido las credenciales de Antonia y de Jon. Tan pronto como la Guardia Civil apareció en el lugar del siniestro —despacio, venían en un Prius—, les habían esposado, hecho el test de alcoholemia, el de drogas y, cuando ambos dieron negativo, se plantearon seriamente llamar a un psiquiatra. Habían insistido mucho en que era un milagro que no se hubieran hecho nada.

—¿Ha visto mi nariz? —dijo Antonia, señalándosela. Estaba hinchada y con un algodón en cada narina.

—Ni siquiera está rota. Lo normal es que estuviesen muertos —dijo uno de los guardias.

De ser así, probablemente Mentor se habría enfadado menos.

—¿Saben lo mucho que me va a costar cubrir esta cagada? —les dice.

Antonia mira para otro lado. Jon, que tiene el cuerpo dolorido, está cansado y hambriento y se muere de sueño, no sabe si estrangularla o defenderla. Opta por lo segundo.

—Al menos Antonia ha localizado el cadáver del chófer.

—Oh, sí, su amigo el capitán Parra está ahora mismo en la escena del crimen que han encontrado. Y alterado irremediablemente.

—Parra no tiene que estar muy contento —dice Jon, intentando no sonreír.

—¿Usted qué cree, inspector? No sólo han tirado por tierra su teoría, arruinado la escena del crimen, actuado por su cuenta sin avisar a nadie, dejado escapar a un sospechoso... también le han hecho quedar como un gilipollas.

—No hemos tenido que esforzarnos mucho.

Mentor menea la cabeza.

—Y una persecución a doscientos y pico por la autovía, con cientos de civiles mirando. Y la prensa, que por cierto, está ahí fuera. Hemos dado la versión de que ha sido «una carrera ilegal que ha terminado afortunadamente sin daños personales».

—¿Has visto mi nariz? —dice Antonia, señalándosela.

—Ni siquiera está rota. Inspector, me gustaría hablar con usted un momento a solas.

Jon se da la vuelta para que Mentor le quite las esposas, y ambos caminan en dirección a los restos del coche.

—Sinceramente, esperaba mucho más de usted —dice Mentor, cuando se han alejado lo suficiente de Antonia.

—Si tuviera un euro por cada vez que me han dicho eso...

—Se suponía que tenía que proteger a Scott.

—¿Incluso de sí misma?

—Especialmente de sí misma.

Jon agacha la cabeza. Aquello era cierto. Había un montón de peros y un montón de excusas, pero la verdad es que podría haber manejado mucho mejor la situación.

—No es fácil.

—Lo sé.

Mentor se saca un paquete de Marlboro de la chaqueta. Extrae un pitillo de la cajetilla y da dos golpes con el filtro sobre la foto disuasoria. El retratado parece un extra de *The Walking Dead*.

—¿No lo había dejado?

—No me joda, inspector. Que bastante tengo con lo que tengo.

El coche tumbado, como un animal moribundo, ofrece la panza al sol de la mañana. Jon pega una palmada sobre una de las ruedas.

—No he pasado más miedo en mi vida.

—Pues haber impedido que condujera.

—El caso es que la hija de puta conduce de cojones.

—Sí. Sí que lo hace —dice Mentor—. De haber sido otro coche menos potente el que llevara Ezequiel, ahora estaría esposado en comisaría, cantando el paradero de Carla Ortiz.

—Pues no ha sido así. ¿Y ahora qué?

Mentor se enciende el cigarro con un Zippo de Iron Maiden. Jon arquea una ceja. No ve a Mentor como un fan de Bruce Dickinson.

Más bien de un cuarteto de cámara con palos metidos por el culo.

—Ahora. Ahora se acabó el caso Carla Ortiz.

—¿Perdón?

—Es la única solución que puedo darle. Su situación como observadores era una cortesía por parte de Parra. No hace ni diez minutos me ha dicho que si vuelve a verles alguna vez en su vida, le cortará las pelotas.

—Qué obsesión tienen los heteros con según qué.

—La verdad es que quería denunciarle a Asuntos Internos.

Jon se pone blanco. Ningún compañero, nunca, jamás amenaza a otro con denunciarle a Asuntos Internos. El edificio sin distintivos ni dirección conocida de Cea Bermúdez, donde viven los que cazan a los malos con placa, es el último lugar que querría visitar un policía. Los que trabajan ahí son despreciados y odiados por el resto de los setenta mil funcionarios del cuerpo en toda España. Pero si hay alguien que pueda causar más desprecio, es que un policía denuncie a otro compañero.

En todos sus años, y mira que ha visto cosas, nunca había escuchado una amenaza semejante. Copón.

—No puede estar hablando en serio.

—Y tan en serio. Parra es un yonqui del poder y del reconocimiento. Y en sus manos el secuestro de Carla Ortiz es una bomba de relojería.

—Con lo humilde que parece desde fuera.

—Hubiera preferido que fueran ustedes quien se encargaran de encontrar a Ortiz, pero ya no puede ser. La esencia del proyecto Reina Roja es que no existe. Ahora Ortiz está en manos de Parra y la USE.

—No creo que se lo tome muy bien —dice Jon, señalando a Antonia con la cabeza. Sentada en la furgoneta, ella no les quita ojo de encima.

—¿Por qué cree que quería hablar con usted a solas? Ella sabe perfectamente lo que le estoy explicando ahora mismo. —Mentor aplasta el cigarro y le da la espalda a Antonia—. Por cierto, también lee los labios. No sé si estamos bastante lejos, creo que sí, pero por si acaso dese la vuelta.

Jon obedece.

—Mi padre tenía un perro —continúa Mentor—. Se llamaba Sam, un bóxer adorable. Bueno y dulce. Unos amigos nos regalaron un jamón de bellota y mi padre me pidió que lo llevara al carnicero a lonchear y deshuesar. No me di cuenta y al regreso dejé los huesos sobre la encimera. El perro los cogió.

Se enciende otro cigarro, con el mismo y parsimonioso ritual antes de continuar:

—Estuvimos casi tres horas sin poder entrar en la cocina. Se volvió completamente loco, muy posesivo y territorial, no quería soltar el hueso y amenazaba a todo el que se acercaba. Hasta que no se los comió no paró. Cualquiera se mete con un bicho que tiene doscientos kilos de presión por centímetro cuadrado en la mandíbula.

—¿Su padre lo sacrificó?

—Al día siguiente. Me obligó a mí a llevarlo al veterinario. *Tú la has cagado, tú apechugas*, dijo. No era un hombre de letras. Fui todo el camino hasta el veterinario llorando. El perro, contentísimo. Con una diarrea tremenda, pero contentísimo.

Jon asiente, despacio. Ya ve dónde quiere ir a parar Mentor.

—Mantendré a Antonia lejos del caso de Carla Ortiz.

—No, no lo hará. No lo hará porque no puede, igual que yo no pude convencer a Sam de que soltara el hueso de jamón.

—Pues a sacrificar la lleva usted.

—No va a soltar el hueso, pero podemos hacer que mastique otro. Nada de Ortiz, pero pueden ustedes dos seguir con el caso de Álvaro Trueba. Ambos caminos llevan al mismo objetivo. Limítese a mantenerla alejada de Parra y de sus hombres, ¿de acuerdo?

Bruno

Hubo un tiempo en el que ser periodista significaba algo.
A Bruno Lejarreta le gusta decir frases de ésas de vez en cuando. Cuando hay un becario cerca lo suficientemente idiota como para sentir respeto por un viejo reportero de sesenta y tres años, autoproclamado leyenda viva de la redacción de *El Correo de Bilbao*. Con sus chalecos y sus camisetas negras, sus anillos (incluso uno en el pulgar), sus vaqueros y sus botas, con sus arrugas y su pelo negro (se lo tiñe porque no le da la gana reconocer que se hace viejo) recogido en una coleta, Bruno fue siempre un gurú del viejo mundo para los imberbes jovenzuelos que entraban deslumbrados en la redacción en su primer día.

Ya no quedan becarios de ésos, claro. Hoy sólo sienten respeto por los *youtubers*, por el número de seguidores en Twitter y en Instagram, por el número de *clics* que ha conseguido un artículo. «*Diez cosas que necesitas saber sobre [Inserte nombre de famoso recién muerto].*» Con sus diez correspondientes páginas, para que vayas pinchando y pinchando y el periódico aumente el número de impresiones y pueda seguir vendiendo a los anunciantes la vieja mentira. Somos relevantes, la gente aún nos hace caso. ¡Denos una limosna!

No siempre fue así, recuerda, poniendo los pies sobre la mesa. Puede hacerlo porque no hay nadie en la redacción, ya nadie va tan temprano. Cuando van, que hoy están todos locos con lo del teletrabajo. Sólo está él, que no tiene otra cosa mejor que hacer, más que matar el tiempo. Las diez de la mañana. A esa hora, cuando él era joven, los redactores ya estaban tecleando como locos, los de archivos buscando fotos, los fotógrafos entrando y saliendo de la redacción y metiendo los carretes en los tubos neumáticos. La época del papel. Los ochenta, los noventa. La mejor época. La época de los mejores.

Entonces, ser periodista era la hostia. Te llamaban los policías, los políticos, te presentabas donde pasaban cosas. En los años duros del conflicto no daba abasto. Se imagina que ahora hubiera que cubrir esas noticias al estilo de los *millenials*. «*¿Quieres saber a cuántos ha matado la última bomba de ETA? ¡La respuesta te sorprenderá!*»

Hoy en día a nadie le importan los periódicos. Y dentro de los periódicos, a nadie le importan los sucesos, que es donde le han dejado aparcado, tan inútil como un jarrón chino o un ex presidente del Gobierno. No, a nadie le importan las noticias de sucesos. Lo único que importa es el último *zasca* de Pérez-Reverte a un político. Si acaso, cuando la víctima es una mujer asesinada por violencia de género, consiguen un poco de atención.

Pero sólo porque está de moda ofenderse por estos críme-

nes. *Antes no le dábamos ni un suelto en la página veintisiete. Y había los mismos o más que ahora.*

Al periódico le gustaría que Bruno Lejarreta se marchara del periódico. A Bruno Lejarreta no, y así se lo ha hecho saber al periódico.

«No tengo nada mejor que hacer», les dijo.

«Seguramente preferirías disfrutar de tu tiempo libre, de la jubilación», dijeron, con mucha educación (Bruno tiene un contrato de los tiempos anteriores a la esclavitud).

«Si me voy ahora, me queda una pensión de mierda —dijo él—. Así que, pagadme la indemnización.»

Y el periódico no pagó, porque acumula muchos trienios y son seis cifras. Así que él sigue cobrando su sueldo de tres mil euros al mes, el más alto del periódico después del director, por, hablando mal y pronto, tocarse los huevos. Esperando a ver cuál de los dos dinosaurios muere primero, si el periodismo impreso o Bruno Lejarreta. Bruno no bebe apenas, de fumar, nada, y malas mujeres, menos —a la suya la quiere y la respeta demasiado para eso—. Tampoco tiene hijos que le provoquen úlceras o infartos. Así que las apuestas están al cincuenta por ciento.

Bruno, sin embargo, suspira por encontrar algo que hacer. Una última gran cabalgada hacia el horizonte, diría, si le gustaran las películas de vaqueros, que no es el caso. Lo que a él le gusta es el olor de la tinta impresa del primer ejemplar que sale de la rotativa a la una de la mañana, ese periódico que te deja las manos negras y que en la portada, lleva una hostia en la cara para alguien. Alguien a quien no le va a gustar lo que has escrito. El resto, relaciones públicas.

Pero en sucesos no tendrá nunca ya esta última oportunidad.

O eso pensaba hasta hace treinta y cuatro segundos.

Hasta que fijó distraídamente la mirada en la tele, Bruno Lejarreta era un viejo acabado que afrontaba otro día de tedio. Y entonces vio la noticia en el informativo de la mañana.

—«... una carrera ilegal que ha terminado afortunadamente sin daños personales. En el espectacular accidente a las afueras de Madrid...»

A Bruno le trae sin cuidado lo que la presentadora está diciendo. Lo que le importa es lo que está *viendo*. Ni más ni menos que al inspector Gutiérrez junto al coche. El cámara ha tomado las imágenes desde muy lejos, y el zoom extremo hace que la imagen tiemble como un constructor en una comisión de investigación. Pero es él. Con su traje elegante y su silueta robusta. No es que esté gordo.

El olfato de Bruno Lejarreta se agudiza, su expresión se afila.

La última noticia que teníamos del inspector Jon Gutiérrez era que estaba siendo investigado por conducta impropia. El vídeo en el que salía colocando la heroína en el maletero del chulo se había hecho viral —Dios, como odia esa palabreja— de la noche a la mañana y luego *puf*, el asunto se había esfumado. Como por arte de magia.

Bruno conoce a Gutiérrez, para desgracia de ambos. No se soportan desde que tuvieron unas palabras acerca de una noticia que uno quería dar y el otro no. *Txakurra faxista*, pero no sólo eso. Hay algo, mucho, de piel. Se la tiene un poquito jurada. Así que se alegró, y mucho, cuando el inspector

Gutiérrez la cagó a lo grande. El propio Bruno había redactado la noticia de lo del maletero, con la alegría insana que produce siempre clavar clavos en ataúd ajeno. Derivada de la inconveniencia de clavarlos en el propio.

Lo máximo a lo que debería poder aspirar Gutiérrez era a pilotar un escritorio durante el resto de su vida laboral. Como él.

Aquí pasa algo.

Hace treinta y cuatro segundos, Bruno Lejarreta era un viejo cansado y aburrido. Pero ahora ha olido algo en el aire. No sabe qué hace el inspector Gutiérrez en Madrid en un accidente de coche, pero tiene curiosidad por averiguarlo.

Llama a su mujer —nada de esa cursilería del WhatsApp, los hombres de verdad llaman— para decir que va a ausentarse, se palpa el bolsillo de la cazadora para asegurarse de que lleva las llaves del coche, y mira el reloj. Con buen ritmo, a la hora de comer se planta en Madrid.

Con una parada antes en Santutxu, claro. Una parada importante, piensa. Y sonríe. Sonrisa lobuna.

No se despide de nadie al salir, porque aún no ha llegado nadie. Tampoco pide permiso. Duda mucho de que noten su ausencia.

12

Un subterfugio

Bien entrada la tarde, después de haber dormido —por fin— unas horas, Jon y Antonia se encuentran en Gran Clavel, la cafetería del Hotel de las Letras, donde Mentor ha alojado al inspector Gutiérrez. Un lugar curioso, esquina a Gran Vía, todo cristaleras. Repleto de libros por todas partes. La gente ni los toca, pero hacen bonito.

—Estamos fuera de lo de Ortiz —dice Jon. Y luego le cuenta.

Antonia no se lo toma bien.

—Hay una mujer en algún agujero de mierda ahora mismo. Estará en un sótano, o en un almacén, o en una habitación forrada de cartones de huevo.

—Creía que los cartones de huevo no servían.

—Pero los locos lo han visto en las pelis. Y estará sola. Sin su familia, sin sus amigos. Sin poder abrazar a su hijo por última vez. Probablemente la hayan atado y le hayan hecho daño, o algo peor. Y ese... ese hombre... ese Parra...

Luego se detiene, pues vuelve a descubrir una verdad universal que olvida cada día cuando se acuesta. El mundo está manejado por los mediocres, los egoístas y los idiotas. Muy especialmente estos últimos. Y el capitán Parra parece una interesante combinación de los tres.

Jon se descubre defendiéndolo.

—Sólo está haciendo su trabajo.

Y se odia, pero Antonia tiene que comprender que el juego ha cambiado.

—Su trabajo lo hemos hecho nosotros. Ellos son ocho policías en la unidad. Ocho. Tienen bases de datos, tienen coches con sirenas, tienen armas, tienen equipo de apoyo. Pero no saben pensar.

Antonia vuelve a pararse. Sin lograr el desahogo, porque no hay desahogo ante la estupidez. Para lidiar con la estupidez sólo vale la aceptación o el suicidio. En el que últimamente no ha tenido tiempo para pensar. Por lo de estar persiguiendo a un sospechoso.

—No importa —dice, y su voz regresa a la gélida serenidad habitual—. Vamos a encontrar a Carla Ortiz. No porque sea millonaria. Sino porque es una mujer que quiere abrazar a su hijo y no puede.

Jon sonríe ante la inocente e incontestable afirmación. No por ser *naif* es menos verdad, y viceversa. La resolución irradia de Antonia como el calor de un horno.

Ah, el fuego.

—Vamos a hacerlo. Pero lo haremos de forma inteligente. No cargando como un caballo en una cacharrería.

Y, aunque no es lo que quiere responder, lo que responde resignada ella es:

—Está bien.

Porque al fin y al cabo la naturaleza de su trabajo es el subterfugio. No puedes ir diciéndoles a los demás que eres más inteligente que ellos.

—Por cierto, ¿qué llevan esas cápsulas que te tomas? —pregunta Jon, como quien no quiere la cosa. Porque es un tema que le preocupa mucho.

—Lo que llevan, no lo sé —miente Antonia.

—Bueno, pues ¿qué hacen?

—Me ayudan a filtrar el exceso de estímulos en los momentos clave. Me hacen más lenta, en realidad.

—¿Las necesitas? ¿Estás enganchada?

Antonia ignora el insulto. Porque la pregunta es demasiado importante. Es, en realidad, todo.

—Quiero pensar que no. No siempre acierto.

Jon no hace ningún comentario. No es quién para juzgar a nadie. Que también tiene sus propias adicciones a las que promete asiduamente renunciar. Como enamorarse, por ejemplo. Cada cual tira adelante como puede. Le basta con saber que no va a ser un problema.

—Me basta con saber que no va a ser un problema —dice—. Que no va a obstruir tu labor y afectar tu juicio.

—Rencoroso de mierda —dice ella, al reconocer sus propias palabras.

—Lo he preguntado en serio.

—Ya lo veremos.

Tendrá que bastar.

—El otro día, en La Finca, cuando bajaste de la furgoneta...

No añade: llorando y hecha un manojo de nervios.

—Sí. Las había tomado. Y no, no quiero hablar de ello.

—No es eso. Dijiste que el asesino no había pensado en todo.

Jon está intentando establecer un punto de partida. Lo cual no es fácil. Una investigación suele llevar semanas y una docena de personas. Carla Ortiz puede que tenga la docena de personas, pero no tiene el tiempo. Y Álvaro Trueba ya sólo les tiene a ellos.

—Creo que tenemos dos hilos de los que tirar. Un cómo y un porqué.

—Explícate.

Antonia se pide otro té con pastas (costumbre de su mitad inglesa que no piensa abandonar nunca), y se explica.

—Nada en este caso es normal.

—Me he dado cuenta.

—Vamos a imaginar. Imagina que eres un secuestrador que logra hacerse con el hijo de la presidenta del banco europeo más grande. ¿Qué haces?

—Pido dinero. Ingentes cantidades de dinero. Todo el que pueda.

—Exacto. Has secuestrado al familiar de un industrial famoso, como lo de Revilla hace tantos años. Mil millones de pesetas. ¿Cómo los cobras?

—Tanta pasta tiene que pesar mucho —piensa Jon, que recuerda el caso, aunque en el 88 era un niño de doce años. Pero es de los que acabó estudiando en la Academia de la Policía en Ávila.

—Una tonelada larga. Por eso se le llamaba un kilo a un millón de pesetas, aunque en realidad eran más bien mil cien gramos por millón.

Jon, que ya lo sabía, asiente con educación para no interrumpirla. A veces con Antonia hay que hacerse el tonto y dejar que siga fluyendo.

—Si eres una organización terrorista y le estás pidiendo el rescate a un fabricante de salchichas, cobrar es complicado —continúa ella—. Hay dos puntos críticos siempre en un secuestro: la comunicación con la familia y el cobro del rescate. Hoy en día el primero está casi resuelto.

—Cualquier idiota puede usar internet para ocultar quién es.

—Y cobrar el rescate cuando se lo pides a una banquera cuya entidad gana miles de millones al año es un paseo por el campo. Bastaría que ingresaran el dinero en una cuenta en Bahrein o en las islas Marshall o en cualquier paraíso fiscal.

—Para alguien como Laura Trueba sería pan comido.

—Da igual la cantidad. Diez millones de euros, cien, mil millones. Mover el dinero le llevaría cinco minutos. Luego ya se encargaría de reponerlo.

Jon se rasca el pelo, como siempre que está a punto de llegar a un pensamiento que no acaba de salir.

—Creo que sé por dónde vas. En este secuestro, nada *debía* salir mal.

—Exacto. La madre tiene fondos ingentes a su disposición. No hay posibilidad de que capturen a Ezequiel en la entrega del rescate.

—Nada *podía* salir mal.

—Y, sin embargo, salió mal.

—¿Crees que pudo verle la cara, y que por eso decidió matarle?

—No lo creo. Ezequiel parece cuidadoso, ya viste que llevaba puesto un pasamontañas cuando nos lo encontramos. Hablando de eso, ¿pudiste hacer fotos con el móvil?

Jon saca el teléfono y le muestra la única foto que pudo tomar. Es una ráfaga, porque dejó el botón de la cámara apretado.

—Se la he pasado ya a Mentor para que se la dé a su vez a Parra. Esto no nos lo podíamos guardar.

—Has hecho bien.

Antonia abre la ráfaga y repasa una a una las imágenes que Jon pudo tomar. De las setenta y tres, dos terceras partes sólo llegan a captar la ventanilla y el lateral del Porsche. El resto son tomas parciales o están demasiado movidas. Tan sólo dos de ellas son medianamente aceptables, sin ser dignas del Pulitzer. Ambas son muy parecidas. La mayor diferencia es que en una Ezequiel tiene ambas manos sobre el volante y mira al frente, mientras que en la otra se ha girado hacia ellos y ha comenzado a sacar la pistola.

En ninguna de las dos se le ve la cara.

Antonia se las envía a su iPad, para poder verlas mejor.

—Mentor ya se las ha mandado a Aguado.

—Bien. Quizás ella pueda descubrir algo más. Espera un momento...

Antonia amplía al máximo la fotografía. Algo en el brazo derecho le llama la atención. Ezequiel lleva un jersey negro y guantes, pero en la foto en la que comienza a sacar el arma el jersey está algo levantado.

Debajo hay algo.

—Parece un tatuaje —dice Jon, que se ha inclinado para ver mejor.

Apenas se ve, debe de tener una extensión de unos tres centímetros.

—Llama a Aguado y dile que se centre en esto, aunque ya estarán en ello. Tienen herramientas de análisis forense. Quizás puedan darnos algo más.

Un tatuaje no es mucho, pero es *algo*. Y ahora mismo ese algo puede ser la única esperanza de Carla Ortiz.

Un clavo ardiendo.

Cuando Jon cuelga después de hablar con la doctora Aguado, los dos están pensando lo mismo.

En el tiempo que pasó entre el secuestro de Álvaro Trueba y el momento en el que encontraron su cadáver.

Seis días.

—Si no salió nada mal, si Ezequiel no tenía motivos para matar al chico, ¿por qué lo hizo?

—No es por dinero, eso ha quedado claro. Tampoco creo que lo haya hecho por placer. No es un psicópata, al menos no uno corriente.

—Dijiste que era algo que no habías visto antes.

—Ni yo, ni nadie. Creo que Ezequiel secuestra y mata por algo muy concreto. Que tiene que ver con el poder.

—También con el miedo —dice Jon—. Ya viste que Ramón Ortiz estaba muy asustado.

—Y que nos mintió. No nos contó todo lo que le dijo Ezequiel. ¿Qué motivo podía tener un padre para ocultar una información que podría salvar la vida de su hija?

Por más vueltas que le dan, no encuentran lógica alguna al comportamiento del empresario.

—Creo que lo más importante que tenemos que hacer es averiguar esa información que nos falta.

—A Ortiz no vamos a poder acceder.

—Lo sé. Pero la primera clave de este caso es un *porqué*. Si descubrimos por qué mata Ezequiel, estaremos más cerca de atraparle.

Parra

El capitán Parra es un hombre de acción.

Tan pronto recibe la llamada, moviliza todos los medios a su alcance. La Policía Científica, el forense, el juez de instrucción para el levantamiento del cadáver.

—Todo con total discreción, ¿os queda claro?

Empiezan a llegar a las afueras del Centro Hípico a eso de las nueve. A las once ya está montado el circo completo, sólo faltan las palomitas y los elefantes. El paso al Centro Hípico queda obstaculizado por tres coches patrulla, varios coches de paisano, un transporte con dos unidades de caballería —hay que tener en cuenta el terreno—. Incluso se llevan el LAE, el Laboratorio de Actuaciones Especiales. Un camión como el MobLab al mando de la doctora Aguado en el proyecto Reina Roja. Sólo que menos preparado. Y más grande. Blanco y azul, con la bandera de España a lo largo y la palabra POLICÍA en letras de medio metro de altura.

Pura discreción.

A las doce empiezan a llegar a la zona los participantes en la competición de la inauguración del centro. Gente, digamos, de perfil alto. Gente con móviles e Instagram. Gente que se abre paso por el Gran Carnaval y va tirando fotos sin bajarse del coche.

¿Quién podría haber anticipado esto?

El capitán Parra podría.

Y lo ha hecho, claro. José Luis Parra es un gran profesional. Muy bueno en su trabajo. Lleva seis años al frente de la USE con unos resultados espectaculares. En este tiempo se ha encargado de más de doscientos secuestros, y el 88,3 por ciento de ellos han concluido felizmente.

Cuando Parra recibió el encargo de montar la unidad, se centró en que sus subordinados tuvieran un perfil de negociadores. Les mandó a estudiar —él el primero— con los mejores. En Nueva York y en Quantico, en la sede del FBI. Y se dejan la piel y la vida en el puesto de trabajo. Una vez el capitán Parra tuvo que estar siete horas bajo la lluvia, en una azotea, intentando convencer a un hombre de que bajara la escopeta. Su mujer y su hijo estaban en el suelo, arrodillados delante de él, al otro extremo del cañón. La pretensión del hombre era matarlos y luego volarse la tapa de los sesos. Calado hasta los huesos, en pleno invierno, Parra sólo quería que invirtiera el orden de los factores. *Primero mátate tú y luego ya les matas a ellos, cabrón.* No lo dijo. Los negociadores nunca dicen esas cosas. Hablan con mucha suavidad.

El capitán Parra lleva ya seis años teniendo éxito tras éxito. El problema es que lo hace tan bien que nadie cree que deban ascenderlo. Y Parra cree que se lo merece. Él quiere ser comisario, porque está hasta los huevos de sentarse durante horas a hablar con chalados. Y porque se cobran cuatrocientos euros más al mes. Y eso, cuando eres padre de familia numerosa, es la diferencia entre cenar pasta cada noche desde el día 20 de cada mes o poder alimentarte. El capitán Parra es un convencido de la proteína, lleva bastantes kilos en cada brazo. Algún pincha-cito en el culo lleva también, todo hay que decirlo. Pero para parecerse a Dwayne Johnson, hay que sufrir.

Para ascender también, está claro. Para ascender *alguien* tiene que sufrir, en cualquier caso. Así que Parra ha hecho sus cálculos. Si consigue rescatar a Carla Ortiz a tiempo, la gloria está asegurada. Pero si no lo consigue no sería ningu-na tragedia tampoco. Lo importante es que la historia sea relevante. Si sus jefes sintieran la tentación de apartarle de su puesto por la «presión popular», eufemismo donde los haya, tendrían que darle una patada hacia arriba. Con su historial del 88,3 por ciento de éxitos, si Carla Ortiz cae dentro del porcentaje de casos fallidos, qué se le va a hacer.

Y podría pasar, claro que podría pasar. Porque la teoría de Parra que situaba a Carmelo Novoa como principal sospe-choso del secuestro se había ido al carajo menos de doce ho-ras después.

Parra llegó a la escena del crimen —diciendo: «*¿Qué tene-mos?*», como los polis de la tele— y comprobó cómo su sos-pechoso principal parecía ahora víctima secundaria. Con cue-llo rajado y todo.

El caso es que Gutiérrez y la otra idiota de la Interpol le han hecho un favor. No sabe cómo han logrado localizar tan rápido el coche, pero les han ahorrado muchas horas y explicaciones embarazosas. A pesar de ello, está muy cabreado. Porque si no hubieran actuado por su cuenta, ahora tendrían a uno de los secuestradores bajo custodia, y de ahí al rescate de la víctima sólo hacen falta unas cuantas horas en una habitación cerrada y una guía de teléfono —no dejan marca— aplicada con maestría en las costillas. Ya no va a poder ser, porque los muy imbéciles quisieron actuar por su cuenta. De todas formas se los ha quitado de encima, y hasta le ha venido bien. Un par de chivos expiatorios, por si acaso. Y están más cerca.

Ahora saben que el secuestro de Carla Ortiz tiene una motivación económica, así que es cuestión de pegarse al padre como lapas y asegurarse de estar ahí cuando reciba la siguiente llamada de los secuestradores. Y cuando entregue el rescate. Porque el padre pagará, claro que sí. Dinero no le falta.

De todas formas el capitán Parra sabe que en cuanto esto sea público van a examinar cada paso que dé con microscopio, y tiene que cubrirse las espaldas.

Así que hace todo el despliegue. Aún no es público quién es la víctima, pero sabe que esas fotos, que están ahora mismo subiendo los pijos a las redes sociales, van a acabar en los medios de comunicación antes o después, y quiere asegurarse de que, cuando lo hagan, quede muy claro que no se escatimaron esfuerzos. Y mientras van pasando los BMW y los Mercedes por el camino hacia el Centro Hípico, con sus ocupantes haciendo fotos, Parra sonríe desde el pinar.

Para sus adentros, claro.

Por fuera da órdenes, gesticulando, como el hombre de acción que es.

13

Un aceite

Mentor les ha dejado en recepción las llaves de otro Audi A8, casi idéntico al primero, salvo que el nuevo es azul marino en lugar de negro. Ha tenido incluso la gentileza de dejar una nota manuscrita en el salpicadero.

Sean tan amables de no siniestrar éste.

M.

lee Jon en voz alta, y le pasa el papel a su compañera. Antonia hace una pelota con él y lo arroja al asiento de atrás.

—Tenías que dejarme conducir —dice ella.

—No, muchas gracias.

—¿Ahora estás de su parte?

—Estoy de parte de mi salud. ¿Dónde vamos?

—Volvemos a La Finca.

—Sospecho que ahí está el primer hilo del que quieres tirar.

—Dime, ¿por qué crees que dejó allí el cadáver? Podría haber abandonado a Álvaro Trueba en un descampado. Pero no, lo dejó en una de las casas de la familia, y no en cualquiera. Tienen más de una docena, Ezequiel tiene dónde elegir. Lo dejó en la casa que poseen en la urbanización supuestamente más segura de España.

Jon asiente, despacio, mientras disfruta de la maravilla que es conducir por la Gran Vía. Siempre en obras. Siempre en hora punta. Calcula que a esa velocidad alcanzarán la plaza de Cibeles dentro de dos jueves.

—Y no lo dejó de cualquier manera. Se tomó muchas molestias para preparar el cuerpo y el resto de los elementos de la escena. Quería mandarnos un mensaje.

—No, a nosotros no. Nosotros no le importamos.

—Entonces ¿para quién?

—No lo sé —dice Antonia, frustrada, tras meditar la respuesta un buen rato—. Eso es lo que me confunde. Si fuera un asesino en serie, obtendría placer de lo que hace, y también de que todo el mundo supiera lo que hace. Si fuera un secuestrador, querría dinero, no dejaría un mensaje. Si el asunto fuera específicamente en contra de la familia Trueba...

—No habría dejado una escena del crimen tan elaborada —completa Jon—. Ni se habría llevado a Carla Ortiz.

—Y luego están las connotaciones religiosas. Toda la escena del crimen evocaba al salmo veintitrés.

Jon da un salto en el asiento al oír eso.

—Pues claro... «Unges mi cabeza con aceite y mi copa rebosa.» ¿Cómo no me di cuenta antes?

—No te hacía yo muy religioso, inspector —se sorprende Antonia

—Muchos años de catequista, bonita. Se te quedan cosas, además del *Yo tengo un amigo que me ama*.

Lo del amigo y lo del amor era cierto, literalmente. Jon se metió en catequesis en el instituto por el mismo motivo que otros se apuntan a teatro en la universidad. Pero una vez dentro, descubrió que había mucha paz en todo lo que escuchaba y aprendía como homosexual. No terminaba de creer en una Iglesia que no podía creer en él, pero le daba un poco igual, porque estaba convencido de que Jesús no creía en su propia Iglesia.

Antonia, por supuesto, es una firme creyente en el ateísmo. Que es otra forma de religión, sólo que más barata.

—Mientras dormíamos, la doctora Aguado me mandó un email con la composición del aceite que había en la cabeza de Álvaro Trueba —dice Antonia, abriendo el correo en el iPad—. Es aceite de oliva aromatizado con mirra. Ha estado investigando y al parecer es algo llamado «Aceite de la unción santa».

—Extremaunción. Los sacerdotes ponen un poco en la frente y en las manos de los moribundos.

—¿Y qué se supone que hace eso?

—Prepararlo para el encuentro con Dios. Es como engrasar al camello para que entre por el ojo de la aguja.

Ambos intentan no pensar en los últimos momentos de Álvaro y en lo que tuvo que sufrir. Sin éxito.

—Al menos si ese aceite es difícil de encontrar, quizás nos sirva para rastrear a Ezequiel —apunta Jon, optimista.

—No, ya lo he buscado. Se puede conseguir en Internet por menos de cinco euros. Si hasta lo venden en El Corte Inglés. Por no mencionar en cada tienda esotérica de Madrid.

—¿Hay mercado para aceite de muertos?

—Se usa en rollos de aromaterapia y otros disparates.

A Jon no deja de asombrarle la naturaleza humana, sobre todo la suya propia. Siempre que encuentra que ahí fuera hay un universo completo que él nunca habría imaginado que existiese, se sorprende. *Cuánto chiflado*, piensa. *Hay gente para todo.* Y luego se sorprende de su propia sorpresa.

—Entonces ¿crees que estamos ante un fanático religioso?

—Sinceramente, espero que no. Me costaría mucho más comprenderlo.

El peso del mundo recae sobre los hombros de Antonia Scott. Su rostro está ensombrecido, de sus ojos cuelgan sendas hamacas violáceas. Se ha tomado como algo personal atrapar a Ezequiel y rescatar a Carla Ortiz. Lo cual suele ser siempre una receta para el desastre. Pero avisárselo no tiene utilidad alguna. Así que en lugar de ello, Jon dice:

—No estás sola en esto, ¿sabes?

Jon reprime la tentación de darle dos palmadas en el hombro, y las cambia por un par de palmadas en el asiento, lo bastante cerca del hombro para que se entienda la intención.

Y, quién lo habría imaginado, Antonia sonríe.

—Gracias.

Una palabra amable. ¿Nunca acabarán los milagros?

Va callada durante los minutos —bastantes— que tardan

en salir del centro de la ciudad y alcanzar la M-40. A medio camino de La Finca.

—No, no creo que sea un fanático religioso —dice Antonia, al cabo de un rato—. En este caso los elementos religiosos son sólo un aderezo. Un barniz de última hora.

—Con lo cual seguimos sin tener un porqué.

—No es eso por lo que volvemos a la escena del crimen. Aquí venimos a por el cómo. ¿Cómo logró entrar Ezequiel?

—De acuerdo. Éste es tu primer hilo. ¿Y cuál es el segundo? ¿Cómo llegamos al porqué?

—Te va a parecer una locura.

—Sorpréndeme.

Y Antonia se lo dice.

Y sí, es una locura.

Carla

Sandra no responde.

Carla insiste, la llama en repetidas ocasiones —sólo cuando está segura de que el peligro ha pasado—. Pero Sandra no responde. Está sola.

Olvida a esa mujer.
Preocúpate por sobrevivir tú.

La voz le habla, pero ha perdido parte de su fuerza, de su imperativo. De algún modo, el saber que no está sola, que hay alguien más al otro lado de ese muro, ha cambiado las cosas.

Pero Sandra no responde.

Pasan horas, o quizás años.

Carla duerme, se despierta. Vuelve a dormir. Revolotea alrededor del sueño como una polilla cerca de una vela. Cada instante en el que cede a la pesadez en los párpados y se deja llevar por la corriente, es una bendición envenenada. Porque luego, meses o minutos después, Carla despierta. Y a la breve sensación de paz, sucede enseguida la espantosa claridad de su situación. La peor situación.

En uno de esos intervalos, Carla cree escuchar la trampilla abriéndose. Cuando palpa cerca de la puerta, encuentra otra botella de agua y una chocolatina. Bebe un poco, orina en la esquina del sumidero, pero no quiere comer. No tiene hambre, su estómago sigue invadido por la sensación ácida, su boca aún poblada por el amargo sabor a hierro.

Hay algo más.

Tiene miedo a que le hayan puesto algo a la chocolatina.

Tienes que comer.

Puede estar envenenada.

*Te tiene a su merced. Puede
matarte cuando quiera. Si no
comes, si no conservas tus fuerzas,
no tendrás ninguna oportunidad.*

La voz ha vuelto a ganar poder y presencia, ocupando el hueco que ha dejado el silencio de Sandra. Ahora puede escucharla más fuerte que antes, no sólo en el interior de su cabeza, sino en el aire rancio a su alrededor.

Carla arranca el papel de la chocolatina y pega un bocado,

intentando contentar a la voz. Ahora ya no suena con el timbre de su madre. Es distinta. Más joven. Más nítida.

Más implacable.

—¿Quién eres? —le susurra a la voz.

Ya lo sabes.

—No, no lo sé.

La voz no ofrece más respuestas.

Carla come un poco más. El azúcar y los frutos secos equilibran sus niveles de glucosa, le devuelven a su cuerpo agotado algo de su energía.

*Tienes que encontrar algo que
hacer. O te volverás loca.*

Y eso lo dice una voz dentro de mi cabeza, piensa Carla.

Pero la voz tiene razón. Así que se dedica a explorar su entorno. Esta vez con mayor detenimiento. Estudia los detalles de su celda, palpando con atención el suelo y las paredes.

A los lados no encuentra gran cosa, sólo cemento desnudo.

La pared contraria a la puerta de metal, sin embargo, está recubierta de pequeñas baldosas cuadradas, de unos diez centímetros de lado. En la esquina del sumidero, la última de ellas está un poco suelta. Asoma unos cuantos milímetros, y cede ligeramente, con un crujido suave y arenoso, cuando la tocas.

Si pudiera introducir los dedos entre la baldosa y la lechada, quizás podría soltarla.

¿Y de qué serviría?

De nada, piensa Carla, sintiendo de nuevo el tirón inmisericorde de la desesperación.

14

Una bolsa de papel

El recibimiento en La Finca no es muy caluroso.

No hay bailarinas, ni confeti, ni alfombra roja.

Jon Gutiérrez nunca ha sido partidario de fomentar la tradicional rivalidad entre guardias de seguridad y policías. Su película es vivir cien años, y por lo tanto vive y deja vivir. Ellos en su curro, él en el suyo. No es lo habitual. Cuando eres policía y te dejas la piel, el resuello y el alma en el zeta, de una llamada a la siguiente por cuatro duros, lo de mirar por encima del hombro pasa. Es la naturaleza humana, despreciar al de abajo y odiar al de arriba hasta que subes un escalón y el ciclo empieza de nuevo.

Los de seguridad, igual de resabiados, y poco informados de que el inspector Jon Gutiérrez es de naturaleza tierna y receptiva, por mucho que lo desmienta su aspecto robusto y su porte amenazador, no van a colaborar esta noche.

Jon aparca el Audi al lado de la garita. Bajan. Los vigilantes están junto a la barrera. Fumando con una mano y con la otra en la presilla del cinturón. Posición Clásica número 1, se la enseñarían el primer día de clase si fueran a clase.

—¿En qué puedo ayudarles?

Traducción: ¿Qué cojones queréis?

—Buenas noches. Soy el inspector Gutiérrez, de la Policía Nacional. Ésta es mi compañera. Estuvimos aquí hace dos noches, no sé si me recordarán.

—Hace dos noches me tocaba librar.

Mentira, por supuesto, porque a pesar de la oscuridad, Jon ha reconocido a ambos. Especialmente al que habla. Barba de tres días, un pendiente que se quita para trabajar, casi los cincuenta. Miente como le mintió anteanoche, cuando le dijo que no trabajaba cuando encontraron a Álvaro Trueba.

—Necesitamos acceder a las grabaciones de seguridad de hace tres noches.

El vigilante se cruza de brazos y abre las puntas de los pies hacia fuera (Posición Clásica número 2) y da una respuesta inesperada.

—Por supuesto, inspector, será un placer atender su petición.

Jon sonríe.

—Tan pronto se la haga llegar al gerente de la empresa por escrito identificando el nombre del funcionario solicitante, especificando las grabaciones que se solicitan y dejando claro que es en el marco de la investigación de un delito. Es la Ley de Protección de Datos, ya sabe.

Claro que sí, piensa Jon. *Salvo que Carla Ortiz no tiene tiempo de esperar a que yo haga una petición por escrito de un delito que supuestamente no ha existido nunca.*

—Verá usted, es que tenemos prisa. Quizás podríamos saltarnos el papeleo, una cortesía entre profesionales.

—¿Y de cuánta cortesía estamos hablando?

Jon se rasca el pelo, y luego se rasca el bolsillo. Todo lo que lleva en la cartera. Cincuenta euros.

—Cincuenta euros. Es todo lo que llevo encima.

—Pues vuelva cuando lleve cinco mil —dice el guardia de seguridad, que sabe muy bien que un policía no ha visto cinco mil euros juntos en su puñetera vida.

El inspector Gutiérrez valora seriamente las consecuencias de cruzarle la cara a bofetadas. Luego dice:

—Pues nada, nosotros ya nos íbamos. Muchas gracias.

—De nada, corazones.

De vuelta, en el coche. Jon conduce cabreado, y habla cabreado.

—...Y, ¿no me ha dicho, el muy imbécil, «De nada, corazones»? Que es lo que yo les dije el otro día cuando no paraban de alumbrarnos con su linternita a la cara. Como para dejarnos claro que era él el que estaba el otro día, haciéndose el listillo. Imbécil. *Memelo.* No sé por qué Mentor no pidió las grabaciones de seguridad, y por qué tenemos que hacerlo nosotros, y... ¿se puede saber qué haces?

Antonia no le presta atención, está programando el GPS del coche. Aparece una dirección. Diecinueve minutos.

—¿Dónde vamos?

—No me molestes —dice Antonia. Ha abierto su iPad y busca información. Abre una página web y se pone a leer—. Sólo tengo diecinueve minutos para aprender.

Cuando frenan en la puerta del destino que Antonia había programado en el GPS, Jon no se lo puede creer.

—¿Ahora quieres entrar aquí?

—Necesito tus cincuenta euros.

—Son mis últimos cincuenta euros. Te recuerdo que estoy suspendido de empleo y sueldo.

—Ahora te los devuelvo.

Jon le alarga el billete. Antonia lo coge, saca su DNI de la mochila bandolera, y la deja en el asiento del copiloto.

—Espera aquí. Y echa el cierre. No quiero que te la roben si te echas una siesta.

Hasta ese día, Jon habría pensado que era imposible pasar noventa y cuatro minutos seguidos maldiciendo, pero es a lo que dedica casi todo el tiempo que Antonia Scott tarda en salir.

Cuando lo hace, trae una humilde bolsa de papel en una mano y un billete de cincuenta euros en la otra.

—Volvemos a La Finca.

Jon aparca junto a la garita, toma dos.

Temperatura del recibimiento, bajo cero.

—Inspector, si trae la petición de las imágenes por escrito, debo comunicarle que mi supervisor está de vacaciones. Con gusto podremos atenderles la semana que viene.

Antonia le alarga la bolsa de papel a Jon, y éste se la tiende a su vez al guardia. Una humilde bolsa de papel, con el logo en negro de la diosa Cibeles. Debajo, en letras muy pequeñas: Casino Gran Madrid. El guardia la mira sin abandonar la Postura Clásica número 2.

—¿Qué es esto?

Arruga la nariz, como si la bolsa contuviera pañales de segunda mano.

—Cortesía entre profesionales.

La curiosidad puede a la arrogancia. El guardia alarga la mano y coge la bolsa. Pesa. La abre. Mira dentro. Saca la linterna. Vuelve a mirar dentro. Mira a Jon. Mira a su compañero.

—No sabía si los cinco mil euros eran en total o por cabeza, así que hemos traído diez mil para asegurar —aclara Jon.

Mientras el compañero y él conferencian en un aparte —sin dejar de abrir la bolsa cada tres segundos—, Jon y Antonia se susurran entre dientes sin dejar de mirarles y de sonreír.

—¿Cómo demonios se te ha ocurrido esto?

—Al escuchar lo del chófer de Ramón Ortiz el otro día.

—¿Y has aprendido a jugar al blackjack en diecinueve minutos?

—No, a jugar he aprendido en un minuto. Los otros dieciocho he aprendido a contar las cartas.

15

Una garita

Diez mil euros después, Tomás y Gabriel, que así se llaman los guardias, resultan ser encantadores. Tomás, el cincuentón de barba de tres días, les conduce al interior de la garita, mientras que Gabriel se queda fuera, encargándose de la barrera. La garita es mucho más grande de lo habitual, y resulta ser sólo la antesala del lugar al que Jon y Antonia necesitaban acceder.

—Vengan por aquí, por favor —dice, abriendo una puerta situada al fondo. Unas escaleras llevan a un subnivel soterrado bajo la entrada. Ahí encuentran taquillas, una zona de descanso, duchas, un pequeño gimnasio.

—¿Quieren un café?

Jon sí se tomaría uno, gracias. Antonia un té, si hubiera. Hay. Tomás prepara las infusiones en una máquina similar a la que encontrarías en la zona de desayunos de un hotel de cinco estrellas.

—La verdad, no nos podemos quejar. Aquí nos han puesto todas las comodidades. Antes trabajaba en un hipermercado. Día sí, día también gresca con los gitanos metiéndose cosas debajo de la camiseta. Que no pasa nada con los gitanos, algunos de mis mejores amigos son gitanos, pero...

Jon le interrumpe antes de que acabe de ahorcarse.

—Tiene usted aquí un buen puesto de trabajo.

—El mejor que podría encontrar. Y más con mi edad.

—Entiendo que no quiere arriesgarse a perderlo.

Tomás les da las tazas humeantes. Se sirve él otro café.

—Soy muy viejo para encontrar otro trabajo. Y tengo dos hijos en la universidad.

—¿Sabe lo que pasó el otro día en el chalet de Los Lagos?

Tomás aparta la mirada.

—El trato era que les enseñaría las imágenes. Nada más.

—Necesitamos su ayuda, Tomás —dice Antonia.

En veinte años de policía, Jon ha interrogado a muchas personas. Los ha visto de todos los colores, formas y tamaños. Los que no quieren hablar por miedo, los que se cierran en banda y hacen del silencio un orgullo, los que mienten para librarse de algo... y los que se mueren de ganas de hablar. Estos últimos te dicen cosas como:

—No sé si puedo confiar en ustedes.

Y tú tienes que darles confianza, entregarles algo a cambio.

Así que Jon mira a Antonia. Le pide permiso. Antonia asiente con la cabeza.

—Tomás... nosotros no somos policías ordinarios.

—No lo entiendo —dice el hombre, desconcertado—. He visto su placa, y es de verdad.

—Es de verdad. Pero nosotros no somos como los demás.

—De eso me he dado cuenta. Los demás no van regalando fajos de billetes de cien.

—Lo que nos cuente no se va a usar en un juicio. Ni quedará registro alguno. Hay una persona que necesita ayuda. Y hay alguien a quien hay que hacerle justicia. Usted sabe lo que pasó aquí, Tomás.

El vigilante agacha la cabeza. Resulta que, en cuanto abandona las Posturas Clásicas número 1 y número 2, Tomás es un hombre decente. Uno que se avergüenza de lo que sus jefes le han mandado hacer. Que es callarse, mirar para otro lado, si te he visto no me acuerdo y aquí no ha pasado nada. Muy sencillo de decir, algo menos de hacer. Imposible que salga gratis.

—Sí. Lo sé.

—¿Cuánta gente más lo sabe?

—Gabriel y yo. El supervisor. Y la gobernanta de los Trueba. Ella fue la que entró en el salón y vio al niño.

—Y luego le llamó a usted. Y usted llamó al supervisor.

Tomás asiente.

—Yo estaba acabando mi turno.

—¿Es eso normal? —pregunta Jon—. ¿Es normal que una empleada le llame a usted, en lugar de a la policía?

El hombre calla, avergonzado. Su rostro está congestionado, sus manos agarran la taza como si fuera el último salvavidas del naufragio.

—Tomás —dice Jon, suavemente, animándole a continuar.

—En esta urbanización las cosas se hacen de otra forma. No es un lugar peligroso, los promotores se han cuidado mucho de no venderle a cualquiera. Tiene que estar muy claro de dónde procede el dinero. Ha habido rusos y colombianos que han querido venir. Les dijeron que no. Pero aun así, los que están aquí son gente especial. Con necesidades especiales.

—¿Ha habido incidentes antes?

—Nunca tan graves como éste. Ni por asomo. Pero la consigna siempre ha sido calla y no preguntes.

—Y esta vez hizo lo mismo.

—No me pagan para encargarme de estas cosas.

No, piensa Jon. *A quien le pagan para ello es a mí. Tú y todos los españoles.*

No dice nada. Tampoco iba a servir. Ni es él quién para abanicarse con la Constitución, artículo 24.

Me estoy volviendo un cínico, piensa. Y le da igual, claro. En eso consiste.

Lo único importante es encontrar a Ezequiel.

—¿Había alguien esa noche en el chalet de Los Lagos?

—No. Terminaron la casa hace seis o siete meses, pero aún no se han instalado. Apenas han venido por aquí. He oído que viven en un chalet en Puerta de Hierro.

—¿Sabe si tenían previsto mudarse?

Tomás sacude la cabeza.

—Normalmente los residentes dan una gran fiesta de inauguración cuando abren la casa. Nosotros siempre nos enteramos, claro. Si invitan a cien personas, tenemos que tener antes los cien nombres y las matrículas que hagan falta. Si no, no pasan.

—¿Y no ha visto a la familia por aquí?

—En mi turno nunca les he visto. Pero yo empiezo a las ocho de la tarde y termino a las ocho de la mañana. Una vez vino una asistenta con el decorador, tenían que cambiar el suelo de la cocina porque no les gustaba el color, creo. Vinieron muy temprano, por eso lo recuerdo.

Tener una casa de veinte millones de euros y no pisarla. Eso es poderío.

—¿Y el servicio de limpieza? ¿Viene a menudo?

—Todos los días —afirma Tomás—. La casa tiene que estar impoluta, aunque no viva nadie en ella. Entran a las siete de la mañana, la hora a la que se van no la sé. Supongo que a las tres, es la jornada habitual aquí.

—De acuerdo. Vamos a esa noche. ¿Hubo algo que le llamase la atención? ¿Cualquier cosa que no fuera normal?

—No, me temo que no.

—Está bien —dice Jon—. Supongo que tendrá la lista de entradas y salidas de su turno. Necesitaré ver eso, y también las grabaciones.

El sistema de vigilancia resulta ser una maravilla. Una auténtica obra de arte de alta tecnología. Alrededor de todo el perímetro de La Finca hay sensores de movimiento.

—Por supuesto, los tenemos apagados —dice Tomás—. Si no, estarían saltando todo el rato. Por los conejos.

Además del área de descanso y del resto de áreas del personal, el subnivel contiene una habitación dedicada a la monitorización de la urbanización. Diez monitores que van rotando las imágenes de cuarenta cámaras de seguridad. Hay otros dos sobre la mesa, uno suministra la información de los sensores de movimiento (apagado, también).

—¿Hay muchos conejos?

—Muchísimos. Antes todo esto era campo.

—No se crea que nos ayuda esto.

—Es un sistema redundante. No necesitamos los sensores de movimiento. Tenemos los de infrarrojos. Y con ésos salta una alerta visual, no una que nos destroza los tímpanos. Además, está regulada de forma que nada que pese menos de veinte kilos los haga saltar.

—Pero no hubo ninguna alarma de los infrarrojos aquella noche.

—Me temo que no. Por lo que al sistema respecta, no hubo ninguna intrusión.

—Las cámaras están todas apuntando hacia fuera, ¿verdad? —dice Antonia, que apenas ha intervenido desde que llegaron.

—Claro. Todas las calles del interior de la urbanización son privadas. No se puede grabar dentro.

—Entonces la única grabación que necesitamos es la de la puerta de acceso.

—Ponga ésa, si es tan amable, Tomás —dice Jon, y mientras el vigilante busca en el disco duro el archivo correspondiente, Jon se vuelve a Antonia—. ¿Por qué no las demás?

—Si Ezequiel entró saltando las vallas con el cadáver de Álvaro, tuvo que hacer saltar la alarma de infrarrojos.

—¿Y si el sistema falló?

Antonia se encoge de hombros.

—Cuarenta cámaras perimetrales, con un margen de

tiempo de cinco a seis horas cada una. Tardaríamos diez días seguidos sin dormir, ni comer, ni hacer nada que no fuera mirar la pantalla.

—No tenemos tanto tiempo —dice Jon.

Carla no tiene tanto tiempo.

—Por eso vamos a apostar. Según Aguado, la víctima murió entre las ocho de la tarde y las diez de la noche.

—Sabemos que tuvo que trasladar el cadáver. Así que las ocho de la tarde es un buen comienzo.

Antonia le pide a Tomás que ponga la grabación en los diez monitores, sólo que a horas distintas. El de más arriba comienza a las ocho de la tarde, el siguiente a las nueve, y así sucesivamente. El último comienza a las cinco de la mañana.

Tal que así:

20 | 21 | 22 | 23 | 00
01 | 02 | 03 | 04 | 05

—Cada vez que aparezca un coche en alguno de los monitores, paramos la grabación y comprobamos con el registro de entrada —le explica a los otros.

—Es muy buena idea —dice Tomás—. En lugar de tardar diez horas en ver la grabación, tardaremos una.

Tardan mucho más, porque cada una de las entradas obliga a una parada y una comprobación en el registro de entrada, lo que lleva su tiempo. Y hay decenas, sobre todo entre las ocho y las once de la noche.

Están buscando una anomalía. Algo inusual. No encuentran nada. Con la excepción de un par de taxis y varios Uber, todos los que entran son coches de residentes, o amigos de los residentes que éstos habían autorizado para entrar. Habría que comprobar personalmente cada uno de los nombres de los autorizados, pero eso requeriría de días y mucho personal.

Por eso los asesinatos son tan difíciles de investigar.

Tres horas después, la línea de tiempo se está acabando. Y ellos están agotados. En los monitores de arriba sigue entrando gente, llegando a sus casas después de su jornada, o de cenar con su familia. En los de abajo, apenas hay movimiento.

De pronto Antonia se endereza. Señala al monitor central de la fila inferior.

—Ahí. Ese taxi.

Es un Skoda Octavia, el taxi más común de la ciudad de Madrid. Llega con el número cero puesto en la luz del techo. Lo habitual cuando van a recoger a alguien a mucha distancia.

Según se aproxima el taxi, la imagen muestra cómo Gabriel lo deja pasar, sin preguntar.

El código de tiempo marca las 03.52.

—¿Qué tiene de especial?

—Ya hemos visto antes ese taxi —dice Antonia—. 9344 FSY. Llegó a las diez y media de la noche. Y venía a dejar a alguien.

Así es. Una rápida comprobación rescata las imágenes de la llegada del taxi, con la tarifa 2. Ahí se ve cómo Tomás se agacha para preguntar al taxista algo, y enseguida le deja pasar. Las imágenes son cenitales, el ángulo desde arriba no permite ver la licencia en el costado.

—¿Recuerda ese taxi, Tomás?

El vigilante les mira, confuso.

—No... No recuerdo nada. Probablemente me agaché para hablar con él y preguntarle dónde iba, me daría una dirección y un nombre y eso fue todo. Es lo que hacemos siempre con los taxis. Y más en hora punta.

Es cierto. Las imágenes muestran como el taxi es sólo uno de una docena de coches que aguardan para entrar en La Finca, mientras unos agobiados Gabriel y Tomás van haciendo lo que pueden. Los ricos nunca han destacado por su paciencia.

Lo que no muestran las imágenes que tienen es ni al conductor ni al pasajero.

—Hay otra cuestión importante. ¿Quién conducía el taxi? —le dice Jon a Antonia—. ¿Tiene un cómplice, o sólo alguien que pasaba por ahí?

Ni Tomás ni Gabriel recuerdan nada del conductor. Sólo otro taxi anónimo, inadvertido. Pasando impunemente por la barrera, como tantos cada día. Puede que hayan encontrado el modo en el que Ezequiel ha entrado. O puede que sea sólo una coincidencia.

En otras palabras, que no tienen nada.

Y el tiempo sigue corriendo para Carla Ortiz.

16

Una mala noche

Jon deja a Antonia en el hospital.

El resto de la noche transcurre muy despacio.

Es tarde para llamar a la abuela Scott, y está demasiado excitada para dormir. No es capaz de desconectar del caso de Ezequiel, ni quiere hacerlo. Repasa una y otra vez todos los ángulos, todas las informaciones. No hay nada que pueda hacer. Han pasado a Mentor lo de la matrícula del taxi para que le haga llegar la información a Parra —usará, como siempre, el truco de que parezca que la envía un tercero, como la UCO o el CNI—, pero Antonia sabe que será un callejón sin salida. Así que aproxima el sillón a la cama y se agarra a la mano derecha de Marcos, como en las peores noches, y se limita a contemplar la pared y concentrarse en el sonido del electrocardiograma.

A las tres de la mañana entra un email de la doctora Aguado.

Para: AntoniaScott84@gmail.com
De: r.aguado@europa.eu

Scott:

Por la distancia entre el codo y la muñeca, y la proporción respecto a la altura del habitáculo del Porsche Cayenne, calculo que Ezequiel es un hombre de entre 1,75 y 1,85. Ojos marrones, edad indeterminada. Llámeme cuando pueda, me gustaría hablar de esto.

También he conseguido realzar lo suficiente la fotografía que tomó el inspector Gutiérrez, y he logrado aislar el tatuaje. Lo tiene en el archivo adjunto. Es parte de una especie de escudo o icono que no consigo identificar.

Saludos,

Dra. Aguado.

Antonia llama inmediatamente a la doctora.

—No la esperaba a esta hora.

—No tenía nada mejor que hacer.

Aguado le explica que ha enviado la fotografía del tatuaje a un centenar de establecimientos de España que se dedican a este negocio.

—Es una posibilidad muy remota. Les he pedido que me ayuden a identificarlo, con la excusa de que se trata de un caso de violación. Eso echará atrás a muchos, pero hay un buen número de artistas que son mujeres. Quizás alguna pueda ayudarnos.

La maniobra es tan desesperada que no llega ni a clavo ardiendo. Pero tampoco tienen para escoger.

—Hay otra cosa que le quería comentar —dice Aguado—. No me he atrevido a ponerla por escrito, no me parecía profesional. Basándonos en la evidencia, no he conseguido gran cosa de la fotografía, por eso he escrito edad indeterminada. Pero cuanto más miro la imagen, más convencida estoy de que ese hombre ronda los cincuenta años.

—¿En qué se basa?

—En nada científico. La postura, la complexión física... Por eso quería explicárselo. La intuición nunca ha servido como prueba. Pero hay cosas que una simplemente *sabe*. Y si no me equivoco y es alguien de esa edad, sería muy extraño.

Antonia medita durante un instante sobre la intuición de la doctora Aguado.

La mayoría de los asesinos en serie comienzan su macabra carrera antes de los treinta años. Es una consecuencia natural de la secreta escalada de violencia que va desarrollándose en sus vidas. Se han escrito incontables páginas sobre ellos, se han rodado decenas de películas y series de televisión, hasta convertirlos en villanos característicos, confiriéndoles una mística particular que el público ha llegado a considerar manejable: la infancia rota, la tortura de animales, la fascinación por los incendios, la necesidad de satisfacción sexual. Todos esos detalles se dan a veces en los asesinos en serie, y muchas otras no. La simplificación es fruto de la sociedad reaccionando a algo que no comprende, dibujando una caricatura encima de una realidad cotidiana. Sólo en España hay más de un millón de psicópatas. Muy pocos de ellos llegarán a matar, muchos llevarán unas vidas aparentemente normales. Felices en su puesto de director de recursos humanos, de ministro, de propietario de un bar. Si llegan a causar mal será a pequeña escala, no será nunca llevado a una película.

De muchos otros nunca sabremos nada. O sabremos cuando sea muy tarde. Luis Alfredo Garavito tenía cuarenta y dos años cuando le detuvieron. Un mendigo le apartó a pedradas de un menor al que estaba agarrando. Ya había matado a otros ciento setenta niños en sólo seis años.

La triste realidad es que la ciencia está aún empezando a poner el pie en el umbral de la mente humana. Una cueva de kilómetros de profundidad.

La triste realidad es que no les entendemos.

—¿Sigue ahí, Scott?

—Sigo aquí. Estaba pensando que es una edad muy tardía para iniciar este comportamiento.

—Lo sé. Eso lo hace todo más extraño. A no ser que haya sufrido una ascensión muy lenta, u oculta a la vista de la gente, llegado a esta edad tendría que haber dado manifestaciones anteriores de violencia extrema.

—No es la primera vez que una persona aparentemente modélica comete un crimen inimaginable. Piense en los padres de aquella niña de Santiago de Compostela.

—Es cierto. Pero sospecho que Ezequiel no entra dentro de ninguna tipología descrita.

—¿Cree que hay rasgos psicopáticos en su manera de actuar?

—Sin duda hay indicativos de sociopatía. Narcisismo. Sadismo. Pero aún sigo intentando entender por qué todos los medios no están hablando de Ezequiel.

Ésa es la parte que más desconcierta a Antonia. Que Ezequiel no haya hecho públicos sus actos. Eso sería lo que querría un secuestrador. Un asesino en serie, narcisista por definición, disfrutaría escuchando su nombre en todas las radios y las televisiones. Teniendo el acceso a la atención del país y del mundo entero a un *clic* de distancia, a un tuit de distancia, ¿por qué no reclamaba su premio?

—Hay algo en todo esto que se nos escapa. Una pieza clave.

—Quizás el tatuaje pueda ayudarnos —dice Aguado—. Lamento no haber encontrado nada más aún. Le prometo que sigo trabajando sin descanso.

—Gracias, doctora.

Suena el teléfono casi en cuanto cuelgan. Es Mentor.

—He comprobado la matrícula 9344 FSY. No existe ningún taxi con esa placa. Pertenece a un Renault Megane de hace un par de años. Según el registro de tráfico la dueña tiene veintitrés años.

—Matrículas dobladas.

—Un coche que no se usa mucho. Un destornillador de cabeza plana. Un remache blanco (3 euros la caja de cincuenta). Un martillo. Cinco minutos para cambiar las matrículas. Y la víctima puede tardar días en darse cuenta, porque ¿quién mira la matrícula de su coche antes de subirse?

—Eso parece. Buscaremos el coche, a ver si encontramos así el taxi.

—Lo cual quiere decir que el que conducía el taxi sabía lo que estaba ocurriendo. Lo cual quiere decir que Ezequiel no trabaja solo.

—En un asesino psicópata, es una característica aún más extraña.

Antonia cuelga. Vuelve a mirar la pared fijamente. Repasa en su memoria inabarcable decenas de casos que conoce de asesinos en serie, sus motivaciones, su *modus operandi*, buscando un paralelismo que no encuentra.

Dentro de ella hay de todo menos silencio.

Bruno

A Jon Gutiérrez no le gustan los periodistas.

Eso intuye Bruno Lejarreta tan pronto se aproxima a él en la cafetería del Hotel de las Letras. Son las siete menos cuarto de la mañana, pero el inspector Gutiérrez ya está hecho un pincel, duchado, perfumado y desayunando. Huevos fritos con bacon, zumo de naranja, seis tostadas y lo que parece una piscina de café.

El muy bruto se ha llenado de café el bol de los cereales.

Que al inspector Gutiérrez no le gustan los periodistas en general y Bruno Lejarreta en particular queda claro: en cuanto Bruno aparece, pone cara de que le va a dar una hostia. Hasta cierra el puño, y todo. Bruno Lejarreta, autodenominada leyenda del periodismo vasco, disfruta de aquella cara de repulsa que provoca su presencia como otros apreciarían la *Gioconda* o la *Capilla Sixtina*.

—¿Qué coño estás haciendo aquí?

—Buenos días a usted también, inspector.

Lejarreta se sienta frente al inspector Gutiérrez. Tiene que apartar uno de los platos rebosantes para hacer hueco para su libreta, su boli y la grabadora. Jon mira los útiles de la profesión como si hubiera puesto sobre la mesa una jeringuilla usada y seis gramos de heroína.

—Guárdate eso.

—Estoy trabajando.

—Y yo también.

Bruno hace un gesto hacia el plato de huevos fritos al que, de repente, el inspector ya no le hace honores.

—¿Desayuno a cuenta de los contribuyentes, inspector?

—Desayuno a cuenta de tu puta madre.

Las dietas han mejorado mucho en la Policía Nacional. Antes eran de cien euros al día. Y la habitación más barata de este hotel cuesta trescientos, piensa Bruno.

—Hablando de madres, inspector. La suya le manda saludos.

En realidad, encontrarle fue pan comido.

Begoña Iriondo, la madre del inspector Gutiérrez, es una mujer tranquila. Confiada. Es lo bueno de ser la madre de un inspector de policía. Ahora. En su día, cuando el conflicto, en los años del plomo, había que ir con pies de ídem. Una palabra de más en la carnicería, y la tenías liada. Había *salatoris*, chivatos, por todas partes. Ahora es al revés. Ahora es intocable. A las once de la noche, Begoña sale del metro en Santutxu y camina tranquila a casa. Una cuadrilla la ve, uno se aparta, la mirada fija en el bolso de ella, y otro enseguida le agarra del codo y le devuelve a su sitio con una colleja. Es la madre de un *txakurra*, idiota. Tú jódela, verás qué risa te entra cuando lleguen entre cuatro y te hagan una endodoncia a patadas detrás de un contenedor. Y merecido lo tendrías.

Sí, todo el mundo sabe ahora dónde vive Begoña Iriondo, y a nadie se le ocurren cosas raras. Ésa es la parte buena. La parte mala es que *todo el mundo sabe* dónde vive Begoña Iriondo, con lo cual a Bruno Lejarreta le lleva sólo media hora, diez euros y un paquete de LM —casi entero, coño— localizarla y llamar al telefonillo.

Begoña es una mujer cándida y confiada, y le dice que no, que no está el hijo, que anda por Madrid en no sé qué caso importante; no me diga, señora; como le cuento, y yo aquí sola, ya ve, estos jóvenes, no tienen respeto por nada; y no sabrá por casualidad dónde se aloja; para qué quiere saberlo; para hacerle un reportaje, señora; pues eso le viene bien que últimamente ha tenido muy mala prensa y usted parece de confianza.

Y así Bruno Lejarreta se planta en el Hotel de las Letras, se gana la confianza del botones, le da su número de teléfono —mándame un WhatsApp a cualquier hora—, suelta cincuenta euros —en la capital, ya se sabe, los precios— y ya tiene controlado al inspector Gutiérrez.

Al que no le hace ninguna gracia la referencia a su madre.

—Como te hayas acercado a mi madre te inflo a hostias.

Cómo son los homosexuales con su amatxo.

—Es usted un desconsiderado. Mire que dejarla sola allá en casa. Pero bueno, dice que anda en un caso importante.

—Estoy en Madrid de vacaciones.

—Diga que sí, todo el mundo tiene que descansar de vez en cuando. Oiga, ¿y cómo es que estaba usted ayer en la M-50, en el accidente aquel?

El inspector Gutiérrez no cambia el gesto. Ni un ápice.

—Creo que se confunde.

—No me confundo. Le vi por la tele, con su traje de lana gris. Estaba algo arrugado. No como este. Usted siempre va hecho un pincel.

El inspector Gutiérrez no contesta. Pero los puños los tiene apretados.

A Bruno le encantaría que se le escapase la mano, porque eso de por sí sería noticia. Es decir, le encantaría en el terreno de lo metafórico, porque como aquella mano del tamaño de una paella te cruce la cara, te manda al jueves que viene. Y los brazos van a juego con las manos. Que el inspector levanta piedras tirando a bien. Y en Bilbao hay un dicho. De menor a mayor, brazos de Schwarzenegger, brazos de pelotari, brazos de *harrijasotzaile*.

Pensándolo bien, mejor que no se le escape la mano.

—Verá, inspector. Es que me llama la atención que su madre diga que está usted aquí en un caso importante, mientras que en la comisaría de Gordóniz me han dicho que está usted suspendido de empleo y sueldo. Con lo cual, según el Estatuto de... espere lo tengo por aquí —dice, consultando sus notas—, según el Estatuto Básico del Empleado Público, usted «queda privado del ejercicio de sus funciones y de todos los derechos inherentes a su condición».

—Pues menos mal que estoy de vacaciones.

—Sí, menos mal, porque al estar usted suspendido de empleo y sueldo, ejercer de inspector de policía sería un delito grave.

El inspector Gutiérrez es bueno. Muy bueno. Aguanta el empellón como un roble. O casi. Porque el rostro se le demuda un poco. Un par de tonos. Del saludable coloradote habitual, a un rosa tirando a chicle. Y Bruno sabe que miente. Y sabe también que ha hecho bien en venir a Madrid.

—Pues nada, inspector, le dejo disfrutar del desayuno. —Gutiérrez ya ha tirado la servilleta sobre la mesa, parece haber perdido el apetito—. Yo también estoy de vacaciones. Igual nos vemos por aquí.

—Espero que no.

Oh, sí. Y antes de lo que te imaginas, piensa Bruno.

17

Un bisonte

—No va a ser nada fácil —dice Jon.

—Nada lo es —responde Antonia.

Acaba de colgar. Convencer a Mentor de que les consiguiera aquella cita ha llevado a Antonia casi una hora, una hora al teléfono en la que ha habido gritos, susurros, veladas amenazas, recordatorio de pago de viejas deudas y mal rollo en general.

—No sabes lo que me estás pidiendo —le había dicho Mentor.

Acabó aceptando.

El inspector y su compañera están en el Audi, esperando en la puerta del edificio del banco a que Mentor les llame y les confirme que pueden subir. Antonia no duda de que lo conseguirá. Tiene las herramientas a su alcance. Lo que ocurra después, ahí arriba, eso será otra historia.

Antonia baja la ventanilla y se asoma. Ni siquiera torciendo el cuello puede abarcar la forma completa del edificio.

Cien mil toneladas de acero, cemento y cristal en mitad del paseo de la Castellana.

Cuesta creer que todo aquello empezara con un bisonte.

El tatara-tatarabuelo de Álvaro Trueba seguía una rutina escrupulosa. Se levantaba más bien tarde, se desayunaba un chocolate con picatostes en la veranda de su finca solariega en Puente de San Miguel y leía la prensa mientras fumaba. *La Voz de Cantabria*, un caliqueño. *El Adelantado de Santander*, un caliqueño. *El Imparcial* y *La Correspondencia de España*, medio caliqueño entre los dos, que los diarios liberales había que leerlos rápido y con la ceja arqueada, no fuera a ser que se pegue algo.

Por la tarde, tras la comida y la preceptiva siesta, don Marcelino Trueba ordenaba a los criados que engancharan el faetón y recorría, diligente, sus fincas. Había que asegurarse de que los campesinos cumpliesen con su jornada, y el recorrido de hora y media, aunque una obligación pesada, era algo que asumía como necesario. La silla del carruaje tenía un acolchado deficiente, y a veces el trasero de don Marcelino llegaba algo magullado, pero ¿cómo si no podría evitar que los jornaleros holgazaneasen?

Tras el paseo y el baño caliente, el mayordomo le ayudaba a vestirse para la cena. Siempre formal, como correspondía a un caballero. Él a la cabeza de la mesa, su esposa a la contraria, seis metros más lejos. La niña en el centro, que ya tenía edad para manejar correctamente los cubiertos sin confundir la cucharilla de las ostras con el tenedor de los caracoles. Tras la cena, don Marcelino se retiraba a su despacho, donde se entregaba a sus estudios de botánica y geología, materias ambas en las que poseía ciertos conocimientos. *Un caballero ha de ser ilustrado*, decía siempre su padre. *Pero sin exagerar.*

La rutina escrupulosa conformaba también al hidalgo, lo distinguía del bruto sudoroso. Por lo tanto, cuando una mañana entró Modesto Cubillas, aparcero de sus fincas, en la veranda, don Marcelino se sintió incómodo. No eran horas.

Modesto haciendo honor a su nombre se quitó el sombrero, retorciéndolo entre ambos puños, morenos y ásperos.

—He encontrado algo que podría interesarle, patrón.

Marcelino dudó. La intromisión era inaceptable, pero la prensa venía hoy aburrida, y decidió vivir una aventura junto a su aparcero, *à la manière* de esas novelas francesas que su esposa siempre andaba leyendo —y que Marcelino devoraba en secreto—. La última, recién publicada, *Le Tour du monde en quatre-vingts jours*, contaba las hazañas de un caballero y su criado. Sintiéndose un poco Phileas Fogg, se lanzó a los campos en pos de Modesto Cubillas.

El aparcero le condujo hasta una cueva a una hora de caminata, y el resto es historia. Marcelino quedó fascinado por las bellísimas pinturas polícromas que halló en las paredes, y publicó sus conclusiones al año siguiente. Don Marcelino recibió muy pocos apoyos, por desgracia. Casi nadie de la comunidad científica creyó que las pinturas de Altamira fueran restos prehistóricos, incluso alguno le acusó de haberlas pintado él mismo.

El revuelo fue tan grande que la propia Isabel II, durante un viaje para tomar las aguas en Puente Viesgo, manifestó su interés por la susodicha cueva. Así que un grupo de hidalgos santanderinos se presentó en la finca solariega e interrumpió el desayuno de don Marcelino. Éste ni se inmutó, porque eran hidalgos, y porque andaba en negocios con ellos.

—La reina desea ver la cueva de tus tierras, Marce —dijo uno.

—Estaré muy honrado de recibir a su majestad —respondió Marcelino, envarándose.

—El caso es —dijo otro— que ya que viene, podrías hablarle del tema del banco.

El banco. Asunto menor, insignificante. Palidecía en comparación con la posibilidad de verse reivindicado. Don Marcelino accedió a toda prisa.

La reina llegaría un par de semanas más tarde. Ahí fue cuando las malas lenguas se pusieron a trabajar. De Isabel II no se pudieron nunca admirar muchas virtudes salvo la castidad, que tampoco. El caso es que cuentan que al ver a don Marcelino, con sus patillas unidas por el bigote y su planta de buen mozo, la reina exigió una visita privada de las cuevas. Al parecer la visita duró lo suyo, y durante ella la reina exigió a voces desde la entrada a sus doncellas que le subieran vino y pastas, para recobrar las fuerzas.

Don Marcelino salió horas más tarde, con el cuello algo menos almidonado y la promesa —arrancada a última hora, casi de pasada— de que el ministro de Economía daría preceptiva licencia a los comerciantes santanderinos para constituirse en entidad bancaria.

La reina, desde el coche, le tiró dos besos —uno por mejilla— y se perdió en el polvo del camino. Un mes más tarde se constituía el banco, con cinco millones de reales de vellón por capital y las exportaciones de trigo a través del puerto de Santander como objetivo principal.

Con respecto a su descubrimiento arqueológico don Marcelino murió en el descrédito —qué ironía—, pero aún más rico. Y desde entonces la familia Trueba fue haciendo crecer el banco. Sólo tenía dos consignas. Primera, con el gobernante de turno —rey, presidente o generalísimo— no se discute nunca. Total, si está de interino. Segunda, el banco tiene que crecer poco a poco.

Ciento y pico años más tarde, bajo la astuta dirección de los Trueba y un montón de pocos, se construyó ese edificio de cien mil toneladas y con activos de un billón y medio de euros. El banco más grande de Europa, entre los veinte primeros del mundo.

Suena el teléfono a través del manos libres del Audi.

—Pueden subir —dice Mentor—. Sólo quiero recordarles una cosa. A ti, Scott, que he tenido que pedir muchos favores para esto. Y a usted, inspector Gutiérrez, que le hago responsable.

Cuelga.

Claro. Porque es muy fácil controlar a Antonia Scott, piensa Jon, mientras echa el cierre al coche con el mando a distancia y se arranca a trotar por enésima vez detrás de su compañera, que ya se dirige a la puerta acristalada.

Ninguno de los dos repara en la figura —chaqueta de cuero y vaqueros, cabeza enfundada en un casco— que les hace fotos desde la acera de enfrente.

Carla

La voz de Sandra la arranca del sueño.

Repite su nombre.

—Estoy aquí —dice Carla—. ¿Estás bien?

—Tengo mucho sueño.

—¿Te ha hecho daño?

Esta vez Sandra no solloza. Esta vez responde a la primera.

—No quiero hablar de ello.

—Lo escuché, Sandra.

—No escuchaste nada.

Carla no contesta. Ella ha vivido hace poco —meses, quizás horas— su propio episodio de negación.

—No escuchaste nada, porque no ha pasado nada. Y si escuchaste algo, ¿porqué no hablaste? ¿Por qué no gritaste, para ayudarme?

Porque tenía miedo.

Porque no quería compartir tu suerte.

Porque me limité a taparme los oídos y recitar nombres de

pelajes de caballos, tal y como hacía cuando mi hermana me quitaba la luz de mi cuarto, y yo me quedaba sola en la oscuridad.

—Tienes razón —admite Carla—. No ha pasado nada.

Sandra se encierra en un largo mutismo. Carla quiere preguntarle por el agujero, el agujero por el que espía a Ezequiel, por el que quizás pueda hacer algo más útil. Como hacer alguna señal a la calle, o quizás conseguir información. Pero ahora no se atreve a tomar la iniciativa.

—Había un chico —dice Sandra al cabo de un rato.

Carla se incorpora un poco.

—¿Qué chico?

—Un chico. Donde tú estás ahora.

Carla siente un vacío en el estómago y en el pecho, como si su cuerpo se hubiera dividido en dos mitades. La primera, sus piernas y su cabeza siguen teniendo una consistencia física, más pesada de la habitual. La segunda mitad, el espacio que hay entre sus piernas inútiles y su cabeza aturdida pertenece a otro territorio, al territorio de la pesadilla. Con esa segunda mitad, Carla comprende, Carla sabe lo que le está diciendo Sandra.

Pregunta, de todas formas.

—¿Qué pasó con él?

—Chillaba mucho. Tenía miedo. Y luego dejó de chillar.

La celda, con sus paredes próximas, con sus confines impracticables, se había convertido para Carla en algo, si no familiar, sí comprensible. Estaba allí. Había sido capturada. No podía escapar, no podía comunicarse con nadie. Sólo podía esperar, esperar, esperar. Y por lo tanto había establecido las fronteras de su celda como los nuevos límites de su universo. Su cuerpo había aprendido, en las horas —meses, quizás— que llevaba allí dentro, a vivir en esa nueva y minúscula comarca. Sus ojos se habían acostumbrado a no ver, y ya no le sugerían imágenes fantasmagóricas. Sus dedos eran capaces de encontrar diferencias imperceptibles en el suelo que le indicaban dónde estaba. Sus oídos se habían acostumbrado a que cada roce de la piel, de la tela, cada sonido que producía su cuerpo, se magnificaba, se multiplicaba. Ahora la celda era un castillo donde había establecido su feudo, la frontera en la que organizar la defensa última de su vida y de su dignidad. La esperanza, si es que existía, se ceñía a esto. Mientras Ezequiel la dejase sola, mientras no traspasase esas fronteras, la espera se convertía en asumible, en el precio que pagar hasta ser rescatada y liberada.

Las palabras de Sandra habían destruido esa quimera con la misma brutal eficacia con la que un elefante deseca una charca de un único y despreocupado pisotón.

—¿Qué pasó con el chico, Sandra? ¿Quién era? ¿Sabes si lo rescataron?

—Cállate. Él ha vuelto. Y no quiere que hablemos.

Silencio. Fuera, quizás, unos pasos. Carla no está segura, porque ahora mismo lo único que oye es el galope desbocado de su corazón.

—Vamos, tienes que contármelo —dice, desesperada—. Necesito saberlo.

Sandra, su voz ya sólo un susurro, repite:

—Chillaba mucho.

Y luego, silencio.

18

Un despacho

El poder es extraño, piensa Jon.

Tiene sus símbolos. Un despacho enorme en la última planta de un edificio, con vistas de infarto. Varias antesalas, cada una con sus secretarias, para que seas consciente de que vas atravesando barreras. Moqueta en el suelo. Ascensor con llave. Un guardaespaldas en la puerta.

Pero todos esos indicativos externos son sólo los aderezos. Entremeses. Cuando llegas al plato fuerte, tiene que estar a la altura de lo que esperas.

Laura Trueba no está a la altura, está contemplándola desde muy arriba, como un halcón.

Es alta, mucho más de lo que parece en las fotos. Seca de carnes, de piel tostada, pelo negro, ojos de acero. Vestida con falda y chaqueta rojas, como en las fotos que salen casi a diario en los periódicos.

Por muy corporativo que sea... ¿Rojo después de perder a un hijo?, se extraña Jon.

Con su pañuelo al cuello, una sola vuelta. Una concesión elegante a la coquetería, tapa así las arrugas del cuello que traicionan su edad. El único signo de debilidad en una apariencia estudiada al milímetro y ensayada hasta la extenuación.

—Buenos días. Les ruego por favor que se sienten —dice, saliendo desde detrás de su mesa y guiándoles hasta una zona con sofás y una mesita baja, presidida por un retrato de ella y de su marido. Para llegar hay que hacer transbordo.

—¿Los señores tomarán café, infusión? —pregunta, educada, la secretaria.

—Los señores se marcharán enseguida —responde su jefa, cortando en seco la petición de uno doble que Jon ya había empezado a formular.

Aún llora por el que Bruno Lejarreta le arruinó por la mañana en el hotel. Una presencia tóxica. Una presencia de la que no le ha hablado a Antonia aún. Pero no sabe cómo abordar el tema, así que decide esperar.

Quizás no sea nada.

Famosas últimas palabras.

Nada de café.

La secretaria ha captado a la perfección el tono en la voz de su jefa y les deja solos.

Salvo que no me lo creo. Todo este numerito del café estaba preparado, piensa Jon. *Pero ¿por qué?*

—Quiero que sepan —dice Laura Trueba, cuando la puerta se cierra tras la secretaria y se quedan los tres solos— que me he visto obligada a esta reunión. En estos momentos me gustaría estar sola.

—Nos hacemos cargo, señora Trueba. Sabemos que está pasando por un momento terrible. Pero supongo que también querrá que se haga justicia para su hijo.

—No veo de qué va a servir eso ahora —responde ella, cortante—. Sé que es su trabajo y su obligación. Pero también sabrán que sus jefes y yo hemos llegado a ciertos... acuerdos.

—Por el bien del banco, cualquier cosa —dice Antonia—. ¿Verdad?

Jon, sentado al lado de Antonia, no puede darle la preceptiva patada por debajo de la mesa. Pero ahora mismo le gustaría. A Laura Trueba parece que también. Ha aguantado el puyazo muy envarada, pero su cara lo ha registrado.

—¿Es usted madre, señora Scott?

Antonia se toma su tiempo en responder.

—Sí. Sí que lo soy.

—Entonces usted podrá valorar mejor que nadie el sacrificio que tengo que hacer. Todo esto —dice, señalando a su alrededor— y esto de aquí —continúa, dando un golpe de tacón en el suelo. Resuena sobre el parquet como un disparo—. Todo esto, tan sólido aparentemente, no es nada. Quítennos todas nuestras oficinas mañana, demuelan nuestras sedes. El banco seguiría intacto. Porque el banco, señores, es una idea.

—Una idea que proteger a toda costa —insiste Antonia.

—No espero que me entiendan, ni mucho menos que no me juzguen. Ustedes ya lo han hecho en cuanto han entrado en el despacho. Están juzgando a una madre, pero una mujer en mi posición es muchas cosas. Al niño ya lo he perdido. Ahora la presidenta del banco se encarga de evitar más daños.

—No es usted la única que ha perdido a su hijo, señora Trueba. Carla Ortiz desapareció hace dos noches —dice Jon.

La noticia cae en Laura Trueba como una piedra en el centro de un lago. Se expande por su rostro y termina en su mano izquierda, que tiembla un instante, de forma visible, mientras se la lleva a la boca para ahogar una exclamación.

—No puede ser.

—Me temo que sí.

—¿La misma... persona?

—Eso es lo que necesitamos que nos ayude a averiguar. Sabemos que usted intenta evitar el escándalo por encima de todo, pero ahora hay otra vida en juego. Una que estamos a tiempo de salvar.

Laura Trueba se levanta, y se aparta de ellos, dirigiéndose a la ventana. Cristal de suelo a techo, doce metros de lado a lado, tiene dónde escoger. Se queda allí parada durante largos minutos, con los brazos cruzados. Las vistas, increíbles, conducen de tejado en tejado hasta insinuar, en la lejanía, el Palacio Real y el parque del Oeste. Pero la banquera está perdida en su propio paisaje interior, mucho más cerrado. Sembrado de espinas y recovecos.

Cuando vuelve a su lado, tiene los ojos enrojecidos, pero secos. Querer llorar y poder hacerlo son cosas distintas.

—Lo que voy a contarles es estrictamente confidencial. No podrán repetirlo, ni emplearlo de forma pública. ¿Está claro?

—Sí, señora —dice Jon.

Trueba se vuelve a Antonia. Ésta asiente, despacio.

—No sé si lo sabe, pero nosotros ni siquiera existimos.

—Si incumplen este trato, lo lamentarán —avisa Trueba, con una voz tan fría que se podría patinar encima.

A Jon no le cabe la menor duda de que tener a esa mujer como enemiga es la peor idea posible.

—El niño desapareció por la tarde. Nosotros no lo sabíamos, nos enteramos por la llamada de teléfono que hizo el secuestrador. Otra persona atendió el teléfono. Cuando yo me puse, el... ese hombre se identificó como Ezequiel.

Jon y Antonia se incorporan en el asiento al mismo tiempo. Se miran. Laura Trueba cierra los ojos y aprieta los labios. Ha descifrado el significado de esa mirada.

—Me dijo que tenía al niño y después me hizo una exigencia imposible.

El inspector Gutiérrez reprime la tentación de volver a mirar a Antonia. Ambos tienen la pregunta en la punta de la lengua y están esperando a que el otro la haga. Finalmente es Jon el que da el paso.

—Con todo el respeto, señora, pero ¿qué le pidió que usted no le pudiera dar?

Laura Trueba, la mujer más poderosa de España, presidenta del banco más grande de Europa, respira hondo, aparta la vista y permanece en silencio. Un silencio que rezuma tanta culpa que es casi visible.

—Necesitamos conocer las motivaciones del asesino, señora.

—Pregúntenle a Ramón Ortiz, entonces. ¿Les ha dicho acaso él lo que le ha pedido Ezequiel?

Ahora son Antonia y Jon los que que se callan.

—Eso suponía.

Jon oye varios sentimientos llamando a la puerta: confusión, rabia, tristeza. La cierra con llave, doble vuelta, y se la echa al bolsillo. Debe continuar. Encontrar cualquier indicio, por pequeño que sea.

—Debe haber algo más que nos pueda contar.

—Poca cosa. Después de hacer su exigencia imposible, me dijo que tenía cinco días para cumplirla. Luego añadió: los hijos no deben pagar los pecados de los padres. Y colgó.

—¿Y después? ¿No volvió a ponerse en contacto con ustedes?

La mujer mira al suelo.

—Lo siguiente que supimos fue que se había encontrado el cadáver.

Jon y Antonia intercambian una mirada. No son buenas noticias. El contacto entre el secuestrador y la familia de la víctima es esencial. Ese hilo invisible es una de las mejores armas de la policía para dar con los malos.

—Durante ese tiempo, ¿nada?

Trueba se ríe. Una carcajada seca, amarga, indigna de tal nombre.

—Noches en vela, mirando el reloj, mirando el teléfono. Angustia absoluta, culpa y dolor. Que no cesan ni van a cesar nunca. Llámelo nada. Yo lo llamaré infierno, si le parece bien.

—Lo lamento mucho.

—Hay decisiones que no se pueden tomar. Elecciones que nadie debería verse obligado a hacer. Ahora váyanse, por favor.

Jon se pone en pie. Antonia no. Jon le roza suavemente el hombro, y ella por fin reacciona. Laura Trueba sigue en la silla, inmóvil, con la mirada perdida, cuando sus visitantes se encaminan hacia la puerta.

—Inspector —llama.

—Señora.

—¿Va usted armado?

—Sí, señora.

—Si le mete una bala en la cabeza a ese hijo de la gran puta, ni a usted ni a nadie de su familia les faltará nunca de nada.

Espera a que se hayan ido para permitirse llorar.

No lo consigue.

Parra

El capitán Parra está agotado.

El operativo en la escena del crimen del Centro Hípico fue extenuante. Han llegado, además, peticiones de entrevistas de varios medios de comunicación. Periodistas que reconocieron al heroico líder de la Unidad de Secuestros y Extorsiones de la Policía Nacional en las fotos que algunas personalidades del mundo del famoseo y de la equitación subieron a su Instagram y a su Twitter, y quieren saber qué se cuece.

Parra, por supuesto, no ha contestado. Debe dar la apariencia de hombre ocupado, de que su atención está centrada como un láser de alta potencia en el caso. Y lo está, pero, como la mujer del César, no sólo hay que ser bueno, hay que *parecerlo*.

Para cuando llegue el momento de que se enteren de lo que pasa. De la forma adecuada, piensa. Se precia de ser un estratega, un maestro titiritero.

El capitán no ha dormido casi nada. Llegó tarde a casa, se

acostó al lado de una esposa que apenas se movió. Son ya diez años de matrimonio, acostándose a las mil, y su cuerpo ya no hace ondas en el colchón. Se ha levantado antes de que nadie de su familia abriese el ojo, ha comprobado que los niños duermen en paz —bendito silencio de la madrugada—. El alba le encuentra en su despacho de la segunda planta de la Jefatura Superior de Policía. Un lugar color salmón triste.

Hace inventario. No son muchos pero hay indicios.

Tengo las vallas de obra, piensa.

Tan pronto como la empresa murciana que las ha fabricado abra al público dentro de unos minutos les pedirán el nombre del cliente que las compró. Parra ya ha llamado personalmente varias veces, pero no hay nadie aún.

Tengo la fotografía del sospechoso a la fuga que captaron el marica y la idiota de la Interpol.

En la que no se ve absolutamente nada, más que un hombre que podría ser cualquiera y tener cualquier edad. Y que no pueden hacer pública, por las especiales circunstancias del caso.

Tengo la autopsia del chófer.

Que le ha dejado sin su principal sospechoso, y cuyo informe preliminar lo único que indica es que el asesino es diestro y que el arma homicida es un cuchillo de unos doce centímetros de hoja, extremadamente afilado.

No tengo una mierda, piensa Parra.

Pero el secuestrador de Carla Ortiz volverá a llamar.

Esa mujer vale un pastón.

De hecho, se pregunta cuánto. El rescate más caro de la historia de España es el de Revilla, mil millones de pesetas, unos catorce millones de euros de hoy. Ni se acerca al rescate más alto de la historia moderna, los sesenta millones de dólares que pagó el padre de Jorge y Juan Born por su liberación en 1974.

Parra muerde el capuchón del boli —ha dejado de fumar hace poco, vicio caro— y se estira hacia atrás en la silla, mientras recuerda los detalles de aquel secuestro. Un grupo terrorista, los montoneros, cortaron la calle principal de Buenos Aires, la avenida Libertador, haciéndose pasar por obreros que reparaban una tubería de gas. Cuando pasó el coche de los Born, los terroristas lo acribillaron a balazos y se llevaron a los dos hermanos. El padre —la primera fortuna del país, comerciante de grano— se negó a pagar durante nueve meses, hasta que Jorge Born le convenció de que abriera las arcas. Nunca se recuperaron.

Aquellos sesenta millones de dólares serían hoy doscientos cincuenta millones de euros. Pero el padre de Carla Ortiz puede pagar eso y más. Puede pagar mil millones, dos mil millones. Lo que le pidan. *Será el rapto más sonado de la historia*, piensa Parra. Y será largo, porque los secuestradores pedirán mucho, y el padre puede pagarlo, pero hace falta tiempo para reunir todo ese dinero en efectivo.

Volverán a llamar. Y entonces les cogeremos.

Tengo los teléfonos de Ortiz pinchados. Sus comunicaciones están intervenidas. Antes o después...

Satisfecho, Parra cierra los ojos. Sólo tiene que esperar a que llamen. Porque al final, todos llaman.

¿Quién desaprovecharía la oportunidad de trincar tanta pasta?

19

Una valla

Ninguno de los dos dice nada.

Cuando llegan al coche, Antonia se limita a programar una dirección en el GPS y luego mira por la ventana. Jon sabe que ella está a punto de echarse a llorar, porque él mismo lo está.

No pregunta dónde van. Se limita a conducir.

Están cerca. Ocho minutos más tarde, llegan a la puerta de un colegio. En la entrada, una bandera británica.

Antonia baja del coche. Luego golpea en la ventanilla.

—¿Vienes?

La puerta está cerrada, pero tan pronto se acercan, un zumbido les facilita la entrada. En recepción, una persona saluda a Antonia. La sonrisa es cauta.

—Están en el patio —le dice, en inglés—. Acaban de salir.

—Gracias, Megan —responde Antonia, en el mismo idioma—. Iré donde siempre.

Antonia guía a Jon por los pasillos hasta el segundo piso. Un ventanal se abre sobre el patio. Antonia abre ambas hojas y se acoda sobre el alféizar. A su lado hay un hueco que Jon no sabe si llenar. Al final decide aproximarse. Piensa, y con razón, que de lo contrario no le habría invitado a acompañarla.

Hay más o menos un millón de monstruos con jersey verde, polo blanco y pantalones grises.

—Es aquel de allí —dice ella, señalando a uno de los pequeños, que lleva una pelota en la mano. Debe de tener cuatro años. Pelo negro, sonrisa de diez mil vatios. Inconfundible.

—¿Cómo se llama?

—Jorge. Jorge Losada Scott —recita, orgullosa.

—Se parece a ti.

—Se parece más a su padre.

—La sonrisa es tuya.

—Eso dice mi abuela.

—Las abuelas suelen ser sabias.

—La mía lo es. Ojalá la conocieras. Le gustarías.

—Yo le gusto a todas las abuelas, bonita. La cuestión es si ella me gustaría a mí.

Antonia lo piensa un momento.

—Creo que sí. Ama la vida con pasión, y es muy cabezota. Como tú. Y a los dos os gustan el vino y la lana inglesa. Creo que os llevaríais muy bien.

La siguiente pregunta es tan jodida que no hay manera de hacerla bien. Jon lo hace lo mejor que puede.

—Jorge no vive contigo, ¿no?

Los siguientes minutos van calzados con botas de metal. Jon no sabe si la ha ofendido, justo ahora que estaba empezando a abrirse. Sabe el privilegio que supone para él que alguien tan reservado como Antonia le haya mostrado a su hijo, aunque sea en la distancia. Siente ganas de abofetearse por su propia estupidez. Y luego ella responde.

—Cuando pasó lo de Marcos, Jorge tenía un año. Yo... no reaccioné bien. Sufrí un trastorno de ansiedad. Dejé el proyecto Reina Roja. No me apartaba de la cama de Marcos.

Una de las maestras toca la campana, el recreo se acaba. Los niños corren a ponerse en fila, cada uno a la suya. En el suelo hay rayas pintadas encabezadas por animales. Jorge se coloca sobre la que tiene dibujado un león.

—Mi abuela y mi padre intentaron hacerme reaccionar, pero yo me cerré en banda.

Los niños comienzan a desaparecer en el interior de la escuela. Fila a fila, el edificio los va absorbiendo. La de Jorge es la penúltima en ser tragada por las puertas de color rosa.

—Mi padre me quitó la custodia del niño. Yo ni siquiera me defendí. Creo que entonces me pareció un alivio. Sólo quería revolcarme en mi dolor y en mi sentimiento de culpa. Aún hoy, tres años después, me parece más fácil eso que cualquier otra cosa.

Antonia se queda mirando el patio vacío. Como todos los patios de colegio, tan pronto se marchan los niños se convierte en un lugar gris y deprimente.

—No puedo estar con él más que una vez al mes, y nunca a solas. Mi padre exige que me someta a tratamiento psicológico antes de confiar en mí. No le culpo. Por suerte en el colegio me dejan venir a verle jugar desde esta habitación, a condición de que mi padre no se entere.

—Pues sí que le tienen miedo. ¿Qué iba a hacer?

—Pues para empezar, quitarles la licencia.

Jon suelta una carcajada.

—¿Qué es, el ministro de Educación?

—Peor. Es el embajador del Reino Unido en Madrid. Y esto es un colegio británico...

—Joder. Bueno, al menos puedes verle.

—Durante un tiempo, eso fue suficiente.

—¿Qué es lo que ha cambiado? —pregunta Jon, aunque en realidad se refiere a:

Qué es lo que ha cambiado para que me cuentes esto.

Qué es lo que ha cambiado para que me traigas aquí.

Qué es lo que ha cambiado para que de pronto parezcas humana.

Antonia sacude la cabeza. Este lugar es sagrado.

—Aquí no quiero hablar de eso.

20

Una tortilla

A Jon Gutiérrez le gusta cocinar.

Los dos estaban muertos de hambre, y Antonia sugirió ir a un restaurante para un almuerzo temprano. Jon dijo que a esas horas dónde se iba a poder comer bien, que esto es Madrid; Antonia, que a ver qué te crees; Jon, que no tienes ni idea de cocinar; Antonia que, aquí se come mejor que en ningún sitio; Jon, que tú qué sabrás si a ti te sabe todo a cartón. Y acabaron en casa de Antonia tras un no hay huevos. Una parada previa en el súper de abajo: Una malla de patatas, una cebolla, una botella de aceite de oliva, media docena de huevos camperos (que no había).

Así que Jon se quita la chaqueta, se arremanga, se lava las manos. Pela las patatas y las corta en láminas muy finitas, chascándolas un poco. Pone el aceite a calentar, mucho, vigilando que no esté demasiado caliente. Echa las patatas, veinte minutos. Mientras, pica la cebolla y la pocha en sartén aparte hasta que está cristalina. Saca las patatas. Las escurre. Las deja reposar hasta que han enfriado un poco. Luego pone el aceite caliente como los pozos del infierno, y echa las patatas. La doble fritura es la clave. A partir de ahí, cuesta abajo. Bate los huevos, homogéneos pero sin pasarse. Saca las patatas, están crujientes y un punto tostadas. Las escurre, las seca un poco con papel de cocina. Las deja atemperar para que no cuajen el huevo al entrar en contacto con él. Las mezcla con el huevo, apretando un poco para que se empapen. Las echa en la sartén. Cuando los bordes están cuajados, le da la vuelta con un plato. Momento crítico. Sale bien. La sirve.

Antonia corta la tortilla, que se derrama un poco, oro líquido. La prueba.

—Me sabe a cartón —dice, con la boca llena.

—Me cago en tu padre, Scott.

Resulta que es la mejor tortilla de patatas que Antonia ha probado en su vida, claro. Aunque ella no lo sabe, por lo de su anosmia. Pero Jon sabe por los dos, por eso se come tres cuartas partes, mojando pan. De pie, en la cocina y pinchando por turnos en el plato, porque no hay otro sitio. Luego un par de cápsulas en la Nespresso.

Acaban sentados en el salón, en el suelo. Por el ventanuco se cuela la primera luz de la tarde. Un millón de motas de polvo bailan en el rayo que ha quedado entre los dos.

—Tienes una casa de lo más acogedora —dice Jon, señalando las paredes desnudas, la ausencia de muebles.

—Cuando pasó lo de Marcos, me deshice de todo —explica Antonia, con voz débil—. Nada que no fuera imprescindible.

Parece más frágil y vulnerable que de costumbre.

—Estabais muy unidos.

—Estamos. Marcos es especial. Es escultor, ¿sabes? Es dulce, es cariñoso...

—¿Cómo os conocisteis?

—En la universidad. Yo acababa Filología. Él Bellas Artes. Nos encontramos en un cumpleaños de una amiga. Nos pusimos a hablar y ya no dejamos de hacerlo. Me vine a vivir con él una semana después.

—Me habías dicho que el edificio era suyo, ¿no?

—Una herencia familiar. Le permitía centrarse en su carrera como escultor. Había conseguido ya un par de exposiciones en galerías de arte. Estaba empezando a despegar cuando pasó...

No termina. Jon señala alrededor.

—¿Por qué la redecoración?

Antonia se encoge de hombros.

—Mi cerebro... no es normal. Puedo hacer cosas que los demás no pueden.

—De eso ya me había dado cuenta —dice Jon, dándole un sorbo al café—. ¿Como por ejemplo?

—Puedo decirte qué día de la semana naciste...

—Catorce de abril de 1974.

—Domingo. Si leo algo, no lo olvido nunca.

—A ver —desafía Jon, sacándose un paquete de chicles del bolsillo y arrojándoselos en el regazo.

Ella lo mira, enarcando una ceja.

—No soy un mono de feria.

—Venga, dame el gusto. Total, estamos solos.

Antonia le da la vuelta al paquete, lee los ingredientes, se lo lanza de vuelta. Recita de memoria:

— Edulcorantes (sorbitol, isomalt, jarabe de maltitol, maltitol, aspartamo, acesulfamo K), goma base, agente de carga (E170), aromas, humectante (E422), espesante (E414), emulgentes (E472a, lecitina de girasol), colorantes (E171, E133), agente de recubrimiento (E903), antioxidante (E321).

—Gu-a-u. Haces una gira por Soria y te forras.

—Ah, y no te olvides que un consumo excesivo puede producir efectos laxantes.

—Qué más quisiera.

—Comes demasiada carne roja.

—Como si hubiera otra. Pero no entiendo qué tiene que ver tu memoria con que no tengas muebles.

—A la mayoría de las personas todo se les acaba olvidando, o el tiempo matiza sus emociones. Mi memoria es casi perfecta. Si un recuerdo me afecta, puede hacerme mucho daño. Por eso no tengo nada que me recuerde a Marcos.

—Excepto Marcos —dice Jon, como quien no quiere la cosa.

—Paso todas las noches en su habitación. Eso las hace un poco más llevaderas. Pero durante el día intento alejarme. Vengo aquí, trabajo en... un proyecto personal. Y aguanto como puedo.

—¿Siempre ha sido así? ¿Lo de tus recuerdos?

—No —dice Antonia, tras una pausa—. Siempre, no.

En esa pausa de tres segundos hay océanos de tiempo. Repletos de tifones y oleaje, de remolinos profundos y agitados.

—¿Qué te hicieron, niña?

Antonia suspira. *Niña*. No le dice que así la llama la abuela Scott. No le dice cuántas veces ella le ha hecho la misma pregunta que Jon acaba de hacer. Aparta la mirada.

—No puedo contártelo.

Lo que hicieron primero

La sala es negra y está llena de luz. Paredes y techo están alfombradas de material aislante, tan grueso que no deja pasar el sonido. Cuando Mentor habla por los altavoces, su voz parece venir de todas partes al mismo tiempo.

Antonia está sentada en el centro, en la posición del loto, vestida sólo con camiseta blanca y pantalones negros. Está descalza. El aire de la habitación es frío, aunque eso puede cambiar en cualquier momento. Mentor controla la temperatura a su antojo, para poner las cosas más complicadas.

—1997. Un serbio llamado Dejan Milkiavich secuestra un avión con destino a Barcelona. Exige a las autoridades una mochila con un millón de dólares para liberar a los ciento catorce pasajeros, y dos paracaídas. El avión aterriza y el hombre deja libres a todos los pasajeros. Después ordena al piloto que despegue y ponga rumbo al desierto de los Monegros. Cuando sobrevuelan el desierto, el hombre salta del avión con un solo paracaídas. ¿Por qué?

—Si hubiera pedido uno solo las autoridades sabrían que era sólo para él y podrían habérselo dado dañado. Al pedir dos no podían jugársela a que el piloto muriese —dice Antonia, al momento.

—Fácil. Mira la pantalla.

Antonia mira el enorme monitor sentado frente a ella. La pantalla a oscuras deja paso a una instantánea con un grupo de personas desnudas, mirando de frente a la cámara.

—¿Dónde estás?

Los ojos de Antonia escanean la imagen a toda velocidad, y encuentran la discordancia enseguida.

—En el cielo.

—¿Por qué?

—Hay un hombre y una mujer sin ombligo.

—Demasiado fácil y demasiado lento.

Debajo del monitor hay un cronómetro con los números en rojo. Mide el tiempo con una precisión de milésimas de segundo. Ahora marca 02.437. Dos segundos y cuatrocientas treinta y siete milésimas.

—Cada noche me dices qué hacer y cada mañana hago lo que me has dicho, y sin embargo te enfadas conmigo.

Antonia está cansada, apenas ha dormido esta noche, Mentor exigía que hiciera ejercicios de memoria, casi seis horas seguidas recitando números primos. Duda.

—El despertador.

Los números se detienen en 01.055.

—Demasiado lento. No progresas lo suficientemente rápido.

—Sólo necesito respirar un poco.

Antonia siente los ojos pesados, la cabeza ligera. Mentor está jugando de nuevo con la cantidad de oxígeno de la habitación. Piensa en si ha llegado el momento de dejarlo, abandonar todo esto. Pasar más tiempo con Marcos. Aunque él es muy comprensivo con sus ausencias, sabe que ella quiere todo esto, necesita todo esto.

O eso cree. A veces, cuando se encuentra tan cansada, ni siquiera sabe por qué está aquí.

Mentor le habla cada día de alcanzar su pleno potencial.

—Puedes llegar más lejos. Puedes ir a un lugar donde nadie ha estado antes —le ha dicho—. ¿Quieres?

Antonia quiere.

—Hay un modo, pero dolerá. Dolerá mucho. Y serás distinta.

Antonia acepta, sin pensarlo demasiado. Firma unos papeles que le dan, se compromete a pasar unos meses lejos de su familia. Siente entusiasmo cuando lo hace. Intuye que va a poder cruzar una puerta que lleva a un lugar que, por primera vez, no es capaz de anticipar.

Han pasado días de eso.

Ahora ya no está segura.

Antonia siempre ha sido diferente. Desde que era niña.

En los últimos días, un pensamiento se abre paso en su cabeza, como una horrible gotera en el techo.

Quizás ser diferente no es lo que ella quiere. Quizás lo que desea, lo que desea de verdad, es ser menos diferente.

Menos diferente es más feliz.

—Mentor, yo... —comienza a decir.

No tiene tiempo de continuar. No tiene tiempo de arrepentirse. La puerta se abre, y entran tres personas con monos azules. Antonia se gira, alarmada, pero no tiene tiempo de protestar. Uno de ellos le inmoviliza los hombros rodeándole con los brazos y la derriba, el otro le sujeta la cabeza contra el suelo.

La tercera es una mujer y lleva una jeringuilla en la mano.

Cuando entra en el campo de visión de Antonia, ésta contiene un hipido de terror. Tiene un miedo cerval a las agujas. Le aterroriza el dolor en todas sus formas, pero las agujas están en lo más alto de su particular medallero olímpico del terror.

Tripanofobia, se llama. No es que importe.

Las increíbles capacidades de la mente de Antonia se disuelven ante la perspectiva del dolor.

La piel es el órgano más grande del cuerpo, aunque no pensemos en ella muy a menudo como tal, sino como una simple funda que protege a los órganos importantes. Son dos metros cuadrados cuajados de terminaciones nerviosas. Cien millones, receptor sensitivo arriba, receptor sensitivo abajo.

Si se ponen a gritar todos a la vez, estimulados por el estrés de la situación, pueden hacer mucho, mucho ruido.

En la cabina de observación —ya no están en la Universidad Complutense, sino en un lugar mucho más pequeño y secreto—, Mentor conversa con un octogenario pequeño, tembloroso, calvo y medio ciego, vestido con una chaqueta de cuadros escoceses. El viejo no tiene muy buen aspecto. Tiene, más bien, un pie en la tumba y otro en una piel de plátano.

Tampoco nos quedemos con su edad. Quizás sea el genio neuroquímico más grande de su generación. Su nombre sonaría entre los candidatos al Nobel si no estuviera un tanto desequilibrado.

—No crea que acabo de sentirme cómodo con esto, doctor Nuno.

El médico apoya en el cristal una mano sembrada de venas varicosas que parece una tormenta de rayos púrpura. Tamborilea con los dedos —sus uñas, largas y duras, producen un repiqueteo desagradable— y observa cómo la mujer introduce la jeringuilla en el brazo de Antonia.

—Ella ha firmado los papeles, ¿no? Además, tiene que ser así. El miedo y la ansiedad del sujeto disparan la producción de norepinefrina en la médula suprarrenal. Eso ayudará a que el compuesto sea más efectivo.

A través del interfono se oyen los gritos de Antonia, y Mentor lo desconecta.

—Por supuesto, estamos matando moscas a cañonazos. Una sola gota del compuesto inyectada directamente en el hipotálamo sería suficiente. Pero dado que el sujeto tendría que estar despierto y que el más leve error en la introducción de la aguja lo mataría, no lo contemplamos como opción. Sobre todo con un sujeto tan poco colaborativo.

Frente a ellos, Antonia se sigue retorciendo, sacudiendo las piernas, intentando liberarse. La mujer ha concluido con la primera jeringuilla, y saca una segunda.

El pataleo se intensifica.

—¿Está completamente convencido de que el procedimiento es seguro? —dice Mentor, apartando la mirada.

Se diría que después de haber realizado esta intervención en una docena de países y de haber dado un centenar de explicaciones, Nuno estaría harto. Muy al contrario, toma aire y lo suelta de carrerilla.

—El compuesto de mi invención es la culminación de una vida dedicada a la neuroquímica.

He aquí a un hombre enamorado de su propia voz, piensa Mentor, que enseguida reconoce —y detesta— a los de su misma especie.

—No volverá más inteligente al sujeto —continúa el doctor Nuno—. Nada puede hacer eso. Pero puede modificar ligeramente el comportamiento del hipotálamo, de forma que éste genere una mayor cantidad de histamina. De forma, digamos, permanente.

—Y, ¿para que yo lo entienda?

Mentor ya sabe lo que hace el compuesto del doctor Nuno, porque ha leído el informe de casi trescientas páginas, pero lo único que desea es que el viejo siga hablando para que lo distraiga de lo que está a su espalda.

—La histamina adicional le permite al sujeto estar en un estado de alerta permanente. Sus capacidades cognitivas se ven potenciadas. Su atención, su percepción, su capacidad de resolución de problemas y su memoria estarán siempre al máximo. Simple y llanamente.

—Simple y llanamente —repite Mentor, sombrío.

Se da la vuelta. En la habitación, la mujer ha concluido

con las agujas. Los dos hombres sueltan a Antonia y se retiran. Antonia no es consciente de lo que está ocurriendo. De hecho apenas recordará el abuso que se ha cometido con su cuerpo y su libertad. Quizás en el futuro lleguen retazos, imágenes. Por ahora, se limita a permanecer en el suelo, con los brazos encogidos, la mirada perdida y una pierna sacudiéndose lenta y espasmódicamente.

—Pero teniendo en cuenta la particular inteligencia del sujeto y la enorme cantidad de norepinefrina que parece que ha producido ante tal estrés, los resultados podrían verse modificados —dice el médico, tamborileando nuevamente sobre el cristal con las uñas—. Serán sin duda... interesantes.

—¿Ya hemos concluido? —pregunta Mentor, ansioso por volver a casa.

Nuno se ajusta las gafas sobre el puente de la nariz y esboza una sonrisa llena de ausencias. De su maletín extrae un sobre de papel manila que le tiende a Mentor.

—Yo, sí. Usted, querido señor, acaba de empezar.

Mentor abre el sobre. En su interior hay una carpeta de anillas. A medida que hojea la información contenida ahí, su rostro va perdiendo color.

—Esto... ¿es necesario?

El doctor Nuno vuelve a sonreír.

Mentor desearía que dejara de hacerlo.

—Si quiere tener éxito, es el único camino.

21

Una respuesta clara

Jon mira a Antonia fijamente.

—¿No puedes contármelo o no quieres contármelo?

Antonia aparta la vista.

No va a hablarle de los retazos de memoria.

De las imágenes que aún vienen al anochecer.

—No puedo. Y no quiero.

Lo que hicieron después

La sala de pruebas ha cambiado.

Ahora es más grande. La silla está anclada al suelo con tornillos de doce centímetros. Del techo cuelgan cintas de nailon negro. La más ancha está destinada a la cintura. Las otras cuatro, a las muñecas y los tobillos. Cada una de estas tiene incorporado un electrodo en el extremo, al final de los velcros de sujeción. Ese electrodo puede soltar descargas de treinta voltios.

Hoy toca cintas.

A Antonia no le importan los electrodos. Tampoco es que recuerde gran cosa de las sesiones de entrenamiento. Cuando comienzan, se sienta a la mesa. Hay un vaso de agua y dos cápsulas frente a ella. La roja la toma al principio, junto con la mitad del contenido del vaso. La azul la toma al concluir. Es la que se lleva los recuerdos.

El recuerdo, por ejemplo, de que un minuto después de tomar la cápsula, dos hombres vestidos con monos azules la cuelgan de las cintas, cabeza abajo.

La voz de Mentor resuena por los altavoces.

—¿Cómo era tu rostro antes de nacer?

Antonia respira hondo y cierra los ojos. Intenta limpiar su mente de ruido, acallar los monos que saltan de un lado a otro. Poco a poco, a medida que la droga va a haciendo efecto, obtiene algo parecido al silencio.

En esa creciente oscuridad, se concentra en el *koan*. La pregunta irresoluble que los maestros zen hacían a sus discípulos hace siglos, y que Mentor le hace ahora antes de cada sesión.

Y en el silencio encuentra cómo era su rostro antes de nacer.

Abre los ojos.

La sesión comienza.

Una imagen aparece frente a ella en la pantalla. Seis sujetos en fila, mirando hacia la cámara. La imagen permanece menos de un segundo en el monitor.

—¿Quién llevaba el pañuelo al cuello?

—El número tres.

—¿Quién era la mujer más alta?

—La número seis.

—¿De qué color era el pañuelo del número dos?

—Rojo. —Cae en la trampa Antonia, antes de comprender que el número dos no llevaba pañuelo. La descarga le atenaza manos y pies y le transforma el diafragma en una pandereta.

Las cintas ascienden hasta que la espalda y los talones de Antonia casi rozan el techo.

Una nueva imagen aparece en la pantalla. Esta vez son números. Seis líneas de once cifras cada una.

El cronómetro se activa bajo la pantalla, al tiempo que los números desaparecen. Antonia comienza a repetirlos, lo más deprisa que puede.

El cronómetro se para.

06.157.

—Ni un solo fallo. Bien.

Las cintas descienden veinte centímetros.

Las normas son claras. Una respuesta correcta, veinte centímetros. Si tocas el suelo, el entrenamiento termina. Si fallas, si no contestas suficientemente deprisa, recibes una descarga y asciendes hasta el techo, perdiendo todo el progreso.

—Cuantos más das, más dejas atrás.

Pasos.

Antonia sonríe. El sudor que le cae de la frente nubla sus ojos.

Ya sólo quedan dos metros y medio hasta el suelo.

No es una sonrisa feliz.

22

Un profeta

Jon siente una pena enorme, quiere ofrecer consuelo por las noches eternas, por el frío y la soledad y el dolor que percibe dentro de ella. Quiere adelantar la mano, quiere abrazarla. No hace nada, porque siente que, de alguna forma, sería peor.

—Vamos a trabajar —zanja Antonia.

—Una cosa más. Antes me dijiste que algo había cambiado. Que ya no es suficiente con ver a tu hijo una vez al mes, y desde un balcón. ¿Por qué?

—Laura Trueba.

Jon lo comprende. La escrupulosa, aséptica declaración de la presidenta del banco, había sido un mazazo para los dos. No le extraña en absoluto que Antonia quisiera ir cuanto antes a ver a su hijo.

—Una zorra fría y sin corazón.

—No lo sé. Quizás. Sé que no entiendo lo que ha hecho.

No sé qué es lo que le pidió Ezequiel que haya sido incapaz de entregarle. Pero es importante que intentemos acercarnos.

El inspector Gutiérrez se queda pensativo un momento.

—Esa frase que dijo... los hijos no deben pagar los pecados de los padres. Búscala en tu iPad. Es de la Biblia.

Antonia teclea un momento y le muestra el resultado.

El que peque merece la muerte. Ningún hijo pagará por el pecado de su padre, ni tampoco ningún padre pagará por el pecado de su hijo. ¿Acaso me es placentero que el malvado muera? Quiero que se aparte de su maldad y que viva.

—Ezequiel, capítulo dieciocho —dice Antonia—. Tenías razón.

—Como diría el Capitán Musculitos, «vamos a presuponer que Ezequiel es un seudónimo». Nuestro asesino ha tomado el nombre de un profeta.

Antonia se pone en pie y se apoya en la pared.

—A ver, catequista, para que lo entienda una atea. ¿Quién era este señor con barba? Porque supongo que tenía barba.

—Todos tenían barba, bonita. Ezequiel era un sacerdote judío en la época en la que los judíos estaban cautivos en Babilonia. El pueblo era preso de un poder opresor y tiránico. Y Jeremías habló de la justicia en tiempos difíciles. Que cada uno pague sus propias culpas, es lo que significa.

—No soy teóloga, pero creo que nuestro hombre lo está entendiendo al revés.

—Tenemos un hijo secuestrado, una petición imposible, y

la frase «que los hijos no paguen los pecados de los padres».

—Me pregunto qué clase de pecados puede haber cometido la presidenta de un banco —dice Antonia.

—Pues no se me ocurre ninguno.

Antonia le mira con extrañeza.

—Estaba utilizando el sarcasmo.

—Se te da igual de bien que la teología —dice Jon, conteniendo las ganas de reír.

—Entonces el secuestro está motivado por un chantaje —continúa Antonia—. Ezequiel secuestró a Álvaro Trueba, le dijo a su madre que para liberarlo tenía que hacer algo. Ella se negó. No hubo más negociaciones, ni presión, ni llamadas.

—Y ahora le ha pedido algo parecido a Ramón Ortiz. Algo que no apela a su condición de padre, sino de empresario.

—Y que Ortiz se ha negado a revelarnos. ¿Por qué?

—Quizás para que no le juzguemos.

—Ya has visto lo que le ha importado nuestro juicio a Laura Trueba. No. Si no hay un sitio de entrega, si no va a haber llamadas... ¿cómo va a recibir el *pago* del rescate?

—Tiene que ser algo que él sepa que Ortiz ha hecho. Una declaración pública.

Es lo único que cuadra, piensa Jon.

—Por eso Ortiz ha insistido tanto en el secreto absoluto. Y también Trueba. Porque si esto saliese a la luz...

Jon se rasca el pelo.

—Antonia, tenías razón. La noche en la que estuvimos con Ortiz. Dijiste que su comportamiento no era normal.

Que tenía miedo, un miedo que no entendías, un miedo que no era por su hija. Ahora ya sabemos de qué tenía miedo.

Antonia asiente, despacio.

—Nos tenía miedo a nosotros.

Jon mira el reloj.

—A Carla Ortiz no le queda mucho.

—Cuarenta horas y media —responde Antonia.

Dos mil cuatrocientos treinta y seis minutos. Tiempo suficiente para que su corazón lata ciento setenta mil veces más antes de que Ezequiel lo haga detenerse, como castigo por los pecados de su padre.

—Pues pongámonos en marcha —dice Jon, poniéndose en pie.

No queda otra solución y los dos lo saben.

Sin pistas, con todos los caminos agotados, el único lugar del que pueden extraer alguna información es el único lugar al que les han prohibido ir.

23

Un padre

Hay dos guardaespaldas en el portal de Ramón Ortiz.

El multimillonario no había regresado a La Coruña, sino que había cancelado sus planes de trabajo y se había quedado en la capital, en su piso de la calle Serrano. No tenían la dirección, pero a Antonia le costó menos de dos minutos localizarla usando las fotos de los blogs y las revistas del corazón. La última planta de un edificio señorial, a menos de cincuenta metros de El Corte Inglés.

El inspector Gutiérrez deja el coche aparcado muy ilegalmente en la parada de taxis frente a la casa, sin darse cuenta de que una moto se sube a la acera un poco más atrás.

Jon espera un par de minutos y luego baja del Audi. Se dirige hacia un encuentro que pinta corto y desagradable. Jon supone que a los guardaespaldas les habrán avisado de que son personas *non gratas* cerca de Ortiz.

Supone bien. Los guardaespaldas se envaran cuando le ven acercarse, los dos a la vez. Dos muñecos de resorte con traje negro, corbata y cara de haber pisado algo nauseabundo. Sólo que ese algo no lo llevan pegado a los zapatos, sino que camina hacia ellos con una sonrisa deslumbrante.

—Hola, buenas tardes —dice el inspector Gutiérrez.

Antonia también ha hecho suposiciones. Ha supuesto que la cafetería —de franquicia famosa, horrendo nombre en francés, con lo bonito que es el castellano— que hay junto al portal tendría una puerta trasera. Así que se ha bajado un poco antes del coche y ha dado la vuelta a la manzana. Entra en la cafetería y cruza al otro lado de la barra sin pedir permiso. Pasa casi rozando a la camarera que atiende a los clientes cargados de bolsas de papel de tiendas muy caras. La camarera se gira hacia ella, le dice algo, pero Antonia no se para a escucharla ni a discutir, sino que sigue andando hasta cruzar la puerta batiente —con el preceptivo ojo de buey— y entra en la cocina.

Huele a almendras tostadas y a pan recién hecho, aunque el olor procede de los bollos que una máquina fabricó en un polígono y empleados mal pagados recalientan en horno vertical, repleto de bandejas. Dos jóvenes miran a Antonia con extrañeza, pero ella no se para. Cruza una segunda puerta batiente, y pasa junto al encargado, que está inclinado sobre su ordenador, estudiando una hoja de cálculo, tan concentrado que al principio no percibe la presencia de Antonia. Al otro lado del despacho hay un pasillo.

Antonia aún no ha empezado a recorrerlo cuando el empleado se levanta y grita.

Ella le ignora, porque cuenta con un elemento a su favor. Casi nadie reacciona de forma instintiva a una invasión como aquella de forma inmediata. Hace falta un período de reajuste, de reinterpretación de la realidad cotidiana para poder actuar acorde a lo que otra persona está haciendo que *se supone* que no debería estar haciendo.

—¿Oiga? ¡Oiga, señora!

Antonia enfila el pasillo con decisión. Hay varias puertas, y Antonia no tiene tiempo para abrirlas todas, así que traza en su cabeza un mapa mental —la posición de la calle, el primero giro en la barra de la cafetería, el segundo en la cocina— y el resultado le dice que elija la puerta del fondo. Cuando llega, se da cuenta de que ha elegido bien, es la única con cerrojo y resbalón. Trastea con el cerrojo, que va muy duro.

—No puede estar aquí. —Oye la voz del encargado a su espalda. Lo tiene casi encima.

—Llego tarde. Llego tarde —responde Antonia, sin darse la vuelta, en su mejor imitación del conejo blanco de *Alicia en el país de las maravillas*—. Llego tarde al dentista.

La puerta se abre, justo a tiempo, cuando las manos del encargado ya le rozan el hombro. Antonia se desliza entre el marco y la puerta entreabierta, sale al portal y pega un tirón para cerrarla a su espalda.

—Loca del coño. —Oye, al otro lado de la puerta, amortiguado, inocuo. Se prepara para correr por si el encargado decide perseguirla por el portal, pero parece que su imitación del conejo ha surtido efecto. El sonido del cerrojo cerrándose de nuevo a su espalda le indica que el encargado ha dado el problema por resuelto.

A Antonia le quedan problemas por delante. Desde el portal se asoma y ve a Jon discutiendo con los dos guardaespaldas. No puede oír nada, pero el inspector Gutiérrez gesticula como un vendedor de mercadillo. Mala señal, si las cosas se calientan mucho, Parra o alguno de sus lacayos no tardará en aparecer. Corrección. No si se calientan. Cuando se calienten.

Antonia estima que tiene entre diez y quince minutos en el mejor de los casos.

Complicación: el ascensor se pone en marcha. Uno de esos ascensores descubiertos de hace cien años. Tipo Stiegler, Camerín de caoba que desciende medio metro por segundo. Instalado por el propio Schneider, lo pone en la verja de hierro forjado, junto a la fecha, 1919.

Otra complicación: Los guardaespaldas de la puerta han abierto el portal. Uno de ellos empuja a Jon Gutiérrez al interior.

Aún no han visto a Antonia, pero lo harán pronto. Sus posibilidades se reducen.

Antonia elige subir andando, por si los guardaespaldas de la puerta han pedido refuerzos al que, inevitablemente, aguarda en la puerta de arriba. Su intuición se prueba correcta cuando se cruza con el camarín a la altura del segundo piso. El hombre de traje negro y corbata completa su atuendo con un cable en espiral que termina en la oreja. Antonia se clava contra la pared, intentando hacerse invisible, pero Jacobo Schneider, legendario instalador, tuvo el mal gusto de forrar el interior del ascensor de espejos. Por los cuatro costados.

Las miradas de Guardaespaldas número 3 y Antonia se

cruzan. Antonia echa a correr, escaleras arriba. Sus diez minutos de ventaja se han reducido considerablemente.

Llega al quinto piso sin resuello —Antonia no está en buena forma— y llama a la puerta. A veces sólo puedes esperar lo mejor.

El que abre es el propio Ramón Ortiz. En un día bueno, el octogenario aparenta setenta. Hoy no es uno de esos días. Tiene los ojos hundidos, la piel grisácea y apagada.

—¿Quién...? —Luego reconoce a Antonia.

Sostiene la puerta entreabierta como un escudo.

—No tengo mucho tiempo, señor Ortiz. Y su hija tampoco.

En las escaleras —todo mármol, frisos señoriales—, los pasos de Guardaespaldas número 3 resuenan cada vez más cerca.

—Se supone que no debo hablar con usted —dice Ortiz, dudando.

Si le cierra la puerta en las narices, que ahora es su opción favorita, el partido se habrá acabado. Antonia se la juega.

—Se supone que usted debería haberle dicho la verdad a la policía sobre lo que le pidió Ezequiel.

Ramón Ortiz se queda congelado. El único movimiento en su cuerpo es el de su piel, cambiando del gris ceniza a un blanco culpable.

—Por favor. Puede ser nuestra última oportunidad —suplica Antonia.

Seis segundos es lo que queda hasta que Guardaespaldas número 3 la alcance.

Para otras personas, seis segundos pueden ser una cantidad minúscula de tiempo.

No para Ramón Ortiz.

En seis segundos, Ramón Ortiz ve pasar ante sus ojos los resultados de ambas posibilidades: dejar entrar a Antonia, y admitir que mintió a la policía, convirtiéndose en culpable de obstrucción a la justicia, abriendo el camino para que toda la verdad salga a la luz; o mantenerla fuera, ateniéndose a su primera versión. En esos seis segundos el rostro de su hija Carla —de niña, dejando caer un helado en la alfombra persa; de adolescente, la primera vez que volvió a casa tarde, llorando porque su primer novio había roto con ella— aparece también.

Guardaespaldas número 3 alcanza a Antonia y la reduce. No le cuesta mucho ponerle el brazo a la espalda y retorcérselo. Antonia no opone resistencia —y aunque la opusiera, pesa treinta kilos menos que él—. Su mirada no se aparta de la de Ortiz en todo el proceso.

—Por favor —repite Antonia, con el cuello retorcido, para no interrumpir el contacto visual.

Con un solo gesto usted puede parar esta locura, dicen sus ojos. *Con una sola palabra, puede cambiar las cosas.*

El multimillonario aparta la mirada y cierra la puerta, despacio.

Ni Coppola la hubiera cerrado mejor.

Bruno

Así es como se hace buen periodismo, piensa Bruno Lejarreta. Nunca nadie se amó tanto ni tan intensamente como se ama Bruno ahora mismo.

Retrocedamos un poco.

La motocicleta que alquiló la tarde anterior le había salido por un ojo de la cara, 129 euros al día, pero resultó ser una inversión estupenda. Gris, discreta, con su baúl y todo. En cuanto se pone el casco, el periodista vasco se convierte en uno más de los miles de mensajeros que circulan por Madrid. Le hace invisible. Al menos al espejo retrovisor del inspector Gutiérrez, que no se ha dado cuenta de que lleva siguiéndole todo el día. Tan pronto como el muy bruto acabó precipitadamente de desayunar se había subido al coche, y ahí estaba Bruno esperando en la calle. El recorrido había sido de lo más interesante. Primero, a una casa particular en Lavapiés, un barrio que ahora los políticamente correctos llamarían multiétnico, y que Bruno apoda cariñosamente *gueto de moros*. Calles estrechas de sentido único en las que Bruno tuvo que esforzarse mucho para que no notasen que los seguía, *cagüen*. Ahí recogió a una moza que Bruno no vio bien, se metió muy rápido en el coche.

De ahí a la Castellana, a la sede de *ese* banco, no me jodas. Bruno tiró varias fotos desde el otro lado de la acera. Luego a un colegio, que ya ves tú. Bruno está más perdido que el alambre del pan Bimbo. De vuelta a la casa de Lavapiés, donde se pegan una buena tirada. Bruno no se atreve a picar nada en ningún bar, en parte por no perderlos, en parte por no pillar algo. Hace de tripas corazón y se compra una palmera en un chino, de esas que vienen envueltas de fábrica. En el pecado lleva la penitencia, el ardor de estómago ante aquel veneno industrial no tarda en aparecer.

Bruno Lejarreta, autodenominada leyenda del periodismo vasco, cuyo olfato le granjeó titulares para el recuerdo en los ochenta y los noventa, que ha hecho un viaje de cuatrocientos kilómetros hasta la capital y que se ha pulido lo que le quedaba en la visa en el alquiler de una moto por pura intuición...

Y por pura inquina, coño. Que todo hay que decirlo.

... está ahora mismo harto de la vigilancia, con el culo dolorido y el estómago del revés, ansiando que el inspector Gutiérrez haga *algo*.

O tomarse un Almax. Cualquiera de las dos opciones le vale.

Qué fracaso. Soy un viejo inútil.

Al final el inspector y su compañera acaban saliendo de

nuevo. Bruno quita el pie de cabra y da gas. Quince minutos después están en la calle Serrano, y entonces pasa *algo*. Pasa que la moza chiquitaja se apea del coche y echa a correr en una esquina. Y que Gutiérrez sigue unos metros, y aparca en zona prohibida. Parada de taxis frente a un portal señorial. Lo de aparcar mal lleva haciéndolo todo el día, tal y como Bruno ha documentado. El inspector Gutiérrez no tiene bula policial para eso, porque está suspendido de empleo y sueldo, pero a palo seco, para un artículo, pues no da.

Haz algo, Gutiérrez.

Ni que le hubiera oído. Gutiérrez se baja del coche y se dirige al portal, *cual muñeca de Famosa*, piensa Bruno, que es un antiguo.

En su día lo de ser guardaespaldas en Bilbao era un negocio en auge, no hay mal que por bien no venga, que los políticos de derechas bien mojeteaban en esa salsa. Así que Bruno ha visto unos cuantos, y los reconoce a la legua, a legua y media.

Los dos que hay frente al portal se ponen tensos, echan el alto, mano al pecho, no me toques, qué hace usted aquí. Gutiérrez mueve las manos como si estuviera dirigiendo la Filarmónica de Viena, lo cual queda estupendo en las fotos que sigue tirando Bruno desde la otra acera. Y los guardaespaldas le meten a empellones en el portal, no sin antes mucho toqueteo al pinganillo —pincha para hablar, suelta para escuchar— para pedir instrucciones o refuerzos.

Bruno se queda como estaba. Sigue sin tener nada. Pero se le ocurre, que por eso es una autodenominada leyenda del periodismo vasco, que podría ver quién vive en esa casa.

Echar una ojeada al buzón está descartado, pero hoy en día está todo en Internet. A Bruno Lejarreta, que ya tiene sesenta y tres, le lleva sus buenos quince minutos averiguar quién es el propietario del ático del edificio.

Hostias.

Empieza a ponerse nervioso, como todo periodista cuando intuye que puede tener un *scoop. Que se llama* scoop, *hombre, no exclusiva, ni primicia.* Scoop, piensa Bruno —ya hemos dicho que era un antiguo—. Pero cómo de grande, pues vete a saber.

Bruno espera a que salga el inspector.

Gutiérrez no sale, es otro el que llega. Se baja de un coche de la secreta, pero entre el chaleco antibalas y el aire de madero, lo de secreta vamos a dejarlo. Fuertote, cabeza rapada. Perillita. Bruno Lejarreta lo ha visto en algún sitio, está completamente seguro. Si tan sólo pudiera recordar...

De pronto su memoria hace *clic,* y todo encaja a la perfección. Como cuando tienes todas las piezas en el Tetris listas y cae la recta.

José Luis Parra, capitán de la Unidad de Secuestros y Extorsiones de la Policía Nacional. En el portal de Ramón Ortiz, el hombre más rico del mundo.

Ping, ping, ping, ping, el premio gordo.

Así es como se hace buen periodismo, piensa Bruno Lejarreta, sin dejar de hacer fotos. Nunca nadie se amó tanto ni tan intensamente como se ama Bruno ahora mismo.

Aguarda un par de minutos, esperando a que Parra o alguien emerja del portal, aunque no sale nadie.

Se baja de la moto, y va hacia el meollo. No tiene ningún plan, sólo quiere saber, necesita saber.

Entonces salen ellos. Todos a la vez. El inspector el primero, después la moza, Parra el último.

—Te has caído con todo el equipo, Gutiérrez —dice el capitán.

—Si pudieras sacarte un momento las orejas del culo y escucharme... Tienes que revisar el taxi. Al menos mira eso, ¿quieres?

—No tengo nada que escuchar. Te avisé que no te acercaras, te lo dije, ¿no? He sido compañero, incluso con un metepatas como tú.

—Muy compañero, sí —Gutiérrez se da la vuelta, le apunta con el dedo—. Con los de Asuntos Internos. Hay que ser cerdo y mala persona, Parra. Cerdo y mala persona.

—Disfruta de la suspensión permanente, *inspector*.

Gutiérrez se da la vuelta y le suelta una hostia, una hostia fina, de ganar la Champions. Con la mano abierta. Suena como un petardo dentro de una olla.

Parra ni la ve.

Bruno Lejarreta sí, y dentro de poco lo verá mucha más gente, porque lo está grabando todo con su móvil de alta definición desde detrás de una marquesina. Con publicidad de la competencia de Ortiz, qué ironía.

Ante semejante bofetón, otro hombre más débil se hubiera caído de culo. Otro hombre menos templado hubiera contestado a la agresión.

Parra —media cara roja como un carabinero a la plancha— se limita a encajar y sonreír, porque sabe que ha ganado.

Gutiérrez también lo sabe. Se marcha humillado.

Bruno duda de si seguirle, pero decide que no. Gutiérrez está acabado, aunque de rebote. Ahora es lo de menos. Porque él tiene un *scoop, el scoop* al alcance de la mano. La misma mano con la que saluda al inspector cuando pasa a su lado con el coche. Gutiérrez finge no verle.

El periodista le da a Parra un instante para serenarse —no quiere que el capitán le suelte a él la que no le ha dado al pronto ex inspector— y luego le aborda cuando ya se dirigía de vuelta a su coche, con el teléfono en la mano.

—Disculpe, capitán. Si es usted tan amable.

Parra se da la vuelta de golpe, tiene los ojos en llamas. Aún no se le ha pasado del todo la furia, y el periodista retrocede un paso. O dos. Levantando los brazos en actitud conciliadora.

—¿Quién coño es usted?

—Me llamo Bruno Lejarreta, capitán. Me parece que usted y yo tenemos mucho de qué hablar.

24

Un email

En su DNI pone Laura Martínez, pero no responde si la llamas así.

Desde que era una cría de diecisiete años no usa ese nombre, y de eso hace ya tres. Ahora es una mujer madura, una mujer con las ideas claras. Puede elegir cómo llamarse a sí misma, y así lo ha hecho.

Ladybug.

Se lo ha tatuado ella misma en el antebrazo derecho, con gran maestría. Necesitó un poco de ayuda de Espectro para sostener la plantilla, pero luego fue fácil. La mariquita cabalgando la filacteria en la que ha inscrito el nombre es uno de sus mejores trabajos, y está orgullosa de él. Una artista del tatuaje tiene que llevar en la piel el reclamo del negocio.

Hoy está cansada, lleva no uno, ni dos, sino tres TIB (Turistas Idiotas Borrachos) esta tarde en el estudio. Los tres vinieron juntos —la campana de la puerta de la entrada montó un escándalo— y querían un tatuaje en chino. Eligieron uno del muestrario.

—¿Qué significa?

—Libertad —dijo Ladybug, con el rostro perfectamente serio, y pidió el dinero por adelantado.

Los idiotas aullaron como perros maltratados cuando la aguja les tocó la piel, pero aguantaron gracias a esa mezcla estupenda que obtienes cuando empapas a un machito en alcohol delante de sus amigos. Los tres se marcharon con la palabra «alfombra mojada» tatuada en el hombro. El auténtico sinograma de «libertad» es mucho más feo, claro. Simple y esquemático, parece una cómoda y una ventana. Por eso no lo ha incluido en su muestrario.

Después de los TIB no viene nadie. Si descontamos a Espectro, que pasa a ver si hay suerte y logra meterse en sus bragas.

Ladybug se lo monta con él detrás del biombo durante un rato, por aburrimiento. Unos cuantos besos, y ahí va él, derecho a sus tetas. Le baja un poco la camiseta y juega con el pezón izquierdo por encima del sujetador. Se lo pone como una piedra, a juego con la erección que lleva él debajo de los vaqueros. Ella está a cien, le come un poco más la boca y le magrea por encima de la tela, pero de pronto se arrepiente. Siempre es lo mismo cuando se enrollan en la tienda. Ahí no pueden hacer nada, nada realmente satisfactorio para ella, al menos. No con su padre en la trastienda. Pasa de ponerse más cachonda para luego quedarse a medias, así que le corta el grifo a Espectro.

—Ya vale.

—Tía, no me puedes dejar así —dice él, apretando el bulto contra la entrepierna de ella.

—Pues claro que sí.

—Hazme una paja, por lo menos.

—Paso. Háztela tú. Mañana voy por tu casa y follamos.

Espectro se mosquea un poco, pero se aparta.

—Vente luego —dice él, apartándole un mechón verde de los ojos.

—Ya veremos —responde ella, saludándole con la mano cuando se marcha. Pero sabe que no irá, porque está hecha una mierda y le duele la barriga. Está a punto de venirle la regla, y esos días siempre está más cachonda, pero más irritable. Si va a casa de Espectro, le acabará de bajar en cuanto se acuesten.

Y entonces será Mordor.

Espectro se llama en realidad Raúl, pero cuando ella decidió que se iba a cambiar el nombre, él también lo hizo. Al principio le pareció algo romántico, pero se da cuenta de que Raúl no siente lo gótico *de verdad*. Se viste de negro y escucha 45 Grave, The Wake y Diva Destruction, pero sólo porque lo hace ella. Y Ladybug se aburre un poco. Se da cuenta —la madurez tiene estas cosas— de que está convirtiéndose en un cliché ambulante, de que acabará dejando a Espectro, por calzonazos. O peor aún, cumpliendo su mayor miedo: casarse con un liberal encorbatado, con un MBA y que vota a Ciudadanos. El mal absoluto.

Antes muerta.

Además, tiene que cuidar de su padre. Desde que le dio la

embolia no ha podido atender el negocio, y se pasa las horas muertas en la trastienda, viendo películas viejas en la tele. Sólo puede mover el brazo izquierdo con soltura, pero le basta para cambiar de canal. Para todo lo demás, depende de su hija. Ladybug le hace la comida, le acuesta, le ducha y le da de comer sin una sola queja, ni por dentro ni por fuera. Siempre ha sido un buen padre. Ellos dos solos contra el mundo. Si el mundo quiere joderles, se llevará una buena sorpresa.

Además, está recuperándose, piensa Ladybug, con una sonrisa.

Es cierto. *Va mejorando*, dice el médico. Si no le da otro ataque en los próximos meses, quizás podría hasta hablar. Caminar va estar difícil, pero quizás hablar. Es joven, sólo tiene cuarenta y nueve años.

Quizás es todo lo que necesita Laura, perdón, Ladybug, para levantarse cada día sonriendo.

—Es mi puto padre. Calla o te rajo —amenaza, cuando Espectro pregunta si no se cansa de tener que cuidarle todos los días. Luego le aprieta los huevos, para que sepa que va en serio, que con su padre no se juega. Y después le da un beso, para que no se enfade.

Otro además: le encanta su trabajo. Hoy en día el dinero lo dan los TIB —es lo que tiene el tener el estudio en la calle Huertas—, que no aprecian su talento, pero de vez en cuando aparece un cliente de verdad. Alguien que cree en el Arte. Y entonces es precioso, y el mundo se hace un poco mejor cuando la piel desnuda se convierte en un lienzo para algo bello.

Toca ir recogiendo, hace *clic* en el comando que apaga el

equipo. Si se da prisa quizás aún pueda pasarse por casa de Espectro, después de todo.

Está guardando sus cosas en el bolso, pero el ordenador no se cierra. *Mail no ha permitido apagar el equipo.* A ver qué pasa.

Un correo que se habrá quedado atascado en la bandeja. Y sí. Era uno que no había terminado de entrar, últimamente pasa mucho. De ayer por la tarde. Ladybug lo abre. Es un correo masivo, y está a punto de mandarlo a la papelera cuando algo se lo impide.

Contiene una petición extraña.

Identificar el tatuaje de un violador.

Baraja la posibilidad de que sea un *invent*, pero la dirección parece real, y quien hace la petición es una mujer. Así que hace *clic* en la foto. Como todas las mujeres que conoce, ha sufrido violencia sexual por parte de los tíos, en mayor o menor medida. *Pero las cosas ya no son como antes. Ahora las hermanas estamos aquí las unas para las otras,* se dice Ladybug.

La imagen no es muy clara, y sólo hay una parte del tatuaje, una parte pequeña, pero contiene algunos rasgos identificables. Es la parte inferior de un escudo, sin duda. Y a un lado, enroscada por debajo, lo que parece una serpiente...

No. Es otra cosa.

Tienes talento para las formas, Laura, le decía su padre cuando ella era niña y emborronaba sus primeros papeles. Clavaba a los personajes de *Los Vengadores* con figuras geométricas. Un cuadrado verde, un círculo azul, un triángulo rojo era todo lo que necesitaba para representar sus superhéroes, a una edad en la que los demás niños pintaban manos de ocho dedos que parecían arañas apisonadas. Su padre tenía razón. Leía las formas como otros leen un libro. Un talento que ha permanecido.

No es una serpiente lo que se arrastra por debajo del escudo.

Es una cola de rata.

Y cree haber visto antes esa cola de rata.

Su corazón se acelera, porque de pronto recuerda dónde la ha visto. Y siente alegría, cuando le da a responder al correo, pero también una punzada de malestar, aunque por otro motivo.

Mierda, me acaba de bajar la regla.

Parra

El capitán Parra es un hombre precavido.

Puede que se alegre de que Gutiérrez se haya puesto él solo la soga al cuello. Con la inesperada ayuda de su nuevo amigo, el periodista vasco ese. Menuda cara de viejo acabado que tiene. Pero oye, qué bien graba. El vídeo que le ha mostrado —menuda racha, inspector, primero la puta y ahora esto— le habrá acabado de poner el lazo a Gutiérrez, pero también le ha cargado a él con un plumilla a cuestas.

Por otro lado... Casi mejor.

La información tiene que salir, antes o después, y es preferible que alguien se lleve una exclusiva y le añada un poco de color a la historia. Un poco de heroísmo. El ángulo adecuado, el ángulo correcto. Luego todos los demás medios le seguirán. Hoy en día ya no piensan, se limitan a repetir lo que ha dicho el primero.

Y hablando de información.

Parra va en el coche, de vuelta a Jefatura, al teléfono con Sanjuán.

—¿Qué cojones es eso de un taxi, que yo no me he enterado?

—No creía que fuera importante...

—Eso soy yo quien lo tiene que decidir, ¿no crees?

Sanjuán traga saliva. Parra casi puede verlo al otro lado de la línea, encogido como un perrillo asustado. Siempre temeroso de que le digas «mal hecho».

—Nos llegó un correo del CNI.

Parra se incorpora a la glorieta de Cuatro Caminos. Deja pasar al coche anterior, incluso indica con el intermitente mientras permanece en el interior de la rotonda —a pesar de no ser obligatorio—, porque es un conductor bien educado.

—¡Hostia puta! ¿El CNI?

—No sé cómo ni cuándo se han enterado de en qué andamos —continúa Sanjuán—. Decían que investigáramos la posibilidad de que hubiera un taxi robado con matrículas dobladas que hubiera participado en el secuestro.

—Te llegó un correo del CNI y pensaste que no era importante.

—Ha sido esta mañana, y ya sabes que hoy...

—Sanjuán, te juro por mi suegra, que en paz descanse pronto, que te reventaría la cabeza.

Mientras Sanjuán se toma un momento para lamerse las heridas y mirar al teléfono con cara de pena, Parra intenta atar cabos. Se ha cruzado antes con los del CNI, unos cabrones sin escrúpulos que van a lo suyo. Pero, si se encuentran con un trozo de comida en la mesa que no se van a comer, suelen dejar caer las migajas para que se alimenten los perros.

—Hay que investigar lo del taxi. Pero con cuidado y precaución. *Timeo danaos et dona ferentes*, y toda esa mierda.

—¿Timeo qué?

—Sanjuán, coño. No me avergüences.

Cuando llega a Jefatura, Sanjuán está esperándole en la puerta del despacho, con un montón de papeles y cara de pachón arrepentido.

—Una llamada anónima avisó hoy al mediodía a la comisaría de Canillas de que había un taxi en el descampado enfrente del Centro Comercial Gran Vía de Hortaleza. Está medio quemado. Debieron prenderlo de madrugada, porque ya no humeaba. Los compañeros no le han hecho mucho caso. La grúa lo iba a recoger cuando les he dicho que era cosa nuestra.

Parra suspira. De no haberle ordenado él que buscara, el coche estaría camino del desguace.

—¿Has mandado a la científica para allá?

—Van de camino. Pero mira la foto que me ha mandado uno de los agentes que estaba con el taxi.

Parra mira la foto. Luego mira a su segundo.

—¿Se lo has enseñado al padre?

—Lo ha reconocido.

—Buen chico, Sanjuán.

A Sanjuán sólo le falta menear la cola.

25

Un sapo

A Jon Gutiérrez ya casi se le han pasado las ganas de llorar.

La tarde ha transcurrido, larga y triste, en una cafetería cerca de las Cortes, en la calle Cedaceros. Ninguno de los dos prueba su bebida. No se miran, tampoco.

Antonia apenas ha hablado, sólo le ha contado lo sucedido en la puerta de Ortiz. Lo ha explicado con un tono aséptico. Sin inflexiones en la voz. Sin emoción.

Los hechos hablan por sí solos.

a) Ramón Ortiz no colabora.

b) De las cuarenta horas que le quedaban a Carla Ortiz, han consumido cinco. ¿En qué? En

c) terminar de arruinar la carrera del inspector Gutiérrez.

Antonia está furiosa con él. Una furia gélida, blanca.

—No tenías que haberle pegado. Le has dejado ganar.

Jon no contesta. Sabe de sobra que tiene razón. Al menos Antonia no se ha percatado de la presencia de Lejarreta. Jon sí le ha visto, saludándole con la mano desde la acera cuando sacó el coche de la parada de taxis y se incorporó al tráfico de Serrano.

El hijo de la grandísima puta ha debido de estar siguiéndonos todo el día.

Son muy, muy malas noticias. Noticias que ella debe conocer.

Antonia sigue mirando por la ventana. A saber qué le pasa por la cabeza.

Jon quiere pedir perdón y contarle lo del periodista, librarse de ese peso cuanto antes. Es un sapo verde y venoso, que le sube por la garganta y le asoma a la boca, queriendo salir, pero el orgullo obliga a Jon a apretar los dientes muy fuerte, guardárselo dentro. Que vaya de vuelta tráquea abajo y siga royéndole las tripas.

Es lo menos que me merezco.

Un castigo pequeño en comparación con lo que le espera a Carla Ortiz.

La camarera se acerca, boli y libreta en mano, les pregunta si van a desear *algo más*, en ese tono tan preciso que significa *necesito la mesa, así que hagan el favor de consumir o marcharse*. Jon alza la mirada para decirle que no, y ve que es Carla Ortiz. También la ha visto en la mesa de al lado, y antes de entrar, cruzando la calle. Ahora la ve en todas partes, allá donde mire. Tiene que reprimir la necesidad de echarse a la calle, de salir a buscarla por todas partes. Sabe que no es otra cosa que la desesperación lo que tira de su cuerpo y engaña a su cerebro. La desesperación del que intenta aferrar algo y sus dedos no encuentran más que aire.

—Nada más, gracias —dice, mirando a la camarera, que ya no es Carla Ortiz, sino una mujer gruesa que va para los cincuenta.

Algo debe de intuir ella en sus ojos, que no insiste. Da un par de golpes con el boli en la libreta —*clac-clic*, punta fuera, *clic-clac*, punta dentro— y dice:

—Tómense el tiempo que necesiten.

En un mundo desolado y asfixiante, el pequeño gesto amable de la mujer se le antoja a Jon una bocanada de aire puro. Lo agradece tanto que deja diez euros de propina sobre la mesa. Echando cuentas, ahora la camarera tiene más dinero que él.

Ese pequeño respiro que le ha concedido el universo le da a Jon fuerzas para contarle lo del cabrón de Lejarreta.

—Scott, hay algo que yo... —empieza a decir.

Antonia alza la mano para interrumpirle. La otra se la lleva al bolsillo. Su móvil está sonando.

—Espero que sean buenas noticias.

La expresión de su cara cambia cuando escucha lo que Aguado le cuenta. No exactamente a alegría, pero desde luego la oscuridad se alivia.

Se lo explica a Jon.

—Voy por el coche —se ofrece él.

—No hace falta. Estamos a diez minutos andando.

26

Una de vaqueros

El neón del estudio refulge en la esquina. TATOO, letras enormes, en naranja. Ladybug ha decidido dejar el negocio abierto, ya que la señora del email, doctora *nosecuantos*, le ha pedido que espere a sus compañeros de la policía. A esa hora dejar el negocio abierto supone más TIB y más letras chinas. Hay un holandés cuarentón, rubio y fofo tumbado en la camilla —éste quiere la palabra *fortaleza* en el cuello— cuando llegan los polis.

Ladybug se asoma por detrás del biombo.

—Siéntense —les dice, apuntando con la aguja a las sillas de la zona de espera—. Estoy acabando.

El holandés emerge del biombo apestando a desinfectante, seguido de la joven gótica. Ella va vestida con top y vaqueros negros. Él lleva el cuello enrojecido, con dos flamantes sinogramas bajo una oreja. La joven saca un apósito de una caja bajo el mostrador —el tatuaje es pequeño, no merece la pena un aparatoso vendaje— y se lo coloca al holandés sobre el área enrojecida.

—¿Por qué *garrapata*? —dice Antonia, señalando al cuello del holandés.

Éste mira confundido a la tatuadora.

—*What does she said?*

—*She said that you are strong* —dice Ladybug, haciendo el universal signo de sacar bíceps.

—*Ha, ha. Garapata, strong* —dice el holandés, complacido, creyendo que ha ligado. Saca los cincuenta euros del tatuaje y añade cinco de propina.

Se marcha. En cuanto se desvanece el estruendo de las campanillas de la puerta, la joven se vuelve hacia Antonia.

—Casi me estropea el negocio, oiga.

Antonia sonríe —por primera vez en todo el día—. Jon sonríe al verla sonreír.

—Espero que no vaya a un restaurante chino en los próximos días —dice Antonia, haciendo un gesto en dirección a la puerta por la que se acaba de marchar el holandés.

—No ha de preocuparse por eso. Los chinos adoran ver a los *laowai* tatuados con palabras graciosas en mandarín. Nunca desvelarían el secreto. Soy Ladybug —dice, alzando una mano llena de anillos. Jon y Antonia se identifican a su vez—. Si me disculpan...

Le da la vuelta al cartel de CERRADO —que ahora pone ABIERTO por dentro, es un poco confuso si uno se para a pensarlo— y echa el pestillo.

—¿También hablas mandarín? —susurra Jon.

—Leo mejor que hablo —responde Antonia, humilde.

Ladybug regresa junto a ellos.

—Han venido muy deprisa.

—Estábamos cerca —explica Jon—. ¿Le dijo a nuestra compañera que tenía información sobre el tatuaje que estamos buscando?

—Así es. Esperen un momento.

Desaparece tras la cortina de bolas que lleva a la trastienda, y vuelve con una abultada carpeta de anillas de tapas negras. En el lomo lleva marcado un número con Dymo autoadhesivo de color amarillo: 1997-1998.

Ladybug lo coloca sobre la mesa y la abre. Está llena de fotografías Polaroid, fijadas sobre cartulina y cubiertas con film transparente.

—Está por aquí... —dice, pasando las hojas, de atrás hacia adelante.

Se detiene a tres cuartas partes del final, y le da la vuelta al cuaderno. La página sólo contiene una foto.

Cuatro brazos derechos, iluminados por el flash. Sus dueños desaparecen en la penumbra borrosa que ha creado el relámpago. Los cuatro brazos lucen idénticos tatuajes. La piel alrededor, carmesí, con puntos sangrantes, envuelve músculos grandes y fibrosos.

El diseño del tatuaje es elegante, con un estilo más cercano al cómic que al realismo. Una rata de dientes afilados sostiene un escudo con el que se cubre el cuerpo. El escudo lleva grabada una inscripción en caracteres germánicos ilegibles. La foto es de mala calidad, y apenas se aprecian las letras.

El pulso de Jon se pone a echar una carrera, y el inspector intenta calmarlo. Uno de aquellos hombres puede ser Ezequiel. Uno de aquellos brazos es el que mató a Álvaro Trueba, el que retiene a Carla Ortiz, el que disparó contra ellos desde el Porsche Cayenne.

—Necesitaríamos facturas. Libros de cuentas. Algo. Tenemos que identificar a estas personas, señorita —dice Jon.

—Señora, inspector. Lo de señorita es machista. Y me temo que no puedo ayudarles con eso. No nos queda nada de aquella época. Yo no había nacido, y mi padre siempre fue un desastre.

Joder con los millennials, *piensa Jon.* Como alguien le llame señora a mi madre, y va para los setenta...

—¿Fue su padre quien hizo estos tatuajes? —interviene Antonia.

—Sí. Estaba empezando pero ya era bastante bueno entonces.

—Nos gustaría hablar con él.

Ladybug suspira con cierto abandono gótico. Ella cree que clava a la Mina Harker de Wynona, pero es mas bien como el aire que escapa al sentarse sobre un cojin grueso.

—A mí también, no se crea. Síganme, por favor.

Les guía a través de la cortina de bolas y de un pasillo hasta una habitación trasera con olor a sudor y a naftalina. Contiene: Un hombre pálido y contrahecho. Una silla de ruedas. Una tele de 30 pulgadas. Una película de vaqueros. La única luz procede de la pantalla, y el tiroteo en el OK Corral recorta sombras pronunciadas en el rostro del hombre.

—Papá. Han venido a verte.

El hombre de la silla no aparta la mirada de la televisión,

donde Kirk Douglas le está explicando a Burt Lancaster que él no va a bodas, sólo a funerales.

—Papá —insiste Ladybug. Se agacha junto a él y le agarra de la mano izquierda. Se la acaricia despacio, con cariño.

El hombre aprieta la mano de su hija.

—Esto es todo lo que consigo de él en estos días —dice Ladybug—. Tuvo la embolia hace año y medio, y desde entonces se ha ido recuperando poco a poco. Muy poco a poco.

Los rostros de Antonia y Jon reflejan la desesperación que sienten. No es posible que hayan podido encontrar la pista más sólida hasta ahora sobre la identidad de Ezequiel... y quien la custodia sea prácticamente un vegetal.

Dios tiene un humor muy cruel, piensa Jon.

—¿Podemos intentar preguntarle? —dice Antonia.

Ladybug se lo piensa, mordisqueándose los labios pintados de negro. El piercing de su nariz se agita indignado durante el proceso.

—No se pierde nada por intentarlo, supongo. Pero es mejor que le hagan las preguntas a través de mí.

Antonia le pide que le muestre la fotografía.

Sin respuesta.

—¿Recuerda haber hecho ese tatuaje?

Sin respuesta.

—¿Recuerda a esas personas?

Sin respuesta.

Ni a ésa ni a ninguna de las siete preguntas siguientes.

—Es inútil —dice Ladybug—. Ni siquiera en los días buenos hace gran cosa más que señalar. No saben lo que es esto.

Jon se imagina que Antonia lo sabe.

Se imagina que sabe qué es vivir con alguien que era fuerte, que era cariñoso, que era cortés. Que hablaba, que soñaba, que bromeaba, que comía y que reía y cantaba. Que estaba vivo, y feliz, y que era una presencia permanente, un motivo de alegría para los que le rodeaban. Y que luego, en un instante, se convierte en otra cosa. En un recuerdo, una sombra que requiere atención constante, sin ofrecer nada a cambio más que dolor, frustración y obligaciones. Sin ser más que un agujero negro que absorbe, en su gravedad infinita, todos los recuerdos, la calidez y la dicha, sin dejar a cambio nada más que la satisfacción —vaga, intelectual— de un deber cumplido.

Antonia no dice nada.

Antonia sigue pensando. Tratando de encontrar la manera de rodear el obstáculo imposible. Hay un *koan* que a veces Mentor le repetía antes de sus sesiones de

(tortura)

entrenamiento.

¿Qué pasa si una fuerza imparable choca contra un objeto inamovible?

Como todos los *koan*, no tiene respuesta.

Pero eso no significa que dejemos de buscarla, piensa Antonia.

—¿Ha dicho que puede señalar? —le pregunta a Ladybug.

—Creo que será mejor que lo dejemos ya —dice la joven, poniéndose en pie.

Quiere que se marchen.

—Por favor. Es importante, escúchela —interviene Jon, y luego añade—, señora.

La joven gótica le mira con desconfianza, pero se vuelve hacia Antonia.

—Sí, a veces es capaz de señalar.

—Necesitamos saber qué pone en el escudo. Eso podría ser de ayuda.

Ladybug medita durante unos instantes. Luego va a por el muestrario de la entrada. Lo apoya en el suelo y extrae dos páginas.

Contienen un alfabeto, recargado. Emerge a duras penas entre hiedras, puñales, runas y calaveras.

—Papá, ¿recuerdas lo que pusiste en el tatuaje de esas personas? —pregunta, con suavidad. Vuelve a mostrarle la foto, donde los caracteres germánicos son sólo un borrón oscuro.

Sin respuesta.

Su hija sostiene ambas hojas frente a sus ojos. No llega a taparle la vista de la televisión, no quiere alterarle.

En la pantalla, Kirk Douglas tose sangre, se lleva el pañuelo a la boca, se limpia la barbilla con el famoso hoyuelo.

Sobre la silla de ruedas, el hombre mueve la mano izquierda. Muy despacio.

El silencio es absoluto. Antonia y Jon, del otro lado del papel, no pueden ver las letras que toca, y los minutos que tarda en marcarlas transcurren insoportablemente lentos.

—Ene. Be. Cu. ¿Eso es lo que pusiste, papá? ¿NBQ?

La mano del hombre aprieta la de su hija.

Antonia y Jon se miran.

Sólo tres letras.

Que lo cambian todo.

Ambos esperan hasta estar fuera de la tienda, después de agradecer apresuradamente a la joven y a su padre el enorme esfuerzo que han hecho.

Después ella lo dice en voz alta.

—Es un policía.

27

Tres letras

A Jon Gutiérrez aún le quedan amigos.

No muchos, pero le queda alguno. El que le coge el teléfono es un colega navarro, Txema Barandiarán, que lleva en Madrid ni se sabe. Veinte años, lo menos. Coincidieron en la academia de Ávila, y se han visto alguna vez desde entonces. En los encuentros de la promoción, se juntan de nuevo en Ávila, éxodo de oscuras golondrinas. El Txema. Un tipo majo. Llevó regular cuando Jon salió del armario, porque se habían duchado juntos, y esas cosas se avisan. Pero se le pasó.

Resulta que el Txema es una enciclopedia. Un estudioso, vamos. De los que se quema las cejas sobre los libros. Pero no le gustan las novelas, ni la poesía ni esas mandangas. A él lo que le gusta es la historia de la policía. Trabaja en Recursos Humanos en Jefatura. Sabe cosas.

El Txema le cuenta.

Podríamos decir que empezó en 1937 en Lisboa. Una mañana en la que el Primer Ministro y dictador portugués Oliveira Salazar iba a misa en la capilla particular de un amigo. Los terroristas, no me acuerdo cuáles, pusieron una bomba en el colector de la alcantarilla, y la activaron.

No salió bien. La fuerza de la explosión se perdió por los túneles bajo el asfalto, limitándose a abollar el coche y lanzar unos cuantos cascotes. Pero sentó un precedente.

La primera unidad de Policía del Subsuelo se creó en Madrid en 1958. Treinta y siete efectivos provenientes del ejército. Su cometido oficial era evitar los crímenes bajo tierra. El expolio de cable de tendido eléctrico, de material de tratamiento de aguas, los robos con butrón en bancos y joyerías. Pero, en realidad, a lo que dedicaban más tiempo era a vigilar que al Generalísimo no le pusieran una bomba, estilo Salazar.

Los dictadores tienden a prestar atención a estos detalles.

Era cuestión de tiempo que alguien intentara poner una bomba bajo el subsuelo, al paso alegre de la paz. Como se vio años más tarde. El 20 de diciembre de 1973, cuando los tres terroristas —que resultaron ser tres integrantes de una de las bandas de asesinos más sanguinarios de la historia reciente— mandaron a Carrero Blanco al espacio exterior, asesinando de paso a su chófer y al inspector de policía que viajaba en el coche e hiriendo gravemente a una niña de cuatro años que tuvo secuelas de por vida. Aquellos tres hijos de puta pusieron la bomba en un túnel bajo el coche del entonces presidente del Gobierno. Éstos habían sido más listos. Habían estudiado bien el atentado fallido de Salazar —los terroristas tienden a prestar atención a los detalles, también—. Pusieron sacos de *arena para que la onda expansiva fuera en la dirección apropiada, abriendo un socavón de ocho metros de diámetro en la calle Claudio Coello.*

El coche aterrizó en una terraza del colegio de los jesuitas donde estudian doscientos cincuenta niños, que a esa hora solían estar en el mismo espacio donde cayeron mil ochocientos kilos de chatarra. De casualidad les habían dado vacaciones a los chavales dos días antes de lo que tocaba, cosa que los terroristas —en esos detalles se fijan menos— no habían considerado. Ja, ja, ja, qué risa los chistes con el atentado de Carrero Blanco, ¿eh?

La unidad de Policía del Subsuelo no había estado muy fina aquella mañana de 1973, pero la unidad creció y se estableció. Cuando España se convirtió en una democracia, las amenazas a los políticos y otras personalidades continuaron. Madrid era una ciudad cada vez más grande, y necesitaba alguien que vigilara lo que pasaba bajo cota cero, como llaman los policías al subsuelo. Con el paso del tiempo los desafíos a la seguridad se hicieron más complejos. En 1996, la Policía Nacional creó una nueva unidad dentro de la Policía de Subsuelo. La unidad NBQ. Expertos en explosivos, pero también en amenazas nucleares, biológicas y químicas. Cuatro hombres formaban aquella unidad en sus inicios.

—Cuatro máquinas —concluye Txema—. De lo mejor que hemos tenido nunca.

Apuesto a que sé qué tatuaje se hicieron cuando se formó la unidad, piensa Jon.

—¿Sabes qué fue de ellos? ¿De los cuatro hombres de esa primera unidad?

Txema se toma un rato para pensar la respuesta. Jon cree también que le escucha teclear, quizás busca información en su ordenador, pero no está seguro. El caso es que le dice:

—Dos de ellos siguen en activo. Otro se marchó de España, creo que ahora vive en México, no lo sé.

Una pausa.

—¿Y el otro?

—El otro murió, Jon. La versión oficial es que fue una explosión en un túnel. Dicen que fue un suicidio, porque el tipo era muy bueno. Andaba muy tocado desde que su hija se mató en un accidente de coche seis meses antes.

Uno menos. Quedan tres.

El Txema añade otra cosa más antes de colgar.

—Gordo. —El mote incomprensible que le pusieron a Jon en Ávila—. Aquí en Jefatura todo el mundo lo comenta. Mañana por la mañana te van a ir a buscar los buitres.

Los buitres. Los de Asuntos Internos. Así que Parra le ha acabado denunciando. ¿Por qué no le sorprende?

Si van a detenerle mañana por la mañana, si le llevan al edificio de Cea Bermúdez y le apuntan un flexo a la cara, se acabó. Lo de la droga en el maletero del chulo lo exprimirán a saco, claro. Por ahí pueden hacerle mucho daño. Pero en cuanto se pongan a examinar con lupa lo que ha estado haciendo los últimos tres días, Jon va a tener que dar muchas explicaciones. Explicaciones que no puede dar sin traicionar a Antonia.

Voy a tener que elegir entre la cárcel y ella.

—Gracias, Txemita.

—Cuídate.

Jon regresa junto a Antonia, que aguarda sentada en un banco de la calle Huertas. Le cuenta sólo la parte buena. La que confirma sus sospechas.

El sapo verde en su interior se ha convertido en el Increíble Hulk.

Antonia no le ve apretar los dientes para dejar dentro el sapo. Ella está centrada en la primera pista real que tienen desde que empezó esa locura. Uno de aquellos cuatro hombres tiene que ser Ezequiel. Lo cual explicaría su capacidad para no dejar pistas en el escenario del crimen de Álvaro Trueba, incluso la manera desquiciada en la que había huido por la M-50. Aquella manera de conducir que Antonia sigue recordando con envidia (sí, es humana).

Le pide a Mentor el teléfono del capitán Parra. Mentor se lo da a regañadientes. No está contento.

—No estoy contento —dice.

Antonia le ignora. No hay tiempo para egos absurdos o peleas. Lo único que importa es que aún quedan treinta y dos horas para que se cumpla el plazo del asesino. Aún pueden salvar a Carla Ortiz.

Marca el teléfono de Parra y le dice:

—Capitán, tengo información sobre Ezequiel que debe conocer.

Parra

—¿Quién es? —dice Parra, antes de darse cuenta—. Ah, ya. Eres el llavero ese que Gutiérrez lleva colgado a todas partes. La Interpol, mis cojones. Si tuviera tiempo me dedicaría a averiguar qué es lo que os traéis entre manos tu amiga y tú.

—Capitán, sé que no nos tiene en una gran consideración, pero esto es mucho más importante que nosotros y que usted.

—Que no les tengo... —El capitán suelta una carcajada seca, más un ladrido que un signo de humor—. Actuando por su cuenta estuvieron a punto de cargarse esta investigación.

—Quizás deberíamos haberle llamado antes de ir al Centro Hípico, pero a cambio...

—Quizás. Quizás. Quizás —se burla Parra, con su mejor voz de Sara Montiel—. No me diga que a cambio ha descubierto algo fundamental para la investigación.

—Lo cierto es que sí. Tenemos indicios muy fuertes para sospechar que Ezequiel es un...

De nuevo un ladrido. Pero éste sí que tiene alegría. Malsana.

—¿Un policía? Va usted muy retrasada, Interpol. El nombre de Ezequiel es Nicolás Fajardo. Un policía de la Unidad de Subsuelo. Se le dio por muerto hace un par de años. Pero ha cometido un error. Hemos recuperado su huella del volante de un taxi que habían robado la semana pasada. Lo había rociado de lejía y limpiado a fondo antes de quemarlo, pero esa huella se le escapó... Y al mover el coche hemos encontrado debajo del maletero un zapato que pertenece a Carla Ortiz. Tiene sus huellas y también las de Ezequiel.

Hay un silencio al otro lado. Suena a frustración.

—Recuérdeme quién le dijo que tenía que buscar un taxi, capitán.

¿Cómo sabe ésta lo del CNI? Una alarma suena al fondo de la cabeza de Parra, pero está demasiado ocupado con lo que tiene entre manos como para hacerle demasiado caso.

—No sé de qué me habla. Lo que sé es que estamos a punto de entrar en casa de Fajardo. Que a pesar de estar muerto, lleva dos años pagando la luz, el agua y el gas. Y vive en un semisótano. Le dejo. Dele recuerdos al inspector de mi parte.

Parra cuelga. Justo después de colgar, se le ocurre que podría haber añadido algo como «*Dígale que se vaya pronto a la cama, que mañana le espera un día duro*», para rematar. Hay que joderse, las mejores réplicas se te ocurren siempre después. En las escaleras cuando te estás yendo de un sitio. O peor: estás durmiendo, te levantas a mear medio zombi y mientras estás frente a la taza sosteniéndote el pene con las manos, llega la contestación perfecta, la que *tendrías* que haberle dado a algún idiota, y entonces te despiertas del todo y aunque vuelvas a la cama ya no puedes dormir, sólo darle vueltas a eso que no has dicho.

En fin.

La furgoneta —blanca, sin distintivos— está aparcada a la vuelta de la esquina. La Unidad de Secuestros y Extorsiones al completo está dentro. Parra se ha traído a todos.

Está Cleo, la más bruta del equipo, porque es la única mujer y siempre intenta demostrar que se puede ser madre y una tía dura.

Está Ocaña, el más listo de todos, con una labia que para sí la quisiera Parra. Su mejor negociador.

Está Giráldez, el abuelo, que va para los cincuenta y, sin embargo, tiene más marcha que todos ellos juntos. Un Miguel Ríos con pistola.

Está Pozuelo, el niñato, recién salido de la academia, verde como una aceituna pero con los huevos de titanio.

Está Cervera, el más macarra, tocándose la nariz y frotándose las encías. Se ha metido un tiro antes de entrar, y eso a Parra le parece mal, muy mal. Ser policía es una cosa seria. Duda de si hablar con él y decirle que se quede fuera, pero sería malo para la moral de los demás. Luego le echará una buena bronca. Las cosas hay que hacerlas bien.

Y por supuesto está el cabo Sanjuán, su segundo, su mano derecha. Siempre pisando su sombra. Su lameculos.

Insultan, ríen, mastican chicle, dan patadas en el suelo. Vuelven a insultarse. Es su idioma secreto. Código que enmascara el amor que se tienen unos a otros.

Los quiere a rabiar. A todos. Son sus chicos, joder. Su familia. Carne de su carne, sangre de su sangre. Daría la vida por ellos, y ellos por él.

Todos le miran, expectantes. Esperando a que dé la orden.

Es pronto aún. Quiere asegurarse de que no hay nada de qué preocuparse. Tiene a Sixto, el octavo en discordia, dando un paseo alrededor de la manzana. Se ha traído al perro de casa y todo. Sólo un hombre normal, dando un paseo a su labrador al final de la jornada. Vestido normal. Pantalón corto, tenis. Camiseta. Lo que corresponde a un barrio obrero como Lucero.

Sixto tardará unos diez o quince minutos en dar la vuelta a la manzana, San Fulgencio arriba, doblar dos esquinas, San Canuto abajo, y otra vez en la furgo. En cuanto les confirme que todo está bien, lanzarán el operativo.

Intenta pensar en una frase gloriosa, inspiradora, que decirles antes de bajar de la furgoneta.

No se le ocurre ninguna.

Ya verás tú cómo me viene a la cabeza esta noche, piensa, resignado. *Lo que yo te diga. Las mejores frases...*

Carla

Carla llama a Sandra cada poco rato. Al principio sólo susurra. Dice su nombre, cuenta hasta treinta, vuelve a llamarla.

Poco a poco va subiendo el tono, llevada por la angustia, hasta que al final está gritando, llamándola a voces, dando palmadas en la pared. Pero lo único que obtiene son tres golpes en la puerta de metal, que estallan en sus tímpanos y la empujan, hecha un ovillo de mocos, miedo y lágrimas, a la esquina contraria de la celda.

No han pasado más que unos segundos, o quizás unas horas, cuando Sandra responde.

—Te he dicho que no quiere que hablemos. Has conseguido enfadarle.

Ahora es Carla quien no responde. Sigue sollozando, con las piernas encogidas y las manos cubriéndole el rostro.

Los nuevos límites del castillo: la distancia entre sus brazos y su pecho. En esos pocos centímetros encuentra consuelo.

—Ahora se ha marchado —dice Sandra—. Pero cuando te avise de que vuelve, tienes que callarte. Son las normas.

Carla se limpia los ojos con los pulpejos de las manos, se sorbe los mocos.

—No me importa. Que me mate ya, y acabamos de una vez.

—Suponía que dirías eso.

Carla se estira del vestido, que se le ha hecho un siete, se recompone la tira del sujetador.

—¿A qué te refieres?

Sandra duda un momento.

—Bueno, porque eres tú.

—¿Cómo que yo? ¿Quién soy yo? —contesta Carla, agresiva.

Al otro lado del muro hay un silencio molesto.

—¿Sandra?

—Si me vas a contestar así, será mejor que no hablemos. Ya tengo bastantes problemas.

No me lo puedo creer. Estamos en manos de un puto psicópata y la tipa esta se preocupa por mi tono de voz, piensa Carla.

Pero no lo dice. Porque no quiere enemistarse con Sandra. No quiere estar sola. Se da cuenta de que ahora mismo es su mayor terror. Morir sola, en la oscuridad.

Puede que Sandra no sea muy inteligente, y puede que esté completamente desbordada por lo que está sucediendo.

Joder, yo también lo estoy.

Pero ahora mismo es lo único que tiene.

—Siento que te haya molestado mi tono.

—Está bien —responde Sandra, al cabo de un rato—. Supongo que es lo normal.

—¿A qué refieres?

—Alguien como tú no está acostumbrada a pedir disculpas. Por ser rica, y eso.

Carla respira hondo.

—¿Te lo ha dicho él?

Son buenas noticias. Si Ezequiel sabe quién es ella, eso es porque quiere algo. Algo que no tiene que ver con su cuerpo.

—Me ha comparado contigo. Me ha dicho que tú *sí* eres importante. Quizás por eso no ha entrado aún ahí. Para eso me tiene a mí.

Carla traga saliva, despacio, eligiendo sus palabras con mucho cuidado.

—Sandra, yo...

Se detiene. No se puede contestar a lo que Sandra le acaba de decir. Es, sencillamente, imposible.

Porque es lo que ella piensa.

Porque es verdad.

Carla es la heredera del hombre más rico del mundo.

Sandra conduce un taxi.

Puede que en Twitter algún indignado pueda afirmar con un mínimo de criterio que las vidas de ambas valen lo mismo, pero aquí, en la madriguera de un asesino, encerradas en la oscuridad, esa afirmación es insostenible.

—Saldremos de aquí las dos, te lo prometo —dice Carla.

Ahora comprende la hostilidad pasivo agresiva de Sandra. Cuando Carla sólo era una empleada común y corriente, las dos eran víctimas. Pero incluso en la madriguera de un asesino, hay víctimas y víctimas.

—No prometas cosas que no puedes cumplir. Supongo que a mí sólo me quiere para usarme —dice Sandra—. Para ti... tiene pensada otra cosa.

Carla aguarda a que continúe la frase, pero no lo hace.

En ese silencio, en ese territorio ignoto, viven dragones.

—¿Qué tiene pensado, Sandra? Si lo sabes, tienes que decírmelo. Dímelo, Sandra —suplica Carla.

—Chisss. Calla. Ha vuelto, y está enfadado. Creo que está pasando algo —dice la taxista.

28

Un recuerdo

Antonia cierra los ojos.

No le cuesta mucho encontrar en su colección de palabras la que describe cómo se siente. *Ajunsuaqq*. En inuit quiere decir «morder el pez y encontrar dentro sólo cenizas».

Después de tantos esfuerzos, no le queda nada por lo que alegrarse ni sentirse orgullosa. Pero poco importa si de esa forma consiguen rescatar a Carla Ortiz.

Jon está a su lado en un banco en la calle. Excepcionalmente callado. Le ha contado lo que le ha dicho Parra, y se ha limitado a asentir. Delante de ellos pasa gente, pero Antonia no presta atención. Busca en las hemerotecas online la información que necesita. Es difícil encontrar algo, la noticia es un caso menor. Sin importancia.

Una explosión de gas en el subsuelo bajo la calle Narváez. Una única víctima mortal. El oficial de policía Nicolás Fajar-

do. Una inspección de rutina. Fajardo no deja familiares co-
nocidos.

Ni una sola mención al suicidio.

¿Qué había sido lo otro que había mencionado Jon? Una hija.

Ésta cuesta algo menos encontrarla. Seis meses antes de la muerte de Nicolás Fajardo.

Accidente mortal en la M-30. Un coche impacta contra los pilotes del puente de la M-30. No hay marcas de frenos. La policía cree que se trata de un suicidio. La víctima es una mu-jer de veinte años que responde a las iniciales S. F.

Amplía las fotos. Los bomberos se afanan en torno al ve-hículo siniestrado. No hay mucho que hacer. La mitad del co-che ha desaparecido, comprimida y aplastada como una botella vacía. Hay que ir muy deprisa para golpearse tan fuerte.

Suena el teléfono.

—Diga.

—Señora, soy Tomás.

Antonia parpadea, está tan dentro de su cerebro en este momento que tiene que vadear con fuerza para ajustarse a la realidad del mundo exterior. Entonces recuerda. Tomás. El vigilante de seguridad de La Finca.

—Nos dejaron sus teléfonos el otro día por si recordába-mos algo. He estado llamando antes a su compañero pero co-municaba, así que he decidido probar con usted.

Ella hace un ruido de aquiescencia, un *ajá* o un *ujúm*, por-que sigue concentrada en la fotografía del accidente. En al-go que no termina de encajar del todo. Algo que debería estar viendo y no es capaz de ver.

—El caso es que hoy cuando ha empezado el turno —continúa Tomás— estábamos hablando Gabriel y yo, y de pronto ha venido un taxi a recoger a alguien. Esta vez nos hemos fijado más, ya sabe, desde lo que pasó miramos muy bien dentro de los taxis, no les dejamos pasar sin más.

Otro *ajá*.

—Y verá, lo que son las cosas, la taxista era una mujer, que hoy en día es muy normal, es algo en lo que ya te fijas menos, hace cinco años era impensable, parece sólo un trabajo de hombres, porque hay que ir a sitios y recoger a desconocidos en plena noche... el caso es que Gabriel y yo nos fijamos y de pronto nos acordamos, los dos a la vez. ¿No le parece maravilloso cómo funciona el coco? No te acuerdas de nada, tu compañero tampoco, y de pronto *pum*, ahí lo tienes, los dos a la vez, recordando lo mismo. Debe de ser una de esas asociaciones de ideas. Rojo es sangre. Morado es fruta. Justamente le estaba diciendo a Gabriel que...

Antonia consigue interrumpirle.

—¿Qué es lo que recordaron, Tomás?

El vigilante se aclara la garganta.

—Verá, es que el taxista era una mujer.

Carla

De nuevo intenta dormir. Pero cada vez se encuentra más débil y más agotada. Tiene un sueño, un sueño en el que la oscuridad se desvanece, sustituida por una enorme pared de luz, blanca y hermosa, que lo llena todo.

Entonces escucha fuera el ruido y las voces.

Voces de hombres adultos que gritan: «¡Policía!».

Que gritan su nombre.

Sabía que vendrían. Sabía que era cuestión de horas. Quizás de minutos. Y ya están aquí. Por fin la han encontrado.

El corazón le brinca en el pecho, intenta incorporarse, olvidándose de la altura del techo, se golpea en la cabeza, provocándose una herida que sangra profusamente, pero la ignora. Ni siquiera siente el dolor. Logra gatear hasta la puerta de metal, da golpes, intenta gritar a través del respiradero.

—¡Aquí! ¡Aquí! ¡Estoy aquí!

29

Una palabra aborigen

Antonia se detiene.

El mundo también.

—¿Cómo ha dicho?

—Era una mujer —repite Tomás—. Ahora que lo pienso es raro que una mujer haga servicios tan tarde, o tan temprano, como yo digo siempre, uno nunca...

Antonia ya no escucha nada más.

Murr-ma.

Una expresión en wagiman, un idioma aborigen australiano que sólo hablan ya diez personas en todo el mundo, que indica lo que han estado haciendo hasta ahora.

Murr-ma.

Caminar dentro del agua buscando algo con los pies.

Lo cual es muy difícil, ya que tus otros sentidos se empeñan en colaborar, cuando sólo entorpecen.

—¿Oiga?

Antonia cuelga. Necesita las dos manos.

Amplía al máximo una de las fotos del accidente.

Es un Megane amarillo.

La matrícula no se distingue bien. Antonia hace captura de la foto, la transfiere a la app de Photoshop Express, aplica el filtro de enfoque.

Entonces aparece.

9344 FSY

Murr-ma. Una búsqueda a ciegas. Pero cuando rozas algo con el dedo gordo —y no antes—, puedes zambullirte a por ello. Juntas las piezas del puzzle, haces la suma.

En décimas de segundo Antonia pone frente a sí todos los elementos de los que dispone.

- La hija de Fajardo se mató en un accidente de coche en la M-30.
- Su matrícula resurge dos años después en el taxi que usa Ezequiel para dejar el cadáver de Álvaro Trueba.
- El taxi aparece quemado y empapado en desinfectante en un descampado a un kilómetro de una comisaría.
- Una llamada anónima avisa de su localización.
- El hombre que nunca ha dejado ninguna huella, deja dos:
      a) una en el zapato de Carla Ortiz,
      b) otra en el volante.
- El volante que Ezequiel no tocó. Porque la que conducía era una mujer.

La conclusión llega, nítida, un instante después.

Antonia agarra la manga de la chaqueta de Jon, tirando de él para que se levante.

—¿Qué pasa? —dice Jon, regresando de donde fuera que estuviera.

—Tenemos que avisarles. Tenemos que avisarles YA.

—¿Avisarles de qué?

—¿Dónde están, Jon?

No lo saben.

Antonia marca el número de Parra.

Un tono.

Dos tonos.

Buzón de voz. «*Ha llamado al...*»

Antonia no deja el mensaje. Lo grita.

—Parra, escúcheme. No entre, repito, no entre. ¡Es una trampa!

Parra

Han tomado posiciones frente a la puerta del piso. La entrada está en la planta inferior al portal, bajando un nivel. Es el único semisótano del edificio.

Los hombres de la Unidad de Secuestros y Extorsiones ocupan el rellano y la escalera, armados con subfusiles MP-5. Las ventanas del semisótano dan a la calle San Canuto, pero están enrejadas y son pequeñas. Nadie puede salir por ahí. Por si acaso, han dejado a Sixto en la furgoneta, junto al periodista.

Hará falta alguien que cuente el heroico rescate. Y el tipo se ha ganado la exclusiva.

Esto está hecho, piensa Parra, tras repasar mentalmente el plan. Su principal angustia es que Fajardo haga daño a la rehén cuando se sienta acorralado, pero para eso está aquí Ocaña, el pico de oro. Capaz de venderle arena a los beduinos.

También le preocupa que al tipo le dé por disparar. Es un policía, al fin y al cabo, aunque haya perdido la cabeza. Parra no piensa subestimarlo, y ha venido preparado. Todos ellos van armados con subfusiles MP-5 y protegidos con chalecos antibalas. Cleo, que es la que va en cabeza, lleva un escudo balístico detrás del que se pueden parapetar si las cosas vienen mal dadas. Un metro de acero y kevlar, impenetrable.

Algo le vibra a Parra en la pierna. Se da cuenta de que no ha apagado el móvil. Un olvido que no perdonaría en ninguno de sus hombres. Aprieta el botón de colgar a través de la tela del pantalón —confiando en que no se den cuenta— hasta que el teléfono se apaga.

Vamos, que nos vamos.

Va a dar la orden, pero falta un detalle importante. Se hurga en el cuello para sacar, a tirones, la cadena. De ella cuelga una medalla. Un ángel extiende sus alas sobre una niña que va a adentrarse en el bosque. Es el Custodio, el santo patrón de los policías. Le da un beso. No siente pudor alguno al hacerlo. Pozuelo, que está a su lado, se santigua. Y eso que es *millenial* y la única referencia que tiene de Dios es el Morgan Freeman de aquella película. El movimiento se contagia por la fila.

Ahora sí.

El capitán le hace un gesto a Sanjuán, que está manejando el ariete. Catorce kilos de una mezcla densa de plomo y hierro, que incluso en manos de un tirillas como Sanjuán son capaces de echar abajo una puerta de un golpe.

¡BLAM!

Bueno, tal vez dos.

¡BLAM!

Al segundo embate, la cerradura se parte y Cleo entra la primera, escudo en alto, gritando a pleno pulmón.

—¡Policía! ¡Salgan con las manos en alto! ¡Venimos a por Carla Ortiz!

Los demás le siguen, en tromba.

Hay un salón, lleno de suciedad, nada más entrar. Los muebles están apilados contra la pared. Sofá, mesas. En el suelo hay resto de papeles, hierros y cables. Las luces del techo están encendidas, aunque sólo uno de los halógenos funciona.

—Capitán —dice Cleo, dándole con el pie a algo que hay en el suelo.

Es un zapato de mujer. La pareja del izquierdo que han encontrado en el descampado de Hortaleza.

Parra le hace a Cleo un gesto para que avance hacia el pasillo oscuro que hay al fondo. El resto la sigue, en fila de a dos. Cubren los unos las espaldas de los otros. Como debe ser.

La policía entra en el pasillo, escudo en mano.

El bidón del pasillo, astutamente camuflado dentro de la cómoda, es el primero. Contiene cuarenta litros de una mezcla de hipoclorito de sodio, ácido clorhídrico y acetona. Lejía, limpiador de tuberías y quitaesmalte. En la proporción correcta, estos tres elementos sólo necesitan un empujoncito. La señal, transmitida por internet a través de una tarjeta SIM, activa el detonador eléctrico, que a su vez hace explotar un cartucho de plástico relleno con pólvora —de la que puedes encontrar en cualquier petardo—, pero mezclada con magnesio —que puedes encontrar en cualquier bengala de Navidad— para desencadenar correctamente la explosión.

La bomba que ha preparado Fajardo no es como la dinamita o el explosivo plástico. Los gases que genera una explosión de estos elementos pueden expandirse a más de diez mil metros por segundo. La bomba de cloro se fabrica con ingredientes que valen menos de treinta euros en cualquier Leroy Merlín, pero tiene que conformarse con una velocidad de detonación de unos humildes cuatro mil quinientos metros por segundo. Son suficientes, no obstante, para convertir el aire que desplazan en fuego, aunque éste va por detrás de la onda expansiva, siguiéndola como una cola a su perro.

La onda expansiva, sin más salida en el minúsculo pasillo que la dirección en la que se encuentran los policías, golpea primero a Cleo. Empuja el borde de acero del escudo balístico contra su cara, hundiéndole el pómulo y una ceja, partiéndole la nariz y arrojándola al suelo como quien sopla una carta. Sanjuán, que iba a su lado, no tiene tanta suerte. Su cuerpo se alza en el aire más de un metro, su cabeza se estrella contra el techo, su espalda se parte contra la jamba de la puerta del pasillo. La presión del aire es tan fuerte que compite con la gravedad y con la corriente secundaria de convección por el cuerpo del cabo Sanjuán. Las tres fuerzas se encargan de romper su clavícula, separar entre sí las vértebras del cuello y partir su brazo izquierdo en dos a la altura del codo como si fuera una rama seca, puesto que los tendones no están diseñados para soportar semejante esfuerzo.

Junto al oxígeno ardiendo llega la metralla.

Fajardo ha pegado una capa gruesa de tornillos en el interior del bidón. De acero zincado y cabeza de mariposa, de forma que a esa distancia tan corta, la aerodinámica del tornillo haga que todavía esté girando cuando alcance los cuerpos que encuentre en su camino. Cleo, que aún está viajando hacia el suelo arrojada por la explosión —contar esto lleva tiempo—, se salva de la mayor parte de la metralla, que impacta en el escudo. Uno de los tornillos le atraviesa la tela del pantalón táctico y la piel suave de la pantorrilla y acaba alojado en el interior del fémur, dejando atrás una herida de entrada del tamaño de una moneda de cincuenta céntimos. Otro pasa rozando el dedo índice de su mano derecha y se limita, caprichoso, a saltarle un poco el esmalte de la uña izquierda. Un tercero se hunde en la cuenca del ojo izquierdo, reventando el globo ocular, aunque por suerte una de las aletas de la mariposa se atasca en la apófisis frontal antes de alcanzar el cerebro.

Sanjuán acaba destrozado. A esa velocidad, ni chaleco antibalas ni la madre que lo hizo. Sus órganos internos son mermelada antes de tocar el suelo.

Los que aún no habían entrado en el pasillo son arrojados al suelo por la onda expansiva, aunque el escudo de Cleo desvía parte de la fuerza de la explosión. Y mucha de la metralla que, tras rebotar en el acero, se incrusta, inofensiva, en el techo.

Los seis hombres que quedan en el salón no llegan a escuchar la segunda bomba.

La primera era un único bidón de cuarenta litros.

Debajo de los sofás y los muebles apilados a un lado del salón hay otros doscientos. Claro que es un espacio más grande.

Los hombres siguen aún levantándose, en distintos estados de aturdimiento, cuando el temporizador —puesto en marcha tras la primera explosión— hace estallar la segunda bomba. Eso hace que los cuerpos ofrezcan mucha menos resistencia a la onda expansiva y a los materiales que manda la explosión hacia ellos.

En esta segunda bomba, Fajardo no ha puesto metralla, pero no hace falta. La mesita baja de café es propulsada a cuatro mil metros por segundo contra la cabeza de Cervera —que es decapitado en el acto por el borde de melamina—, antes de girar sobre sí misma y golpear el costado de Pozuelo como una pala golpearía una pelota de ping pong. El costillar del novato se hunde como si estuviera hecho de azúcar, y los huesos le laceran el pulmón. El sofá, partido en tres pedazos por la fuerza de la explosión, vuela por todo el salón, en distintas direcciones. El trozo más grande, el lugar donde Fajardo se sentaba a ver la tele junto a su hija, vuela derecho a Giráldez, que ya se había incorporado, y le alcanza en la espalda, partiéndole la columna vertebral mientras arrastra su cuerpo contra la pared contraria, donde acaba aplastado, con el cráneo roto.

La lámpara de pie Hektar, comprada en Ikea un sábado, sale disparada hacia delante. La pesada base de hierro, girando sin control, alcanza a Ocaña en la pierna derecha cuando se apoyaba en ella para levantarse. No sólo se la parte a la altura de la rodilla, se la arranca, dejando el hueso al descubierto, de un blanco perfecto, donde antes había carne, piel, y una pierna que llegaba hasta el suelo.

A Parra le va más o menos bien. El cuerpo de Cervera le ha protegido de la primera explosión y el de Pozuelo de la segunda. Tiene astillas clavadas en el cuello, una de ellas especialmente larga, que ha atravesado la piel hundiéndose en la carne y saliendo por el otro lado, pero vivirá.

Al menos un rato.

El capitán grita. De dolor, de pánico, de furia. No puede oír sus propios gritos pues tiene los tímpanos destrozados. Tampoco los de sus hombres. Ve a Ocaña agarrándose la pierna —ahora un cincuenta por ciento más corta— con incredulidad, y va hacia él para intentar ayudarle. Cleo también chilla, se acuerda de todos los santos del santoral y no para de maldecir, pero Parra tampoco puede oírla. Los demás están más o menos callados, Sanjuán porque no tiene pulmones, Cervera porque no tiene cabeza, y el resto porque está inconsciente.

El problema de las bombas de cloro es que no es sólo la explosión lo que te mata. También el gas de color amarillo anaranjado y extremadamente venenoso que viene después, producido por la combustión.

El gas, espeso, alcanza primero a Cleo. Intenta contener la respiración, pero el pánico la alcanza y no puede evitar tragar. Es como absorber fuego líquido, que baja por su tráquea y se asienta en los pulmones, incendiando su interior.

Parra, de espaldas a ella y completamente sordo, no ve ahogarse a su compañera, no la ve quedarse sin aire, luchando por respirar, intentando salir del pasillo lleno de humo, no ve cómo logra darse la vuelta a pesar de estar herida, no ve cómo se engancha a la puerta con los dedos, intentando sacar la cara del humo, intentando respirar. No ve cómo sus dedos se agitan, se crispan, hasta perder la fuerza.

No ve el humo que se dirige hacia él desde dos direcciones distintas, que estará con él dentro de un segundo, porque está ocupado tratando de salvarle la vida a Ocaña. Su mejor negociador, su pico de oro, que estará muerto en menos de un minuto por la pérdida de sangre si no consigue hacerle un torniquete. Si consigue llegar a sacarse el cinturón.

Tampoco puede exigírsele mucho al capitán Parra, dadas las circunstancias. Su oído interno, hogar de los órganos sensoriales que nos ayudan a mantener el equilibrio y la estabilidad, ha sido vapuleado por la explosión. Por eso sólo descubre que está a punto de morir envenenado cuando la nube le envuelve e inspira la primera bocanada de gas.

El gas reacciona con la humedad de su tracto respiratorio, convirtiéndose instantáneamente en ácido. Parra comprende lo que está pasando, pero no sólo es un hombre fuerte, es un hombre valiente. No cede a sus pulmones, que le piden aire, aire limpio, porque no lo hay. Resistiendo a un dolor insoportable, trastabillando, a trompicones, comienza a arrastrarse hacia el lugar donde cree que está la puerta, tirando del brazo de Ocaña, arrastrándole. Siente dos necesidades imperiosas antagónicas. Vomitar, respirar. El enorme esfuerzo de arrastrar los ochenta kilos de Ocaña (menos lo que pesara la pierna) hace a sus músculos consumir un oxígeno que ya no están recibiendo.

Con la vista nublada por el gas —que también ha reaccionado con la humedad de sus ojos, convirtiéndose en un millar de alfileres—, es un milagro que encuentre la puerta. Pero los milagros ocurren. Quizás haya sido la medalla.

En el rellano, Parra obtiene un segundo, sólo un instante de aire limpio. El humo le ha seguido, resistiéndose a abandonar su presa. Pero la bocanada que logra absorber e introducir en los pulmones proporciona escasa ayuda o alivio. Sus bronquios inflamados e irritados protestan, los espasmos en el vientre se agudizan. El capitán cae de rodillas —por un instante piensa en su hijo pequeño, Lucas, subido a horcajadas sobre su espalda, hace menos de una semana—, cediendo a las arcadas, sujetándose el estómago con las manos. Logra vomitar unas gotas de baba amarillenta, pero el proceso le ha costado caro. El humo venenoso le rodea ahora, no sabe dónde está la escalera y, lo que es peor, ha perdido a Ocaña.

No voy a dejarte aquí. No voy a dejarte aquí.

A tientas, busca a su compañero en el suelo. Su mano izquierda encuentra su cara, la derecha le agarra por la hombrera del chaleco antibalas y empieza a tirar. ¿Hacia dónde? No lo sabe. Busca, de rodillas y ciego, alguna referencia.

No encuentra nada.

De pronto, la mano derecha logra asir el pasamanos de la escalera. Se aferra a él como un náufrago a la línea salvavidas. Tira de su cuerpo hacia arriba, escala con las rodillas, tira del cuerpo de Ocaña, que se traba con los escalones, que no quiere ascender. Cada peldaño, cada veinte centímetros, es un Everest.

Parra salva once, antes de alcanzar el punto en el que el gas, más pesado que el aire, tiene que abandonar la persecución.

Sigue tirando, con sus últimas fuerzas, hasta colocar la cara de Ocaña junto a la suya. El capitán está a punto de desmayarse.

Aún aferra con una mano el pasamanos de la escalera y con la otra a su compañero cuando escucha acercarse las sirenas.

Su último pensamiento consciente es para la frase que no ha dicho antes de bajar de la furgoneta.

A mi señal, ira y fuego.

Las mejores frases se te ocurren siempre después.

Ezequiel

Nicolás se aparta de la pantalla, con gesto convulso. No quiere seguir mirando. Todo ha terminado.

Frente a él, el ordenador portátil sigue abierto, pero las cámaras web están apagadas. Los altavoces por los que llegaban los gritos, ya sólo emiten estática. La explosión ha cortado la comunicación entre su antiguo piso y el refugio. Pero ha durado lo suficiente para que pueda acabar con los intrusos.

Ella tenía razón. Acabarían encontrando su rastro, *pero hemos sido más listos que ellos.*

No debo jactarme, piensa. *Han muerto policías.*

Echa mano de su cuaderno, e inicia una nueva hoja de confesión.

He pecado contra el quinto mandamiento, escribe. *No quería hacerlo, pero me he visto obligado. La misión es demasiado importante. Humillar a los poderosos, enseñarles que su fuerza no es nada al lado del poder de la justicia. A todos alcanza el poder de Dios, y yo estoy haciendo Su voluntad.*

Arranca la hoja, y le prende fuego. El papel arde, pero Nicolás no siente que sus pecados se desvanezcan en el humo, como en otras ocasiones. Esta vez sólo es capaz de pensar en los hombres que han muerto. Que no eran poderosos, ni ricos. Eran sus iguales.

Pero servían al Maligno. Servían a Mammón, el demonio de las riquezas y de la avaricia. Nadie puede servir a dos señores, se dice Nicolás, que no comprende que su alma siga sucia y pesada, como una manta llena de barro.

Cuando estalló la primera bomba, que había preparado con tanto esmero, con atención al detalle, se sintió orgulloso. Eran muchos los elementos que podían fallar, pero él los había resuelto todos.

El vídeo se perdió tras la primera explosión. Pero siguieron llegando los gritos a través de los altavoces. Gritos de dolor, gritos de desesperación, de incredulidad. Gritos de muerte. Y Nicolás comprendió que había sido el que había causado toda esa destrucción. Cuando se volvió, confuso, hacia Sandra, en busca de aprobación, lo que vio en su rostro le heló la sangre en las venas. No había rastro de humanidad en él, ni de dudas, ni de remordimientos. Sólo una sonrisa de reptil, que mantuvo hasta que la segunda explosión les privó también del sonido.

Entonces ella se dignó a mirarle. Detectó en sus ojos la culpa. Hizo patente su asco.

Nicolás se giró y mantuvo la cabeza gacha. No quería encontrarse de nuevo con esa mirada hueca. Ella le dio la espalda y se marchó, pasillo abajo. Y él se quedó a solas, con las pantallas negras, con la estática, y con un alma contaminada que el fuego no consigue limpiar.

Al fondo, Carla Ortiz sigue gritando y golpeando la puerta, pero Sandra le ha avisado de que la deje desgañitarse. Nicolás aborrece el ruido, que aumenta su padecimiento y le recuerda su iniquidad, pero no quiere contrariarla.

Toma una nueva hoja de su cuaderno.

Soy, esencialmente, una buena persona, escribe.

Se detiene, lee las palabras con detenimiento. Las letras se confunden en el cuaderno, bailan en la línea, cambian de orden, pierden el significado.

Arranca la hoja, la arroja al suelo, vuelve a empezar.

No soy una buena persona, escribe.

Esta vez las letras se quedan en su sitio.

30

Siete instantáneas

Ni Jon ni Antonia recordarán con claridad las siguientes horas de su vida, más allá de una colección de instantáneas, momentos congelados en el tiempo, sin solución de continuidad entre ellos.

1. Antonia le grita a Mentor a través del teléfono del coche. Jon está saltándose un semáforo en rojo en la cuesta de San Vicente, esquina Arriaza. Esquiva a un hombre de unos treinta años, vestido con un traje barato. Lleva una botella en la mano izquierda. Un poco de sidra está cayendo sobre el parabrisas. La luz del semáforo transforma las gotas ambarinas en sangre iridiscente.

2. Jon muestra su placa a un agente de la municipal que está cortando el tráfico a la entrada de la calle San Ca-

nuto. El municipal dice algo y señala con una mano hacia fuera mientras con la otra intenta agarrar a Antonia, que se desliza por debajo de la cinta. Su espalda toca el plástico en el punto exacto entre las palabras NO y PASAR, convirtiendo la recta en un triángulo escaleno. Es el tipo de cosas en las que se fijaría Antonia, pero esta vez no lo hace.

3. Dos paramédicos del SAMUR están inclinados sobre una camilla. Los brazos de uno apretados contra el pecho del herido, las manos del otro colocando una mascarilla sobre su cara. Las luces de la ambulancia que ya parte hacia el hospital con Cervera en su interior enmarcan los rostros de los paramédicos con un brillo sobrenatural.

4. Un bombero, la cara cubierta por la máscara de oxígeno, arrastra un cadáver, que se reunirá con los otros tres que hay fuera alineados sobre la acera, cubiertos por mantas isotérmicas de color plateado. En lugar de devolver los reflejos de las luces estroboscópicas de los coches de la policía o del camión de bomberos, la cara aluminizada de la manta parece absorberlos. Como si los cuerpos que hay bajo ellas intentaran extraer un último hálito de vida del aire que les rodea.

5. Antonia se agacha para recoger una medalla que hay caída en el suelo. Sus dedos la están rozando. Los paramédicos se la han arrancado al capitán Parra sin darse cuenta cuando le hacían la reanimación cardiopulmonar. Un agente habla con Jon sobre la actuación del capitán. Jon tiene el rostro desencajado. El agente tiene

los labios extendidos hacia delante —como si se prepa-
rara a dar un beso—. Están formando la cuarta letra de
la palabra *héroe*.

6. Antonia llora, un antebrazo apoyado en la ventanilla
del coche, la mano izquierda apartando el brazo de Jon
que se dirige a consolarla, aunque sin mirarla. Jon sigue
con la vista clavada en el lugar por el que la ambulancia
del SAMUR se ha llevado al capitán Parra. Está empezando a llover, una lluvia tenue y fina que no logrará
borrar las manchas de sangre de la acera, sólo mantenerlas frescas más tiempo.

7. Antonia pone un pie en la acera frente al hospital de la
Moncloa. Se baja del Audi sin despedirse, con los ojos
aún llorosos. A su espalda, la mirada de Jon refleja tristeza, miedo, dudas y una enorme, inabarcable angustia.
También una súplica de que no le deje solo esta noche,
quizás la primera desde que se conocen, en la que él la
necesita a ella más que al revés. Antonia no la percibe,
porque está de espaldas.

Carla

No viene nadie.

La puerta metálica sigue exactamente en el mismo sitio. La oscuridad sigue igual de densa, las paredes siguen rezumando humedad, y la garganta de Carla está en carne viva.

Carla llora, sin lágrimas. Sólo emite pequeños jadeos ásperos, broncos, que se acaban convirtiendo en toses. Se deja caer al suelo. La herida de la cabeza, que sigue sangrando, encharca la cavidad entre la nariz y el lagrimal. Siente cómo su propia sangre le entra en los ojos, irritándolos, pero no es capaz de hacer nada al respecto.

Su estallido de esperanza y de energía se ha cobrado un precio muy caro, y ahora está pagando la factura con intereses. Tiene el cuerpo tan agotado como el ánimo.

Decide dejarse morir. La muerte es una manera de escapar. Dejar que su cuerpo cese de respirar, detener el corazón, impedir el flujo de sangre al cerebro. Y después, flotar. Dicen que cuando mueres, tu cuerpo se queda en tierra, como un ancla, mientras que tu alma se eleva. Como en los dibujos animados, como en aquella película de moteros, cuando Mickey Rourke era guapo. Si todo el mundo lo dice, tiene que ser cierto.

Por un instante, Carla siente cómo sucede. Cómo su espíritu asciende, atraviesa las paredes, vuela por encima de los edificios, pero no al encuentro con Dios, sino al encuentro con su padre, que aguarda, en vela, esperando noticias de ella. Y ella le besará en la frente, y él notará su presencia, y después continuará su ascenso, hasta el calor y la luz, hasta la inmensa campiña verde, tendida ante un fugaz amanecer.

No muere, sin embargo.

La oscuridad continúa.

—¿Lo has escuchado?

Sandra la llama, devolviéndola a la realidad de su situación —la peor situación—. Pero Carla no responde. Contestar supone regresar, admitir que la luz se aleja, que sigue encadenada a ese trozo de carne que sufre y que sangra y que tiembla de miedo.

—¿Lo has escuchado, Carla? —repite Sandra.

Carla se rinde.

Necesita saber.

—¿Qué es lo que ha pasado?

—Han intentado encontrarte. Pero han fallado. Y ahora están todos muertos.

—Mi padre pagará —dice Carla—. Tiene que hacerlo.

—Quizás. Aún le queda tiempo.

Suena distinta, piensa Carla.

No hables más con ella.
Te dije que no hablaras con ella.

—¿Tiempo? ¿Es que hay un límite?

—No te preocupes, yo voy a ayudarte —dice Sandra.

Carla, aún débil, confusa y mareada por la pérdida de sangre, se incorpora un poco. Ahora comprende por qué Sandra suena distinta. No le habla desde detrás de la pared. Le está hablando desde el otro lado del metal.

—¡Sandra! ¡Estás fuera! ¡Tienes que abrir la puerta, rápido!

—Ahora mismo —responde Sandra.

Carla oye cómo Sandra camina hacia la izquierda de la puerta. Oye un tirón, y cómo un mecanismo se mueve, tirando hacia arriba de la pesada plancha. La parte inferior de la puerta se levanta, un centímetro, luego cuatro, ocho.

Después vuelve a caer, con un golpe metálico que retumba por toda su celda.

—Otra, vez, Sandra. Tú puedes hacerlo.

Sandra dice algo que Carla no comprende. Y luego entiende que no habla. Se está riendo.

Una risa aguda y filosa, como la hoja de un cuchillo.

¿Por qué se ríe?

No.

No, no, no.

—Estás con Ezequiel —dice Carla, con el estómago encogido por el miedo.

Sandra aún continúa riéndose un poco más, como si no pudiera controlar esa risa. La clase de risa que viene de un lugar muy lejano, y que puede conducirte a la locura.

—Ay, qué cosas tienes, mujer. ¿Aún no lo has comprendido? Yo no estoy con Ezequiel. *Yo* soy Ezequiel.

Carla siente un puño de hielo hurgar en su interior, rascar sus tripas, atascarse en su esófago.

—¿Qué es lo que quieres, Sandra?

—¿De ti? Nada. Que te quedes quieta y tranquila.

—¿Cuánto le has pedido a mi padre? Estoy segura de que...

—Carla Ortiz, siempre negociando. La princesa heredera. Esta vez no es cuestión de dinero.

—¿Qué le has pedido entonces?

—Le he pedido que diga unas cuantas palabras en la televisión.

—No comprendo...

—Le he pedido que hable de vuestros talleres de Brasil. De Argentina. De Marruecos y de Turquía, y de Bangladesh.

Carla se revuelve, se acerca a la puerta, intenta asomarse por el respiradero.

—Puedo explicarte todos y cada uno de esos sitios, Sandra. No es como la prensa dice...

Sandra vuelve a reírse.

—Ahórrate el discurso, Carla. Sería más creíble si no tuviera las claves de tu ordenador. La de cosas que he encontrado dentro. ¿Es verdad que los dedos más pequeños son mejores para quitar el hilvanado?

—Nosotros ayudamos mucho en esos países. Esos niños trabajan con el consentimiento de...

Tres golpes, en rápida sucesión, furiosos, la silencian. Tan cerca de la puerta, que la reverberación le llena los oídos de clavos afilados.

—Cállate, zorra. ¿Cuánto cuesta tu casa? ¿Cinco millones? ¿Cuánto cuesta tu coche? ¿Cuánto costó tu vestido para el Bal Des Debutantes? Veinte mil putos euros, zorra. El sueldo de mil niños durante un mes, para que tú lucieras un trapo de Zuhair Murad durante unas horas...

La voz de Sandra se acelera, sus siguientes palabras se vuelven ininteligibles. Sigue hablando durante un rato, y riéndose sola, aunque Carla no puede entender nada.

Quiere contestar, quiere hablarle de los matices, de las complicaciones del mercado internacional. De cómo está malinterpretando todo.

Se limita a esperar, con los labios apretados.

Cualquier cosa antes de que vuelva a golpear otra vez.

—Perdona, perdona —dice Sandra, cuando logra recomponerse—. A veces me dejo llevar. Dicen que hay algo aquí arriba que no anda del todo bien, pero qué coño sabrán los psiquiatras, ¿verdad? Qué coño sabrá nadie. En un mundo cuerdo, serías tú la que estarías entre rejas. Así que supongo que en realidad no estoy tan loca, ¿no?

Sandra se agacha, hasta pegar su rostro al respiradero, y baja la voz. Es una vieja amiga, contando un secreto al oído.

—Oye, me lo he pasado muy bien contigo. Me has dado mucho más juego que el niñato que estuvo ahí antes. Puto mentiroso, no sabes cómo intentó engañarme. Pero tú no, Carla. Tú has estado muy bien.

Sacando fuerzas de donde puede, Carla logra preguntar:

—¿Cuánto tiempo me queda?

—Algo menos de veintiséis horas. Pero no creo que debas preocuparte. Seguro que tu padre hace lo que le he pedido. Al fin y al cabo son sus pecados, no los tuyos. Y un padre haría cualquier cosa porque su hija no pague por sus pecados, ¿verdad?

Se marcha, pero su risa queda flotando en las paredes durante un rato más, como una niebla densa y ponzoñosa.

31

Una foto

—No se puede salvar a todos —dice la abuela Scott.

Antonia la ha despertado —no son aún las cinco de la mañana en la campiña inglesa—, pero a la abuela no le importa. Ella está hecha de un material especial. Un material que sólo brilla, que sólo revela su naturaleza, cuando le exiges algo. Saber esto sobre alguien confiere un gran poder que Antonia ejerce con gran responsabilidad. Por eso la abuela, cuando contestó a la videollamada al decimocuarto tono, con la cara aún adormilada, estaba sonriendo. Sabe que no llamaría si no fuera importante.

—Estaba ahí, todo el rato. Delante de mis ojos. Si hubiéramos comprobado la matrícula del Megane ayer por la noche...

Antonia no puede creer que sólo hayan pasado veintiséis horas desde el momento en el que descubrieron que la matrícula del taxi estaba doblada. Su error, su tremendo error, fue asumir que había sido robada a alguien al azar.

Veintiséis horas. Una más de las que le quedan ahora mismo a Carla Ortiz antes de que se cumpla el plazo de Ezequiel.

—No puedes echarte el peso del mundo sobre los hombros, niña.

Pero la abuela Scott sabe que lo hará. De la misma, inflexible manera, con que aguanta sobre ellos la culpa de lo que le pasó a Marcos. Hay mucho espacio, aparentemente, sobre esos hombros para la culpa. La abuela lo achaca a su deficiente educación católica (y, aunque se irá a la tumba sin admitirlo, a la sangre española de su madre).

—Seis muertos, abuela. Sólo porque no llegué a la conclusión correcta dieciséis minutos antes.

Normalmente la abuela Scott tiene una paciencia infinita con su nieta, pero a veces esa paciencia encuentra tropiezos.

—Deja de lloriquear. No eres tú la que puso esas bombas, ni eres tú la que tiene a una mujer secuestrada. ¿Cómo es esa palabra de los africanos que me dijiste una vez?

«Los africanos» a los que se refiere la abuela son los ga, una tribu que vive al sur de Ghana, con su propio idioma. Y la palabra a la que se refiere la abuela no es una, sino dos.

Faayalo zweegbe.

—Sólo aquel que va en busca del agua puede romper el cántaro. Lo sé, abuela. Pero cuéntaselo a quien espera en la aldea muerto de sed.

Cuéntaselo a Carla Ortiz, o a los hombres de Parra. Seis

muertos, otro colgando entre la vida y la muerte. Y el propio
capitán, pronóstico reservado.

—Niña, deja de lamerte las heridas. Deja de lamentarte por lo que no has hecho. ¿Alguna vez te alegras por toda la gente a la que has ayudado? ¿Gente que ni siquiera sabe tu nombre? No, por todos los cielos. Sólo te regodeas en aquellos a los que crees que has fallado, y corres a esa habitación de hospital para seguir sintiéndote mal. Lo cual hace muy difícil poder ayudarte. ¿Sabes qué?, me vuelvo a la cama.

Cuelga.

En alguien como la abuela Scott, este signo de mala educación es tan extraño que Antonia se queda desconcertada.

Sabe que tiene razón, pero así es como funcionan las cosas. Sólo importan aquellos a los que no has podido ayudar.

Tanto más cuando aquellos a los que has fallado son los más importantes.

El hombre tendido sobre la cama, por ejemplo. Perdido en el interior de su cabeza para siempre.

—Te echo tanto de menos —le dice Antonia.

Marcos no responde. Su ritmo cardíaco sigue inalterado, afirma el electrocardiograma.

Antonia desbloquea el iPad, y abre la aplicación de Fotos. En la sección Favoritos hay una única imagen. Ella y Marcos, sosteniendo entre los dos un pastel de cumpleaños. Marcos mira al pastel, ella a la cámara.

Como siempre, se contempla a sí misma con desdén, porque esa persona en la foto no es ella. Es una extraña ignorante, que no es capaz de prever lo que va suceder tan sólo unas semanas después.

Se duerme.

Sueña.

Marcos está en su pequeño estudio. El cincel arranca de la piedra arenisca sonidos secos, sincopados. Ella es dolorosamente consciente de lo que va a ocurrir, puesto que ha ocurrido mil veces. No está en el salón, delante de un montón de papeles con pistas, con informes, con fotografías. Está a su lado, mirando por encima del hombro la escultura en la que él trabaja. Es una mujer, sentada. Las manos reposan quietas sobre los muslos, la espalda está inclinada hacia delante, en una postura agresiva que contrasta con la quietud de su rostro. Hay algo frente a la mujer que la impulsa a querer levantarse, pero sus piernas están hundidas en la piedra, el cincel aún no ha logrado liberarlas. Nunca llegará a hacerlo.

Suena el timbre de la puerta. Antonia quiere detener a Marcos, decirle que siga trabajando, que continúen con sus vidas, pero su garganta está tan seca como los trozos de informes que hay por todo el suelo del estudio. Se oye a sí misma —a esa otra mujer, a esa tonta e ignorante mujer que sube el volumen de la música en sus auriculares— gritar algo, y Marcos deja el martillo sobre la mesa junto a la escultura a medio terminar. El cincel se lo guarda en la bata blanca, y va a atender la llamada. Antonia, la Antonia real, la Antonia que sabe lo que va a ocurrir, quiere seguirle, y lo hace, pero despacio, muy despacio, de forma que no ve cómo abre la puerta, que no ve cómo el extraño de traje elegante y Marcos forcejean. Cuando alcanza el pasillo, Marcos y el extraño ya están en el suelo. El cincel ya asoma de la clavícula del extraño, su sangre está sobre la bata de Marcos, el extraño se retira, pero puede disparar dos veces. Una bala atraviesa a Antonia, la Antonia real, la Antonia que espera en el pasillo, y alcanza a esa mujer ignorante que está en el salón, con los cascos puestos y la música ya a todo volumen, sin apartar la vista de los papeles frente a ella. El tiro roza la esquina de madera de la cuna donde duerme Jorge, lo cual desvía la bala lo suficiente como para que, en lugar de entrar en el cráneo de Antonia, entre por la espalda y salga por el hombro. Una trayectoria amable para un balazo. Sin graves consecuencias. Sólo unos meses de recuperación. Quizás volver a barnizar la cuna.

El otro disparo no es tan afortunado. El otro disparo alcanza a Marcos en el hueso frontal, del que los médicos tendrán que arrancar luego un buen trozo para que el cerebro se expanda, en un intento desesperado por sanarse. Dicen que tras un rebote en la pared. Dicen que porque Marcos se arrojó sobre el extraño.

La pesadilla nunca lo deja claro. La pesadilla termina siempre con el estampido del segundo disparo aún resonando en sus oídos.

Entonces se despierta.
Y luego, la noche en vela, plagada de remordimientos.

Carla

Carla vuelve a llorar, pero esta vez es de rabia y de vergüenza por haber sido engañada. Siente la necesidad imperiosa de vomitar, de expulsar de sí todo lo que ella creía que era Sandra, su compañera de cautiverio, para poder hacer hueco a la furia que la invade, que le hace hormiguear la piel y le inflama el cuello y la frente y las orejas. Aprieta los puños, imaginando que es el cuello de Sandra lo que retuerce entre ellos, en lugar de aire. Aprieta el pie, imaginando que es el cráneo de Sandra lo que está aplastando, en lugar de la puerta...

Espera.

La puerta ha cedido un poco.

Vuelve a presionar de nuevo con el pie, pero la puerta sólo cede un par de milímetros, no más.

Cuando Sandra cerró la puerta, ésta no cayó exactamente en su sitio. Está un poco desplazada, nada más. Lo suficiente para que no encaje del todo en el marco. Ha dejado un pequeño hueco insignificante.

Carla se revuelve, con frustración. Entonces la voz le habla.

Hay algo que podrías hacer.
Sólo tienes que escucharme.

Y Carla escucha.

La percibe más fuerte que nunca. Sabe que la voz es su única amiga. Siempre lo ha sido. Y sabe otra cosa. Sabe quién es. Es la Otra Carla. La Otra Carla es más fuerte, es más decidida, sabe perfectamente lo que tiene que hacer. La Otra Carla no pide permiso, la Otra Carla actúa.

Y ella va a actuar también.

Se dirige hacia la esquina del sumidero, donde la humedad ha debilitado la lechada, donde una baldosa se movía. Tampoco mucho, apenas lo suficiente para introducir el dedo debajo.

Carla mete el índice entre la baldosa y la pared —sin pensar en lo que se puede arrastrar al otro lado, en qué patas, en qué aguijones—, y nota cómo el cemento cede, se desmigaja. No mucho, unos pocos granos. Sólo unos pocos granos.

Piensa en su padre. Cuando le preguntan cómo comenzó su imperio, dice: *vendiendo tres camisas.*

Carla comienza a rascar con el dedo.

Unos pocos granos cada vez.

32

Un rostro amable

La mujer de recepción —Megan es su nombre— está enfrascada en una novela romántica. Lee mucho para soportar el tedio de las horas muertas. Uno de los escasos beneficios de su mal pagado trabajo.

Unos dedos de manicura perfecta repiquetean sobre el cristal de la puerta. Es una mujer, bien vestida y sonriente. Tiene un rostro amable.

Megan aprieta el botón electrónico de apertura sin dudarlo. Nadie desconfiaría de un rostro amable como ése.

Cuando la mujer de rostro amable cruza la puerta, Megan deja a un lado la novela con cierto fastidio. Está deseando saber si la heroína logrará reconciliarse con el amor de su vida, a pesar de ser del malvado clan rival de los MacKeltar. En la portada se ve a la heroína de espaldas. Poco importa, el protagonismo lo ocupa un hombre de pecho descubierto y falda de cuadros escoceses. Los abdominales de ensueño y los pectorales labrados en mármol no parecen propios de las Tierras Altas en el siglo XIII, pero (*bom chicka wah wah!*) a quién le importa.

—Buenos días. Bienvenida al colegio Hastings. ¿En qué puedo ayudarla?

La mujer se aproxima a ella. Tiene una mano a la espalda. Está sonriendo.

Ahora que Megan la ve más de cerca, su rostro no parece tan amable.

TERCERA PARTE

ANTONIA

Adiós, sombras queridas;
adiós, sombras odiadas.
Yo nada temo en el mundo
que ya la muerte me tarda.

ROSALÍA DE CASTRO

1

Un titular

Por una vez, el agotamiento es más fuerte que la culpa. Unos minutos después de despertarse de la pesadilla, Antonia cae de nuevo abducida por el cansancio.

Un sueño pesado, pegajoso y denso como la brea, del que le arranca el tono de llamada del teléfono. Afuera, el sol brilla implacable.

—Pon la televisión —exige Mentor.

—¿Qué canal?

—No importa.

Es cierto. Del 1 al 5, sólo cambian las caras alrededor de las mesas. Las cadenas han interrumpido su programación habitual para ofrecer un *Especial Informativo*. Antonia no tiene ni que esperar a escuchar cuál es el tema. El *hashtag* sobreimpreso en la pantalla le aclara lo que ya imaginaba.

—¿Cuándo ha pasado? —dice, mirando al reloj. Es más de la una de la tarde.

—Hace hora y media, un periodista vasco lo ha publicado en la página web de su periódico.

—¿Y me llamas ahora?

—He tenido una reunión con la gente de arriba. Estás fuera, Scott. Se ha terminado.

Antonia no se puede creer lo que está escuchando.

—No puedes estar hablando en serio.

—Es una orden de arriba, Scott.

—Pero ahora tenemos un nombre. Sabemos quién es, y podríamos...

—Ahora es demasiado peligroso —interrumpe Mentor—. Hay algo más, Scott. Ese periodista...

Antonia se lo encuentra en uno de los canales, sentado a la mesa entre otros tertulianos tan ignorantes y bocazas y gritones como él. Un sesentón semirretirado, con el pelo canoso y sucio peinado en una coleta. Antonia lo reconoce al instante.

Es el hombre que saludó a Jon ayer en la calle Serrano. Con esa sonrisa.

Glas wen.

En galés, sonrisa azul. Una mueca malévola ante el sufrimiento de nuestro peor enemigo.

—... al parecer el periodista vio al inspector Gutiérrez en la televisión después de vuestra carrera por la M-50. Era uno de los que había denunciado su asunto con el proxeneta al que quiso inculpar.

—Le siguió hasta aquí —susurra Antonia.

—Intuyó que había gato encerrado. Supongo que habló con Parra para conseguir la exclusiva. Estas cosas pasan.

—Tú le metiste en esto —dice Antonia.

—Ya te he dicho que fue Gutiérrez quien...

—Tú metiste en esto a Jon. Tú, que necesitas siempre a tus marionetas con una pata rota. Tú, Mentor. Has sido tú el que ha hecho esto.

—Puedes culparme tanto como quieras. Mientras no hagas nada.

—Quedan diecisiete horas.

—Ahora es problema de la policía, Scott. Es una orden. Mantente al margen.

—¿Y Carla Ortiz?

—Habrá otras batallas, Scott. Si te estás quieta.

Mentor cuelga.

La lógica aplastante, matemática, de Mentor. Sacrificas un alfil para seguir en el juego. Porque lo único que importa es seguir jugando. Una vida hoy puede valer cien mañana. Como en la vieja fábula del ajedrez. Un grano en la primera casilla, dos en la segunda, cuatro en la tercera. Incontables en la última.

Cuéntaselo a Carla Ortiz, cuéntaselo a su hijo.

Llaman a la puerta.

El golpeo es inconfundible.

Antonia tarda en contestar. En realidad no quiere hacerlo, porque la furia que bulle en su interior está buscando por dónde salir.

Y aquí está el sacacorchos, llamando a la puerta. Antonia se acerca pero, en lugar de abrir, echa el pestillo.

—No quiero hablar contigo —dice Antonia.

Puede notarlo al otro lado, apoyado en la puerta.

—Quería contártelo —dice Jon, y por las arrugas de su voz se filtra la desolación—. Pero no encontré el momento.

—Estuvimos en esa cafetería de Cedaceros durante tres horas y once minutos. En completo silencio. A mí eso me parece un momento.

—Tenía miedo. Y vergüenza.

Entonces, Antonia estalla. De forma cruel, de forma injusta.

—Tu miedo y tu vergüenza han matado a Carla Ortiz.

Quiere hacerle daño. Quiere trasvasarle todo el dolor de su alma.

Lo consigue.

El dolor, por supuesto, no desaparece de la suya, sólo se amplifica y multiplica.

Nota, a través de la puerta, cómo el peso del cuerpo de Jon deja de apoyarse en la madera.

Hay un silencio. Largo.

Un movimiento a sus pies llama su atención. Algo se ha deslizado entre la puerta y el suelo, con un susurro de metal sobre el terrazo.

Es la cajita que contiene sus cápsulas.

Antonia se deja caer hasta el suelo. Coge la cajita y la aprieta con fuerza en el puño. Intenta llorar.

No lo consigue.

2

Un reencuentro

Antonia sigue en el suelo intentando recomponerse —habrán pasado diez o doce minutos— cuando la puerta vuelve a sonar. Creyendo que Jon ha regresado, se levanta en el acto, gira el pestillo y abre de golpe.

—Lo siento, yo...

Se interrumpe en el acto. No es Jon.

Ese hombre alto, delgado, de pómulos hundidos es, de hecho, la última persona del mundo a la que Antonia querría ver allí.

Sir Peter Scott, embajador del Reino Unido en Madrid, ex cónsul general en Barcelona, comendador de la Excelentísima Orden del Imperio Británico, está en el hueco de la puerta con intención clara de entrar.

—Padre —se sorprende ella.

—Antonia —saluda él.

No hay besos, ni abrazos, ni asomo de alegría o calidez entre ellos. Más bien un frente frío con bajas presiones y posibilidad de borrasca.

Es complicado.

Sir Peter —entonces sólo Peter— llegó a Barcelona en 1982. El año del Mundial de Fútbol. Mientras el mundo entero veía a Alemania caer derrotada a los pies de Italia, Peter Scott terminaba de instalarse en su piso de la calle Sardenya. A un paso de la plaza de toros, qué bárbara costumbre, decía a su madre por teléfono. Entonces no era más que un funcionario de carrera. El día lo dedicaba a sus labores administrativas en el consulado. La tarde, a pasear por la Rambla, tomar un café y dedicarse a su vicio secreto: la literatura inglesa del siglo XVIII.

Estaba inmerso en la lectura de los *Cantares de Inocencia y Experiencia*, de Blake, cuando una mujer que pasaba a su lado se tropezó y le volcó el cortado encima del pantalón. El líquido estaba ardiendo, pero a Peter no le importó. Estaba más preocupado de los ojos negros de aquella mujer. Pequeña, de pelo castaño oscuro y piel tan clara que era casi transparente. Estaba tan avergonzada por lo ocurrido que ni siquiera se disculpó. Mientras ayudaba a Peter a recoger los pedazos de la taza del suelo, el libro que éste leía cayó también, entre trozos de loza y un charco de café. Ella, al ver la portada, recitó:

—¿Qué martillo, qué cadena? ¿En qué horno se forjó tu cerebro?

Sorprendido por la cita de su poema favorito —el más hermoso, terrible y desolador que se ha escrito jamás—, Peter dijo:

—No hay muchos españoles que conozcan a Blake.

La sonrisa de la desconocida ilumina la Rambla entera, rebota en Montjuïc y funde, de vuelta, el corazón de Peter.

—Más me vale conocerlo —respondió—. Estoy terminando mis estudios de Filología Inglesa.

Once meses después, una soleada tarde de septiembre, Peter Scott y Paula Garrido se casaban en Santa María del Mar. Al año, nacía una niña de ojos negros a la que su padre quiso llamar inmediatamente Mary. Por Wollstonecraft, claro, no por Shelley —a quien Peter no tiene en muy alta estima.

—Me da igual —dice Paula—. Se va a llamar Antonia, como mi madre, que en paz descanse.

Seis años después, tras mucho esfuerzo y trabajo, Peter era nombrado cónsul. La felicidad de la familia era completa. Paula y él estaban perdidamente enamorados, y querían con locura a la pequeña.

Un mes después de que nombraran cónsul a su marido, Paula vomitó una mañana al levantarse. Sentía un dolor sordo en el costado. Ocho semanas después, el cáncer de páncreas la mató.

Antonia se fue a vivir con su abuela Scott durante tres años. Era toda la familia que le quedaba. Su padre se volcó en el trabajo y la ignoró por completo. Al regresar Antonia a Barcelona, el hombre que la recibió ya no era su padre. Era el hombre que pagaba las facturas de sus institutrices. La muerte de Paula le había dejado el corazón seco, le había vuelto egoísta y huraño, como si la difunta se hubiera llevado con ella, agarrada entre los dedos convulsos, el significado del amor. Le dejó muy claro a Antonia que ella era algo superfluo en su vida, un pie de página de un capítulo que se había cerrado para siempre y que, por alguna extraña razón, seguía suelto, vivo y respirando. Y la inteligencia de Antonia, esa brillantez que mostró desde muy niña y que tanto le había fascinado en Paula, le resultaba en su hija algo desagradable. Pero la inteligencia de Antonia no tenía la cualidad modosa de la madre. Era más bien filo, cuchilla y cepo. La niña aprendió a ocultarla bien pronto, no por ganarse el amor del padre, sino por evitar conflictos.

Tan pronto pudo, Antonia se largó a estudiar a Madrid. A su padre le nombraron embajador cuando ella ya era novia de Marcos, antes de entrar en el proyecto Reina Roja. En todos esos años se habían visto en un total de cinco ocasiones.

Tuvieron que pasar muchos años para que Antonia comprendiera por qué su padre la odiaba. O sentía por ella una emoción tan parecida al odio (tres cuartas partes de rechazo, una de resentimiento) que se le hiciera insoportable mirarla. Tuvo que suceder lo de Marcos para que entendiera. Cada vez que Jorge aparecía frente a ella, el vivo, punzante, penoso retrato de Marcos —tal y como ella lo era de su madre—, Antonia entendía. Pero no disculpó ni perdonó a su padre por ello, puesto que contra los sentimientos insanos puedes pelear, como estaba haciendo ella ahora, con mayor o menor fortuna. Y porque los niños viven en el ahora, en el presente continuo, en el que no quieren, no pueden, no deben conocer otra cosa que no sea el amor. Y ella sí, quizás —admite ahora, tres años después— le falló a Jorge, quizás fue entonces su padre el que estuvo ahí para él tal y como no había estado para ella. Haciéndose cargo de él cuando para Antonia era demasiado doloroso.

Quizás.

Pero Antonia no había colaborado. Sir Peter había peleado, había conseguido la custodia de Jorge delante de un juez. Había exigido que ella acudiese a terapia antes de ver al niño. Y tenía el convencimiento personal —alimentado por años de distanciamiento— de que su propia hija estaba loca de atar.

Es complicado.

Antonia se aparta para que su padre pueda entrar.

Sir Peter entra en la habitación como si le perteneciera. El joven inglés de buena familia y un poco estirado que había conocido Paula en aquella cafetería había acabado de estirarse del todo.

—¿Cómo está? —dice, señalando a la cama, aunque no mira a Marcos, sino por la ventana.

No estuvo presente en su boda, claro. Hubiera sido mucho pedir. Pero mandó una tarjeta que, Antonia está casi segura, había firmado él personalmente.

—En coma —responde Antonia—. ¿Qué es lo que quieres?

Su padre se da la vuelta y la mira fijamente. Antonia, que piensa por igual en inglés y en castellano, recurre esta vez a una palabra que no existe en nuestro idioma, aunque no sea una de sus palabras especiales. *Stare*. Mirar fijamente a alguien de forma que te hace sentir incómodo. No es algo que su padre haya hecho antes.

—¿Dónde está, Antonia?

En su voz hay algo que ella tampoco le ha escuchado nunca antes.

Miedo.

—¿Dónde está quién?

—Dónde está Jorge.

Y con esas tres palabras, el universo se parte en dos. El miedo salta de la voz de su padre y se instala en su piel como una corriente eléctrica de bajo voltaje, zumbando desde la punta de los dedos hasta sus orejas, encogiendo su diafragma y apretándole el pecho.

—Está en el colegio. Dime que está en el colegio.

—No está en el colegio, Antonia. Alguien se lo ha llevado de su clase. La profesora está en el hospital, inconsciente. La mujer de recepción está muerta. A las dos las han apuñalado. Y los niños dicen que fue una mujer. Están aterrorizados.

Todo lo que le ha dicho su padre parece irreal. Como si le estuviese sucediendo a otra persona.

Pero ya sentí algo parecido una vez. Cuando me desperté en este hospital, y Marcos agonizaba en la UCI mientras ella, impotente, repasaba cada uno de los instantes antes de la tragedia. Con tanta insistencia que se habían quedado para siempre en sus sueños, al igual que una luz fuerte se queda en nuestra retina tras cerrar los ojos.

No va a volver a ocurrir.

Antonia se pone en pie a toda prisa, coge su móvil, su bolsa bandolera. Mete el teléfono, el iPad.

—Tengo que irme.

—No vas a ir a ninguna parte, Antonia. No hasta que aclaremos esto. En el colegio dicen que has estado yendo a verle sin mi permiso, cada pocos días. Y la mujer de recepción abrió la puerta. Tuvo que ser a alguien que conociese. ¿Dónde estabas hace tres horas, Antonia?

Ella no responde.

El dolor que produce la desconfianza de su padre apenas llega a alcanzarla de refilón. Antonia lo registra como quien, corriendo para salvar su vida, nota que empieza a llover. En su estómago hay una sensación de vacío, como cuando llegas a lo más alto de la montaña rusa. La sangre le repiquetea en las sienes al ritmo de un tenedor en un cuenco de claras de huevo, es consciente de cada respiración.

Ignorando a su padre, se dirige hacia la puerta. Tiene que llamar a Jon. Tiene que llamar a Mentor. Tiene que...

—¿Dónde está mi nieto, Antonia?

Antonia se da la vuelta para decirle algo sin dejar de caminar y entonces tropieza contra un muro de ladrillos con traje. Cae al suelo, y enseguida nota unas manos enormes, sujetándola, al tiempo que siente en las muñecas el inconfundible rasgueo de unas bridas de plástico ajustándose al máximo.

—Te he dicho que no vas a ir a ninguna parte —dice su padre—. Excepto con nosotros a la comisaría.

Ezequiel

El agua le sabe a cenizas.

Últimamente, todo lo es.

Ha cambiado de sitio el jergón que le sirve de cama. Antes compartía la habitación al fondo del pasillo con Sandra, pero ahora su hija le ha ordenado que lo saque de allí, porque ha atado al niño a una pared, y quiere que tenga suficiente espacio.

Nicolás se pregunta desde cuándo estar con Sandra ya no es bueno. Desde cuándo ha dejado de suavizar con una sonrisa los insultos y los desprecios.

Eres un viejo inservible.

No me extraña que tu padre te pegara.

Luego le rozaba el hombro con la mano, o le dedicaba una sonrisa que atenuaba el golpe.

¿Cuándo comenzó a pasar?

Nicolás no lo sabe o no lo recuerda. A veces quiere marcharse muy lejos, dejarla de lado, huir sin mirar atrás. Pero luego recuerda cómo fueron los meses en los que Sandra estuvo

(muerta)

lejos de su lado, en cómo se hundió en un pozo de brea del que no se podía escapar. Cómo era salir a la calle, subir al metro, estar rodeado de personas, sentir sus miradas resbaladizas en la nuca y en la espalda. Ahí va un hombre que ha perdido a su hija.

Un viejo inservible.

No me extraña que su padre te pegara.

Luego Sandra volvió.

Simplemente, regresó. Llamó a la puerta, una noche, y todo fue perfecto.

No, no todo. Porque regresó distinta.

Nicolás no quiere admitirlo, no le gusta la verdad que acecha detrás de esa idea. No quiere renunciar al influjo poderoso de la voluntad de Sandra. Desde que ha vuelto, irradia una energía que le envuelve, que le impulsa.

Pero no es una energía buena. Ahora Esa energía envenena.

El camino que le ha hecho recorrer parecía claro, pero han surgido desvíos. Imprevistos, los llama ella.

Ese niño. Ese niño no debería estar aquí.

Es demasiado pequeño.

Nicolás fantasea con enfrentarse a Sandra tal y como fantasea con huir. De forma breve, superficial e inofensiva. Tan pronto como la fantasía comienza, tan pronto como se intuye como solución a la angustia y a la confusión, Nicolás recuerda la soledad. Pavorosa, fría e inhumana.

¿Era así antes? ¿Antes de regresar?

Nicolás tampoco lo recuerda. No tiene imágenes concretas del *antes*. Quizás fragmentos de la melodía, pero ni mucho menos la letra. Recuerda largas jornadas por los túneles, recuerda tener la sensación de ser padre. Recuerda cosas que no quiere recordar, cosas que pasaban por la noche, momentos en los que visitaba el dormitorio de Sandra, momentos en los que él era su padre y Sandra era él. Pero los desecha, como si en realidad esas imágenes no formaran una parte integral de quién es. Sólo son sueños. No son reales. Si lo fueran, habría quemado por ellas las correspondientes hojas de confesión.

Además, desde que regresó, no ha vuelto a ocurrir.

Ahora es él quien acude a ella, para obtener un desahogo distinto, el método que ella le enseñó. Se arrodilla, y entonces ella coge el cinturón y lo descarga en su espalda. Como hacía su padre de niño con él para que Nicolás no pecase. Como hacía justo antes de pecar con él.

Nicolás siente de nuevo el sabor a ceniza en la lengua y en el paladar. No le gusta esta confusión que siente. Desde que ella regresó.

Toma la pistola de encima de la mesa. El peso, la presencia física del arma, le confieren una extraña determinación.

Es una puerta. Una puerta, piensa Nicolás.

Se introduce el arma en la boca. Sus dientes rozan el metal, lo muerden. La grasa del arma, el metal, arrastran el sabor a cenizas.

Una ligera presión, es todo lo que hace falta. Y después sólo habrá paz.

Aprieta el gatillo, pero el arma sólo le devuelve el chasquido del seguro.

Eres un viejo inservible.

No me extraña que tu padre te pegara.

Suenan sus pasos, acercándose, y Nicolás deja el arma sobre la mesa a toda prisa.

La próxima vez. La próxima vez se atreverá.

—¿Está todo listo? —pregunta Sandra.

Nicolás asiente. Se ha esforzado mucho, pero ha cumplido con todo lo que le ha pedido.

Ella le sonríe.

3

Un rolls royce

Antonia Scott (metro sesenta, cincuenta kilos) calcula sus posibilidades de deshacerse del hombre que la arrastra hasta el coche que está en la puerta (metro noventa, ochenta y siete kilos). Son nulas. No hace falta ni siquiera incorporar el dato de que el hombre es, como todos los que prestan servicio de seguridad en la embajada, un oficial del SAS británico. Como los GEOS o los Marines, pero en *fish and chips*.

El SAS ha hecho su trabajo de reconocimiento. La lleva, a empellones y gruñidos, por los pasillos menos concurridos de la parte trasera. Sir Peter les sigue, tres pasos por detrás. Descienden las escaleras, atraviesan la zona de oncología —siempre en el lugar más escondido— y acaban en el exterior del recinto por una puerta lateral que ni siquiera Antonia había visto, y eso que prácticamente vive en el hospital de la

Moncloa desde hace tres años. Todo estudiado para cruzarse con el mínimo número de personas.

El Rolls Royce Phantom que aguarda fuera —un segundo SAS sostiene la puerta del coche abierta— es el coche oficial del embajador del Reino Unido, lo cual no quita para que sir Peter se sienta más que orgulloso de él. En otras circunstancias, Antonia quizás apreciase que la estén metiendo a la fuerza en un coche de medio millón de euros, pero no es el caso. Ahora mismo sólo es capaz de pensar en que, si le suben a ese coche, todo habrá acabado para Jorge, para ella y para Carla Ortiz.

No puede permitirlo.

Y, sin embargo, no se le ocurre ninguna forma de evitarlo. Dejarse dominar por el pánico, arrojarse al suelo, gritar... todo eso sólo empeorará las cosas.

Cuando quiere darse cuenta, ya está sentada en el coche, en el asiento detrás del conductor.

—Estás cometiendo un error —le dice a su padre, que ocupa el asiento a su lado. Los dos SAS se colocan delante.

—Ojalá sea verdad, Antonia —dice él, pero no la cree. Él ya la ha juzgado culpable, porque cree que lleva tres años sin estar en sus cabales. Y esa segunda parte quizás fuera cierta hace unos días, pero ya no lo es.

Ya no quiero quitarme la vida, piensa, y se da cuenta de que es verdad. Después de años controlándose, permitiéndose sólo fantasear con acabar con todo durante tres únicos minutos cada noche, tan sólo cuatro jornadas han sido suficientes para cambiarlo todo.

No puede terminar así.

Las puertas del coche se cierran.

Antonia mira a su alrededor con desesperación, buscando una salida que no existe.

El conductor, el mismo SAS que la ha traído a remolque, pone el coche en marcha.

Entonces hay un cataclismo.

Treinta segundos antes

A Jon Gutiérrez no le gustan las injusticias.

Las palabras de Antonia le han herido, mucho más de lo que está dispuesto a admitir. Había puesto todas sus expectativas en ella, había supeditado todo a conseguir, como fuese, que encontraran juntos a Carla Ortiz. Por supuesto, la vida no es una línea recta ni un camino despejado, y la mochila que Jon se había traído de Bilbao.

Y tus mentiras.

habían acabado con el sueño.

Así que Jon Gutiérrez está sentado en el Audi A8 sin trabajo, ni objetivo, ni esperanza. Campana herida en el campanario, mitad partida por la mitad. En su hotel le están esperando los amigos de Asuntos Internos, como hay Dios. Pero él no va a darles el gusto, no señor. Si quieren hablar con él, que vayan al Botxo, que en esta época del año está precioso, y la caseta del perro —así llaman los de Bilbao al Guggenheim— refulge al sol de junio, junto a la ría.

Aún está a tiempo de plantarse en Bilbao para una cena tardía si arranca ahora y pisa con garbo. Podrá abrazar a *amatxo*, contarle las penas, y dejar que el mañana traiga tiempos peores.

Pero claro, entonces ve a Antonia siendo arrastrada dentro del coche por un tipo grandote e indudablemente armado.

El inspector Gutiérrez nunca ha sido devoto de la doctrina *de perdidos al río*. La primera vez que se dejó llevar por las circunstancias fue hace cuatro días, y porque no le quedó otro remedio. De la iglesia de la que sí es devoto Jon Gutiérrez, donde pone velas, hace genuflexiones y recita plegarias es la de Nuestra Señora de Con Mi Compañera No se Juega. Así que, sin mediar más pensamientos, pone el coche en marcha, aprieta el acelerador, mete marcha —truquitos que uno aprende cuando se junta con psicópatas— y lanza el Audi disparado contra el costado del Rolls Royce.

Y van dos.

4

Una negativa

La fuerza del impacto hace trizas la ventanilla trasera izquierda, cubriendo a Antonia de cristales. Deforma el habitáculo del Rolls Royce y la arroja contra su padre, que aún no se había puesto el cinturón. Los airbags saltan en el asiento del conductor y del pasajero pero, por alguna razón, este coche de medio millón de euros decide que los pasajeros de atrás no los necesitan.

La frente de sir Peter ha golpeado contra la ventanilla de su lado, y ha dejado una telaraña en cuyo centro hay una araña carmesí. Su pelo blanco —Antonia está convencida de que se lo tiñe— está ahora empapado en sangre.

Antonia está sobre él, en una postura íntima, su cabeza sobre el pecho, que no se producía desde hacía ¿veintisiete?, ¿veintiocho años? Pero ella no busca el contacto —a pesar de que puede oír con nitidez el corazón de su padre, latiendo a menos de veinte centímetros de su oreja derecha—. Lo que busca es la manija de la puerta, con ambos brazos extendidos hacia delante por culpa de la brida que le une las muñecas.

—No... —susurra su padre, aturdido aún por el golpe.

Ella logra abrir la puerta e incorporarse, pasa por encima de su padre —es consciente de haberle dado un rodillazo en los riñones que no lamenta mucho—, pero cuando ya tiene medio cuerpo fuera, sir Peter le agarra de la pierna y tira hacia atrás.

—Sólo vas a empeorar las cosas —dice sir Peter.

Su hija patea, cocea con fuerza las piernas y el pecho y los brazos de su padre, hasta que logra librarse.

Las cosas no pueden estar peor.

Los dos SAS están empezando a deshacerse del amoroso abrazo del airbag. Al otro lado del coche, Jon Gutiérrez está en las mismas. Sólo que él tiene algo más de experiencia. Ha logrado incluso volver a encender el coche y le hace gestos con la mano para que suba.

Antonia le mira, niega con la cabeza.

Echa a correr en dirección contraria, alejándose de Jon, alejándose de su padre.

Corre, Antonia.

5

Una línea despejada

Tres horas más tarde, Antonia ha dejado de huir.

Aún no está a salvo, por supuesto.

Logró perder a los SAS metiéndose en la estrecha calle entre
el hospital y la residencia de ancianos del edificio contiguo.
Cuando dobló la esquina tenía pocas opciones. Por delante
de ella sólo estaba el Manzanares. Al otro lado del río, un
barrio de pequeñas casas unifamiliares donde Antonia sería
un objetivo fácil. Así que decidió entrar en la residencia de
ancianos. Iba a paso lento para no llamar la atención, a pesar
de que sabía que le andaban a la zaga. Llevaba la mochila bandolera colgando delante de sus manos esposadas. Cuando alcanzó la escalera echó de nuevo a correr hasta el segundo
subsótano, donde hay un túnel que conecta con el cercano
hospital. Salió por la puerta principal —a menos de seis me-

tros de su padre, que estaba de pie, de espaldas a ella, sujetándose la cabeza con las manos, y mirando en la dirección en la que ella había huido antes— y cruzó la calle, en dirección al parque de la Bombilla, donde usaría el borde de una papelera para deshacerse de las esposas de plástico.

Jon ya no estaba a la vista. El Audi había desaparecido. Aunque no cree que pudiera circular mucho con él, al menos no le cogerían tan pronto.

¿En qué momento dejamos de ser los cazadores para convertirnos en presas?, piensa Antonia.

Está en el McDonalds de Gran Vía. Probablemente el lugar más anónimo sobre la faz de la Tierra, con cientos de personas entrando y saliendo cada minuto, y más a esa hora. Las seis de la tarde, el momento en que se junta la merienda de los españoles con la cena temprana de los turistas extranjeros. Conseguir mesa ha sido imposible, así que Antonia se come su Cuarto de Libra con Queso, sus patatas extragrandes y su McFlurry —va a necesitar toda la energía que pueda— sentada en uno de los puf de la entrada, con la bandeja sobre las rodillas. No cree que la estén buscando por la calle, aún es muy pronto, pero está de espaldas a la cristalera. Por si han metido su fotografía en el sistema y por casualidad la reconoce un agente avispado.

No, su padre la habrá denunciado a la policía. Sin duda, la gente de Homicidios estará trabajando en el caso y querrá hablar con ella. Desde luego no pueden pedir ayuda a la Unidad de Secuestros y Extorsiones. Ezequiel se ha encargado de eso.

Estamos exactamente donde Ezequiel quería. Le hemos encontrado cuando ha querido que le encontremos. No antes.

La gente de Homicidios se toma las cosas con más calma que los de la USE. Sus clientes ya no protestan ni se les puede hacer más daño, así que lo de coger a un responsable que huye es una cuestión de tiempo. Que de hecho siempre corre a su favor. Cuando el fugitivo corre, se desgasta. No se puede huir eternamente, y menos hoy, cuando todo lo que un fugitivo necesita —comer, beber, dormir— deja una huella electrónica. A no ser que lleves un quintal de dinero en efectivo.

No es el caso de Antonia. Todo su capital era un billete de veinte euros que lleva siempre, doblado, entre el móvil y la funda, para una emergencia. Un Cuarto de Libra con Queso parece una emergencia muy necesaria, pero ahora sólo le quedan nueve euros y cuarenta y cinco céntimos.

Pensándolo bien, no tenía que haber pedido el helado.

No ha usado la tarjeta de crédito por un exceso de precaución. Es mucho más peligroso tener el móvil encendido. Si de verdad quieren atraparla, ese pequeño aparatito les llevará directamente hasta ella como un faro a un barco en mitad de la tormenta.

Pero tampoco puede apagarlo ni deshacerse de él. Porque está esperando una llamada que sabe que no tardará en producirse. Por ese mismo motivo ha colgado a Mentor, que ya la ha llamado tres veces, y a Jon, que ha llamado otras seis.

La que más le ha dolido ha sido la abuela, que ha llamado también. Una sola vez. Tampoco la ha cogido, por difícil que haya resultado.

La línea debe estar libre.

Guarda los últimos restos de la bebida para ingerir una de sus cápsulas rojas. La sobrecarga de estímulos —la gente, las luces, las conversaciones, los coches, sus propios pensamientos acelerados— a su alrededor está volviéndola loca, y necesita frenar su mente, recuperar el control, filtrar. Cada una de las cápsulas le concede escasos cuarenta minutos.

Constata, con alarma, que sólo le quedan otras dos.

Arroja los desperdicios a la papelera y sale a la calle, bajando por Montera en dirección a Sol, con el móvil en la mano. Estar en movimiento ayudará a seguir libre. Y sólo si está libre podrá salvar a Jorge.

Continúa caminando.

Cuando la llamada llega, por fin, Antonia ha llegado casi a la plaza de Canalejas.

—Buenas tardes, señora Scott —dice una voz de hombre. Grave y seca.

—Quiero saber que mi hijo está bien —responde Antonia.

—Lo está. No ha sufrido daño alguno.

—Quiero hablar con él.

—Eso no va a ser posible. Pero insisto, no va a sufrir. Los hijos no deben pagar por los pecados de los padres.

—Y, sin embargo, usted no deja de hacerles pagar, ¿no es cierto?

—Sólo hago la obra de Dios.

—Si usted lo dice. ¿No va a dejarme hablar con mi hijo?

—Le he dicho que no.

—En ese caso quiero hablar con Ezequiel.

—Ya está hablando con Ezequiel.

—Usted no es Ezequiel. Usted no es más que su recadero. Páseme con ella.

Al otro lado de la línea hay un silencio humillado. Antonia cree que ha colgado. Siente de nuevo el vértigo, la presión en la boca del estómago, el pánico ante el que no puede permitirse ceder.

Y algo más. Un sonido traquetea, lejano. Antonia lo registra en su cabeza, para volver a él después. Puede ser importante.

Entonces hay una voz nueva en el teléfono. Una voz de mujer, suave y cariñosa.

—Enhorabuena, Antonia Scott.

Sin saber por qué, Antonia asocia esa voz de mujer a un rostro amable. Pero cuando te paras un segundo a escuchar, a escuchar de verdad, percibes que debajo reptan los gusanos. Gruesos y pálidos, como los dedos de un cadáver.

—Quiero hablar con mi hijo —insiste.

—Mi padre ya ha sido muy claro en ese punto. Dígame, ¿cómo lo ha sabido?

Antonia no lo sabía. Sus sospechas se habían iniciado cuando se desveló la identidad de Ezequiel, pero había sido un tiro a ciegas que había dado en el blanco. Por supuesto, no va admitirlo.

—Eso es cosa mía.

Ella se ríe. Y en esa risa los gusanos asoman por debajo de la máscara, una masa pulsante y amenazadora.

—La gran Antonia Scott. Siempre misteriosa. Está bien. Para usted rigen las mismas reglas, Scott. Voy a imponerle una penitencia por sus pecados, como la que recibió Laura

Trueba, como la que recibió Ramón Ortiz. ¿Está preparada para escuchar?

Antonia no contesta.

—¿Está ahí?

—Estoy aquí.

—¿Quiere volver a ver a su hijo?

—Ya sabe que sí.

—Su pecado, Scott, es el orgullo. Un pecado menor, en comparación con los de los demás padres. Merece un castigo menor. Su penitencia es esperar. Doce horas. Si mañana a las siete de la mañana la ha cumplido, soltaremos a Jorge, en un lugar visible. Donde cualquier buen samaritano pueda encontrarle.

—¿Cuál es la alternativa?

—La alternativa es intentar encontrarnos. Puede que tenga éxito, porque ya está muy cerca. Pero sepa una cosa: su éxito sería su fracaso. ¿Lo ha comprendido?

Antonia lo ha comprendido. Lo ha comprendido muy bien.

—¿Y qué pasará con Carla Ortiz?

—Su destino no le incumbe. Está en manos de su padre. Él tiene su propia penitencia.

—¿Por qué hace esto, Sandra?

De nuevo la risa agusanada, infecciosa y cruel.

—¿Por qué? Me extraña que alguien con sus capacidades no lo haya entendido aún. Digamos que lo hago porque puedo. Lo hago porque es... divertido.

Y vuelve a reír, esta vez de un chiste que sólo ella comprende.

—Hasta mañana, Antonia Scott.

6

Un té verde

Se mete en el primer bar que encuentra, intenta serenarse, considerar las opciones.

Se sienta en la barra. Pide un té verde, para digerir la comida basura que le atora el estómago y la información que le rebota en el cerebro.

La camarera aún está echando el agua hirviendo en la jarra metálica —diseñada cuidadosamente para verter más agua en el platillo que en el interior de la taza— cuando Mentor vuelve a llamar.

—¿No te has preguntado por qué aún no te han cogido, con el móvil encendido?

Antonia sí que se lo ha preguntado.

—¿Qué has hecho?

—Hemos —la gente como Mentor siempre se refiere en plural a las cosas que no saben hacer— redireccionado la SIM de tu móvil para que parezca que estás donde no estás. Según un friki nuevo que tenemos en el equipo, estás de visita en Afganistán. Me debes una.

—Réstala de las que me debes tú.

—No durará mucho, no obstante. Una hora más, a lo sumo, antes de que tiren abajo las barreras. La policía también tiene sus frikis. Asegúrate de haber apagado tu móvil para entonces.

La camarera pone la taza frente a ella. Antonia agarra el sobre de azúcar y lo sacude entre el índice y el pulgar.

Una hora. Como mucho.

—¿Cómo de mal está la cosa?

—Ha desaparecido el nieto del embajador británico, el secuestro de Carla Ortiz ocupa todos los telediarios, han matado a una mujer, han apuñalado a otra. Una bomba se ha llevado por delante a cinco policías y herido de gravedad a otros dos. Y tú eres el único nexo de unión.

—Entonces mal, ¿no?

Mentor suelta un bufido exasperado.

—Te prefería antes de que aprendieras a usar el sarcasmo, Scott. Tu padre está presionando mucho para que te encuentren.

Lo cual no es una opción. Lo último que puede hacer ahora es pasarse toda la noche en comisaría, atada a una silla y respondiendo preguntas.

—Tu padre insiste en que sabes algo, aunque la descripción de la mujer que se llevó a Jorge encaja con varias posibles sospechosas. Una de ellas es la madre de Peppa Pig con gabardina.

Normal, cuando tus testigos son diecinueve niños de cuatro años.

—Cuando la profesora salga de la UCI —continúa Mentor—, si es que sale, podrá aclararlo todo. Pero mientras tanto no puedes dejar que te cojan, Scott. No puedes comprometer el proyecto.

Antonia no puede creer lo que escucha. La frialdad de Mentor a veces logra sobrepasarla.

—Tienen a mi hijo. Lo sabes, ¿no?

—Razón de más. Si te cogen, no podrás ayudarle. Tienes que seguir libre. Descubre dónde está y dínoslo. Nosotros haremos el resto.

Así de crudo. Así de simple.

Así de imposible.

Antonia respira hondo. El efecto de las cápsulas está empezando a desaparecer, y, por lo tanto, el mundo empieza a ganar velocidad, las emociones llaman a la puerta. Aprieta el teléfono con fuerza, forma un puño con la mano izquierda, se golpea en el muslo. Una, dos veces.

La camarera le echa una mirada extraña.

Calma. Calma, se dice. Lo último que quieres es dar un espectáculo y que acaben llamando a la policía.

Sugerirse calma no va a cambiar nada. La química de su cerebro es la que es. Y ahora mismo su hipotálamo, modificado para funcionar de manera natural como si siempre estuviera bajo presión, está realmente bajo presión. Por lo tanto, está bombardeando histamina en su torrente sanguíneo como si no hubiera un mañana. Antonia es consciente hasta del último de los ítems de información que la rodean.

De la máquina tragaperras que no para de dar vueltas.

Del hombre de la esquina que finge estar leyendo, aunque en realidad se está tocando por debajo de la chaqueta que tiene sobre el regazo.

De la puerta del baño, que chirría.

Del sonido del televisor, de la silla que tiene una pata rota de la puertadelacafeteradelsilbiditodelwhatsappdelhombreque

BASTA.

—¿Estás ahí, Scott?

—No puedo...

—¿Scott? ¿Tienes tus medicinas? Tienes que tomarte una, ahora.

Antonia lo sabe.

Mete la mano en el bolsillo, saca la cajita metálica. Cuando intenta coger una de las dos cápsulas que quedan, ésta cae al suelo, en el vertedero de cáscaras de cacahuete, palillos usados, huesos de aceituna y servilletas grasientas.

¡No!

Antonia se agacha, la busca entre la porquería, se la mete en la garganta y la muerde sin preocuparse por los gérmenes.

Esta vez ni siquiera cuenta hasta diez, ni espera a que la química obre su magia. No hay tiempo.

—¿Qué han averiguado sobre Fajardo?

—Por lo pronto, que no está muerto. Le están buscando por todas partes, pero va a llevar tiempo. El tipo sabía lo que hacía cuando decidió borrar sus huellas. El único vínculo que le ataba a la vida era la cuenta del banco desde la que se seguían pagando sus facturas, pero eso es habitual cuando muere alguien. Si nadie reclama ese dinero ni avisa al banco de que el titular ha muerto, se cargan los recibos mientras haya saldo.

—Dame algo que pueda usar, Mentor. Lo que sea.

—Te he mandado a tu email la ficha de Fajardo. Aparte de eso, que es poco, no hay nada, Scott. Lo único que han averiguado es que Fajardo recibió una baja médica después del suicidio de su hija.

—Ya, bueno, resulta que su hija no está muerta tampoco —dice Antonia.

—¿Cómo dices? —se asombra Mentor.

—No importa. Demasiado largo de explicar. Continúa.

A Mentor le cuesta recuperar el hilo después de la revelación de Antonia.

—A la semana de reincorporarse al trabajo, murió en el derrumbe del túnel. Eso es todo.

No es nada.

—¿Cómo está Jon?

—Completamente desquiciado. Me llama cada cinco minutos. Quiere ayudarte, Scott.

—Pues va a ser que no.

No después de cómo mintió, piensa Antonia. *Ya no puedo confiar en él. Y también tiene a los de Asuntos Internos en los talones. Y a los periodistas. Si le llamo y viene, quién sabe lo que podría presentarse junto con él. Podría arruinarlo todo.*

Tampoco puedo confiar en Mentor. No puedo confiar en nadie.

Demasiado riesgo para Jorge.

—Como quieras. Apaga el móvil, Scott. Y atrápale.

Cuelga. Antonia apaga el móvil. Abre el iPad, lo pone en modo avión y se conecta luego a la wifi del bar para descargar la ficha de Fajardo.

No es gran cosa. Pero hay en ella el esbozo de una historia.

Carla

Con un último tirón, la baldosa cae en su mano.

Los dedos índice y corazón de Carla sangran profusamente, sus uñas están astilladas y rotas, pero ha conseguido soltar la baldosa.

La sostiene con la mano izquierda mientras se chupa los dedos de la derecha, escupiendo sangre, trozos de uñas y arena. Carla no puede ver la expresión de su rostro, la fiereza animal, primaria que desprende cuando por fin se hace con ese cuadrado de cerámica de diez por diez.

Intentando ignorar el sufrimiento y la grima que le producen las yemas de los dedos en carne viva, Carla se quita el vestido. Envuelve cuidadosamente la baldosa en la falda, y después coloca la baldosa envuelta, con las esquinas hacia arriba, apoyada entre el suelo y la pared.

Ha estado pensando en este momento durante horas, visualizando cada detalle de lo que iba a hacer, de manera que no cometiera ningún error, hasta que el recuerdo ha alcanzado una cualidad casi física.

Tiene que darle un golpe con el canto de la mano. Un golpe seco, justo en el centro. No puede mellar la esquinas simplemente, o que se parta de una forma muy irregular.

Tiene que ser perfecto. Un golpe preciso, a ciegas en la oscuridad.

Traza el recorrido varias veces.
Suavemente. Luego hazlo.

Carla obedece a la Otra Carla, quien cada vez parece tomar mayor control de la situación, hasta el punto de que Carla siente que está a punto de pasar al asiento del copiloto. No le importa. Haría cualquier cosa por salir de ahí, por estrangular a Sandra con sus propias manos.

Piensa en ella cuando su mano impacta con la baldosa. Siente un crujido suave bajo el vestido.

La tela ha cumplido su función, que no se oiga cómo se parte la cerámica. Ahora desenvuelve el paquete con miedo a haberla destrozado. Esa baldosa es lo más importante que hay ahora mismo en su vida.

Varios trozos minúsculos caen del vestido, otros se escurren por la tela. Carla, a ciegas, rebusca entre ellos con angustia. Si la baldosa se ha convertido en migajas, todo su esfuerzo de las últimas horas será inútil.

Y morirás. Sabes que tu padre
no va a ayudarte, ¿verdad?

Puede que le haya llevado tiempo... Al fin y al cabo es una decisión muy importante.

*Si fuera Mario el que
estuviera aquí y tú tuvieras que
prender fuego a la empresa,
¿qué harías?*

Aún tiene tiempo. Aún puede hacerlo. Aún puede demostrar que...

*¿Que le importas más que su imperio?
Estúpida vaca. No va a hacerlo.
Te ha abandonado. Tienes que pelear
por ti. ¡No puedes contar con nadie!*

Carla da un paso más hacia atrás, cede un poco más el control a la Otra Carla. Hurga en el vestido, que se ha desgarrado al partir la baldosa, y encuentra entre los pedazos una mitad casi perfecta.

Se aferra a ella con un instinto feral. Ni siquiera se vuelve a poner el vestido, tan sólo se dirige de nuevo a la pared sobre el sumidero y comienza a introducir la punta de su improvisada herramienta entre la lechada y la siguiente baldosa. Ahora avanza mucho más deprisa, y al menos no siente dolor en los dedos. Esta vez tarda menos de una hora en conseguir desprender la segunda.

La recoge con mucho cuidado, no quiere alertar a sus captores de lo que está haciendo. Tiene el oído atento a cualquier sonido que provenga del exterior.

Es entonces cuando escucha el llanto, al otro lado del muro. Es un niño, un niño pequeño. Suena como...

¡Mario!

Carla va a levantarse, va a gritar que está aquí, que es mamá, que todo va a ir bien, pero la voz la detiene.

No es más que un truco.
Ahí al otro lado del muro
no hay ningún niño.

Carla duda, pero finalmente comprende que es producto de su imaginación. No puede haber un niño de cuatro años al otro lado del muro. Y si lo hubiera, no puede ser su hijo. Sólo es otro truco de Sandra para torturarla.

Así que obedece el impulso de la Otra Carla. Cuidar de sí misma. Nada más.

Deposita la segunda baldosa sobre el vestido, y regresa a la esquina.

Necesitará al menos diez baldosas más.

Y no tiene suficiente tiempo. Sabe que es un plan condenado al fracaso, pero está dispuesta a luchar. La Otra Carla le ha mostrado una verdad irrebatible: La vida no es nada. Sólo un fogonazo entre dos negruras infinitas.

Pero ella va a aprovechar hasta el último de los instantes de ese fogonazo.

7

Una penitencia

La única manera de poder ganar una partida es comprender las reglas del juego.

Desde que comenzaron a jugar el juego de Ezequiel, todo ha sido *murr-ma*. Caminar dentro del agua buscando algo con los pies.

Ahora el juego empieza a estar claro, piensa Antonia.

Nicolás Fajardo, un policía nacional con una hoja de servicios mediocre, entra en el cuerpo en 1996. No tiene estudios superiores, y, según una evaluación psicológica tras un altercado, «no tiene grandes habilidades sociales», así que no se recomienda que participe en actividades cara al público.

Si estuviera aquí Jon, diría que es un eufemismo, piensa Antonia. Le echa de menos. Pero ése es un sentimiento peligroso.

El psicólogo incluso se asombra de que Fajardo haya aprobado los test de la academia. Antonia no. Determinados trastornos mentales tienen un proceso gradual, insidioso, y Fajardo además tendrá habilidad para ocultar sus rarezas. Al menos en situaciones sencillas. Pero cuando las cosas se complican, se desvela lo que hay debajo. Y sus superiores se mosquean. No saben qué hacer con él, porque para eso es funcionario.

No obstante, Fajardo ha estado en el ejército. Dos misiones en Bosnia, en 1993 y 1994. Experiencia con explosivos.

Así que le meten en la unidad NBQ.

Es perfecto. Entrando y saliendo de túneles para que no le pongan bombas a los políticos, no tendrá que ayudar a ancianas a cruzar la calle. Sólo se arrastrará por agujeros oscuros, como la rata que los cuatro compañeros se tatúan en el brazo.

Las cosas le sonríen a Fajardo, como prueba la escasez de anotaciones en el expediente. Salvo las personales. Un permiso de quince días por enlace matrimonial, en 1997. Una baja por paternidad de otros quince, en 1998. Una baja por defunción de una semana, en 2007. Entre paréntesis, esposa.

No dice la causa de la muerte. Pero Antonia puede sacar sus propias conclusiones. Porque desde 2006, se repiten las evaluaciones psicológicas. Los terapeutas siempre hacen la misma valoración, muy probablemente porque el interesado ni siquiera se presentara a las sesiones: estrés. Sólo uno de ellos, en 2008, se atreve a profundizar más en las raíces de su conducta, y su informe es devastador.

El paciente narra haber crecido en una familia de clase media baja, con un padre violento y cruel. Afirma haber sido abusado, sin aclarar si sufrió abusos sexuales, sin embargo su discurso sí menciona graves castigos físicos. Según las pruebas realizadas, detalladas en la evaluación, su desarrollo afectivo y su personalidad están profundamente afectados probablemente por el entorno tóxico en el que afirma haberse criado. Su salida profesional fue el ejército, donde las situaciones de estrés empeoraron su TEPT. A pesar de ser altamente funcional por imitación, el paciente carece de habilidades sociales básicas, o de estrategias reales de afrontamiento. El trabajo diario ha agravado los trastornos derivados de su TEPT. Recomendamos su baja inmediata del servicio activo.

Tenemos suerte de que le dieran por muerto, o nunca habríamos tenido esta información, porque jamás habría salido del cajón del psicólogo.

Y probablemente nunca lo hizo. Porque Fajardo siguió trabajando. Con decenas de miles de plazas vacantes sin cubrir en España, muchas más durante la crisis económica, alguien decidió que no se podía prescindir de Fajardo. Total, su trabajo no era muy distinto del de esos perros de aeropuerto que se sientan frente a las maletas si huelen un explosivo. Así que le fueron poniendo parches. Risperidona. Olanzapina. Ziprasidona.

Así fue tirando.

Un día, hace dos años, ocurrió algo.

Sandra Fajardo fingió su suicidio.

Antonia intenta imaginar cómo sería la relación de Fajardo y de su hija. Una niña que crece sin madre, un adulto con gravísimos problemas psicológicos y sin más compañía femenina, que ha sufrido graves abusos en la infancia.

Cómo sería esa niña con diez años. Con once.

Con trece y catorce, cuando su cuerpo cambiase.

Mientras los jefes de Fajardo miran para otro lado, sabiendo que ese hombre es una bomba de relojería mucho más peligrosa que aquellas que busca bajo el subsuelo.

Antonia se pregunta cómo sería la vida de esas dos personas.

¿Quién puede saber lo que ocurre tras puertas cerradas, en los salones y en los dormitorios? ¿Quién puede saber lo que pasa entre dos personas, día tras día, año tras año, en un millar de madrugadas?

Ella no lo sabe. Pero ha confirmado con esa llamada de teléfono lo que ya había intuido. En el instante en el que supo que la huella dactilar del volante del taxi pertenecía a Nicolás Fajardo, dedujo que él no era Ezequiel. Dedujo que Parra y sus hombres estaban en peligro.

Antonia no sabe lo que pasó entre Sandra y su padre, pero cree saberlo. Cree que la parte más débil se adaptó y evolucionó hasta convertirse en la parte más poderosa. Primero tuvo que sufrir, que recibir mucho dolor, hasta que aprendió a dominar al que se lo causaba. Y después, un día, decidió que había llegado la hora de causárselo a otros.

Era Sandra quien, de niña, había pagado los pecados del padre de Nicolás. Era Sandra quien había crecido y quien estaba ahora dispuesta a hacérselos pagar a otros. A imponerles penitencias imposibles de cumplir, como había hecho con Laura Trueba y Ramón Ortiz.

Obligarles a renunciar a lo que eran, a sí mismos, a lo que les definía. Al éxito.

Como había hecho con la propia Antonia, dándole aquella elección imposible.

Para salvar la vida de su hijo, tiene que dejar ganar a Sandra.

Tiene que quedarse quieta durante diez horas y media más. Abandonar a Carla Ortiz a merced de la decisión que tome su padre, sea cual sea la penitencia que a él le haya impuesto Ezequiel, que Antonia está segura de que no cumplirá.

Y Jorge vivirá. Una vida por otra. Una vida por limitarse a hacer lo mismo que ha estado haciendo los tres últimos años: nada.

No, piensa Antonia. *Eso no va a ocurrir.*

No me fío de esa zorra. No voy a permitir que mi hijo pase un segundo más del necesario en sus manos. No voy a permitir que el hijo de Carla Ortiz no vuelva a ver a su madre.

No pienso abandonarla.

Sería como abandonarse a sí misma.

Antonia siente una punzada extraña. No deja de tener gracia que ella, a quien le pareció monstruosa la decisión de Laura Trueba —que le había costado la vida a su hijo—, esté en la misma situación y esté tomando idéntica decisión.

Va a ser verdad que estoy empezando a entender la ironía, se sorprende Antonia.

Es cierto. A veces el amor nos lleva a sitios complejos. Pero nunca podemos renunciar a nosotros mismos.

Piensa en aquella muchacha de la tienda de tatuaje, en cómo cuida a su padre de forma incondicional. Pero no había renunciado a ser ella. Cualquier otra en su situación no les hubiera dejado acercarse a su padre, hubiera primado el amor por encima de hacer lo correcto. Y, sin embargo, ella insistió, obligó a su padre a prestarles atención, a quitar la vista de aquella película...

Entonces el rayo la golpea.

—Kirk Douglas —dice Antonia, en voz alta—. ¡El puñetero Kirk Douglas!

—¿Qué dices, corazón? —dice la camarera, con acento de La Habana.

Antonia ni siquiera llega a oírla. Porque sus pies acaban de encontrar en el fondo arenoso bajo el agua (*¡murr-ma!*) una pieza del puzzle que ni siquiera sabían que estaban buscando.

Y de pronto sabe cómo puede derrotar a Ezequiel.

Mira el reloj. No tiene mucho tiempo para prepararse.

Tendré que encontrar el camino. Y tendré que hacer dos llamadas.

8

Una llamada

La primera, a Mentor.

—¿Te has vuelto loca? Te he dicho que apagues el móvil.

—Necesito un número de teléfono.

—Tu camuflaje ya no funciona, Antonia. Ahora mismo la policía ya sabe dónde estás. Será mejor que corras.

—Antes dame el número de teléfono.

—¿El número de teléfono de quién?

Antonia se lo dice.

—¿Estás loca? No, no pienso dártelo.

—Está bien. Pues yo me voy a quedar en este bar sentada tranquilamente.

—Antonia...

—Creo que ya oigo las sirenas.

—Eres insufrible.

9

Otra llamada

La segunda llamada, al número que Mentor le ha dado antes de colgar. Descuelgan al tercer timbrazo.

—Lo sé todo.

Un clásico, sí. Pero infalible.

10

Un chantaje

Parque del Retiro, puerta de O'Donnell. Frente a la Casa Árabe.

Ésa es la dirección que ha dado.

Antonia espera apoyada —la espalda recostada, los brazos cruzados, la pierna encogida— en un cartel que informa que las puertas del parque se cierran a medianoche. Pasan dieciocho minutos, y aún hay gente saliendo del parque. Durante la Feria del Libro, los horarios se alargan. Hay libreros que no abandonan sus casetas hasta muy tarde.

Antonia consulta el reloj cada treinta segundos. A Carla Ortiz le quedan tan sólo seis horas y media.

Trescientos noventa minutos.

Veintitrés mil cuatrocientos segundos.

Un coche aparece. Grande. Negro.

Antonia se separa del letrero —presiona la pierna, descruza los brazos, empuja con la espalda— y echa a andar hacia el vehículo.

Abre la puerta de atrás, entra y se sienta.

Hay dos personas en los asientos delanteros, que miran al frente. Una tercera figura está sentada, encogida en una esquina.

Las luces del coche están apagadas, el motor también. La única claridad en el interior es la que emiten las farolas y consigue, a duras penas, atravesar los cristales tintados.

Algunas conversaciones se tienen mejor en la oscuridad.

—Supongo que se dará cuenta de que me está haciendo chantaje —dice la figura de la esquina. Su voz gastada es poco más que un susurro.

—Es la idea, sí.

—¿Qué es lo que quiere? ¿Dinero?

Antonia sacude la cabeza y le explica lo que necesita.

—¿Eso es todo?

—Eso es todo.

—Posee usted un secreto muy valioso, señora Scott. Un secreto que muchos matarían por poseer.

—No me importa.

La figura se inclina hacia delante, y Antonia puede verle la cara por primera vez. Incluso a la difusa luz de las farolas, es obvio que Laura Trueba ha envejecido diez años en sólo un par de días.

—¿Cómo lo ha descubierto?

Antonia piensa en Kirk Douglas. *El puñetero Kirk Douglas.*

—El retrato de su despacho —responde—. El niño que murió tenía un hoyuelo en la barbilla. Ni usted ni su marido lo tienen. El gen del hoyuelo requiere que uno de los progenitores lo aporte. Es posible, en teoría, que lo hubiera heredado de otro familiar, pero las posibilidades son de una entre cinco mil.

—No lo sabía —dice Laura Trueba.

No, claro que no.

—Su manera de comportarse hizo el resto. Usted sentía culpabilidad. Pero no se comportaba como una madre que hubiese dejado morir a su hijo. De hecho, me pregunto qué hubiera ocurrido si ese niño hubiera sido Álvaro.

—Yo también, no se crea. Me gustaría poder decirle que conozco la respuesta, que actuaría de forma distinta. Pero estaría mintiendo.

Antonia lo comprende. El alma está hecha de pequeños compartimentos autocontenidos, como una muñeca rusa. Si sigues abriendo y abriendo, acabas encontrando la última de las muñecas. Y su rostro nunca es como el de la muñeca más grande. Ese último rostro puede ser mezquino y cruel.

—No es la única mentira que nos ha contado. Nos mintió desde el principio. Ezequiel no lo secuestró en el colegio, ¿verdad? Entonces no hubiera habido confusión posible.

—No —reconoce Laura Trueba—. Fue cerca de la casa que usamos habitualmente, nuestro chalet de Puerta del Hierro. Por eso se confundió.

—¿Quién era?

—El hijo de mi gobernanta —reconoce ella, su voz apagada teñida por la vergüenza—. Tiene la misma edad que Álvaro, la misma estatura. Viven con nosotros, llevan en la familia desde siempre. Incluso viajan con nosotros a Santander en verano. Su madre administra todas mis casas.

—Por eso tenía una foto con su hijo en la playa.

—Era la única foto que tenía de él.

—¿Cómo se llamaba?

—Jaime. Jaime Vidal. Era un buen chico. Álvaro y él eran amigos. Él iba a un buen colegio, yo me encargué de eso. No al mismo de Álvaro, claro... No hubiera sido apropiado... pero era un buen colegio.

—Un colegio privado.

—Sí.

—Por eso llevaba uniforme cuando Ezequiel se lo llevó.

Antonia visualiza enseguida lo que ocurrió. Jaime, de espaldas, con uniforme, chaqueta y corbata. En una urbanización que no tiene seguridad privada. Fajardo se limitó a esperar en el coche cerca hasta que vio al que creyó que era Álvaro abriendo la puerta del chalet con sus propias llaves.

—Sabemos que bajó del autobús del colegio. De ahí hasta casa eran seiscientos metros, pero nunca llegó. Su madre estaba preocupada. Entonces llamó... ese hombre. Me dijo que tenía a Álvaro.

—Y usted no le sacó de su error.

—¡Tenía miedo! —se defiende Trueba, a punto de echarse a llorar—. ¿Y si volvía a por Álvaro? ¡Tenía que proteger a mi hijo!

—¿Qué le pidió Ezequiel?

Laura Trueba se echa de nuevo hacia atrás en el asiento.

—Eso ya no importa. Algo que no podía aceptar.

—Y menos por el hijo de la criada.

La banquera aprieta el botón de la ventanilla. La estrecha rendija que abre ofrece escaso alivio al calor del interior.

—No puede usted herirme con ninguna palabra con la que no me haya herido yo antes, señora Scott.

—No, supongo que no —dice Antonia, tras reflexionarlo un momento—. ¿Qué le contaron a la madre?

—La verdad. Una verdad. Que alguien se había llevado a Jaime confundiéndolo con Álvaro. Que haríamos todo lo que estuviera en nuestra mano por recuperarlo, costara lo que costara.

—Y luego le entregaron un cadáver.

Laura Trueba guarda silencio. Antonia sabe que esa mujer nunca se enfrentará a la Justicia, nunca sufrirá la humillación de tener que justificar sus actos ante un juez y un jurado de sus *iguales*. Nunca recibirá castigo alguno. Pero parece que ella sola se ha aplicado a la tarea.

Al igual que la rendija de la ventana, produce escaso alivio. Pero es mejor que nada.

—¿Hemos terminado? —pregunta Trueba.

—Cuando me dé lo que le he pedido.

—Alejandro.

Uno de los hombres del asiento de delante se da la vuelta y le entrega a su jefa una bolsa de tela negra. Trueba se la da a su vez a Antonia. Es pesada, y a través del tejido se palpa el bulto del metal que hay dentro.

Antonia extrae la pistola. Incluso en la penumbra, el metal parece absorber la escasa luz de forma peligrosa y letal.

—¿Sabe cómo usarla? —le pregunta el hombre a Antonia.

—No.

El hombre se gira, con una expresión inescrutable en el rostro, toma el arma de manos de Antonia y le explica.

—Es una Glock de cuarta generación. Diecisiete balas en el cargador. No tiene seguro, así que, si aprieta el gatillo, mejor que sea porque quiere disparar.

Antonia coge el arma y la mete en su bandolera. Abre la puerta y se incorpora para salir.

—La misma oferta que le hice a su compañero vale para usted, señora Scott —dice Trueba—. Si le mete una bala en la cabeza a ese hijo de la gran puta...

Pero Antonia ha bajado del coche antes de que pueda acabar la frase.

Ramón

De noche, la vejez es más terrible.

La creencia popular, esa gran mentirosa, atribuye a los ancianos una sabiduría y una serenidad superiores a las de los jóvenes. Alcanzada una edad provecta, el cuerpo se ha liberado de sus necesidades más acuciantes, de sus deseos lascivos, de su hambre voraz y de su temperamento irascible. Los ancianos son pacientes, los ancianos prefieren la paz a la guerra, los ancianos saben escuchar y, cuando hablan, lo hacen desde la atalaya de mármol con letras de bronce en la que el tiempo y la paciencia les han colocado, y en la que es cuestión de tiempo que acaben sus días, solidificados, como ejemplo y recuerdo para las generaciones venideras.

Todo eso no son más que gilipolleces, piensa Ramón Ortiz.

Los ancianos son intransigentes, están cargados de prejuicios, sólo conocen una manera de hacer las cosas.

Los ancianos son los que comienzan las guerras, por orgullo, por dinero o por patriotismo. O cualquier mezcla de las tres anteriores.

Los ancianos tienen las mismas necesidades que cualquier adolescente salido y famélico. Si el cuerpo se lo permitiera se pasarían el día bebiendo hasta perder el conocimiento, comiendo hasta reventar y follando hasta que la polla se les cayera a trozos. Dos mil millones de cápsulas de Viagra vendidas al año ratifican esto último.

Pero el cuerpo no se lo permite.

Lo que le queda a Ramón Ortiz, lo que antes fue una máquina robusta y enérgica, es un saco de achaques e indignidades. Levantarse cada día, después de dos o tres horas de sueño ligero e intermitente, con los huesos doloridos, la garganta de lija y el calzoncillo húmedo por las pérdidas de orina. La visita al médico cada pocos días, siempre con otro *ay*, siempre con otra receta. Los recuerdos, permanentes y dolorosos, de dos esposas muertas, una en la flor de la vida, la otra hace menos de un año. Comer poco, porque el apetito físico se ha diluido, aunque el mental sigue presente, como una leve sombra, como un miembro fantasma que el soldado aún quiere rascarse, pero para el que los dedos sólo encuentran aire.

De noche, cuando el cansancio envuelve los hombros como una manta helada, cuando los ojos escuecen, cuando las piernas ya no soportan el peso, la vejez es un castigo peor que la muerte.

Ramón conoce unos cuantos ancianos. Los hay que ríen ante las propias dolencias, que sólo quieren otra partida de mus, otro chato de vino, otro atardecer. Los hay que maldicen su suerte, los hay que lo guardan todo en su interior. Casi todos se miran al espejo por las mañanas, sin reconocer la cara que les devuelve el reflejo y se preguntan quién les ha robado el mes de abril, cómo ha podido sucederles a ellos.

Todos los que conoce, sin excepción, no son más que críos asustados ante el lobo que devora sus jornadas a dentelladas cada vez más grandes.

Todos los que conoce, sin excepción, darían todo lo que poseen por que les apareciera la lámpara de Aladino dentro de una chistera. De los tres deseos les basta uno. Volver a tener veinte años, sabiendo lo que sé ahora. Una oportunidad de volver atrás, de hacerlo *bien* esta vez. Dirían adiós a todo lo que tienen y conocen. Casa, renta, familia y amigos. Hijos. Sin dudarlo. En la noche oscura del alma, su vista escudriña los rincones sombríos en busca de un diablo codicioso que venda elixires de la eterna juventud. Pero las sombras están huecas y vacías, como el reloj de arena de sus vidas.

Todos lo darían todo.

Yo no.

Ramón Ortiz es un hombre excepcional. Cuando se examinan las vidas de aquellos que han alcanzado grandes logros, debe entenderse su éxito como una combinación de talento, inteligencia, trabajo y suerte. Ramón Ortiz suma un quinto factor. Tiene una voluntad inquebrantable. Su vida, lo que él es, la ha definido por el trabajo, por la edificación lenta, piedra a piedra, grano a grano, de una pirámide en la que pasar la eternidad.

Si a un hombre así le pones una pistola en la mano y le dices: vuélate la cabeza o mato a tu hija, el disparo sonará antes de que acabes de hablar.

Si a un hombre como Ramón Ortiz le dices que destruya el trabajo de su vida...

—Haría cualquier cosa, Jesús, cualquier cosa.

Están sentados en el salón de su casa, en sendos sillones. Ha apagado todas las luces, menos una lámpara de pie, al otro extremo del salón. Algunas conversaciones se tienen mejor en la oscuridad.

—Lo sé, Ramón. Lo sé muy bien —dice su abogado.

Lo que quieres decir es cualquier cosa... menos esto.

Jesús Torres lleva siendo el consejero particular de Ramón Ortiz más de treinta años. En tres décadas ha aprendido a ajustar su papel a cada situación con excepcional finura, como uno de esos relojes suizos que tanto aprecia. O mejor, como un buen whisky.

Mira el vaso que tiene en la mano. Es un escocés asombroso. Un regalo que le hizo a Ramón un jeque árabe el invierno pasado por su cumpleaños. Dalmore Trinitas. Sesenta y cuatro años de maduración. Sólo tres botellas en todo el mundo. Más de cien mil euros cada una.

Ramón la ha cogido antes del mueble bar, sin pensar. La ha abierto, la ha puesto encima de la mesa, ha servido tres dedos de licor a cada uno —de un color caramelo brillante—, y después se ha puesto a mirar el reloj en silencio.

Torres da un sorbo —un sorbo de mil euros— y se recrea en los detalles y sensaciones, reteniéndolo en la boca antes de tragar. Primero notas poderosas de pasas, café, avellanas y naranja amarga. Pomelo, quizás. Sándalo y almizcle, por descontado. Luego, al tragar, una oleada de moscatel, mazapán, melaza. Y al marcharse, un retrogusto en el paladar de trufas, azúcar mascabado y cáscara de nuez.

Es un whisky magnífico, como debe ser la labor de un buen consejero.

Hay matices, sutilezas, notas que se perciben en un primer momento, otras que quedan para después, y van sembrando el camino para el futuro.

Hoy la labor de Torres no es la de abogado, sino la de confesor.

—Es mi hija, Jesús. La quiero con toda mi alma.

—Sí, Ramón. No te preocupes. No se atreverá. Mañana llamará y pedirá dinero a cambio. Volverá sana y salva.

El multimillonario duda. En la mano izquierda, apoyada sobre el regazo, sostiene la foto de su hija. En la derecha, su móvil. Una sola llamada bastaría, a pesar de lo avanzado de la hora. En treinta minutos podría estar dando una rueda de Prensa en todas las televisiones del país. En sesenta, la noticia se conocería en todo el mundo.

Multimillonario admite que se ha enriquecido con mano de obra esclava y anuncia el cierre de su empresa. Un titular demoledor.

—Aún estoy a tiempo de llamar.

—Es tu decisión. Si es lo que crees que debes hacer, hazlo. Llama.

Ramón le mira. En la penumbra, sus ojos son dos grietas que se abren a un abismo de obsidiana.

—¿Tú qué harías, Jesús?

Si fuera mi hijo, prendería fuego al mundo entero antes de permitir que le tocasen un pelo de la cabeza, piensa el abogado. Pero no dice eso. Su hijo está a salvo en casa, con sus nietos. Y no es él lo que está en juego. Lo que está en juego es el trabajo de Torres. Le quedan dos años aún para jubilarse, piensa hacerlo a los setenta, y después sentarse en su yate a emborracharse. Con la minuta que le paga cada mes Ortiz se pueden comprar aún muchos vasos de escocés. *Quizás no tan buenos como éste.*

—No es cuestión de qué haría yo —responde el abogado—. No es mi responsabilidad el bienestar y el empleo de casi doscientas mil personas en empleo directo. Ni de más de un millón de empleos indirectos. Ni de los accionistas, muchos de ellos gente que ha invertido los ahorros de toda una vida.

Definitivamente no tan buenos como éste, piensa, tras dar otro sorbo al Dalmore.

—Es mi responsabilidad. Es una carga pesada —dice Ramón Ortiz. Parece a punto de echarse a llorar.

Tú asegúrate de que el dinero siga fluyendo, viejo amigo. La princesa es contingente. El dinero es necesario.

—Inquieta reposa la cabeza que sostiene la corona, Ramón. Los grandes hombres tenéis que tomar decisiones difíciles —dice, con voz grave.

Ortiz reacciona agitándose en el sillón y desbloqueando el teléfono.

Torres arruga el entrecejo. Lo último que le ha dicho ha sido un error. Ha alimentado su ego, sin duda, pero también ha equiparado ambas decisiones. No basándose en la moral —sabe Dios que Ortiz está muy lejos de regirse por algo tan simple—, sino en la dificultad. Ambas decisiones no pueden ser igualmente costosas.

Toca ajustar un poco.

—Un hombre más pequeño tomaría la decisión más fácil. Pero tú ya has escogido. Y, como siempre, has escogido el camino más arduo.

Ahora sí. Un toque de adulación, con retrogusto a grandeza y majestuosidad, piensa Torres. Da otro sorbo.

Definitivamente, un whisky digno de un rey.

Ramón Ortiz vuelve a bloquear el teléfono. No, un hombre como él no puede comportarse como los demás. Los ancianos asustados, quizás puedan permitirse destruir el trabajo de toda una vida ante una amenaza. Un hombre como él tiene que tomar decisiones que a otros harían palidecer, temblar y echarse atrás. Un hombre como él es capaz de asumir la tristeza que se deriva de tomar las decisiones que a otros amedrentan.

El amor o la responsabilidad.

—Es muy duro, Jesús —dice.

—Hacer lo correcto está al alcance de muy pocos —le responde Torres.

Tengo suerte de tenerle a mi lado en este momento tan difícil, piensa el millonario.

11

Un email

La tapa de registro está en la esquina entre las calles Hermosilla y General Pardiñas. No tiene nada de especial. Sólo un humilde círculo de hierro, pisado cada día por cientos de personas.

Antonia mira alrededor, pero no viene nadie. Es casi la una de la mañana, y en esa zona no hay bares ni turistas.

De camino a su cita con Laura Trueba, Antonia se había parado en una tienda de todo a cien a gastarse siete de sus últimos nueve euros en una palanca de encofrador. Introduce uno de los extremos en el borde de la tapa de registro. Al principio no cede —dónde está Jon cuando lo necesitas—, pero tras varios intentos, logra introducir la punta entre la tapa y el brocal. A partir de ahí, es sencillo. La tapa se abre, y Antonia la aparta con gran esfuerzo y un estruendo de mil demonios.

Escaleras.

Quedan poco más de cinco horas.

Más vale que no me haya equivocado.

Sentada en el brocal de la alcantarilla, Antonia enciende el móvil —ahora no importa si la encuentran, porque a donde va no pueden seguirla— y graba un mensaje en vídeo para mandárselo por email a la abuela Scott.

—Hola, abuela. Voy a hacer lo correcto, tal y como tú me has enseñado. Si no sale bien, sólo quiero que sepas que...

Hace una pausa. Cuesta mucho decir esas dos palabras.

—... que te quiero. Y míralo por el lado bueno —dice, con una sonrisa trémula—, al final he tenido razón yo. Noventa y tres años y nos vas a enterrar a todos.

Envía el email a la abuela, y después hace su última llamada.

No necesita hacer la pregunta, pero la hace de todos modos.

Y Jon Gutiérrez responde lo único que puede responder.

Antonia apaga el móvil y echa un último vistazo a la calle silenciosa y sin tráfico. Va a haber tormenta, y el aire está encrespado, furioso. Las luces de las casas están apagadas. Al otro lado de las ventanas, las personas normales duermen, agotadas por sus vidas normales, ajenas a la existencia de monstruos que acechan bajo sus pies.

Antonia sonríe y empieza a descender hacia la oscuridad.

No es una sonrisa feliz.

12

Un dilema

—Fui sobre agua edificada, mis muros de fuego son —dice Antonia, en voz alta, para infundirse ánimo.

Cuando Antonia piensa en Madrid, no piensa en la puerta del Sol, en el Museo del Prado o en la puerta de Alcalá. No, ella piensa en el mural de la plaza de Puerta Cerrada.

Cuando Antonia se vino a estudiar a Madrid, renunció a ocupar una de las muchas viviendas que la Embajada del Reino Unido posee en la capital. Quería vivir lejos de la influencia de su padre, así que alquiló un pequeño estudio en la Cava Baja. Eran otros tiempos.

Cada tarde, al volver de la facultad, se tomaba un café en un bar de la plaza. Si hacía bueno, se sentaba en la terraza con sus apuntes, frente al gran mural de Alberto Corazón. Sobre un fondo color violeta, un pedernal sumergido en agua golpea una piedra de sílex que desprende chispas. Encima de ellos, la leyenda:

—Fui sobre agua edificada, mis muros de fuego son —repite Antonia.

Esta vez en voz más baja. Aquí abajo, el sonido funciona de manera extraña.

Ha descendido casi metro y medio por la boca de registro, y ahora se encuentra en una galería de servicio. Se detiene un momento para estrenar su nueva adquisición, una linterna en la que ha invertido sus últimos dos euros. El dueño del todo a cien, un ciudadano chino que decía llamarse Pepe, tuvo la amabilidad de no darse cuenta de que Antonia se metía unas pilas en el bolsillo de atrás de los pantalones.

Antonia introduce las pilas y presiona el botón, cruzando los dedos. Al fin y al cabo, una linterna de dos euros del todo a cien es un acto de fe.

Los LED se encienden.

Antonia se interna por la galería de servicio, y comienza a buscar entre desvíos, túneles y escaleras. La galería de servicio es una construcción moderna, diseñada para albergar la fibra, la línea de teléfono y la electricidad. Es la parte más superficial del subsuelo. Para encontrar lo que busca, tendrá que bajar más, mucho más. Y no todos los caminos son tan practicables. En muchos de ellos tiene que vadear aguas fétidas y heladas, en las que flotan toda clase de residuos. Prefiere no pensar en qué será lo que le roza los muslos o se queda prendido a su ropa.

Se pierde varias veces, tiene que desandar lo andado. Tiene los zapatos chorreando, las piernas empapadas por encima de las rodillas.

El tiempo corre.

Aunque los madrileños lo hayan olvidado, el mural de Corazón representa al primer emblema de la ciudad de Madrid, datado en el siglo XII. Un pedernal y una piedra de sílex, porque de esa piedra estaban hechos los muros, y las flechas de los invasores en la noche arrancaban chispas, haciéndolos parecer de fuego. Y acompañándolos, esa hermosa leyenda en castellano, que Antonia sigue repitiendo en voz baja, como un mantra mientras intenta orientarse con los planos del subsuelo que ha conseguido descargar de un foro de aparejadores. Son antiguos, de hace más de dos décadas, así que está teniendo problemas. Pero lo que ella busca no tiene veinte, sino mil cien años.

Los árabes que fundaron la ciudad en el siglo IX la llamaron Magerit, que significa «lugar abundante en aguas». Había decenas de arroyos, riachuelos y pantanos. Y por debajo de ellos, un acuífero formado hace diez millones de años, con más de 2.600 kilómetros cuadrados de extensión, y 3.000 metros de profundidad en algunos puntos.

Sobre agua edificada.

Antonia desemboca por fin en el colector de aguas, un espacio abierto a tres alturas en el que convergen siete túneles medianos en una enorme canalización inferior. A medida que el haz de luz de la linterna va recorriendo las gigantescas bocas de hormigón que vomitan un líquido barroso, Antonia se alegra enormemente de no ser capaz de oler nada. Los desechos y la suciedad se acumulan por todas partes. Una masa informe de toallitas húmedas se acumula en la reja que divide en dos el túnel principal.

No hay más indicaciones en el plano.

Antonia mira el reloj. Pasan de las cuatro de la mañana.

Está perdiendo demasiado tiempo. Y no es lo único que está perdido.

Hay siete túneles frente a ella, y tiene que descartar, eliminar, conseguir avanzar. No puede recorrerlos todos.

Tengo que estar a menos de quinientos metros, piensa. *Pero cualquier desvío incorrecto que tome ahora puede ser fatal.*

Invoca en su mente un mapa mental de los lugares que ha recorrido, intentando encontrar el trazado que sirva para orientarse, pero no lo consigue.

Su mente está demasiado llena, está demasiado tensa, y está acusando la escasez de oxígeno y el cansancio.

Antonia se lleva la mano al bolsillo, donde la cajita metálica guarda su última cápsula roja. Tiene que elegir. Si se la toma ahora, para encontrar el camino, puede que su efecto haya pasado cuando llegue a su destino.

Cuarenta minutos de claridad, y luego... se acabó.

Vuelve a mirar el reloj.

No sé por dónde continuar. Y no puedo explorarlos todos.

Si no tomo la cápsula, no llegaré a tiempo.

Si la tomo, y consigo llegar a tiempo...

No llegará en condiciones de enfrentarse a Sandra Fajardo y a su padre. Lo sabe.

Antonia se sienta en el suelo, entre charcos nauseabundos, y se mete la cápsula bajo la lengua.

Sólo esta vez. Será la última, piensa. Muerde la cápsula.

Luego cuenta desde diez hasta cero, mientras desciende los escalones hacia la cordura.

Carla

La geometría es algo maravilloso.

Carla nunca sacó buenas notas en las asignaturas de ciencias. Esforzarse, se esforzaba. A papá le importaban mucho, y ella se esforzaba. Pero no se le daba bien. Sin embargo, ya de adulta, tuvo que trabajar en un taller de confección de la empresa. Era parte de su formación, que comenzó en una tienda doblando ropa durante meses, y concluyó con ella asumiendo la dirección de una de las ramas del negocio. Entretanto, en una de sus escalas hacia la cima, su padre la envió a un taller de costura.

No uno de los talleres que hay en el mundo real. El mundo en el que las personas reales quieren vestir bien por poco dinero. El mundo en el que su padre y ella —sí, también ella— han hecho posible el deseo de esas personas reales, que a cambio les han convertido en millonarios sin hacer preguntas incómodas.

No, a ella Ramón la mandó a uno de los talleres de Galicia. De los que se tienen para que aparezcan en la foto de la memoria anual, con trabajadores bien pagados y sonrientes.

En su segunda semana en el taller, a Carla la pusieron detrás de la aguja de una de las poderosas máquinas de coser industriales, y le explicaron qué debía hacer. Cuando la puso en marcha, movió imperceptiblemente el rodillo de alimentación. Antes de que lograra pararla, la aguja había zurcido un hilo de tela blanca a lo largo de diez metros de tela. En una espantosa diagonal.

—Una desviación minúscula al principio de cualquier recta, y acabas muy lejos de donde debías estar —le había dicho el oficial del taller.

Carla había almacenado aquel conocimiento en el fondo de su memoria, creyendo que jamás le sería útil.

Hasta ahora.

Ha desgarrado su vestido en tiras rectangulares, más o menos del doble del tamaño de las baldosas. No ha sido una tarea sencilla, en la oscuridad. Después, envuelve la primera de las baldosas en ella, e intenta encajarla entre la puerta y el marco de la pared.

No entra.

Carla intenta empujar la puerta con la mano para ganar los milímetros que necesita, pero la puerta tampoco se mueve. Antes había conseguido desplazarla un poco, pero sus músculos apenas responden después de tantas horas encorvada, trabajando sobre las baldosas. Casi no le quedan fuerzas.

Si pudiera dormir un rato. Cerrar los ojos tan sólo unos minutos.

Hazlo. Hazlo y no volverás
a abrirlos nunca.

Carla está tan cansada, tan exhausta, que lo único que siente es un aturdimiento enorme. Da otro paso atrás en su propia mente, cediendo un poco más de terreno a la Otra Carla. Es ella la que prueba a empujar la espalda contra la puerta para intentar desplazarla, pero las plantas de los pies descalzos y sucios resbalan en el suelo húmedo. Finalmente da con la postura adecuada. Tumbada en el suelo, boca arriba, haciendo fuerza con las piernas en la pared, la palma de la mano derecha extendida sobre la puerta, la izquierda intentando encajar la baldosa.

Se mueve.

Encaja.

La puerta sólo se ha desplazado unos milímetros hacia fuera, pero Carla lo celebra con alegría salvaje, sintiendo cómo una oleada de euforia asciende desde el final de su espalda hasta la nuca, un escalofrío de anticipación. Es su mente premiándola, pero también es una trampa. No puede detenerse ahora.

La siguiente la coloca debajo. Con cuidado de no tirar la primera.

Cinco centímetros. Sólo necesito cinco centímetros.

Si tan sólo dispusiera de un poco más de tiempo para arrancar más baldosas...

—Pero no lo tienes. Sigue trabajando.

Esta vez la Otra Carla ya no ha hablado dentro de su cabeza. Esta vez ha usado su voz, su garganta, sus cuerdas vocales. Carla se da cuenta de que ahora están compartiendo el aire que respiran. Y de que si sigue respirando cuando salga el sol, quizás ya no quede nada de ella. De lo que era antes.

Si sigue respirando.

13

Un viaje

Ayudada por la cápsula roja, Antonia ha estudiado las opciones durante largos minutos, y ha decidido que es uno de los caminos situados frente a ella el que debe tomar. Eso reduce las posibilidades a tan sólo tres túneles.

No le gusta la idea del camino del medio, ni le gusta la densidad del aire del de la izquierda, que le parece más viciado y espeso. Además, hay ratas correteando en el último: puede escuchar sus chillidos en la oscuridad.

Es buena señal. Las ratas respiran el mismo oxígeno que yo.

Toma el pasaje de la derecha.

El camino va ascendiendo lentamente, antes de torcer de forma brusca, doscientos metros más adelante, bifurcándose en dos caminos diferentes. El agua que discurre por el fondo es mucho más rápida, dificultando su avance. El de la izquierda es impracticable, demasiado estrecho. El de la derecha es más pequeño que el principal, y debe caminar encorvada, pero logra salir a una nueva bifurcación. Un espacio de un par de metros cuadrados, tan bajo que casi tiene que arrodillarse.

Es aquí, piensa Antonia. *Aquí es donde murió Fajardo.*

Los elementos de los que disponía Antonia para encontrar el lugar eran muy escasos. El informe de su muerte mencionaba «el final de un viaje de agua en desuso a trescientos metros del nudo colector número 78».

Allí estaba.

Un *qanat*. Un viaje de agua, construido hace once siglos por los árabes. Metro noventa de alto, setenta centímetros de ancho, una canalización inferior. Una de los cientos de galerías olvidadas que excavaron en el subsuelo los moradores originales de la antigua Magerit.

Los *qanat* habían sido el principal medio de abastecimiento de agua de la ciudad hasta entrado el siglo XIX, cuando modernas técnicas de construcción y materiales sustituyeron aquella obra faraónica. Más de cien kilómetros, horadados en el corazón de la tierra. Inútiles, olvidadas, aquellas maravillas arquitectónicas permanecían incólumes.

Según el informe, el detector de gases del compañero de Fajardo había saltado cuando estaban inspeccionando el túnel anterior. Fajardo, que iba adelantado, no lo escuchó, siguió internándose en el viaje de agua. Su compañero lo llamó, pero era tarde. Una bolsa de metano se había acumulado en la bifurcación, desplazando el oxígeno del interior del *qanat*. El compañero de Fajardo siguió llamando, y entonces ocurrió la explosión. Una parte del túnel se derrumbó. El compañero fue a buscar ayuda. En aquel lugar tan estrecho, tardaron seis días en recuperar el cuerpo de Fajardo.

Aún quedan restos de escombros en el exterior del *qanat*. La cinta policial se ha desprendido de un lado, y cuelga con desgana de uno solo de sus extremos.

Los técnicos despejaron el túnel lo suficiente para sacar el cuerpo de su compañero, aunque dejaron una gran cantidad de escombros en el interior.

Sólo que no era el cuerpo de su compañero lo que se llevaron, piensa Antonia mientras se arrastra sobre el tapón de escombros. Las piedras le laceran los antebrazos y las rodillas, pero logra pasar. Cuando emerge al otro lado, tosiendo y cubierta de polvo, está cada vez más segura de que su intuición era correcta.

No tiene los detalles, pero sabe lo suficiente.

Fajardo engañó a su compañero. Cuando estuvo lo bastante lejos de su vista, hizo estallar una bomba. El metano por sí solo no habría podido hacer caer tal cantidad de escombros del techo del *qanat*. Fajardo tuvo que añadir sus propios ingredientes a la ecuación. Pero con la alarma de gases, y el testimonio de su compañero, nadie investigó demasiado a fondo el accidente ocurrido a ese tipo solitario y problemático. Se limitaron a sacar el cuerpo.

Un cuerpo. Un cuerpo de complexión similar al de Fajardo, vestido con el uniforme de Fajardo, quemado y aplastado bajo media tonelada de escombros. Que nadie miró dos veces. Sólo le dieron un entierro rápido y carpetazo al asunto.

Estaba delante de sus narices. Y no lo vieron.

Antonia comienza a comprender cómo funciona la mente de Ezequiel a estas alturas. Aún le faltan muchos detalles. No sabe con certeza cómo consiguió Sandra Fajardo fingir también su propia muerte, aunque tiene varias teorías posibles. No sabe tampoco de dónde logró obtener Nicolás Fajardo el cadáver que hizo pasar por el suyo, aunque es algo muy sencillo para un policía.

¿Cómo lo haría yo? Probablemente en la morgue de la Policía Judicial. O mejor aún, en la Facultad de Medicina de la Complutense.

En su sótano se hacinan cientos de cadáveres sin control alguno, marionetas arrinconadas para los estudiantes. Antonia estuvo allí una vez, llevada por un caso complejo. Cientos de cuerpos, con las venas y las cavidades repletas de formol, con los miembros resecos asomando bajo las sábanas blancas. Miembros sueltos, cabezas cortadas de lenguas hinchadas, y toda clase de piezas que un día fueron personas que dieron su carne a la ciencia para que otros vivieran en el futuro y hoy en día yacen olvidados. Sería tan fácil subir uno de ellos a una camilla...

Basta.

Todos esos detalles y procedimientos, por fascinantes que resulten, son ramificaciones que se extienden en su pensamiento, tentadoras, en las que no puede recrearse. De no hallarse bajo el menguante influjo de la cápsula roja, la compleja mente de Antonia podría perderse en ellos durante horas. Pero no puede permitírselo.

El tiempo se agota.

Ahora lo único importante es un *dónde*. Pero tras comprender lo bastante del *cómo*, Antonia está cada vez más segura de haber acertado con el lugar donde se oculta Ezequiel.

Le gusta restregarnos por la cara que es más lista que nosotros. Primero fue la matrícula doblada del taxi, la que había sacado de su propio coche siniestrado. Después la trampa mortal que nos preparó en su antigua casa. Todo son círculos alrededor de aquello que conoce.

¿Y dónde podría ocultarse durante meses alguien que está muerto, alguien que no pudiese usar dinero ni firmar papeles? ¿Qué lugar escogería alguien acostumbrado a moverse como pez en el agua en el subsuelo, que conoce a la perfección cada uno de los secretos que yacen bajo la piel de Madrid?

La pista se la dio el traqueteo lejano que escuchó en la pausa de la llamada.

La respuesta está a menos de doscientos metros del lugar donde Fajardo fingió su muerte.

Antonia recorre el viaje de agua, consciente de que cada vez queda menos tiempo. Pero a pesar de ello se detiene, saca el móvil y abre la aplicación de Notas de Voz. Graba un mensaje, con voz fuerte y clara, antes de continuar.

Al final del *qanat* hay una puerta. Antigua. Hierro colado, con una rueda pesada como pomo. Antonia pone la mano en el manillar que acciona la rueda. Va a girarla, cuando un vistazo más atento le permite apreciar algo que no debería estar ahí.

Un cable eléctrico, de color negro. Camuflado tras las palancas del mecanismo de la cuerda. Antonia no lo habría visto si uno de los pedazos de masilla adhesiva que sujetan el cable no hubiera perdido su adherencia, soltándolo un poco.

Sigue el cable con la linterna, hasta la parte superior de la puerta. Colocada astutamente sobre el marco hay una larga y gruesa tira de una masa amorfa. Antonia está convencida de que no quiere que a esa masa amorfa le llegue ningún impulso eléctrico.

Al final del cable hay un contacto. Si se gira la rueda... Bum.

Ha estado a punto de morir. Y, sin embargo, reprime una exclamación de triunfo.

La bomba trampa sólo puede querer decir una cosa.

Ezequiel está muy cerca.

Antonia no tiene conocimientos sobre desactivación de bombas. Pero el dispositivo es rudimentario. Sólo un cable, en un dispositivo básico. Una salvaguarda final de alguien que está convencido de que nadie va a entrar por allí. Pero que, por si acaso...

Tengo que tirar del cable lo suficiente como para que no haga contacto. Y después girar la rueda.

El tiempo se acaba para Carla Ortiz. Así que Antonia no piensa, se limita a tirar del extremo del cable, y desear lo mejor. Cierra los ojos, aprieta los dientes.

La explosión no llega.

Antonia gira la rueda con gran esfuerzo, haciendo crujir y protestar a las dos palancas que destraban la puerta.

Mira el reloj. Son las seis de la mañana. A Carla Ortiz le quedan cuarenta y siete minutos.

Antes de cruzar, su último pensamiento es para Jon.

Allá donde estés, espero que tengas los ojos bien abiertos.

Carla

La séptima baldosa es imposible.

Ha ido encajando las anteriores con sumo cuidado, ganando unos milímetros cada vez. El proceso es el mismo que empotrar un último libro en una estantería repleta. La mejor manera de lograrlo es extraer dos libros lo suficiente para colocar el tercero entre ambos.

La presión de las baldosas entre la puerta y el marco ha ido alzando poco a poco la puerta, separándola apenas unos centímetros en su parte inferior. No los suficientes.

Carla ha probado a introducir la mano, pero no logra pasar de la muñeca. Necesita una baldosa más.

La séptima, no obstante, se le resiste. El peso que están soportando las anteriores es ya tan grande que no puede separarlas lo suficiente como para introducir la última. Por no hablar de que debe sujetarlas al mismo tiempo con la palma de la mano, haciendo presión hacia arriba para que no se caigan. Y todo el proceso ha de realizarlo con una sola mano, la izquierda, ya que necesita la derecha para empujar la puerta hacia fuera.

Lleva horas con el brazo en alto, y tiene los músculos completamente agarrotados. Ha ido haciendo pequeñas paradas para recuperar la circulación, pero su cuerpo está débil y deshidratado y no responde. Está al límite de sus fuerzas. Puede desmayarse en cualquier momento.

Hasta aquí he llegado, piensa.

—Está bien —responde, con su voz, la Otra Carla. Que ahora es, cada vez más, la Carla Auténtica. La que está al mando. La que las ha llevado hasta allí a las dos—. Está bien, ríndete. Haz caso al dolor, haz caso al agotamiento. Ríndete a cuatro milímetros de la meta.

Déjame.

—Espero que te encuentren aquí, para que tu padre vea cómo tenía razón. Cómo no merecía la pena destruirlo todo para salvarte.

No. No.

—Porque nunca has estado a la altura.

Carla, humillada, enfurecida, empuja por última vez, tensa todo su cuerpo, logra mover la puerta y sostenerla lo suficiente. La séptima baldosa entra. Apenas un tercio de su longitud.

Agotada, respirando con dificultad, Carla se desinfla. El dolor le inunda las extremidades, rígidas.

—No te pares —susurra la Otra Carla—. Ahora es cuando empieza lo más importante.

Carla obedece, se gira para introducir la mano por la abertura en la oscuridad. Antes de hacerlo, un fugaz pensamiento cruza por su mente. El de que al otro lado, en la oscuridad, las formas escurridizas de su infancia han vuelto a adoptar la silueta del hombre del cuchillo, acechando en las tinieblas, con el filo dispuesto, esperando a que ella extienda el brazo para clavárselo en la palma de la mano.

Que se atreva, piensa.

Saca la mano.

El brazo se le queda atascado a mitad del antebrazo, pero llega a rozar la cuerda con la punta de los dedos.

Sólo tiene que tirar de ella. Pero está demasiado lejos.

—Para acercarla, tendrás que cortarla.

Carla vuelve a introducir el brazo. Cuando asoma de nuevo la mano, esta vez lleva la media baldosa sujeta firmemente entre los dedos.

14

Un túnel

A Jon Gutiérrez no le gustan los túneles abandonados.

No es una cuestión de estética, porque apenas puede ver nada. No hay luz, así no tiene que ver sus propios pantalones del traje, que se ha manchado y desgarrado al saltar desde el andén.

Lo que a Jon Gutiérrez le jode de los túneles abandonados es que estén cargados de explosivos.

Malditas bombas trampa, piensa Jon. *Esto en Bilbao ya no pasa.*

—Tienes que entrar a las seis de la mañana en punto, tan pronto abra el metro —le había dicho Antonia Scott, cuando le llamó hace cinco horas—. Tendrás muy poco tiempo para llegar.

—Déjame que avise a alguien. Tú y yo solos...

—No, Jon. Es mi hijo. No quiero a nadie más en esto.

Jon intentó memorizar las indicaciones de Antonia.

—Una cosa más —dijo ella—. Cuanto más te acerques, más probabilidades hay de que te encuentres con una bomba. El túnel es muy amplio, así que seguramente el disparador esté en el suelo, o a muy poca distancia por encima. Ve con cuidado. No pises en ningún sitio que no puedas ver.

Tan pronto como pasa el primer tren por el andén desierto de la estación de Goya, Jon salta a las vías. El desvío está oculto tras una puerta metálica, trabada con un grueso y viejo candado. Salvo que el candado aparentemente intacto, no sujeta nada. Tan pronto Jon gira el pomo, el candado se mueve con la puerta.

Aquí vamos.

El aire dentro del túnel es antiguo, amargo. Las paredes rezuman, y la pintura es apenas un vestigio, blancuzco, entre manchas de humedades. El silencio sólo se ve interrumpido por el sonido de los trenes de la línea 2.

—Serán ciento setenta metros —había dicho Antonia—. El túnel está prácticamente entero en curva salvo una recta al final, pero tendrás que tener cuidado. Si te ven acercarte, serás un pato de feria.

Lo cual quiere decir que tendrá que apagar la luz de la linterna e ir a ciegas los últimos treinta metros.

Jon camina muy despacio, atento al suelo. Hay un limo verdoso y maloliente acumulándose en el fondo, cubriendo los agujeros donde antiguamente habían ido fijadas las vías.

No pises en ningún sitio que no puedas ver.

Jon escoge con mucho cuidado dónde pone los pies. El limo no cubre del todo el cemento, y Jon sólo apoya su peso en los lugares secos. En ocasiones tiene que dar pasos en diagonal, otros enormes, de noventa centímetros de largo.

Avanza muy despacio. Y menos mal.

La primera de las trampas es un hilo casi invisible. Cruza el túnel, de un lado a otro, sujeto con una hembrilla a la pared. El otro extremo se hunde bajo el limo.

Jon se agacha y usa uno de sus pañuelos para retirar parte del barro verdoso que hay en los agujeros donde antes se anclaban las vías.

Debajo asoma un plástico azul eléctrico, que envuelve algo. Jon no sabe lo que es, pero está seguro de lo que sucedería si el hilo se rompiera.

Se pone de nuevo en pie, y pasa con cuidado sobre el hilo.

Jon no se relaja. Y menos mal.

La segunda trampa está casi inmediatamente después. Pero esta vez no es un hilo. Jon la ve casi por casualidad, ya que la linterna refleja en la lente del emisor de rayos infrarrojos colocado en la pared. Diez euros en cualquier tienda de electrónica. Igualito que los de los ascensores.

Pegado a la pared empapada, el inspector Gutiérrez tiene que hacer acrobacias para pasar por encima del sensor, situado a medio metro del suelo. Cuando consigue alejarse un poco, suelta un suspiro de alivio.

Jon sospecha que si hubiera interrumpido la comunicación entre los dos sensores, el mundo a su alrededor hubiera hecho *bum*.

Hay una tercera trampa ochenta metros más adelante. Es

idéntica a la primera, salvo que esta vez el hilo está colocado tan pegado al suelo que es prácticamente invisible. De hecho, Jon no lo ve cuando pasa por encima de él. Si no lo pisa, es por pura y simple casualidad. Sólo se da cuenta de su existencia, con un sudor frío, cuando ve un segundo y tercer sensor infrarrojo por delante de él. Situados a distintas alturas. Medio metro y un metro por encima del suelo.

Me cago en Dios, piensa Jon.

Porque a ver cómo pasa por ahí.

No queda sino arrastrarse, y confiar en que no haya ningún hilo más por el suelo.

El inspector Gutiérrez se arroja al barro, con el cuerpo paralelo al hilo, y después repta por debajo de los sensores. Emerge al otro lado. El traje, las manos y la cara llenos de limo hediondo, unas náuseas terribles. El olor que le invade las fosas nasales es absolutamente repugnante.

No puede contenerse y vomita, aún a gatas. El asco se adueña de su cuerpo, lo posee y lo mueve de forma involuntaria, como un músculo bajo una corriente eléctrica. Escupe saliva, traga, vuelve a escupir más saliva. Cuando abre los ojos

(aún vivo, joder, aún vivo)

le lleva un momento recuperar el control.

Se siente sucio.

Sin pañuelo para limpiarse, Jon se arranca la chaqueta, e intenta quitarse de la barba el cieno pegajoso, y limpiarse las manos lo mejor posible, usando el forro interior de seda. Deja atrás la prenda, inútil ya.

Esto no hay tintorería que lo arregle, piensa.

Se queda en mangas de camisa. Bajo ella se transparenta la palabra POLICÍA de su chaleco antibalas. No mucho, no obstante. La camisa es de algodón egipcio, y ha costado una cifra.

Ha llegado la hora de tomar una decisión. Porque un poco más adelante, presiente cómo el túnel se acaba. Ahora que los LED de la linterna están cubiertos de barro, puede ver una luz tenue filtrándose tras las paredes curvas.

—Habrá una recta al final. Cuando llegues allí apaga la linterna —había insistido Antonia—. O te verán.

—Y si hay alguna trampa en los últimos metros, ¿qué pasa?

Antonia no había respondido a eso.

Jon apaga la linterna. Ahora ha llegado el momento de caminar a ciegas, guiado sólo por el tenue resplandor que tiene delante.

Mientras avanza en la oscuridad, sin otra referencia que la de la pared a la que ha pegado los brazos y la espalda, Jon es extraordinariamente consciente de su cuerpo. Sus músculos agarrotados por la tensión. El estómago que ahora es un nudo vacío, empujando contra el diafragma. El corazón que late desbocado. La sangre golpeando en los oídos. La mandíbula dolorida de tanto apretar los dientes. Los ojos, sedientos de información. Las yemas de los dedos extendidos, que perciben cada mancha de humedad. El mundo es un abismo, y la oscuridad no ofrece cobijo, sólo amenazas.

Piensa en su muerte, que se le antoja inevitable. En todo

lo que alguna vez quiso hacer y desechó, porque mañana será otro día. En *amatxo*, a la que no ha dicho *agur*.

Treinta metros. Treinta metros más, sin saber si el siguiente paso va a soltar un hilo o cortar el circuito de dos sensores de infrarrojos. Sin saber si el siguiente paso será el último. Sin tener realmente claro por qué sigue adelante. Las certezas se han disuelto en el barreño ácido del miedo. Deber, honor, bondad, no son ahora más que palabras, letras amontonadas sin significado alguno. Que su cuerpo aborrece, ávido de supervivencia.

Si lo que quieres es vivir cien años, piensa Jon, *no vivas como vivo yo.*

15

Un secreto

Al otro lado del *qanat* y de la puerta trampa, una galería de servicio.

Pero ésta es décadas más antigua que aquella que Antonia encontró al principio de su viaje, hace horas que parecen ya días. Ahora está abandonada. De las personas que lo recorrieron solo quedan vestigios. Un anuncio de cerámica en la pared nos ofrece «Válvulas Castilla, sólo lo mejor para su radio, apartado 242 de Madrid». Otro más adelante está convencido de que «¡Fumar Ideales te mantiene delgado! a la venta en las expendedurías de la Compañía Arrendataria de Tabacos».

Años treinta, calcula Antonia mentalmente. Antes de ser una galería de servicio, fue un túnel de paso del público. Cegado hace muchos años, deduce, al ver cómo se detiene abruptamente. La pared de ladrillo sin revestir probablemente tapa un acceso a la calle.

El extremo contrario del túnel, conduce a un lugar que lleva cerrado desde hace casi medio siglo.

Un lugar que ahora es la madriguera de Ezequiel.

El metro de Madrid guarda en su interior muchos secretos.

Uno de ellos es una estación fantasma, abandonada hace décadas. En su día formaba parte de un ramal único de la línea 2, que conectaba Goya con Diego de León. Inaugurada en 1932, cayó en desuso veintiséis años después, cuando el trazado cambió y se inauguró la línea 4. La enorme infraestructura se clausuró al público, pero los empleados del suburbano le dieron una utilidad diferente. Por la noche, cuando ya había concluido el servicio, los conductores hacían un último viaje.

Era conocido como *el tren del dinero*.

Sesenta hombres corpulentos recogían los miles de monedas que habían recaudado las taquilleras durante el día y los reunían en grandes sacos que cargaban en el tren del dinero. Después los acarreaban hasta la estación fantasma de Goya *bis*, donde volcaban los sacos en grandes mesas alargadas en el andén. Allí contaban la montaña de calderilla hasta la madrugada. Lo que no eran capaces de contar durante la jornada se acumulaba en dos enormes cajas fuertes creadas a medida por la prestigiosa casa Fichet. Tan sólo dos de los empleados más veteranos y de confianza conocían la combinación de las cajas.

A principios de los setenta, el lugar fue abandonado. Los empleados fueron reubicados, y los trenes del dinero, cancelados. Modernos métodos se emplearon para recoger la recaudación.

Goya *bis* se convirtió realmente en una estación fantasma. Sin electricidad, con la vía que conducía hasta ella retirada para ser usada en otros puntos de la red. Y el túnel de casi doscientos metros que llevaba hasta ella, bloqueado con una puerta que ya nadie cruza.

Un sitio que todo el mundo ha olvidado.

El escondrijo perfecto.

Antonia estudia el pasillo frente a ella. Al final, hay dos escaleras que descienden hacia el andén. Calcula el número de pasos que serán necesarios.

Apaga la linterna.

Las paredes están cubiertas de azulejos blancos, que reflejan la luz a pesar de estar cubiertos de polvo. No quiere alertar a sus enemigos de su presencia.

El resto del camino tendrá que hacerlo a oscuras.

El tiempo ya no es una línea recta, se ha desvanecido en la hoguera de la urgencia. Su vida —quién es, por qué lo es— carece de significado alguno. Todo lo que importa es el incierto y peligroso presente. Ahora el destino de Jorge, de Carla Ortiz, el suyo propio, no descansa enteramente en sus manos.

Todo este enorme esfuerzo no servirá de nada si cuando ponga en práctica su plan, Jon no cumple con su parte.

Ahora debe hacer aquello a lo que se ha resistido con uñas y dientes toda su vida: confiar en otra persona.

Ezequiel

Para Nicolás, la noche ha estado plagada de espectros.

Se ha esforzado por dormir, porque el día siguiente será difícil, será peligroso, y necesita sus fuerzas. La muerte que contemplaba anoche —una salida, como una bendición oportuna— se le antoja ahora imposible. El infierno, donde el gusano no muere y el fuego no se apaga, es real. Ahora lo sabe, porque se lo han dicho los espectros. Esta noche han hecho cola para visitarle, para deslizarse entre el jergón y la pila de ropa que le sirve de almohada, para torturarle durante su duermevela. Los espectros. El niño al que desangró, los policías de su antigua casa. Su hija Sandra. Ella no había hablado, sólo le había mirado con aquellos ojos tristes, los párpados a media asta de quien vive una vida que no le corresponde.

Sandra, le había recordado con aquella mirada la realidad de la que él lleva escapando durante meses.

No estás muerta. No quiero que estés muerta.

Ezequiel se revuelve en el camastro. Ve delante de él —o quizás sueña— un nido, en el que un pájaro de plumas negras deposita un huevo, antes de marcharse. Se despierta, con la piel ardiendo, pero no suda, porque tiene fiebre, una fiebre alta que le deja la cabeza pesada y los brazos doloridos. En el bolsillo de la camisa se ha guardado los comprimidos de ibuprofeno, el último blíster de la caja. Echa mano a él. Al tacto nota que todos los compartimentos transparentes están vacíos, sus pequeños hímenes plateados colgando tristes.

Se incorpora lo suficiente para girar la llave de la lámpara de gas. La bombona azul está casi vacía, pronto habrá que cambiarla, pero queda la suficiente para iluminar una buena parte del andén. Contra la pared hay dos cajas fuertes, enormes, altas. Entre ellas, el pasillo que lleva a la habitación que una vez sirvió de oficina, y donde ahora duerme Sandra

(no está muerta)

junto al niño, el niño pequeño que no ha parado de llorar desde que llegó, y que ahora parece haberse rendido al agotamiento.

Sandra se ha levantado. La oye abrir la puerta de la oficina y dirigirse hacia allí.

Nicolás sabe lo que va a decirle. La noche se termina, y ha llegado el momento. La mujer tendrá que unirse a los espectros. Sandra ha pensado la manera, una particularmente cruel. También le ha explicado lo que harán luego con el cuerpo. Lo abandonarán de madrugada, frente a una de las tiendas de su padre. Donde todo el mundo pueda verlo. Sandra dice que ha acabado el tiempo de ocultarse. Que ha llegado la hora de que el mundo conozca su obra.

Nicolás no quiere.

Busca su cuaderno sobre la mesa con la mirada, pero está muy lejos, y ella ya está allí, vestida con un mono azul, en el que aún quedan resecas manchas marrones. El consuelo de la confesión tendrá que esperar unas horas. Habrá añadido un nuevo racimo de pecados para entonces. Y más manchas de sangre a ese mono.

—Espero que hayas descansado bien —dice Sandra. Y no hay ironía ni crueldad en su voz, ella no sabe de los espectros. Tampoco dulzura, ni auténtico interés. En esa voz neutra, aterradora, no hay más que la exposición de un deseo propio, de una necesidad propia.

Nicolás adquiere en ese momento —es un momento breve— la certeza de que los espectros tienen razón. La niebla que vela sus pensamientos desde hace meses se levanta, y Nicolás ve la realidad tal y como es por un segundo. Va a responder a Sandra que se marcha. Mejor, se irá sin decir nada.

Después la niebla vuelve a caer, la resolución le abandona, el momento pasa.

—Trae ya a la mujer —exige Sandra.

Nicolás mira su reloj. Negro. Correa de nailon. Esfera grande y cuadrada. Una maquinaria extraña en este lugar, un siervo del orden en un laberinto de caos.

—Aún quedan once minutos.

Sandra se encoge de hombros.

—No tiene sentido alargarlo más.

Trae las gruesas correas de cuero. Se las tiende a Nicolás con un gesto imperativo, enervante.

Nicolás mira la mano de Sandra como si de ella colgaran dos serpientes venenosas. Él sí que quiere alargarlo más. Posponerlo unas horas. Después de una noche acosado por los espectros, lo último que quiere es atar esos instrumentos de tortura, sentir la carne blanda, suave y trémula de la mujer bajo aquellas correas. Quizás mañana, cuando haya podido utilizar su cuaderno, encontrar un relato que dé sentido a lo que le pasa. A lo que está haciendo.

—¿Hay algún problema?

Sandra tiene un brillo extraño en los ojos. Hay amenaza, por supuesto, pero también algo más. Cálculo. Aritmética. Nicolás no sabe que está siendo evaluado, que Sandra intenta decidir si puede seguir obteniendo provecho de él o si, por el contrario, ha llegado la hora de dejar atrás un caballo desfondado. Nicolás no lo sabe, pero intuye un peligro, al igual que los perros cuando sus dueños se preparan para salir de casa y dejarlos solos durante horas.

—Ningún problema —afirma Nicolás, extendiendo la mano y asiendo las correas.

Ella aún no las ha soltado, cuando escuchan la voz.

—Buenos días. Perdonen que les interrumpa.

Hace un millón de años, Nicolás fue una vez al zoo con su hija. En el pabellón de las serpientes había una pitón de Burma. Cuando se acercaron, el reptil giró la cabeza exactamente igual que Sandra lo acaba de hacer hacia el sonido.

Proviene de las escaleras, al fondo del andén.

—Lamento haber estropeado con mi presencia lo que estuvieran haciendo —insiste la voz de Antonia Scott.

Sandra suelta las correas, que quedan en manos de Nicolás. Se inclina sobre la mesa, y coge la pistola y una de las linternas.

—Mata al niño —le ordena—. Yo me encargo de esto.

A Nicolás lo que le aterroriza no es la orden, sino la sonrisa que le acompaña. Como si estuviera esperando aquella intromisión. Como si fuera lo que realmente más desease en el mundo.

Carla

Tres minutos antes

La cuerda está casi cortada.

La piel de sus antebrazos está desgarrada por varios sitios, y sus hombros protestan por haber mantenido la misma postura durante horas, pero apenas quedan unas pocas fibras.

Con un último esfuerzo, logra acabar el trabajo. Tan pronto la cuerda se parte con un suave chasquido, el enorme peso de la puerta metálica cae sobre su brazo, presionándolo. El dolor es inhumano, pero ella no suelta la cuerda, a la que se ha aferrado con todas sus fuerzas.

Sujeta el pedazo de baldosa con los dientes y comienza a tirar, arrancando más piel aún de sus antebrazos, que se queda enganchada en el borde oxidado de la puerta. Consigue agarrarla también con la mano izquierda, y sigue tirando. No hay esperanza en su corazón, tampoco certeza de sobrevivir. Sólo la urgente necesidad de seguir respirando. El dolor es secundario, el dolor es asumible. El dolor es vida, el esfuerzo titánico es vida. La sed insoportable, el líquido corrosivo que le bulle en los pulmones, pidiéndole que abandone su empeño, es vida. Rendirse, es muerte.

Dos palmos. Tres. Las baldosas que había usado como tope caen al suelo, y el ruido que hacen se le antoja a Carla fuerte como una sirena de bomberos.

Tiene que darse prisa. Es imposible que no lo hayan oído.

Comienza a arrastrarse, poco a poco, hacia la abertura que ha conseguido crear. No puede soltar la cuerda. Cuando la suelte, caerá. El sonido podría alertar a sus captores, si es que no lo han hecho ya las baldosas al caer.

Cree oír voces a lo lejos, una voz fuerte de mujer, pero no le presta atención.

Tiene casi el cuerpo fuera. Pero sigue con el brazo extendido, sosteniendo la puerta metálica a duras penas.

Quien emerge al otro lado de la celda es la Otra Carla. La antigua Carla ahora le parece una pariente lejana, de esas que encuentras en las bodas y cuyo nombre alguien tiene que susurrarte al oído antes de saludar.

Es sobre el brazo derecho de la Otra Carla sobre el que cae la puerta —con un sonido tierno—, cuando las fuerzas la abandonan.

Cuando era niña, Carla —la antigua Carla— había corrido delante de su padre para impedir que una puerta de garaje se cerrara. Una de esas grandes puertas de garaje de cierre horizontal. Metió la mano para tocar la célula fotoeléctrica antes de que se cerrara del todo. Pero llegó tarde. Y la puerta la atrapó. La antigua Carla había chillado y llorado todo el camino al hospital. Le quedó una fea cicatriz en el antebrazo, y el músculo ligeramente hundido, incluso décadas después.

La Otra Carla, la Nueva Carla, no emite ni el más mínimo ruido. Sin soltar la baldosa, se muerde la cara interior de los carrillos para desviar la atención del dolor que está sintiendo en el brazo. Carla es ahora un animal atrapado, peligroso. Sería capaz de arrancarse a mordiscos su propio brazo con tal de salir de allí. Tiene que girar el cuerpo, ponerse en cuclillas, y alzar con sus últimas fuerzas la puerta sobre sus goznes, de forma que consigue liberar su antebrazo.

La puerta se encaja con un chasquido.

Carla está libre.

Estar allí, sola, en la penumbra incierta, le produce un miedo que no había sentido antes. El miedo a ahogarse en la orilla, tras haber cruzado a nado un mar embravecido.

Ahora su cuerpo le exige huir, correr en cualquier dirección. A un lado del pasillo puede percibir una luz tenue, así que intuye que ése no es el lado correcto. Lo sabe. La Nueva Carla sabe cosas. Al lado contrario sólo hay más oscuridad, en la que sólo hay una isla de luz.

Procede de una puerta.

La puerta de la habitación que había junto a su celda. Una puerta de madera y cristal. Una puerta a través de la cual se vuelve a escuchar el llanto de un niño, que llama a su madre.

Es un truco. Huye. Huye.

Pero no puede huir. Tiene que saberlo.

Tengo que saberlo, piensa, mientras se vuelve hacia la puerta de madera.

Puede que su cuerpo esté pidiendo a gritos no saber, pero

lleva demasiado tiempo —una vida— dándole la espalda a la verdad como para ceder esta vez.

La habitación es una oficina minúscula iluminada por una lámpara de gas, en la que los muebles se han apartado para hacer sitio a un colchón en el suelo. Al otro lado, atado con cinta americana a una tubería por una de sus muñecas, hay un niño pequeño. Vestido con pantalón gris y jersey verde. Los ojos hundidos y enrojecidos, la voz ronca por el llanto. Cuando Carla entra en la habitación, el niño la mira, aterrorizado. Carla no es consciente de su propia imagen hasta que se contempla a sí misma a través de los ojos del niño. Una aparición ensangrentada, sin otra ropa que el sujetador y las bragas, cubierta de suciedad y sudor.

Carla se arrodilla junto al niño.

—¿Cómo te llamas?

El niño aparta la mirada, ante aquel nuevo monstruo que ha surgido de la negrura para atormentarla. Abre la boca para llorar, hincha de nuevo los pulmones.

—No. No. Cálmate. Me llamo Carla. Vengo a ayudarte.

No espera a que el niño le conteste o a que procese su presencia, porque no hay tiempo que perder. Empieza a cortar la cinta americana por la que el niño está sujeto a la tubería, usando el trozo de baldosa. Ahora que puede verlo, por primera vez, se da cuenta de lo minúscula y patética que es esa improvisada herramienta. Y, sin embargo, la ha traído hasta aquí.

El niño la mira con los ojos muy abiertos, sorbiéndose los mocos. No es capaz de comprender por qué el monstruo sucio y cubierto de sangre lo está ayudando.

De pronto mira por encima del hombro de Carla, y sus ojos vuelven a reflejar el terror.

Oh, no, piensa Carla, comprendiendo, un instante demasiado tarde, que ha cometido un error.

El hombre del cuchillo está a su espalda, la agarra del pelo, la lanza al suelo con brutalidad.

—No puedes hacer eso. ¡Se supone que no puedes hacer eso!

La cabeza de Carla rebota contra el cemento, y se queda atontada, boca arriba. El hombre del cuchillo se arroja sobre ella, entrelaza los dedos alrededor de su cuello y comienza a apretar.

Esto es lo que obtienes cuando intentas hacer algo bueno, piensa Carla. *Esto es lo que obtienes.*

Mientras los dedos del hombre del cuchillo aplastan su tráquea, Carla sólo siente una incomprensible sensación de injusticia. Durante su estancia en la oscuridad había aprendido que Dios, el Bien y el Mal, no eran más que monosílabos en mayúsculas. Pero aún quedaba dentro de ella un hálito de esperanza en una especie de equilibrio universal. El mismo que la había impulsado a entrar en la habitación, atraída por el llanto de aquel niño, cuya pierna se agita a sólo unos centímetros de su cara. La zapatilla tiene serigrafiado en el tobillo un Bob Esponja que ha perdido un ojo y parte de una mano, a fuerza de golpear un balón. Carla se da cuenta —en un último lapso de lucidez de su cerebro, que consume sus últimos restos de oxígeno— de que esa zapatilla también la tiene su hijo Mario. También está rozada en el mismo sitio. Es una de las que ellos fabrican. Un defecto que habría hecho notar al departamento correspondiente con un correo electrónico. Firme, pero cariñoso.

Sus ojos se inundan de nuevo de la luz blanca y cegadora.

Voy a morir, piensa Carla. No hay incredulidad, ni miedo, ni lamento. Sólo derrota.

Entonces oye algo —el sentido del oído es el primero que se pone en marcha en el cerebro cuando uno se despierta, y también el último en desaparecer—. Una voz masculina, seca. No entiende el sentido de las palabras. Pero los dedos dejan de apretar su garganta, y el cuerpo de Carla toma el control, pone en marcha los pulmones, de nuevo, traga el aire en bocanadas enormes, siente cómo la vida vuelve a inundarla de nuevo...

Entonces suenan los disparos.

16

Un señuelo

Antonia avanza muy despacio.

Sabe que su única oportunidad descansa en manos de Jon. Que ella no es más que un señuelo, que debe servir para alejar a uno de los dos de la puerta, y darle al inspector Gutiérrez una oportunidad.

Mientras su voz resuena con fuerza por los pasillos, Antonia se mueve tan despacio como puede, confiando en que el eco en los azulejos sirva para despistar lo suficiente a cualquiera de los dos que vaya en su busca.

Antonia está convencida de que será Sandra. Querrá acabar con ella personalmente.

Se mueve, despacio. Tanto como puede. A su alrededor, el mundo conspira para delatar su ubicación. El cemento cruje bajo sus pies, el roce de su ropa arranca susurros de las paredes. Cada movimiento es una denuncia.

Su mente está cada vez más llena. Con el efecto de las cápsulas completamente desaparecido, Antonia tiene que luchar por mantenerse cuerda bajo la tensión.

—Es una cosa maravillosa, el sonido, ¿no te parece? —resuena la voz de Antonia por el pasillo—. Uno nunca puede estar seguro de su procedencia.

Sandra está subiendo las escaleras. A su espalda, Antonia puede ver el reflejo de su linterna, escudriñando la oscuridad, y sigue hacia delante, el único camino que le queda. El haz de luz ilumina la entrada del pasillo. Después Sandra se agacha, al final de las escaleras, y vuelve la esquina bruscamente. Dispara dos veces, y las balas atraviesan el pasillo, se incrustan en la pared contraria, junto a los tornos de salida, sin encontrar en su camino nada más que aire. La linterna ilumina entonces el teléfono en el que Antonia ha grabado una larga nota de voz, llena de pausas, como señuelo para atraerles.

Sandra comprende el engaño tarde, y aplasta el teléfono bajo el talón con un gruñido frustrado, antes de correr de nuevo escaleras abajo.

17

Una oficina

El plan era muy sencillo.

Tan pronto como escuches mi voz, vendrán hacia mí.

Jon surge del túnel, milagrosamente vivo. No ha pisado ningún hilo, o si lo ha hecho, éste no ha activado ninguna trampa.

Frente a él está la estación abandonada. El andén a su izquierda es visible bajo la luz de una lámpara de gas, que crea una burbuja fantasmagórica y dibuja sombras oscuras en las paredes. Del pasillo más cercano vienen ruidos de pelea.

Jon sube a duras penas al andén, sintiéndose completamente expuesto mientras asciende. Tiene que apoyar ambas manos para conseguirlo. Después se interna por el pasillo. Un pie delante de otro, las rodillas ligeramente flexionadas, la pistola apuntando delante de él. A su espalda escucha dos disparos, pero sigue adelante igualmente.

La prioridad es mi hijo, Jon. Oigas lo que oigas, no vengas a ayudarme. Sigue adelante. Encuéntrale.

Eso piensa hacer.

Al fondo está la oficina, de la que proceden los ruidos. Cuando se asoma a la puerta puede ver a un hombre, de espaldas, a horcajadas sobre una mujer semidesnuda a la que está ahogando con sus propias manos. Las piernas de ella se agitan bajo su cuerpo.

—¡Alto, policía! —dice Jon, con la pistola, apuntando directamente entre los omóplatos del hombre—. Las manos sobre la cabeza, ahora.

El hombre tarda un instante en detenerse. Incluso de espaldas, Jon es capaz de percibir su asombro. No esperaba que le interrumpieran, no en ese momento.

—Las manos sobre la cabeza —insiste Jon—. No me haga repetírselo, Fajardo. Esto se ha acabado, joder.

Fajardo se vuelve —su rostro se recorta contra el resplandor de otra lámpara de gas—. Tras él, Jon puede ver al hijo de Antonia, con los ojos muy abiertos.

Está vivo. Está vivo. Hemos llegado a tiempo.

Sin dejar de apuntar a Fajardo, Jon se lleva la mano al cinturón y saca las esposas. Coloca una en torno a una de las muñecas de Fajardo. No llega a colocar la segunda. Tampoco llega a escuchar el sonido de los pulmones de Carla Ortiz, volviendo a llenarse de aire. Ni alcanza a oír los dos disparos que le derriban. Sólo siente el dolor, antes de que el suelo se alce en su busca.

Carla

El hombre del cuchillo se aparta de encima de ella, y Carla se escurre, gatea hasta el niño. Sus pensamientos están sorprendentemente vacíos, sus recuerdos han desaparecido. También el miedo y el dolor. Nada importa, salvo terminar de liberarle de ese trozo de cinta americana que ha dejado a medio cortar. La baldosa está en el suelo. La recoge, con dedos muy débiles, y sigue cortando. Apenas araña la superficie plástica, ni hablemos de cortar las fibras de tela que hay entre la capa plateada y la que contiene el adhesivo. Sus manos son las de una muñeca de trapo, su cerebro de serrín. Intenta aspirar más aire, intenta concentrarse por encima del mareo, de la visión borrosa, en los cuatro centímetros de cinta que faltan por romper. La baldosa es inútil en sus manos flácidas —la derecha no responde ya, la izquierda nunca sirvió de gran cosa—, así que se inclina sobre la muñeca del niño y emplea los dientes, los caninos que una vez insistió a su dentista en que no debía quitarle, a pesar de que eso le ahorraría meses de ortodoncia. Pero ella quería tener todas sus piezas.

Carla muerde, clava, roe. Uno de los caninos se parte, de forma longitudinal, cuando ella tira de la cinta. El dolor la alcanza al mismo tiempo que, con un rasgueo, la cinta se rompe

—Corre —le dice Carla al niño—. Corre y no mires atrás.

El pequeño se levanta, pasa junto al hombre del cuchillo —que está inclinado sobre el policía, estrangulándole como antes le había estrangulado a ella—, atraviesa la puerta y se desvanece en la oscuridad del pasillo.

18

Un andén

Desde las escaleras en las que está agazapada, Antonia escucha a Sandra correr de vuelta por donde ha venido. Su plan, que consistía en atraerla primero con el teléfono y emboscarla cuando descendiera por el otro lado, se ha ido al garete. Sandra se adelanta a ella, y regresa al andén, porque ha intuido la trampa.

Antonia se pone en pie, e intenta seguirla, desciende por las escaleras, pero su mente se empeña en jugar en el equipo contrario. Cuando el andén pobremente iluminado se abre ante su vista, los elementos se acumulan en su cabeza, ofreciéndoles su triste y macabra historia en décimas de segundo.

La mesa en la que murió Jaime Vidal, el adolescente secuestrado por error en lugar de Álvaro Trueba.

La lámpara de gas, que pestañea, intermitente, avisando de que se acaba.

Los restos de ropa, cartones de comida envasada, la asombrosa y mundana realidad cotidiana de los causantes del horror.

Las grietas en la pared, antiguas y amenazadoras.

El polvo en los rincones, una cucaracha que corre tan pronto ella pisa cerca.

El jergón, los elementosdetorturaabandonadosenelsuelo...

Antonia no puede respirar. La sobrecarga de información es demasiado para su cerebro, que le reclama una manera de filtrar, de controlar todos aquellos impulsos que le cuentan lo que ha sucedido aquí durante días y días con tanta viveza y exactitud como si estuviera viendo un vídeo en alta definición, superpuesto a las imágenes del mundo real.

Tengo que seguir. Tengo que seguir.

Sigue adelante, caminando por el andén, a trompicones. Levanta la pistola, porque al fondo Sandra está apuntando hacia delante, hacia el pasillo, y sea quien sea a quien vaya a disparar, Antonia sabe que debe impedirlo. Se restriega los ojos, intenta apuntar. Su cerebro envía a sus dedos la orden de apretar el gatillo, pero éste parece tardar una eternidad en transmitirla, en remontar la corriente de datos.

Sandra dispara dos veces.

Antonia dispara una.

El disparo de Antonia pasa junto a Sandra, y todo lo que consigue es alertarla de la presencia de Antonia a su espalda. Sandra se agazapa detrás de una de las cajas fuertes. Antonia parpadeando varias veces, intentando calmarse, se parapeta tras la otra.

En la oficina al fondo del pasillo, Jorge sale corriendo,

pasa junto a Jon, caído en el suelo mientras Nicolás le estrangula, y corre hacia el andén.

Directo a las manos de Sandra, que le atrapa cuando llega a su altura.

Le sostiene en el aire, cogiéndole de la cintura, a pesar de que el niño patalea y se revuelve, y le pone la pistola en la cabeza.

—Muévete y te mato, mocoso de mierda —le susurra al oído.

Sandra se pone en pie

—Tengo a tu hijo —dice—. No se te ocurra acercarte.

—¡Jorge! —grita Antonia.

El niño reconoce a su madre, grita, vuelve a patalear. Quiere ir con ella, pero no es rival para la fuerza de Sandra, que, usándole como escudo, salta con él al andén y se interna en la oscuridad del túnel.

Carla

Carla siente una paz insólita. La pérdida de sangre, la asfixia, la deshidratación se han cobrado su precio. Se deja caer contra la pared, y cierra los ojos.

Ya puedo descansar, piensa.

Pero hay algo más que tiene que hacer. Aunque no puede recordar qué es. Aunque presiente que es importante.

Abre los ojos de nuevo. El policía sigue en el suelo, y está muriendo. Carla lo sabe, presiente que tiene que hacer algo al respecto. Salvarle, como él la ha salvado a ella. Pero Carla está débil. Y sin embargo...

Se incorpora, trastabillando, y consigue gatear, acercarse al hombre del cuchillo.

Piensa en Carmelo, desangrándose en un descampado.

Era de la familia.

Aún lleva la baldosa en la mano izquierda. La baldosa puntiaguda. La sostiene con la izquierda, alza el brazo para coger impulso, y la clava como si fuera un puñal en el cuello del hombre del cuchillo.

El hombre presiente algo en el último instante, y vuelve el rostro bruscamente. Su impulso se suma a la puñalada de Carla, que le hunde la punta de la baldosa en la carótida. El hombre mira a Carla con incredulidad —intentando recalibrar qué está pasando—, al tiempo que aparta los dedos de la garganta del policía e intenta quitarse ese elemento extraño del cuello. Un surtidor de sangre intermitente brota de su arteria, al tiempo que el hombre se desploma en el suelo, en un charco tibio y creciente que empapa las rodillas de Carla.

Tarda en morir, y Carla no pierde detalle de sus últimos instantes, de su lucha patética por contener la hemorragia, de sus ojos saltones y desencajados. Ojos vacíos de marioneta. Le mandaría al infierno, como hacen las heroínas de las películas cuando acaban con el villano, pero no ve la necesidad. No siente emoción alguna. Se ha limitado a eliminar una alimaña. Como aplastar una babosa bajo la suela del zapato.

¿Ahora sí? ¿Ahora puedo descansar?

Su cuerpo responde por ella. Se deja caer sobre el pecho del policía. No escucha su corazón latir. Carla siente una vaga tristeza por haber llegado demasiado tarde, antes de sucumbir a la negrura.

19

Un andén

Antonia está a punto de desmayarse. Lo sabe. Su cerebro está programado —mutado, perversamente alterado— para funcionar al máximo en situaciones de tranquilidad. Pero una situación de amenaza hace que la histamina de su cerebro se descontrole, la vuelva receptiva a cada uno de los *inputs* de información que su mente excepcional recibe e intenta administrar. Una psicópata asesina que apunta a la cabeza con una pistola a tu hijo y le usa como escudo humano mientras huye por un túnel potencialmente cargado de explosivos está muy arriba en las situaciones de amenaza que Antonia Scott —o cualquiera— puede imaginar.

Completamente consciente de todos los elementos de su entorno, desde un antiguo anuncio en la pared

(Persil lava por sí solo)

hasta una lata de Coca-Cola a medio beber

(sensación de vivir)

junto a la pata de la mesa, a menos de medio metro de un charco de sangre reseca, Antonia se pone en pie. El peso del arma en su mano tira de ella hacia delante, hacia el semicírculo de negrura que se ha tragado a Sandra y a su hijo. Baja al andén de algún modo, tropieza, cae en el cemento. Siente la cabeza a punto de partirse en dos.

Cuando se incorpora de nuevo, vuelve a tropezar. Muy a tiempo, porque hay un fogonazo en la oscuridad. Sandra le ha disparado, y Antonia siente el disparo pasar rozando su pelo, tan cerca que el silbido le hiere los oídos.

—¡No me sigas, Scott!

Antonia no escucha —su mente ha procesado el disparo al mismo nivel que un tornillo oxidado en el suelo, que ha visto muy de cerca al caer—. Se limita a seguir caminando hacia delante, en dirección a su hijo.

Se interna en las tinieblas. La paulatina reducción de estímulos en el interior del túnel, a medida que Antonia se va adentrando en él, va ayudándola a recuperar la calma.

Puede utilizar esa oscuridad que la rodea.

Antonia se pega a la pared, respira hondo y cierra los ojos. Intenta limpiar su mente de ruido, acallar los monos que saltan de un lado a otro.

Cuenta despacio, de diez a uno.

¿Cómo era tu rostro antes de nacer?

Abre los ojos de nuevo, y sigue adentrándose en el túnel. Por delante de ella puede escuchar cómo Jorge se revuelve.

—Tu hijo no me está ayudando nada, Scott. —La voz de Sandra resuena en las paredes, adquiriendo un tono omnipresente, amenazador—. Hay trampas en este túnel, ¿sabes? Y yo no he traído mi linterna. Así que, si sigue pataleando y no me deja concentrarme, quizás me encuentre con una por casualidad.

Antonia, con el corazón encogido por el miedo, tiene que volver a cerrar los ojos y respirar hondo.

—Jorge. Jorge, escúchame.

—¡Mamá! ¡Mamá, ayúdame!

Su hijo está llorando, desesperado. El corazón de Antonia se desgarra de dolor y de ansiedad. Pero no podrá ayudarle si no se calma. Si no le calma.

—Jorge, necesito que estés quieto. Necesito que estés quieto y que me escuches. Es peligroso que te muevas. Muy peligroso. Tienes que estar quieto, ¿me escuchas?

—¡Quiero ir a casa! ¡Quiero ver al abuelo!

Al abuelo, piensa Antonia, y su alma se lleva un buen mordisco.

—Irás con el abuelo enseguida, mi amor. Pero ahora tienes que estar quieto.

El niño deja de patalear.

—Así es mejor —dice Sandra.

Puede escuchar cómo deja a su hijo en el suelo —normal, el niño pesa un quintal—. Intenta interpretar la situación por los sonidos que le llegan. Ahora debe estar caminando por delante, arrastrándole con la mano.

Antonia está acercándose al lugar donde el túnel comienza a trazar una curva. Asoma una mano, y la retira. Tal y como había anticipado, Sandra la estaba esperando, y dispara contra el movimiento que ha podido captar en los restos minúsculos de luz que se filtran desde el andén. Antonia se mueve en cuanto escucha el disparo, aprovechando que la deflagración habrá cegado momentáneamente a Sandra. Corre en diagonal a la pared de enfrente, y después se coloca en la misma en la que estaba antes, justo a tiempo de esquivar el disparo que Sandra ha hecho en dirección a la pared de la que acaba de marcharse.

—No conseguirás escapar, Sandra. Y Carla Ortiz vivirá. Has fracasado en todo —dice Antonia, poniendo la mano delante de la boca, para amortiguar el sonido y que Sandra no pueda reconocer con claridad de dónde viene.

Hay una risa, una risa agusanada, infecciosa y cruel.

—¿Todavía piensas que esto es por Carla Ortiz? ¿O por Álvaro Trueba? ¿Todavía crees en alguno de los cuentos bobos que usé con ese tarado de Nicolás Fajardo? Eres bastante menos impresionante de lo que me habían dicho, Antonia Scott.

Antonia camina cada vez más despacio. La voz de Sandra suena cada vez más cerca, con menos eco. Debe de estar a menos de seis o siete metros de ella. Si la escuchara acercarse, no tendría que esforzarse demasiado para acertar.

Se da la vuelta para contestar —no debería, pero necesita que siga hablando—, apunta su voz hacia el andén, usa la mano de nuevo para amortiguarla, para volverla imprecisa.

—¿Quién te había hablado de mí, Sandra?

—Y aún necesitas que te lo diga... Tú, que lo recuerdas todo, ¿no te acuerdas de a quién has hecho daño? ¿Qué secuelas va dejando tu batalla contra el mal?

Antonia no responde, porque no tiene respuestas.

—Pero él me encontró, Scott. Él me recogió, y me hizo mejor. Me enseñó a manipular a Fajardo. Inventó a Ezequiel para ti. No elegimos el nombre de un profeta por casualidad. Un profeta habla por un poder mayor. Un profeta anuncia al que vendrá.

Antonia siente cómo el cuerpo se le contrae en un escalofrío de puro terror. Y odio, también. Porque ha comprendido por fin —con una certeza fría, afilada— qué es lo que ha estado ocurriendo desde el principio. Cómo han jugado con ella.

Él.

Dios, qué estúpida he sido.

Pero ahora no puede pensar en ello.

Cerca —cada vez más cerca—. Antonia escucha a Jorge revolverse de nuevo, intuyendo, quizás, la presencia de su madre.

—Haz que pare, Scott —dice Sandra, y en su voz hay algo más que crueldad esta vez—. Haz que pare, o moriremos los tres.

Miedo. Tiene miedo.

Tenemos que estar cerca de una de las bombas.

Antonia se devana los sesos, intentando encontrar la manera de rescatar a su hijo.

Y entonces comprende que esto no es un trabajo para la persona más inteligente del mundo.

Es un trabajo para una madre.

—Jorge —le llama—. Quiero que me escuches. Estás en peligro. Vamos a jugar a un juego, un juego al que juegas en la escuela. El huevo y el pato, ¿te acuerdas? Tienes que estar muy quieto, muy quieto como un huevo, y cuando yo te diga...

Antonia ha olvidado poner la mano delante de la boca y Sandra ha identificado de dónde procede su voz. Alza el arma en la oscuridad.

Antonia también.

—¡Duck! —grita.

Jorge se arroja al suelo, como ha hecho un millón de veces en el patio del colegio y en clase, porque *Duck* es pato en inglés, y también —ventajas de una educación bilingüe— agacharse.

Sandra dispara.

Antonia también.

Ambos fogonazos, casi simultáneos, interrumpen la oscuridad. El tiro de Sandra se aplasta en la pared, a milímetros del ojo de Antonia. El de Antonia impacta en el hombro de Sandra, que cae hacia atrás en las tinieblas.

Jorge corre hacia su madre, que lo agarra, lo arroja al suelo, lo tapa con su cuerpo.

Entonces llega la explosión.

El fuego pasa sobre ellos —Antonia nota el calor abrasador en la piel desnuda de los antebrazos, en el pelo chamuscado—. Una tonelada de cascotes cae del techo y las paredes, algunos muy cerca.

Cuando pasa el polvo y el humo, siguen ambos bastante vivos.

Jorge abraza a su madre, en la oscuridad.

—¿Lo he hecho bien, mamá?

—Muy bien, Jorge —dice ella.

—Quiero ir con el abuelo.

—Ya te he oído antes —admite su madre, de mala gana.

Y luego hace algo, por primera vez en tres años. Le besa, en la frente. Un beso lleno de ternura. Tan pronto como sus labios abandonan su piel, Antonia se pregunta, atónita, cómo ha podido vivir sin esto.

Carla

Lo primero que ve cuando se despierta Carla es a una mujer inclinada sobre ella. Su rostro no tiene nada de especial, hasta que sonríe. Y es una sonrisa llena de luz.

El policía está allí también. Parece estar bien, después de todo, aunque tiene la cara roja y el cuello amoratado. Carla recuerda haberle salvado la vida. Se alegra de ello.

Hay llamadas de teléfono, varias. Carla no es demasiado consciente de lo que sucede. El policía habla, y la mujer también.

Estoy en shock, piensa. Se abandona a ello.

Después ambos la conducen por unos túneles antiguos y malolientes. Hay un niño, que viaja con ellos. Todo tiene la tonalidad evanescente de un sueño. A pesar de que se arrastran por lugares terribles, Carla se siente a salvo. Ya vendrán las pesadillas, ya habrá tiempo. Ahora sólo se siente flotar, como si el camino hacia la luz del día lo estuviera haciendo a bordo de una alfombra mágica.

A mitad de camino se encuentran con dos policías y un paramédico, que se vuelcan en atenciones con ella, le echan antiséptico en las heridas, le cubren los hombros con una manta, le dan líquidos. Le arrancan del lado del otro policía, el grande y ancho —no es que esté gordo—, de la mujer y del niño. La llevan hasta una escalerilla. Al otro lado se escucha la calle, la vida normal, la libertad. El final.

Carla se niega a subir, se retuerce, se agarra a la escalerilla.

—Quiero ir con ellos —dice, señalando hacia atrás—. Son los que me han salvado.

La mujer pequeña se agacha para abrazar a su hijo y le hace un gesto al policía grande, señalando hacia Carla. El policía grande niega con la cabeza. Ambos parecen discutir durante unos instantes. Al final el policía grande se encoge de hombros y se acerca hacia Carla.

—¿Cómo se llama? —pregunta ella.

—Jon Gutiérrez, señora Ortiz.

—Gracias por salvarme la vida.

—Lo mismo digo, señora. Estamos en paz.

—A usted le han pegado dos tiros por mi culpa. Creo que sigo ganando.

Jon se da la vuelta y señala los dos agujeros en su camisa.

—Esto en Bilbao son dos perdigonadas. Con el chaleco no creo que dejen ni cardenal.

Carla quiere reír, aunque apenas alcanza a esbozar una sonrisa.

Señala arriba, al círculo de luz, en el que se recortan un par de cabezas expectantes.

—¿Está esperándome?

—¿Su padre? Le hemos avisado, sí. Seguramente esté ya ahí arriba. Estamos cerca de su casa.

Carla piensa en qué le dirá cuando le vea. En si se atreverá a echarle en cara su traición, su cobarde traición como padre.

No estarán solos. Puede escuchar, a lo lejos, los flashes de los fotógrafos, las crónicas improvisadas de las reporteras, hablando a las cámaras en directo. Al fin y al cabo, sólo están a tres metros del suelo. Y una vida de distancia.

Avergonzarle en público. Ésa sería la mejor venganza, sin duda.

Pero también significaría destruir mucho y a muchos.

—¿Está listo para ser famoso? —le pregunta a Jon.

—Ya he sido famoso, señora. Pero para mal. No le niego que me vendría bien un poco de buena prensa.

—Pues suba usted primero, inspector. Y cuando esté arriba, ayúdeme a salir, páseme un brazo por el hombro y acompáñeme hasta mi padre.

Jon asiente, educado, y comienza la ascensión. Carla le sigue.

Aún no sabe qué le dirá a Ramón Ortiz.

Pero le quedan unos metros para decidirlo.

EPÍLOGO

Otra interrupción

Antonia Scott sólo se permite pensar en el suicidio tres minutos al día.

Para otras personas, tres minutos pueden ser una cantidad minúscula de tiempo. No para Antonia.

Los tres minutos en los que Antonia piensa en maneras de morir son sus tres minutos. No se los quita. No se priva de ellos. Son sagrados.

Antes eran lo que la mantenía cuerda, ahora son su tecla de escape. Le ordenan la mente. Le recuerdan que, por mal que se ponga el juego, siempre podrá ponerle fin. Que siempre habrá una salida. Que puede intentarlo todo. Ahora los vive casi con optimismo. Especula con ellos como un científico especula con sus fórmulas. Como un niño juega a soñar que será astronauta, aunque acabe trabajando en un taller. Le ayudan. Ahora son los que le dan fuerza para vivir.

Por eso no le gusta nada, nada, cuando unos pasos que conoce muy bien, tres pisos más abajo, interrumpen el ritual.

Antonia está segura de que viene a despedirse.

Y eso le gusta menos aún.

Un ficus

A Jon Gutiérrez no le gustan las despedidas.

No es una cuestión de pereza. Sus despedidas suelen ser breves y concisas, nada de largos y emotivos discursos, ni cenas hasta la madrugada con borrachera y exaltación de la amistad. Un par de palmadas en el hombro, tanta paz lleves como descanso dejas. Sin miradas tristes, sin ojalás que esconden nuncas, sin nostalgia por anticipado.

Nada de todo esto molesta a Jon de las despedidas, porque Jon no tiene demasiadas relaciones (es monógamo), ni sufre en exceso cuando la gente sale de su vida (es monógamo en serie).

Lo que a Jon le jode es despedirse de Antonia Scott.

Quizás por eso ha subido por las escaleras. Para retrasar el momento.

—No aprendes, ¿eh?

Jon asoma desde detrás de una enorme planta. Ha venido cargando con ella los seis pisos, y no está para hostias.

—No cabía en el ascensor —miente.

—¿Qué es eso?

Antonia señala el enorme ficus como si en su casa acabara de aparecer un mono de tres cabezas.

—Es un ficus.

—Eso ya lo veo. ¿Por qué me traes un ficus?

Jon deposita la gigantesca y pesada maceta en la esquina del salón, donde a Antonia no le va a quedar más remedio que convivir con ella. Eso, o llamar a un camión de mudanzas para que se la lleve.

—He pensado que quizás sea el momento de que vuelvas a amueblar la casa. Así, de a pocos —dice Jon, limpiándose un poco de tierra que ha quedado en la manga de su chaqueta.

—Soy malísima con las plantas. Las mato todas. En serio, es un superpoder. Estará muerta antes de que salgas por la puerta.

Jon sonríe para sus adentros. Tanta inteligencia y aún no se ha dado cuenta de que la planta es de plástico.

Probablemente tardará.

—Tendremos que correr el riesgo —dice.

Antonia mira el ficus con perplejidad.

Al igual que el sarcasmo, figuras de pensamiento como la metáfora o la analogía no han formado nunca el grueso de su repertorio, pero la gente cambia.

Incluso ella es capaz de hacerlo.

—Hay una familia ahí abajo, en el tercero izquierda que quiere mudarse. Han encontrado un buen trabajo en otra ciudad.

—Me alegro por ellos.

—He pensado… He pensado que quizás podría interesarte. Es decir, si no tienes mucha prisa por volver a Bilbao.

Jon lo piensa un rato. No mucho rato.

—¿Y qué hacemos con *amatxo*?

—Aquí también hay bingos.

—¿Me vas a cobrar en tuppers, como al resto?

—¿Tu madre cocina bien?

Jon se ríe para sus adentros, pensando en las cocochas de su madre. *Bien*, dice.

—Ay, bonita. Fliparías.

Ambos se quedan en silencio, mirando el ficus.

—Así que estamos juntos —dice Jon.

—Eso parece.

—¿Y qué es lo que viene ahora?

Eso mismo lleva Antonia preguntándose un tiempo.

Han pasado ocho días desde el rescate *in extremis* de Carla Ortiz, y el polvo ha comenzado a asentarse. Los medios ya han olvidado a los policías por cuyas muertes se escandalizaban, y la falta de información pública sobre la vida de Nicolás Fajardo y su hija ha secado el grifo. Ahora la atención vuelve, gradualmente, a las victorias de los equipos de fútbol y los deslices de los famosos.

El problema es que la Policía Científica fue al cementerio de la Almudena con sus tubitos de ensayo a comprobar quién demonios estaba enterrado en el nicho marcado como SANDRA FAJARDO.

Y, cinco días después, lo que sucedió te sorprenderá.

—El análisis de ADN es concluyente —le dice Mentor a Antonia por teléfono—. La mujer de la tumba es la hija de Nicolás Fajardo.

—¿Cómo de concluyente?

—99,8% de concluyente.

—Es bastante concluyente, sí —admite Antonia.

—No van a hacerlo público. Oficialmente, el caso está cerrado.

Qué sorpresa.

Antonia Scott tiene un problema.

Le falta un cadáver y le sobra otro.

Porque si la mujer de la tumba es la hija de Nicolás, ¿quién es entonces la mujer a la que ella disparó en el túnel? ¿Quién es la mujer que huyó, que activó la bomba trampa y sobre la que se derrumbó media tonelada de cascotes?

Cuyo cadáver —ése es el que le falta— aún no se ha encontrado.

Antonia no para de darle vueltas al misterio.

No puede dejar de pensar en cómo le hablaba, cómo se dirigía a ella. Como si la conociera. Con una familiaridad inexplicable, que Antonia achacaba a la locura.

Ahora ya no lo tiene tan claro.

Las últimas frases de Sandra —por llamarla de alguna forma— siguen resonando en su memoria.

Tú, que lo recuerdas todo, ¿no te acuerdas de a quién has hecho daño? ¿Qué secuelas dejó tu batalla contra el mal?

Él me recogió, y me hizo mejor.

Él.
No elegimos el nombre de un profeta por casualidad.
Un profeta habla por un poder mayor.
Un profeta anuncia al que vendrá.

—¿Y qué es lo que viene ahora? —ha preguntado Jon.

Antonia duda de si debe involucrarle en esto —o cuánto puede contarle—, pero al final va al armario de su dormitorio. Cuando regresa, trae una abultada carpeta marrón. Vieja, manoseada.

Se sienta en el suelo —de espaldas al ficus, las cosas llevan su tiempo— y comienza a expandir el contenido de la carpeta sobre el suelo.

Jon, resignado ya a la incomodidad, se sienta a su lado.

—He pensado que, mientras Mentor no encuentra otro trabajo para nosotros, quizás podrías ayudarme con un pequeño proyecto personal. El único caso que aún no he logrado resolver.

—Mentor me habló de ello. Pero no me dijo de qué se trataba. ¿Cuál es el caso que el ser humano más inteligente del planeta no es capaz de resolver?

Antonia no lo dice, pero piensa en cómo los sistemas complejos se reajustan. La escalada. La policía compra semiautomáticas, los criminales compran automáticas. Se ponen chalecos antibalas, ellos usan balas perforadoras. Pones a una mente especial a trabajar por su cuenta y ellos...

—Siempre hay alguien más inteligente que tú.

De la carpeta extrae una pequeña bolsa de plástico zip y se

la tiende a Jon. Contiene una cartulina. Cuando Jon le da la vuelta, ve una fotografía.

Está realizada desde lejos, y muestra a un hombre elegante de unos treinta y cinco años. Pelo rubio y ondulado. A punto de subirse a un coche. Jon piensa que tiene cierto parecido con el actor escocés que protagonizaba *Trainspotting*. Pero es difícil decirlo. La imagen es borrosa.

—Es la única foto que existe de él. De hecho, él no sabe que existe. De lo contrario, no hubiera parado hasta destruirla y matar a todos los que la han visto. Tiene un cierto gusto por lo teatral.

—¿Quién es?

—Un asesino a sueldo. Quizás el más caro del mundo, no lo sé. Sin duda, el mejor. Puede hacer pasar cualquier asesinato por una muerte accidental. Incluso los más complicados. Ha trabajado en América, en Oriente Medio, en Asia... Desde hace tres años se ha instalado en Europa.

Jon se sorprende. Hay unos cuantos asesinos a sueldo en activo en Europa, y todos ellos tienen cierto predicamento entre las fuerzas del orden. Al fin y al cabo, que se sepa de ti es buena publicidad.

—¿Por qué no he oído hablar de él?

—Porque éste no es el típico pistolero, Jon. Este hombre es diabólico. Casi nunca se acerca a la víctima personalmente. Su método favorito es obligar a alguien para que mate por él.

El inspector Gutiérrez se rasca el pelo.

—Parece un tipo serio.

—Es el hombre más peligroso que existe, Jon. Diabólico —insiste ella—. Y quiero que me ayudes a cazarlo.

—¿Cómo se llama?

—Su nombre real no lo sé. Nadie lo sabe.

Antonia duda un momento. Y finalmente dice el nombre, el nombre que no ha vuelto a pronunciar en voz alta desde hace tres años. Desde que entró en su casa, desde que le disparó a ella, desde que dejó a Marcos en coma. Desde que se lo robó todo.

—Se hace llamar señor White.

Madrid, junio de 2015 - mayo de 2018

Nota del autor

Me gusta incluir algunos detalles sobre los sucesos reales que han inspirado o servido de documentación para mis novelas, y por alguna razón hay lectores que los aprecian.

Comencemos por la inteligencia de Antonia: no está tan lejos de la realidad. Para la creación de sus procesos mentales me he basado en el modo en el que descubrieron la grandeza de su propia mente y las capacidades de dos mujeres: Marilyn Vos Savant, con un cociente intelectual de 228 (si bien los números son discutidos) y Edith Stern, que a los dieciséis años ya era profesora de Matemáticas Abstractas en la Universidad de Michigan. En el caso de Edith, con un cociente de 205, la naturaleza no obró sola. Dos días después de su nacimiento su padre, Aaron Stern, dio una rueda de prensa para comunicar que iba a convertir a su hija en un genio. Dedicó su vida entera y todo el tiempo de la niña (a la que apartó de su madre) a esa tarea, trabajando con tarjetas en las que le mostraba animales, edificios famosos y conceptos desde que tenía semanas de edad. A los dos años la niña conocía el alfabeto completo. Hoy Edith tiene 128 patentes a su nombre y es una de las personas cuyo trabajo más ha influido en la computación en tiempo real. El método, aunque inhumano y absolutamente desaconsejable, no es la primera vez que se usa. Teón ya lo empleó en el siglo IV con su hija Hipatia, la primera mujer reconocida como un genio universal. Hipatia destacó en los campos de las matemáticas, la filosofía y la astronomía. Fue asesinada por una turba de fanáticos religiosos. Los motivos han dado para muchos libros apasionantes, no dejes de buscar alguno, lector.

Me he tomado algunas libertades con la geografía de Las Rozas y el barranco de Majalacabra, el lugar donde he situado el Centro Hípico, que espero que los vecinos de Las Rozas sepan perdonarme.

El poema que inicia el amor entre sir Peter Scott y Paula Garrido, causa última de la existencia de Antonia Scott, es *Tigre, Tigre*. Es, efectivamente, el poema más hermoso jamás escrito. Una lectura reposada, incluso en su traducción al español, llena el alma de belleza, de miedo y de desconcierto. Blake dialoga con el Mal, encarnado en el tigre, y se pregunta:

> *¡Tigre! ¡Tigre!, fuego que ardes*
> *en los bosques de la noche,*
> *¿qué mano inmortal, qué ojo*
> *pudo idear tu terrible simetría?*

Blake interroga al tigre y a los cielos distantes sobre ese Dios, ignorante a las plegarias, capaz de crear al cordero y a una pesadilla de tres metros. Todo el poema es magnífico, pero el verso que la madre de Antonia le recita a su futuro marido me parece el más significativo. Al fin y al cabo, ella es el horno que forjará un cerebro cuyo único propósito es vencer al Mal.

La frase «¿Cómo era tu rostro antes de nacer?» es un *koan*, al igual que podría serlo la paradoja de la fuerza irresistible. Los ejercicios de lógica que plantean argumentos irresolubles siempre me han apasionado. De hecho, la palabra china *máodùn*, «paradoja», es una de esas palabras especiales que Antonia podría incluir en su vocabulario. Literalmente significa «lanza-escudo». La historia del origen etimológico la recoge un tratado filosófico del siglo III, *Han Feizi*.

El cuento narra cómo un hombre intentaba vender una lanza y un escudo. Los potenciales compradores preguntaban:

—¿Cómo de buena es la lanza?

—¡Puede perforar cualquier escudo!

—¿Y tu escudo?

—¡Podría parar cualquier lanza!

—¿Y qué ocurriría si tu escudo intentase parar tu lanza?

Y entonces el hombre no supo qué contestar.

Una aclaración final, aunque supongo que no hace falta, pero tengo la sensación de que con ella me voy a ahorrar muchas cartas.

Sí.

Antonia y Jon regresarán.

Agradecimientos

Quiero dar las gracias.

A Antonia Kerrigan y todo su equipo: Hilde Gersen, Claudia Calva, Tonya Gates y los demás, sois los mejores.

A Carmen Romero, que creyó en este libro por encima de todo y de todos, que tuvo más paciencia conmigo de la que merecía. A todo el equipo de Penguin Random House y muy especialmente a los comerciales, que se dejan la piel y el aliento en la carretera para hacer apostolado de nuestros libros. A Raffaella Coia, Eva Armengol y Juan Díaz.

A Rodrigo Cortés, que restó horas —ya de por sí escasas— al sueño durante el montaje de su genial largometraje *Blackwood* para leer el manuscrito y hacer imprescindibles aportaciones.

A Arturo González-Campos, mi amigo, mi socio en tantas locuras, que leyó, aportó y me tranquilizó.

A Javier Cansado, que no se lo ha leído, pero ha visto el tráiler.

A Joaquín Sabina y Pancho Varona, que me arrullan desde el altavoz.

A Manuel Soutiño, otra vez has vuelto a estar, con tus ánimos, con tu amistad. Gracias. Te debo mucho.

A Bárbara Montes, siempre. Incluso cuando mientras escribías tu propia novela, *El Pintor de Tiovivos* (¡pronto en librerías!), te preocupaste por echarme una mano con ésta. Tú eres mi Guantelete de Infinito con todas las gemas dentro. Te quiero.

Y a ti, lector, por haber convertido mis obras en un éxito en cuarenta países, gracias y un abrazo enorme. Un último favor. O mejor dicho, dos favores.

El primero: no hables a nadie del final, ni me hagas comentarios en redes sociales acerca del final. Si escribes una reseña en una librería online o en Goodreads (gracias, por cierto, eso ayuda mucho), no comentes nada, ni siquiera bajo la etiqueta *SPOILER*, pues todo el mundo podría verlos y se arruinaría la sorpresa. Si quieres comentarme o preguntarme algo sobre *ESE TEMA*, puedes hacerlo por email, y te responderé con mucho gusto personalmente.

El segundo favor: Si has pasado un buen rato, escríbeme y cuéntamelo (pero insisto: ¡pero no hables del final en redes!).